# O CIRURGIÃO

## OBRAS DA AUTORA PUBLICADAS PELA EDITORA RECORD

**Série Rizolli & Isles**
*O cirurgião*
*O dominador*
*O pecador*
*Dublê de corpo*
*Desaparecidas*
*O Clube Mefisto*
*Relíquias*
*Gélido*
*A garota silenciosa*
*A última vítima*
*O predador*
*Segredo de sangue*
*A enfermeira*

*Vida assistida*
*Corrente sanguínea*
*A forma da noite*
*Gravidade*
*O jardim de ossos*
*Valsa maldita*

**Com Gary Braver**
*Obsessão fatal*

# TESS GERRITSEN

# O CIRURGIÃO

Tradução de
SYLVIO GONÇALVES

18ª edição

EDITORA RECORD
RIO DE JANEIRO • SÃO PAULO
2024

CIP-Brasil. Catalogação na fonte
Sindicato Nacional dos Editores de Livros, RJ.

G326c  Gerritsen, Tess
        O cirurgião/ Tess Gerritsen; tradução Sylvio Gonçalves. –
18ª ed.  18ª ed. – Rio de Janeiro: Record, 2024.
        384p.

        Tradução de: The surgeon
        ISBN 978-85-01-06976-4

        1. Ficção americana. I. Gonçalves, Sylvio. II. Título.

                      CDD – 813
04-3084                CDU – 821.111(73)-3

Título original em inglês:
THE SURGEON

Copyright © 2001 by Tess Gerritsen

Todos os direitos reservados. Proibida a reprodução, no todo ou em parte, através de quaisquer meios.

Revisão técnica: Sérgio Luiz Salek Teixeira

Direitos exclusivos de publicação em língua portuguesa para o Brasil adquiridos pela
EDITORA RECORD LTDA.
Rua Argentina, 171 – Rio de Janeiro, RJ – 20921-380 – Tel.: (21) 2585-2000, que se reserva a propriedade literária desta tradução.

Impresso no Brasil

ISBN 978-85-01-06976-4

Seja um leitor preferencial Record.
Cadastre-se no site www.record.com.br e
receba informações sobre nossos
lançamentos e nossas promoções.

EDITORA AFILIADA

Atendimento e venda direta ao leitor:
sac@record.com.br

# AGRADECIMENTOS

Sou muito grata a:

Bruce Blake e o detetive Wayne R. Rock, do Departamento de Polícia de Boston, e o doutor Chris Michalakes, por sua assistência técnica.

Jane Berkey, Don Cleary e Andrea Cirillo, por seus comentários no primeiro tratamento de texto.

Linda Marrow, minha editora, por suas gentis orientações.

Meu anjo da guarda, Meg Ruley. (Todo escritor precisa de uma Meg Ruley!)

E ao meu marido, Jacob. Sempre, a Jacob.

# Prólogo

*É hoje que eles vão achar o corpo da garota. Sei como vai acontecer. Posso visualizar, com nitidez, a seqüência de eventos que conduzirá à descoberta. Às nove da manhã, as peruas da Agência de Turismo Kendall e Lord estarão sentadas às suas mesas, unhas bem-feitas dançando nos teclados, marcando um cruzeiro no Mediterrâneo para a Sra. Smith e uma temporada de esqui em Kloster para o Sr. Jones. E para os Brown, uma coisa diferente este ano, algum lugar exótico, talvez Chiang Mai ou Madagáscar, mas que não seja desagradável, porque a aventura, acima de qualquer coisa, deve ser confortável. Esse é o lema da Kendall e Lord: "Aventuras confortáveis." É uma agência bem movimentada, e o telefone não pára de tocar.*

*E não vai demorar muito para as moças notarem que Diana não está à sua mesa.*

*Uma delas vai ligar para a residência de Diana em Back Bay, mas ninguém vai atender o telefone. Talvez Diana esteja tomando banho e não possa ouvir. Ou talvez já esteja vindo para o trabalho, superatrasada. Uma dúzia de possibilidades perfeitamente inofensivas ocorrerão à mulher. Mas, à medida que o dia passar e os telefonemas não forem atendidos, ela pensará em outras possibilidades, mais perturbadoras.*

*Acredito que o porteiro do prédio levará a colega de trabalho de Diana até o apartamento. Eu vejo o porteiro, todo nervoso, procurando a chave certa enquanto diz: "A senhora é muito amiga da dona Diana, não é? Tem certeza de que ela não vai se importar? Porque terei de comunicar que deixei a senhora entrar no apartamento."*

*Os dois entram, e a colega de trabalho chama pela amiga. "Diana? Você está em casa?" Ela percorre o corredor, passando pelos pôsteres turísticos em molduras elegantes. O porteiro fica o tempo todo bem atrás da mulher, para não deixar que ela surrupie alguma coisa.*

*O porteiro olha pela porta aberta do quarto. Vê Diana Sterling, e agora não está mais nem aí para alguma coisa irrelevante como furto. Tudo que ele quer é sair do apartamento antes de vomitar.*

*Eu queria muito ver a polícia chegar, mas não sou burro. Sei que vão anotar a placa de cada carro que passar diante do prédio e analisar cada rosto na multidão de curiosos na rua. Eles sabem que meu impulso de voltar é forte. Mesmo agora, enquanto estou aqui, sentado no Starbucks, olhando o dia clarear pela janela, sinto aquele quarto me chamando de volta. Mas sou que nem Ulisses, amarrado em segurança ao mastro do meu navio, desejando atender ao canto das sereias. Não vou me jogar contra as rochas. Não vou cometer esse erro.*

*Em vez disso, fico sentado bebendo meu café enquanto a cidade de Boston acorda lá fora. Mexo três colheres de chá de açúcar na minha xícara; gosto do meu café bem doce. Gosto que tudo seja assim: perfeito.*

*Uma sirene uiva ao longe, chamando por mim. Sinto-me como Ulisses, tentando soltar-se das cordas, mas elas estão amarradas com firmeza.*

*É hoje que eles vão achar o corpo da garota.*

*É hoje que eles vão saber que nós voltamos.*

# 1

*Um ano depois*

O detetive Thomas Moore odiava cheiro de látex. Quando calçou as luvas, liberando uma nuvem de talco, começou a se sentir enjoado. O odor lembrava-lhe os aspectos mais desagradáveis de sua profissão. Como um dos cães de Pavlov, condicionado a salivar, Moore associava o aroma de látex ao sangue e aos fluidos corporais que inevitavelmente o acompanhavam. Um lembrete olfativo de que devia se preparar para o pior.

E foi o que fez enquanto aguardava fora da sala de autópsias. O dia lá fora estava quente, mas agora o suor já começava a gelar em sua pele. Era 12 de julho, uma tarde úmida e enevoada de sexta-feira. Por toda a cidade de Boston, ventiladores giravam e condicionadores de ar zumbiam e pingavam. Na Ponte de Tobin, conversíveis com capotas recolhidas corriam para norte, rumo às florestas frias do Maine. Porém Moore não poderia fazer o mesmo. Fora convocado de suas férias para um horror que não tinha a menor vontade de confrontar.

Moore já estava vestido num avental cirúrgico, que pegara de um carrinho de roupas do necrotério. Colocou uma touca para segurar os fios de cabelo desgarrados e cobriu os sapatos com pantufas descartáveis, porque já vira as coisas que ocasionalmente escorriam da mesa para o assoalho. Sangue, fragmentos de tecido. Moore não era um maníaco por limpeza, mas não queria levar para casa, nos sapatos, vestígios da sala de autópsias. Parou durante alguns segundos diante da porta e respirou fundo. Resignado, empurrou a porta e entrou na sala.

Coberto por um lençol, o corpo jazia na mesa. A julgar pela forma, uma mulher. Moore evitou olhar demais para a vítima, procurando concentrar-se nas pessoas vivas dentro da sala. O médico-legista, Dr. Ashford Tierney, e um funcionário do necrotério estavam reunindo instrumentos numa bandeja. Do outro lado da mesa estava Jane Rizzoli, que também pertencia à Delegacia de Homicídios de Boston. Rizzoli era uma mulher baixa, de queixo quadrado, com 33 anos. Seus cachos revoltos estavam escondidos debaixo da touca cirúrgica. Sem os cabelos negros para suavizar suas feições, seu rosto parecia todo composto de ângulos retos, e seus olhos negros, penetrantes e intensos. Rizzoli fora transferida há seis meses para a Delegacia de Homicídios da Divisão de Entorpecentes. Era a única mulher na delegacia, e já acontecera um problema entre ela e outro detetive: acusações de assédio sexual e intrigas. Moore não tinha certeza se gostava de Rizzoli, ou se ela gostava dele. Até agora tinham mantido suas relações estritamente em nível profissional, e Moore achava que Rizzoli preferia assim.

De pé ao lado de Rizzoli estava seu parceiro, Barry Frost, um policial bem-humorado cujo rosto simpático e imberbe fazia-o parecer bem mais jovem que seus trinta anos. Frost trabalhava com Rizzoli havia dois meses, até então sem queixas. Aparentemente, era o único homem na delegacia suficientemente calmo para aturar a rabugice de Rizzoli.

Enquanto Moore aproximava-se da mesa, Rizzoli disse:

— A gente já estava achando que você não vinha.

— Estava na via expressa do Maine quando você me bipou.

— Estamos esperando aqui desde as cinco.

O CIRURGIÃO

— E eu estava começando o exame interno — comunicou o Dr. Tierney. — Na minha opinião, o detetive Moore chegou na hora certa. Um homem saindo em defesa de outro. O Dr. Tierney fechou a porta do armário com violência, emitindo um barulho reverberante. Era uma das raras ocasiões em que permitia que sua irritação transparecesse. Tierney era nativo da Geórgia, um cavalheiro que acreditava que damas deviam se comportar como damas. Não gostava de trabalhar com a ranheta da Jane Rizzoli.

O funcionário do necrotério levou a bandeja de instrumentos até a mesa, e seu olhar encontrou o de Moore com uma expressão de *Dá para acreditar nessa mulher?*

— Desculpe por ter acabado com seus planos de pescar — disse Tierney a Moore. — Parece que suas férias foram suspensas.

— Tem certeza de que é o nosso amigo novamente?

Como resposta, Tierney segurou o lençol e o puxou, revelando o cadáver.

— O nome dela é Elena Ortiz.

Embora Moore estivesse preparado, seu primeiro contato com a vítima teve o impacto de um golpe físico. Os cabelos negros da mulher, endurecidos com sangue, projetavam-se como pêlos de porco-espinho de um rosto da cor do mármore raiado em azul. Os lábios estavam entreabertos, como congelados no meio de uma fala. O sangue já fora lavado do corpo, e seus ferimentos eram fendas purpúreas na tela cinzenta da pele. Havia dois ferimentos visíveis. Um era um talho profundo na garganta, começando abaixo da orelha esquerda, atravessando a artéria carótida esquerda e expondo a cartilagem laríngea. O golpe de misericórdia. O segundo talho era mais embaixo, no abdômen. Este ferimento não fora feito para matar; servira a um propósito completamente diferente. Moore engoliu em seco.

— Entendo por que você interrompeu minhas férias.

— Estou chefiando esta investigação — disse Rizzoli.

Moore escutou o tom de alerta na declaração da mulher; estava protegendo seu território. Moore sabia o que originava essa atitude; compreendia que os insultos e reprimendas que as mulheres policiais costumam ouvir podem deixá-las ávidas por assumir a ofensiva. Na verdade, não tinha qualquer propósito de desafiá-la. Eles teriam de trabalhar juntos neste caso e ainda era cedo demais para uma batalha por poder.

— Pode me colocar a par das circunstâncias? — disse Moore, tomando o máximo de cuidado para manter um tom respeitoso.

Rizzoli fez que sim com a cabeça.

— A vítima foi encontrada às nove horas da manhã de hoje, em seu apartamento na Worcester Street, na Zona Sul. Costuma chegar ao trabalho por volta das seis, na floricultura Celebration, que fica a alguns quarteirões de sua residência. É um negócio de família, de propriedade de seus pais. Quando ela não apareceu, os pais ficaram preocupados. O irmão foi até a casa dela ver se estava tudo bem. Ele a achou no quarto. O Doutor Tierney calcula a hora da morte como alguma coisa entre a meia-noite e as quatro da manhã. Segundo a família, ela não tinha namorado no momento e ninguém do seu prédio se lembra de vê-la recebendo visitas masculinas. É apenas uma garota católica e trabalhadora.

Moore olhou para os pulsos da vítima.

— Ela foi imobilizada.

— Sim. Silver tape nos pulsos e tornozelos. Foi encontrada nua. Usava apenas algumas jóias.

— Que jóias?

— Um colar. Um anel. Brincos. A caixinha de jóias no quarto estava intocada. O motivo não foi roubo.

Moore olhou para a faixa horizontal de abrasão sobre os quadris da vítima.

— O tronco também foi imobilizado.

— Silver tape na cintura e no alto das coxas. E sobre a boca.

Moore exalou longamente.

— Meu Deus. — Fitando Elena Ortiz, Moore teve um lampejo de outra moça. Outro cadáver: uma loura com talhos vermelhos na garganta e no abdômen. — Diana Sterling — murmurou.

O CIRURGIÃO 13

— Eu já peguei o relatório da autópsia de Sterling — disse Tierney. — Caso você precise estudá-lo.

Mas Moore não precisava. O caso Sterling, no qual ele tinha sido o detetive encarregado, jamais havia saído de sua cabeça. Um ano atrás, Diana Sterling, trinta anos, funcionária da agência de turismo Kendall e Lord, fora descoberta nua e amarrada à sua cama com silver tape. A garganta e a parte inferior do abdômen tinham sido cortadas. O assassinato permanecia não resolvido.

O Dr. Tierney direcionou a lâmpada de exame para o abdômen de Elena Ortiz. O sangue tinha sido enxugado previamente, e as bordas da incisão tinham um tom rosa-claro.

— Evidência de resíduo? — indagou Moore.

— Colhemos algumas fibras antes de lavarmos o corpo. Havia um fio de cabelo colado à margem do ferimento.

Moore olhou para ele com interesse súbito.

— Da vítima?

— Bem mais curto. Castanho-claro.

Os cabelos de Elena Ortiz eram negros.

— Já requisitamos amostras de cabelo de todas as pessoas que tiveram contato com o corpo — comunicou Rizzoli.

Tierney dirigiu sua atenção para o ferimento.

— O que temos aqui é um corte transversal. Os cirurgiões chamam isto de uma incisão *Maylard*. A parede abdominal foi cortada camada a camada. Primeiro a pele, depois a fáscia superficial, o músculo e finalmente o peritônio pélvico.

— Como em Sterling — comentou Moore.

— Sim. Como em Sterling. Mas há diferenças.

— Quais?

— Em Diana Sterling havia algumas rebarbas na incisão, indicando hesitação ou incerteza. Aqui você não vê isso. Note a perfeição como a pele foi cortada. Não há nenhuma rebarba. Ele fez isso com confiança absoluta. — Os olhos de Tierney encontraram os de Moore.

— Nosso amigo está aprendendo. Ele melhorou sua técnica.

# 14 TESS GERRITSEN

— Se for o mesmo assassino — disse Rizzoli.

— Há mais similaridades. Está vendo a margem quadrada nesta extremidade do ferimento? Ela indica que a trilha foi aberta da direita para a esquerda. Como em Sterling. A lâmina usada neste ferimento é de corte simples e não serrilhada. Como a lâmina usada em Sterling.

— Bisturi?

— É consistente com um bisturi. A incisão limpa me diz que não ocorreu contorção da lâmina. A vítima ou estava inconsciente ou tão bem amarrada que não podia se mover, não podia resistir. Ela não podia impedir que a lâmina se desviasse de sua trilha linear.

Barry Frost parecia a ponto de vomitar.

— Minha nossa. Por favor, diga-me que ela já estava morta quando ele fez isso.

— Temo que não seja um ferimento *post-mortem*. — Apenas os olhos verdes de Tierney apareciam sobre a máscara cirúrgica, e eles estavam furiosos.

— Houve sangramento antes da morte? — indagou Moore.

— Hemorragia na cavidade pélvica. O que significa que seu coração ainda estava bombeando. Ela ainda estava viva quando este... procedimento foi realizado.

Moore olhou para os pulsos, rodeados por marcas de abrasão. Havia ferimentos semelhantes em torno de ambos os tornozelos e uma faixa de petéquias — hemorragias cutâneas puntiformes — estendia-se sobre os quadris. Elena Ortiz havia lutado contra suas amarras.

— Há outra evidência de que ela estava viva durante a incisão — disse Tierney. — Ponha sua mão dentro do ferimento, Thomas. Acho que você sabe o que vai descobrir.

Relutante, Moore inseriu sua mão enluvada dentro do ferimento. A carne estava fria devido a muitas horas de refrigeração. Isso o fez lembrar da sensação de enfiar a mão numa carcaça de peru para procurar pelos miúdos. Ele afundou o braço até o pulso, seus dedos explorando as margens do ferimento. Era uma violação íntima, esta escavação da parte mais privada da anatomia de uma mulher. Ele

O CIRURGIÃO 15

evitou olhar para o rosto de Elena Ortiz. Era a única maneira com que ele podia tratar seus restos mortais com distanciamento, a única maneira com que poderia concentrar-se na mecânica fria do que tinha sido feito ao seu corpo.

— Está faltando o útero — disse Moore, olhando para Tierney.

O legista assentiu positivamente.

— Foi removido.

Moore retirou a mão do corpo e olhou para o ferimento, arreganhado como uma boca aberta. Agora Rizzoli enfiou sua mão enluvada no ferimento, esticando os dedos curtos para explorar a cavidade.

— Nada mais foi removido? — perguntou Rizzoli.

— Apenas o útero — disse Tierney. — Ele deixou a bexiga e o intestino intactos.

— Que é isso que estou sentindo aqui? Este nozinho duro no lado esquerdo?

— É sutura. Ele a usou para amarrar vasos sangüíneos.

Assustada, Rizzoli fitou o legista.

— Isto é um nó *cirúrgico*?

— Catgut zero-zero — palpitou Moore, olhando para Tierney em busca de uma confirmação.

— A mesma sutura que encontramos em Diana Sterling — disse Tierney com um meneio de cabeça.

— Catgut zero-zero? — perguntou Frost numa voz fraca. Ele havia se afastado da mesa e agora estava em pé num canto da sala, preparado para correr até a pia. — Isso é algum tipo de nome de marca ou algo assim?

— Não é um nome de marca — explicou Tierney. — Catgut é um tipo de fio cirúrgico feito dos intestinos de vacas ou ovelhas.

— Mas por que é chamado de catgut? — foi a pergunta de Rizzoli.

— Isso remonta à Idade Média, quando os fios de intestinos eram usados como cordas de instrumentos musicais. Um músico se referia ao seu instrumento como seu *kit*, e os fios eram chamados *kitgut*, ou tripa de *kit*. A palavra acabou se tornando *catgut*, ou tripa de gato.

Em cirurgia, este tipo de sutura é usado para costurar camadas profundas de tecido conectivo. O corpo acaba rompendo o material da sutura e a absorve.

— E onde ele conseguiria essa sutura catgut? — Rizzoli olhou para Moore. — Você procurou a fonte dessa coisa no caso Sterling?

— É quase impossível identificar uma fonte específica — disse Moore. — A sutura catgut é fabricada por uma dúzia de empresas diferentes, a maioria delas na Ásia. Ainda é usada em muitos hospitais no exterior.

— Apenas no exterior?

— Hoje existem alternativas melhores — respondeu Tierney. — O catgut não tem a força nem a durabilidade das suturas sintéticas. Duvido que haja muitos cirurgiões americanos usando isso.

— E por que o assassino usaria?

— Para manter seu campo visual. Para controlar o sangramento por tempo suficiente para poder ver o que está fazendo. Este assassino não identificado é um homem muito meticuloso.

Rizzoli tirou a mão do ferimento do cadáver. Em sua palma enluvada havia um pequeno coágulo de sangue, como uma conta brilhante.

— Qual é o nível de habilidade dele? Estamos lidando com um médico? Ou com um açougueiro?

— Ele claramente possui conhecimento de anatomia — avaliou Tierney. — Não tenho a menor dúvida de que já fez isso antes.

Moore deu um passo para trás, repelido pelo pensamento de quanto Elena Ortiz deveria ter sofrido, mas ainda assim incapaz de manter seu controle sobre as imagens. As conseqüências jaziam bem na frente dele, fitando-o com olhos abertos.

Ele se virou, assustado, quando instrumentos cirúrgicos tilintaram na bandeja metálica. O funcionário do necrotério empurrara a bandeja até o lado do Dr. Tierney, antecipando a incisão em Y. Agora o funcionário estava inclinado para a frente, fitando o ferimento abdominal.

— E depois, o que acontece com o órgão? — perguntou. — Depois que retira o útero, o que o assassino faz com ele?

— Nós não sabemos — respondeu Tierney. — Os órgãos nunca foram encontrados.

# 2

Moore estava em pé na calçada do bairro da Zona Sul onde Elena Ortiz havia morrido. Esta já tinha sido uma rua de casas grandes e velhas, uma vizinhança pobre separada por trilhos de trem da metade norte de Boston, região muito mais nobre. Porém uma cidade em crescimento é uma criatura faminta, sempre à procura de terras novas, e trilhos de trem não eram uma barreira para o olhar faminto dos construtores civis. A Zona Sul foi descoberta por uma nova geração de bostonianos, e as casas grandes gradualmente foram convertidas em prédios de apartamentos.

Elena Ortiz vivera num desses prédios. Embora a vista de seu apartamento de segundo andar não fosse inspiradora — as janelas davam para uma lavanderia do outro lado da rua —, o prédio oferecia uma amenidade raramente encontrada na cidade de Boston: estacionamento para moradores, localizado no beco adjacente.

Moore caminhou por esse beco, olhando para as janelas nos apartamentos acima, perguntando-se quem naquele momento o estaria observando. Nada se movia atrás dos olhos vítreos das janelas. Os moradores dos apartamentos com vista para o beco já tinham sido interrogados; nenhum oferecera qualquer informação útil.

Parou embaixo da janela do banheiro de Elena Ortiz e olhou para a escada de incêndio que conduzia a ele. A escada fora levantada e travada na posição recolhida. Na noite em que Elena Ortiz morrera, o carro de um morador estivera estacionado bem abaixo dessa escada. Mais tarde, pegadas de tênis número 40 foram achadas no teto do carro. O assassino não identificado usara-o como degrau para alcançar a escada de incêndio.

Moore viu que a janela do banheiro estava fechada. Não estivera fechada na noite em que Elena Ortiz conhecera seu assassino. Ele deixou o beco, voltou para a entrada principal e entrou no prédio.

Uma fita de isolamento tinha sido estendida diante da porta do apartamento de Elena Ortiz. Moore destrancou a porta e o pó para amostra de impressões digitais caiu em sua mão como fuligem. A fita solta deslizou sobre seus ombros quando ele entrou no apartamento.

A sala de estar estava da mesma forma do dia anterior, quando passara ali junto com Rizzoli. Tinha sido uma visita desagradável, carregada de rivalidade. O caso Ortiz começara com Rizzoli como detetive encarregada, e ela era insegura a ponto de se sentir ameaçada por qualquer autoridade desafiante, sobretudo um homem mais velho. Embora estivessem agora na mesma equipe, uma equipe que fora expandida para cinco detetives, Moore sentia-se um invasor no território de Rizzoli. Ele estava tomando muito cuidado para oferecer suas sugestões da forma mais diplomática possível. Não queria meter-se numa guerra de egos, embora aquilo já tivesse se tornado uma. No dia anterior tentara concentrar-se nesta cena de crime, mas o ressentimento de sua colega impedira-o de se concentrar.

Apenas agora, sozinho, Moore conseguiu concentrar inteiramente sua atenção no apartamento onde Elena Ortiz havia morrido. Na sala de estar viu móveis que não combinavam, dispostos em torno de uma mesinha de café de vime. Uma mesa de computador no canto. Um tapete bege com padrão de vinhas com folhas e flores. Segundo Rizzoli, desde o assassinato nada fora movido ou alterado. Começava a anoitecer, mas Moore não acendeu as luzes. Ficou parado ali por um longo tempo, sem nem mesmo mover a cabeça, aguardando que o silêncio completo pairasse na sala. Esta era a primeira chance que tinha de visitar a cena sozinho, a primeira vez que estava neste aposento sem ser distraído pelas vozes e rostos dos vivos. Imaginou as moléculas de ar, momentaneamente abaladas por sua entrada, desacelerando. Moore queria que o aposento falasse com ele. Ele não sentiu nada. Nenhuma impressão de maldade, nenhuma ressonância de terror.

O assassino não entrara pela porta. Ele também não tinha passado por seu recém-conquistado reino de morte. Ele tinha concentrado todo o seu tempo, toda a sua atenção, no quarto.

Bem devagar, Moore passou diante da cozinha apertada e entrou no corredor. Sentiu os pêlos da nuca arrepiarem. Na primeira porta ele parou e olhou para o banheiro. Acendeu a luz.

*Quinta-feira é uma noite quente. Está tão quente que todas as janelas da cidade estão abertas para deixar entrar cada brisa fugidia, cada lufada de ar frio. Você se acocora na saída de incêndio, suando nas suas roupas escuras, e olha para este banheiro. Não escuta nada; a mulher está dormindo no quarto. Ela precisa acordar cedo para seu trabalho na floricultura, e a esta hora seu ciclo de sono está entrando em sua fase mais profunda, quando é mais difícil que acorde.*

*Ela não escuta sua faca cortando o arame da porta de tela.*

Moore olhou para o papel de parede, adornado com pequenos botões de rosas. Um padrão feminino, nada que um homem escolheria. Sob cada aspecto, este era um banheiro feminino, do xampu de aroma de morango e da caixa de absorventes íntimos debaixo da pia até o armário de remédios entulhado com cosméticos. O tipo de garota que gostava de usar sombra de tonalidade clara.

*Você entra pela janela, e fibras da sua camisa azul-marinho ficam presas no caixilho. Poliéster. Seu tênis, tamanho 40, deixa pegadas no assoalho de linóleo branco. Há resíduos de areia, misturados com cristais de gipsita. Uma mistura típica das ruas de Boston.*

*Talvez você pare, ouvindo atentamente em meio à escuridão. Inalando o aroma suave de um espaço feminino. Ou talvez não perca tempo e siga direto até o alvo.*

*O quarto.*

O ar pareceu ficar mais carregado enquanto ele seguia os passos do intruso. Foi mais do que uma impressão imaginária de maldade; era o cheiro. Chegou à porta do quarto. Agora os pêlos em sua nuca estavam totalmente eriçados. Já sabia o que ia ver dentro do quarto; pensou que estava preparado. Mas quando acendeu a luz foi mais uma vez assaltado pelo horror, como na primeira vez que tinha visto este quarto. O sangue agora estava aqui havia dois dias. O serviço de limpeza ainda não tinha chegado. Porém, mesmo com os seus detergentes, sprays e latas de tinta branca, eles não conseguiriam apagar totalmente o que havia acontecido aqui, porque o próprio ar estava permanentemente marcado com terror.

*Você passa pela soleira da porta e entra no quarto. As cortinas são finas, de algodão, e a luz dos postes na rua atravessa o tecido e cai na cama. A mulher adormecida. Claro que você deve dedicar um momento para estudá-la. Para considerar a tarefa que o aguarda. Porque te dá prazer, não dá? Você está cada vez mais excitado. A emoção corre por sua corrente sangüínea como uma droga, despertando cada nervo, até as pontas de seus dedos estarem pulsando com antecipação.*

Elena Ortiz não teve tempo para gritar. Ou, se teve, ninguém a ouviu. Nem a família do apartamento ao lado, nem o casal que mora embaixo.

O intruso estava com suas ferramentas. Silver tape. Um pano embebido em clorofórmio. Uma coleção de instrumentos cirúrgicos. Ele tinha vindo totalmente preparado.

O tormento duraria bem mais de uma hora. Elena Ortiz esteve consciente pelo menos durante parte do tempo. A pele dos seus pulsos e tornozelos apresentava escoriações, indicando resistência da vítima. Em seu pânico, sua agonia, ela havia esvaziado a bexiga, e a urina tinha se infiltrado no colchão, misturando-se com o sangue. A operação era delicada, e ele teve tempo de fazê-la corretamente, de pegar apenas o que queria, nada mais.

Ele não a tinha estuprado; talvez fosse incapaz de fazer isso. Quando ele terminou de fazer sua incisão terrível, ela ainda estava viva. O ferimento pélvico continuava a sangrar, o coração a bombear. Por quanto tempo? Segundo a estimativa do Dr. Tierney, ao menos meia hora. Trinta minutos, o que deve ter parecido uma eternidade para Elena Ortiz.

*O que você fez durante esse tempo? Arrumou suas ferramentas? Guardou seu prêmio num vidro? Ou apenas ficou parado ali, apreciando a vista?*

O ato final foi rápido e profissional. Tendo retirado o que queria, o algoz de Elena Ortiz julgou que era hora de terminar. Caminhou até a cabeceira da cama. Com a mão esquerda segurou um punhado do cabelo de Elena, puxando para trás com tanta força que arrancou mais de duas dúzias de tufos. Foram encontrados depois, espalhados no travesseiro e no chão. As manchas de sangue narravam os eventos finais. Tendo imobilizado a cabeça e exposto o pescoço, desferiu um único corte profundo que começou na mandíbula esquerda e se moveu para a direita, sobre a garganta. Cortou a artéria carótida esquerda e a traquéia. Jorrou sangue. Na parede à esquerda da cama havia grupos condensados de gotinhas escorridas, característica tanto de jato arterial quanto de exalação de sangue da traquéia. O travesseiro e os lençóis estavam saturados de sangue gotejado. Vários pingos esparsos, espirrados quando o intruso afastou a lâmina do pescoço da vítima, salpicaram o peitoril da janela.

Elena Ortiz vivera o suficiente para ver seu próprio sangue jorrar do pescoço e atingir a parede num borrifo vermelho. Vivera tempo suficiente para aspirar sangue para sua traquéia cortada, para ouvilo gorgolejar em seus pulmões, para tossi-lo em erupções de muco escarlate.

Vivera o suficiente para saber que estava morrendo.

*E quando terminou, quando a agitação agonizante cessou, você nos deixou um cartão de visitas. Você dobrou cuidadosamente a camisola da vítima e a deixou na penteadeira. Por quê? Foi algum sinal de respeito distorcido pela mulher a quem havia acabado de chacinar? Ou essa é sua forma de escarnecer de nós? Sua forma de nos dizer que está no controle da situação?*

Moore retornou para a sala de estar e afundou numa poltrona. Estava quente e abafado no apartamento, mas ele estava tremendo. Ele não sabia se o frio era físico ou emocional. Suas coxas e ombros estavam latejando, de modo que devia ser algum tipo de infecção virótica. Um resfriado de verão, o pior tipo. Ele pensou em todos os lugares onde preferia estar naquele momento. Vagando num lago do Maine, sua linha de pesca chicoteando o ar. Ou em pé na praia, observando a neblina serpentear sobre a água. Em qualquer parte, menos neste lugar de morte.

O bipe de Moore começou a tocar. Ele o desligou e percebeu que seu coração estava pulsando. Ele se acalmou antes de pegar o celular e digitar o número.

Ela respondeu ao primeiro toque, sua saudação direta como uma bala.

— Rizzoli.

— Você me bipou.

— Você não me disse que achou uma coisa no PAC.

— Que coisa?

— Sobre Diana Sterling. Estou olhando para o relatório da polícia sobre o assassinato dela.

PAC, o Programa de Apreensão de Criminosos, era um banco de dados de informações de homicídios e assaltos coletadas de casos por todo o país. Os assassinos freqüentemente repetiam os mesmos padrões, e com esses dados os investigadores podiam associar crimes cometidos pela mesma pessoa. Como uma questão de rotina, Moore e seu parceiro na época, Rusty Stivack, tinham iniciado uma busca no PAC.

— Não encontramos combinações na Nova Inglaterra — informou Moore. — Analisamos cada homicídio envolvendo mutilação, invasão noturna e imobilização com silver tape. Nada se encaixava no perfil de Sterling.

— E quanto à série na Geórgia? Três anos atrás, quatro vítimas. Uma em Atlanta, três em Savannah. Todos no PAC.

— Analisei esses casos. Aquele criminoso não é o homem que estamos procurando.

— Ouça só, Moore. Dora Ciccone, vinte e dois anos, estudante de graduação em Emery. A vítima primeiro foi dominada com Rohypnol, e depois amarrada à cama com corda de náilon...

— Nosso garoto aqui usa clorofórmio e silver tape.

— Ele abre um talho no abdômen dela. Arranca seu útero. Desfere um golpe de misericórdia: um único corte no pescoço. E finalmente... ouça só... ele dobra suas roupas de dormir e as deixa numa cadeira ao lado da cama. Estou lhe dizendo, é parecido demais.

— Os casos de Geórgia estão encerrados — disse Moore. — Foram arquivados há dois anos. Aquele assassino está morto.

— E se a polícia de Savannah fez besteira? E se ele *não* era o assassino?

— Os exames de DNA confirmaram que eles estavam certos. Fibras, cabelos. Além disso, havia uma testemunha. Uma vítima que sobreviveu.

— Ah, sim. A sobrevivente. Vítima número cinco. — A voz de Rizzoli transparecia um som estranhamente provocador.

— Ela confirmou a identidade do cara — disse Moore.

— Ela também o matou com um tiro. Que conveniente.

— Você quer prender o fantasma dele?

— Você chegou a falar com essa vítima? — perguntou Rizzoli.

— Não.

— Por que não?

— Por que eu faria isso?

— Porque você poderia descobrir alguma coisa interessante. Como o fato de que ela deixou Savannah logo depois do ataque. E adivinha onde está morando agora?

Através do chiado do celular, ele pôde ouvir sua própria pulsação.

— Boston? — perguntou Moore, baixinho.

— E você nem imagina qual é o ganha-pão dela.

# 3

A Dra. Catherine Cordell correu pelo hospital, as solas dos tênis guinchando no linóleo, e empurrou as portas duplas da Emergência.

Uma enfermeira gritou:

— Doutora Cordell, eles estão na Traumatismo Dois.

— Já estou indo — disse Catherine, movendo-se como um míssil teleguiado até a sala dois da Unidade de Traumatismos.

Meia dúzia de rostos fitaram-na aliviados quando ela entrou na sala. Com um único olhar avaliou a situação. Viu instrumentos desarrumados reluzindo numa bandeja, suportes com bolsas de solução de ringer lactato penduradas como frutas pesadas em árvores de troncos metálicos, gazes manchadas de sangue e embalagens rasgadas espalhadas pelo chão. O monitor cardíaco emitia um ritmo sinusal acelerado — o padrão elétrico de um coração correndo para se manter adiante da morte.

— O que temos aqui? — perguntou, enquanto as pessoas se afastavam para deixá-la passar.

Ron Littman, o chefe dos cirurgiões residentes, disparou seu relatório:

— Pedestre não identificado, atropelamento seguido de omissão de socorro. Trazido inconsciente para a Emergência. Pupilas equivalentes e reativas, pulmões limpos, mas abdômen distendido. Peristalse ausente. Pressão arterial 60 por zero. Fiz uma paracentese. Tem sangue na barriga. Pegamos acesso venoso profundo, o ringer lactato está aberto no máximo, mas não conseguimos aumentar a pressão do paciente.

— Sangue O negativo fresco a caminho?

— Vai chegar a qualquer momento.

O homem na mesa estava completamente nu, cada detalhe íntimo impiedosamente exposto ao olhar da doutora. Provavelmente na casa dos sessenta, já estava intubado e num ventilador pulmonar. Músculos flácidos pendiam de membros esquálidos e costelas sobressaíam como arcos. Doença crônica preexistente, pensou a doutora; chutando, câncer. O braço direito e o quadril estavam abrasados e ensangüentados devido ao atrito com o asfalto. Na parte inferior direita do peito uma contusão formava um continente vermelho na pele pálida como pergaminho. Não havia ferimentos perfurantes.

Pendurou o estetoscópio no pescoço para conferir o que o residente acabara de lhe dizer. Não ouviu peristalse. Nem um resmungo, nem um estalido. O silêncio dos intestinos traumatizados. Movendo o diafragma do estetoscópio para o peito, prestou atenção nos sons de respiração, confirmando que o tubo endotraqueal fora posicionado adequadamente e que ambos os pulmões estavam sendo ventilados. O coração batia como um punho contra a parede peitoral. Embora seu exame tenha demorado apenas alguns segundos, ela tinha a impressão de se mover em câmera lenta, que tudo ao seu redor naquela sala cheia de residentes estava congelado no tempo, aguardando a sua próxima ação.

— A pressão sistólica quase não chega a 50! — disse uma enfermeira.

O tempo avançava num ritmo assustador.

— Quero um avental e luvas — disse Catherine. — Abra a bandeja de laparostomia.

— Que tal levá-lo para a sala de operações? — sugeriu Litman.

O Cirurgião

— Todas as salas estão sendo usadas. Não podemos esperar.

Alguém jogou para ela uma touca. Os cabelos ruivos de Catherine, que batiam em seus ombros, rapidamente foram escondidos. A doutora colocou uma máscara enquanto uma enfermeira desdobrava um avental cirúrgico esterilizado. Catherine introduziu os braços nas mangas e as mãos nas luvas. Não tinha tempo para fazer a assepsia, nem para hesitar. Estava no comando, e o paciente não identificado estava morrendo bem na sua frente.

Lençóis esterilizados foram postos sobre o peito e a pélvis do paciente. A doutora pegou hemóstatos na bandeja e os usou para pregar os lençóis em seus devidos lugares, apertando os dentes de metal com um clique alto.

— Onde está o sangue?

— Estou checando com o laboratório — disse uma enfermeira.

— Ron, você é o primeiro assistente — disse Catherine a Littman. Olhou à sua volta na sala e fitou um rapaz de rosto pálido em pé ao lado da porta. No crachá dizia: *Jeremy Barrows, Estudante de Medicina.* — Você aí. Vai ser o segundo assistente!

O rapaz esboçou uma expressão de pânico.

— Mas... eu ainda estou cursando o segundo ano. Estou aqui só para...

— Podemos achar outro residente de cirurgia no hospital?

Littman fez que não.

— Todos estão espalhados. Tem uma contusão de cabeça na Traumatismo Um e uma parada cardíaca no fundo do corredor.

— Muito bem. — Olhou novamente para o estudante. — Barrows, você está dentro. Enfermeira, dê um avental e luvas para ele.

— O que tenho de fazer? Porque realmente não sei...

— Não quer ser médico? Então calce as luvas!

Corado de vergonha, o rapaz virou-se para vestir o avental. Estava assustado, mas, sob muitos aspectos, Catherine preferia um estudante ansioso como Barrows a um arrogante. Já vira muitos pacientes serem mortos pelo excesso de confiança de um médico.

Uma voz crepitou no circuito de som:

— Alô, Traumatismo Dois? Laboratório. Terminei o hematócrito do paciente não identificado. Os níveis estão em quinze por cento.

Ele está sangrando, pensou Catherine.

— Precisamos daquele O negativo agora! — gritou a médica.

— Está chegando.

Catherine pegou um bisturi. O peso do cabo e o contorno do metal pareceram confortáveis em sua palma. O bisturi era uma extensão de sua mão, de sua carne. Respirou fundo, inalando o aroma de álcool e talco de luvas. Em seguida pressionou a lâmina na pele e fez sua incisão, direto no centro do abdômen.

O bisturi desenhou uma linha de sangue brilhante na tela de pele branca.

— Deixe o tubo de sucção e as esponjas de laparotomia preparadas — instruiu. — Temos uma barriga cheia de sangue aqui.

— A pressão arterial mal está chegando a 50.

— O sangue tipo O negativo e o plasma fresco congelado estão aqui! Vou pendurar agora!

— Alguém fique de olho no ritmo. Diga-me como está indo.

— Taquicardia sinusal. Ritmo em cento e cinqüenta.

A doutora cortou pele e gordura subcutânea, ignorando o sangramento da parede abdominal. Não podia se dar ao luxo de perder tempo com sangramentos menores; a hemorragia mais séria estava dentro do abdômen e precisava ser detida. A fonte mais provável era um baço ou fígado rompido.

A membrana peritoneal estava inchada, cheia de sangue.

— Vamos fazer uma bela lambança aqui! — alertou a doutora, lâmina posicionada para penetrar.

Embora Catherine estivesse preparada, a primeira perfuração da membrana liberou um jorro tão explosivo que ela sentiu uma pontada de pânico. Sangue se esparramou sobre os lençóis cirúrgicos e escorreu para o chão. O avental da médica estava encharcado de sangue,

# O Cirurgião

e ela sentia um líquido com cheiro de cobre escorrendo por suas mangas. E o líquido vital continuava a jorrar do paciente.

A doutora introduziu afastadores, alargando a abertura do ferimento e expondo o campo. Littman inseriu a sonda de sucção. Sangue gorgolejou para dentro do tubo. Um fluxo de líquido vermelho e brilhante começou a encher o reservatório de vidro.

— Mais esponjas! — berrou Catherine para ser ouvida acima do ruído da sucção. Ela havia enfiado meia dúzia de esponjas absorventes no ferimento e visto todas ficarem vermelhas num passe de mágica. Numa questão de segundos estavam saturadas. Ela retirou as esponjas e inseriu novas, posicionando-as em todos os quadrantes.

— Estou vendo contrações ventriculares prematuras no monitor!

— Droga, já suguei dois litros para o reservatório! — disse Littman.

Catherine olhou para cima e viu que bolsas de sangue tipo O negativo e plasma fresco congelado gotejavam rapidamente nas sondas intravenosas. Era como derramar sangue numa peneira. Entrando pelas veias, saindo pelo ferimento. Eles não conseguiam manter o nível. Ela não podia ligar veias submersas num lago de sangue; ela não podia operar às cegas.

Catherine retirou as esponjas, pesadas e gotejantes, e enfiou outras. Durante mais alguns segundos preciosos delineou as marcas. O sangue escorria do fígado, mas não havia um ponto óbvio de ferimento. Parecia estar escorrendo de toda a superfície do órgão.

— Estou perdendo a pressão dele! — gritou uma enfermeira.

— Grampo! — requisitou Catherine, e o instrumento foi instantaneamente colocado em sua mão. — Vou tentar uma manobra de Pringle. Barrows, enfie mais esponjas!

Ordenado a agir, o estudante de medicina estendeu o braço em direção à bandeja e derrubou a pilha de esponjas de laparotomia. Horrorizado, ele viu as esponjas caírem no chão.

Uma enfermeira abriu um pacote novo.

32    TESS GERRITSEN

— Elas devem ser postas no paciente, não no chão — ralhou a enfermeira. E, quando seu olhar encontrou o de Catherine, o mesmo pensamento estava espelhado nos olhos de ambas as mulheres.

*Esse aí vai ser médico?*

— Onde coloco? — perguntou Barrows.

— Apenas limpe o campo. Não consigo ver nada com esse sangue todo!

Catherine deu-lhe alguns segundos para enxugar o ferimento. Então voltou a trabalhar, cortando o epíploo menor. Guiando o grampo a partir do lado esquerdo, identificou o pedículo hepático, através do qual passavam a artéria do fígado e a veia porta. Era apenas uma solução temporária, mas, se conseguisse obstruir o fluxo de sangue nesse ponto, poderia controlar a hemorragia. Com isso ganharia tempo precioso para estabilizar a pressão e bombear mais sangue e plasma para a circulação.

Travou o grampo, obstruindo as veias no pedículo.

Para seu desespero, o sangue continuou a escorrer.

— Tem certeza de que pegou o pedículo? — indagou Littman.

— Eu *sei* que peguei. E sei que o sangue não está vindo do retroperitônio.

— Talvez da veia hepática?

Ela pegou duas esponjas na bandeja. A manobra seguinte seria um último recurso. Posicionando as esponjas na superfície do fígado, apertou o órgão entre as mãos enluvadas.

— O que ela está fazendo? — perguntou Barrows.

— Compressão hepática — disse Littman. — Às vezes isso pode fechar as bordas de lacerações ocultas. Impede a hemorragia.

Cada músculo dos ombros e braços de Catherine retesou-se enquanto ela lutava para manter a pressão, para espremer o sangue de volta.

— Ainda está vazando — disse Littman. — Não está funcionando.

Catherine olhou para o ferimento e viu o reacúmulo estável de sangue. Mas de onde ele estava sangrando, afinal? E de repente ela notou que também havia sangue vazando estavelmente de outros

O Cirurgião 33

pontos. Não apenas do fígado, mas também da parede abdominal, o mesentério. As bordas cortadas da pele.

Ela olhou para o braço esquerdo do paciente, que se estendia para fora do lençol esterilizado. A gaze que revestia o ponto de entrada do cateter intravenoso estava empapada de sangue.

— Quero seis unidades de plaquetas e plasma fresco congelado, para ontem — ordenou. — E inicie uma infusão de heparina. Dez mil unidades de bolus IV, depois mil unidades por hora.

— Heparina? — disse Barrows, sem entender. — Mas ele está sangrando...

— Isto é uma CID — asseverou Catherine. — Ele precisa de anticoagulante.

Littman a estava encarando.

— Ainda não temos os resultados do laboratório. Como sabe que é CID?

— Quando recebermos os exames de coagulação já vai ser tarde demais. Precisamos agir *agora*. — Ela acenou para a enfermeira. — Administre.

A enfermeira enfiou a agulha na entrada de injeção do cateter. Administrar heparina era um jogo arriscado. Se o diagnóstico de Catherine estava correto, se o paciente estava sofrendo de CID — Coagulação Intravascular Disseminada —, então grande números de coágulos fibrinosos estava se formando por toda a sua corrente sangüínea, como uma tempestade de granizo microscópica, consumindo todos os seus preciosos fatores de coagulação e plaquetas. Traumatismos graves, como um câncer ou uma infecção, podiam acionar uma cascata incontrolável de formação de coágulos fibrinosos. Como a CID gastava os fatores de coagulação e as plaquetas, ambos necessários para que o sangue coagulasse, o paciente começava a sofrer hemorragia. Para deter a CID, precisavam administrar heparina, um anticoagulante. Era um tratamento estranhamente paradoxal. E também um jogo. Se o diagnóstico de Catherine estivesse errado, a heparina pioraria o sangramento.

*Como se as coisas pudessem ficar piores do que já estão.* Suas costas doíam e seus braços tremiam devido ao esforço de manter pressão sobre o fígado. Uma gota de suor correu por sua face e foi absorvida pela máscara.

Alguém do laboratório voltou a falar pelo circuito interno.

— Traumatismo Dois, tenho os resultados do paciente não identificado.

— Prossiga — disse a enfermeira.

— A contagem de plaquetas está baixa, menos de mil. O tempo de protrombina chegou a trinta, e ele está com produtos de degradação de fibrina. Parece que vocês estão aí com um tremendo caso de CID.

Catherine viu a expressão admirada de Barrows. *Estudantes de medicina são tão fáceis de impressionar!*

— Taquicardia ventricular! Ele está com taquicardia ventricular!

Catherine olhou de relance os olhos para o monitor. Uma linha tracejava dentes pontiagudos na tela.

— Alguma pressão? — perguntou.

— Não. Perdi a pressão.

— Inicie ressuscitação. Littman, está encarregado da parada cardíaca.

O caos aumentou como uma tempestade, turbilhonando ao redor de Catherine com violência crescente. Um assistente entrou correndo com plasma fresco congelado e plaquetas. Catherine escutou Littman pedir drogas cardíacas. Viu uma enfermeira colocar as mãos sobre o esterno e começar a bombear o peito, cabeça balançando para cima e para baixo como um pássaro de brinquedo fingindo beber água. A cada compressão cardíaca, estavam aspergindo o cérebro, mantendo-o vivo. Também estavam alimentando a hemorragia.

Catherine baixou o olhar para a cavidade abdominal do paciente. Ainda estava comprimindo o fígado, ainda contendo o maremoto de sangue. Será que era imaginação de Catherine, ou o sangue, que havia escorrido como fitas vermelhas e brilhantes entre os seus dedos, parecia estar reduzindo seu fluxo?

O CIRURGIÃO

— Vamos aplicar o choque — disse Littman. — Cem joules...

— Não, espere. O ritmo está voltando.

Catherine correu os olhos para o monitor. Taquicardia sinusal! O coração estava bombeando novamente, mas também forçando sangue para as artérias.

— Estamos perfundindo? — inquiriu a doutora. — Qual é a pressão arterial?

— Pressão arterial é... 90 por 40. *Beleza!*

— Ritmo estável. Mantendo taquicardia sinusal.

Catherine olhou para o abdômen aberto. O sangramento tinha sido reduzido para um vazamento quase imperceptível. Ela continuou segurando o fígado em suas mãos e ouvindo o bipe estável do monitor. Música para os seus ouvidos.

— Turma, acho que salvamos uma vida.

Catherine despiu o avental e as luvas ensangüentados e acompanhou a maca que retirava o paciente não identificado da Sala de Traumatismo Dois. Os músculos de seus ombros latejavam de cansaço, mas um cansaço bom. A exaustão da vitória. As enfermeiras empurraram a maca para o elevador, para levar o paciente até a Unidade de Tratamento Intensivo. Catherine estava quase entrando no elevador também quando ouviu alguém chamar seu nome.

Virou-se para ver um homem e uma mulher aproximando-se. A mulher era baixa, com uma expressão permanentemente zangada, uma morena com olhos de carvão e olhar fulminante como laser. Vestia um terninho azul austero que a deixava com uma aparência quase militar. Parecia uma anã ao lado de seu companheiro, um homem bem alto, no meio da casa dos quarenta, com fios prateados salpicados no cabelo escuro. A maturidade cavara linhas sóbrias no que ainda era um rosto extremamente bonito. Foi nos olhos dele que Catherine se concentrou. Eram cinza-claros e impenetráveis.

— Doutora Cordell? — perguntou ele.

— Sim.

— Sou o detetive Thomas Moore. Esta é a detetive Rizzoli. Somos da Delegacia de Homicídios.

O detetive mostrou seu distintivo, que até poderia ter sido comprado numa loja de brinquedos, porque ela mal o olhou. Sua atenção estava inteiramente concentrada em Moore.

— Podemos conversar em particular? — perguntou.

Ela se virou para as enfermeiras que esperavam no elevador, junto com o paciente não identificado.

— Podem ir — disse Catherine. — O Doutor Littman vai escrever as ordens.

Foi apenas depois que a porta do elevador tinha se fechado que Catherine se dirigiu ao detetive Moore.

— É sobre o atropelamento que acaba de chegar? Porque parece que ele vai sobreviver.

— Não estamos aqui para falar de um paciente.

— Você não disse que é da Homicídios?

— Sim.

Foi o tom sereno de sua voz que alarmou Catherine. Um aviso gentil para que ela se preparasse para más notícias.

— É sobre... meu Deus, espero que não seja sobre alguém que eu conheça.

— É sobre Andrew Capra. E o que aconteceu com a senhora em Savannah.

Por um momento ela não conseguiu falar. Suas pernas subitamente ficaram bambas, e ela teve de se encostar na parede para não cair.

— Doutora Cordell? — disse ele com preocupação. — Está se sentindo bem?

— Eu acho... eu acho que devemos conversar na minha sala — sussurrou a doutora.

Virou-se abruptamente e saiu da Emergência. Não olhou para trás para ver se os detetives a seguiam; apenas continuou caminhando, fugindo em direção à segurança de sua sala, no prédio de clínicas adjacente. Ela ouviu os passos dos detetives atrás dela en-

# O Cirurgião

quanto navegava através do imenso complexo que era o Pilgrim Medical Center.

*O que aconteceu com a senhora em Savannah?*

Ela não queria falar sobre isso. Esperara jamais falar sobre Savannah com ninguém, nunca mais. Mas esses eram oficiais de polícia e suas perguntas não podiam ser evitadas.

Finalmente chegaram a uma sala com a placa:

*Dr. Peter Falco*
*Dra. Catherine Cordell*
*Cirurgia geral e vascular*

Catherine adentrou na recepção. A recepcionista levantou os olhos do que estava fazendo e lhe dirigiu um sorriso automático de saudação. O sorriso ainda não estava completo quando se congelou em seus lábios. A mulher tinha visto o rosto pálido de Catherine e notado os dois estranhos que a acompanhavam.

— Doutora Cordell? Alguma coisa errada?

— Estaremos em minha sala, Helen. Por favor, segure minhas ligações.

— Seu primeiro paciente vai chegar às dez. Senhor Tsang, consulta de acompanhamento de sua esplenectomia...

— Cancele.

— Mas ele mora lá em Newbury. Provavelmente já está no carro.

— Então peça para ele esperar. Mas, por favor, não me passe nenhum telefonema.

Ignorando a expressão de espanto de Helen, Catherine seguiu direto até sua sala, Moore e Rizzoli seguindo-a de perto. Ela imediatamente estendeu o braço para pegar seu jaleco branco. Ele não estava pendurado no gancho atrás da porta, onde sempre o guardava. Foi apenas uma pequena frustração, mas aumentou a tensão que já estava sentindo, quase como se aquilo fosse mais do que podia suportar. Olhou à sua volta, perscrutando a sala em busca do jaleco como se sua vida dependesse disso. Viu-o dobrado sobre o arquivo, e foi tomada por uma sensação quase irracional de alívio ao pegá-lo e se posicionar atrás da sua mesa. Sentiu-se segura ali, atrás do móvel lustroso, de pau-rosa. Mais segura e no controle das coisas.

A sala era um lugar arrumado com cuidado, como tudo em sua vida. Catherine não tolerava desmazelo, e suas fichas ficavam organizadas em duas pilhas perfeitas na mesa. Seus livros estavam ordenados alfabeticamente por autor nas prateleiras. O computador zumbia baixinho, o protetor de tela construindo padrões geométricos no monitor. Catherine vestiu o jaleco para cobrir o uniforme manchado de sangue. A camada adicional de roupa pareceu mais um escudo de proteção, mais uma barreira contra os caprichos da vida.

Sentada atrás da mesa, observou Moore e Rizzoli passando os olhos pela sala, sem dúvida avaliando sua ocupante. Seria essa uma atitude automática dos policiais, essa rápida análise visual, essa estimativa da personalidade de um indivíduo? Aquilo fez Catherine sentir-se exposta e vulnerável.

— Eu sei que esse é um assunto muito doloroso de se recordar — disse Moore enquanto se sentava.

— Você não faz idéia do quanto. Já se passaram dois anos. Por que vieram me procurar agora?

— Porque está relacionado com dois homicídios não solucionados, aqui em Boston.

Catherine franziu a testa, intrigada.

— Mas eu fui atacada em Savannah.

— Sim, nós sabemos. Existe um banco de dados nacional chamado PAC. Quando fizemos uma busca no PAC, procurando por crimes semelhantes aos nossos homicídios aqui, o nome de Andrew Capra veio à tona.

Catherine ficou calada por um momento, absorvendo a informação. Reunindo a coragem necessária para colocar a próxima questão lógica. Ela conseguiu perguntar calmamente:

— De que similaridades estamos falando?

— A maneira como as mulheres foram imobilizadas e controladas. O tipo de instrumento de corte usado. A... — Moore fez uma pausa, esforçando-se por formular as palavras da forma mais delicada possível. — A escolha da mutilação.

Catherine segurou o tampo da mesa com ambas as mãos, lutando para conter uma vontade repentina de vomitar. Seu olhar bateu nos arquivos empilhados com tanto zelo à sua frente. Notou uma mancha de tinta azul manchando a manga do seu jaleco. *Por mais que você tente manter a ordem em sua vida, por mais que você tente se guardar contra erros, contra imperfeições, sempre há alguma mancha, alguma falha, espreitando onde não pode ser vista. Aguardando para surpreender você.*

— Fale mais sobre elas — disse Catherine. — As duas mulheres.

— Não temos licença para revelar muita coisa.

— O que podem me dizer?

— Não mais do que saiu no *Globe* de domingo.

Catherine levou alguns segundos para processar o que ele acabara de dizer. Com uma expressão de interesse, perguntou:

— Esses assassinatos em Boston... eles são *recentes*?

— O último foi cometido sexta-feira passada.

— Então isso não tem nada a ver com Andrew Capra! Nada a ver comigo!

— As similaridades impressionam.

— Apenas coincidência. Só pode ser. Achei que vocês estavam falando sobre crimes antigos. Alguma coisa que Capra fez anos atrás. Não na semana passada. — Abruptamente, ela empurrou sua cadeira para trás. — Não vejo em que possa ajudá-los.

— Doutora Cordell, esse assassino conhece detalhes que nunca foram divulgados ao público. Ele detém informações sobre os ataques de Capra que ninguém de fora da investigação de Savannah sabe.

— Então talvez devessem procurar essas pessoas. As que sabem.

— A senhora é uma delas, Doutora Cordell.

— Caso tenha esquecido, eu fui uma *vítima*.

— Já conversou detalhadamente sobre o seu caso com alguém?

— Apenas com a polícia de Savannah.

— Não falou sobre o assunto com seus amigos?

— Não.

— Família?

— Não.

— A senhora deve ter dito alguma coisa a alguém.

— Eu não falei sobre o assunto. Eu nunca falo sobre o assunto.

Moore fixou um olhar descrente na doutora.

— Nunca?

Ela desviou o olhar.

— Nunca — disse com um suspiro.

Seguiu-se um longo silêncio. Então Moore perguntou, suavemente:

— O nome Elena Ortiz lhe é familiar?

— Não.

— Diana Sterling?

— Não. Elas são as mulheres que...

— Sim. São as vítimas.

Catherine engoliu em seco.

— Não conheço seus nomes.

— Não sabia nada sobre esses assassinatos?

— Tenho por hábito jamais ler notícias trágicas. É simplesmente uma coisa com que não consigo lidar. — Ela deixou escapar um suspiro cansado. — Procurem entender, eu já vejo muitas coisas horríveis na Emergência. Quando chego em casa, no fim do dia, só quero paz. Quero me sentir segura. O que acontece no mundo... toda a violência... eu não preciso ler sobre ela.

Moore enfiou a mão no bolso do paletó e retirou duas fotografias, que deslizou pelo tampo da mesa para ela.

— Reconhece alguma dessas mulheres?

Catherine olhou para os rostos. A da esquerda tinha olhos negros e uma risada nos lábios, vento no cabelo. A outra era uma loura etérea, seu olhar sonhador fitando ao longe.

— A morena é Elena Ortiz — disse Moore. — A outra é Diana Sterling. Diana foi assassinada há um ano. Esses rostos lhe parecem familiares?

Ela fez que não.

— Diana Sterling morava em Back Bay, a apenas oitocentos metros da sua residência, doutora. O apartamento de Elena Ortiz fica apenas dois quarteirões a sul deste hospital. Talvez a senhora tenha visto as duas. Tem mesmo certeza de que não reconhece nenhuma das duas mulheres?

— Nunca vi antes.

Catherine empurrou de volta as fotos para Moore e subitamente viu que sua mão estava tremendo. Certamente ele tinha notado isso ao recolher as fotos, quando seus dedos roçaram os dela. Catherine pensou que ele, como policial, devia ser muito atento a essas coisas. Ela tinha se concentrado tanto em seu próprio sofrimento que mal prestara atenção a esse homem. Ele tinha sido calmo e gentil, e ela não se sentira ameaçada de forma alguma. Só agora Catherine compreendia que ele a estivera estudando atentamente, esperando por um vislumbre da verdadeira Catherine Cordell. Não a renomada cirurgiã, não a ruiva fria e elegante, mas a mulher por baixo da superfície.

Agora foi a detetive Rizzoli quem falou e, ao contrário de Moore, não fez qualquer esforço para suavizar suas perguntas. Simplesmente queria respostas e não estava disposta a perder tempo para consegui-las.

— Doutora Cordell, quando se mudou para cá?

— Saí de Savannah um mês depois de ter sido atacada — disse Catherine, respondendo a Rizzoli no mesmo tom profissional.

— Por que escolheu Boston?

— Por que não?

— Fica bem longe do sul.

— Minha mãe cresceu em Massachusetts. Ela nos levava até Nova Inglaterra todo verão. Era como... como voltar para casa.

— Então você está aqui há mais de dois anos.

— Sim.

— Fazendo o quê?

Catherine franziu a testa, perplexa com a pergunta.

— Trabalhando aqui no Pilgrim, com o Doutor Falco. Na Unidade de Traumatismos.

— Então acho que o *Globe* estava errado.

— Perdão?

— Li o artigo que saiu sobre a senhora há algumas semanas. Bela foto a sua, a propósito. A matéria dizia que está trabalhando aqui no Pilgrim há apenas um ano.

Catherine ficou calada por um instante. Então disse, com muita calma:

— O artigo estava correto. Depois de Savannah, eu tirei algum tempo para... — Ela pigarreou. — Só me associei ao Doutor Falco em julho do ano passado.

— E o que a senhora fez no seu primeiro ano em Boston?

— Não trabalhei.

— O que fez?

— Nada.

A resposta, seca e definitiva, era tudo que tinha a dizer. Não ia revelar a verdade humilhante de como tinha sido seu primeiro ano. Os dias, estendendo-se em semanas, quando ela sentia medo de emergir de seu apartamento. As noites em que o som mais suave fazia com que acordasse tremendo de pânico. A jornada lenta e dolorosa de volta para o mundo, quando simplesmente andar de elevador ou caminhar à noite até seu carro era um ato de pura coragem. Naquela época ela sentira muita vergonha de sua vulnerabilidade. Ainda estava envergonhada, e seu orgulho jamais lhe permitiria revelar isso.

Catherine viu as horas.

— Tenho pacientes chegando. Realmente, não tenho mais nada a acrescentar.

— Permita-me conferir meus dados. — Rizzoli abriu um caderninho espiral. — Há pouco mais de dois anos, na noite de quinze de junho, a senhora foi atacada em sua casa pelo Doutor Andrew Capra. Um homem que a senhora conhecia. Um plantonista com quem a senhora trabalhava no hospital.

Rizzoli levantou os olhos de seu caderno para fitar Catherine.

— Você já conhece as respostas.

— Ele drogou e despiu a senhora. Amarrou a senhora na sua cama. Aterrorizou a senhora.

— Eu não vejo qual é o motivo para...

— Estuprou a senhora.

As palavras, ainda que pronunciadas em tom calmo, surtiram o impacto de um tapa violento.

Catherine não disse nada.

— E não era só isso que ele planejava fazer — prosseguiu Rizzoli.

*Deus, faça essa mulher parar.*

— Ele ia mutilar a senhora da pior forma possível. Da forma como mutilou quatro outras mulheres na Geórgia. Ele abriu as mulheres. Fez isso para destruir precisamente aquilo que fazia delas mulheres.

— Basta — disse Moore.

Mas Rizzoli era implacável.

— Isso poderia ter acontecido com a senhora, Doutora Cordell.

Catherine balançou a cabeça.

— Por que está fazendo isso?

— Doutora Cordell, não há nada que eu queira mais do que capturar esse homem, e gostaria de pensar que a senhora está disposta a nos ajudar. A senhora não quer que isso continue acontecendo com outras mulheres.

— Isso não tem nada a ver comigo! Andrew Capra está *morto.* Ele está morto há dois anos.

— Sim, eu li o relatório de sua autópsia.

— Bem, eu posso garantir que ele está morto — retrucou Catherine. — Porque fui eu quem matou aquele desgraçado.

# 4

Moore e Rizzoli estavam sentados no carro, suando, enquanto ar quente soprava da saída do ar-condicionado. Estavam presos no tráfego havia dez minutos, e o carro não estava ficando mais frio.

— Os cidadãos pagam seus impostos, e mesmo assim este carro é um lixo — disse Rizzoli.

Moore desligou o ar-condicionado e baixou o vidro de sua janela. O odor de asfalto quente e de fumaça de cano de descarga entrou no carro. Ele já estava coberto de suor. Não sabia como Rizzoli conseguia manter seu blazer fechado; ele se livrara do paletó no instante em que pusera os pés fora do Pilgrim Medical Center, e eles foram envolvidos por um lençol pesado de umidade. Sabia que Rizzoli estava com calor, porque podia ver suor brilhando em seu lábio superior, um lábio que provavelmente jamais fora apresentado a um batom. Rizzoli não era feia, mas, enquanto outras mulheres suavizavam suas feições com maquiagem ou as adornavam com brincos, Rizzoli parecia determinada a reduzir seus atrativos. Usava terninhos escuros que não favoreciam seu corpo pequeno, e os cabelos eram um amontoado desmazelado de cachos negros. Ela era quem ela era, e você ou aceitava isso ou podia ir para o inferno. Moore entendia por que ela adotava essa atitude agressiva; provavelmente precisava disso para sobreviver como policial. Rizzoli era, acima de tudo, uma sobrevivente.

Assim como Catherine Cordell. Mas a Dra. Cordell tinha desenvolvido uma estratégia diferente: distanciamento. Durante a entrevista, Moore tivera a impressão de vê-la através de um vidro embaçado, tão distante era sua atitude.

Foi isso que irritou Rizzoli.

— Tem alguma coisa estranha com ela — disse a detetive. — Falta alguma coisa no departamento de emoções.

— Ela é uma cirurgiã de traumatismos. Foi treinada para manter a calma.

— Calma e frieza são coisas diferentes. Há dois anos ela foi amarrada, estuprada e quase eviscerada. E está tão calma em relação a isso que me deixa com a pulga atrás da orelha.

Moore freou para um sinal vermelho. Suor escorria por suas costas. Ele não funcionava bem naquela temperatura; o calor fazia com que se sentisse lerdo e estúpido. Fazia-o sonhar com o fim do verão, com a pureza da primeira neve de inverno...

— Ei! — disse Rizzoli. — Está ouvindo?

— Ela é muito controlada — concedeu Moore.

Mas não é fria, pensou ele, lembrando como a mão de Catherine Cordell estava tremendo ao lhe devolver as fotos das duas mulheres.

De volta à sua mesa, Moore bebericou uma coca-cola morna e releu o artigo publicado algumas semanas antes no *Boston Globe:* "Mulheres com a Faca na Mão". Ele falava sobre três cirurgiãs de Boston — seus triunfos e percalços, os problemas específicos que enfrentavam em suas especialidades. Das três fotos, a de Cordell era a mais impressionante. Era mais do que o simples fato de ser uma mulher bonita; era o seu olhar, tão orgulhoso e direto que parecia desafiar a câmera. A foto, como o artigo, reforçava a impressão de que a mulher estava no controle de sua própria vida.

Moore colocou o artigo de lado e ficou sentado ali, pensando no quanto primeiras impressões podiam ser equivocadas. Como a dor

O CIRURGIÃO

47

podia tão facilmente ser mascarada por um sorriso, por um queixo empinado.

Abriu um arquivo diferente. Respirou fundo e releu o relatório da polícia de Savannah sobre o Dr. Andrew Capra.

Capra cometeu seu primeiro assassinato quando estudante de medicina na Emory University de Atlanta. A vítima era Dora Ciccone, uma estudante de 22 anos da mesma universidade, cujo corpo fora achado amarrado à cama em seu apartamento nas proximidades do campus. A autópsia encontrou em seu organismo resíduos de Rohypnol, a droga usada para estupros no golpe boa-noite-cinderela. O apartamento não apresentava sinais de arrombamento.

A vítima tinha convidado o assassino à sua casa.

Depois de drogada, Dora Ciccone foi amarrada à cama com corda de náilon, e seus gritos abafados com silver tape. Primeiro o invasor a estuprou. Depois a cortou.

Ela estava viva durante a operação.

Quando completou a excisão, pegou seu brinquedinho e aplicou o golpe de misericórdia: um único corte profundo ao longo do pescoço, da esquerda para a direita. Embora a polícia tivesse o DNA do sêmen do assassino, não tinha pistas. A investigação foi complicada pelo fato de que Dora era conhecida como uma garota promíscua que freqüentava os bares de solteiros das redondezas e freqüentemente levava para casa homens que tinha acabado de conhecer.

Na noite em que morreu, o homem que Dora levou para casa era um estudante de medicina chamado Andrew Capra. Mas o nome de Capra não chamou a atenção da polícia até três mulheres serem chacinadas na cidade de Savannah, a 32 quilômetros dali.

Finalmente, numa quente e abafada noite de junho, os assassinatos terminaram.

Catherine Cordell, 31 anos, médica plantonista e chefe da cirurgia do Riverland Hospital de Savannah, foi surpreendida por alguém batendo à sua porta. Quando abriu, deparou-se com Andrew Capra, um dos seus residentes de cirurgia, na varanda. Mais cedo naquele mesmo dia, no hospital, Catherine repreendera-o por um erro que Capra tinha cometido, e agora ele estava desesperado para saber como poderia se redimir. Será que podia entrar para conversar com ela sobre isso?

Enquanto tomavam algumas cervejas, os dois analisaram o desempenho de Capra como residente. Todos os erros que ele cometera, os pacientes que podiam ter sido prejudicados por sua falta de cuidado. Catherine não teve papas na língua. Disse que Capra estava fracassando e que não receberia permissão para terminar o programa de cirurgia. Em algum momento da noite, Catherine saiu da sala para ir ao banheiro, e então voltou para continuar a conversa e terminar sua cerveja.

Quando recobrou a consciência, descobriu-se completamente nua e amarrada à cama com uma corda de náilon.

O relatório da polícia descrevia, com detalhes horrendos, o pesadelo que se seguiu.

Fotografias tiradas dela no hospital revelaram uma mulher com olhos aterrorizados, uma face ferida e horrivelmente inchada. O que Moore viu, nessas fotos, estava resumido numa palavra genérica: *vítima*.

Não era uma palavra que se aplicava à mulher extremamente autocontrolada que ele conhecera hoje.

Agora, relendo o depoimento de Cordell, Moore podia ouvir a voz dela em sua cabeça. As palavras não mais pertenciam a uma vítima anônima, mas a uma mulher cujo rosto ele conhecia.

*Não sei como soltei a mão. Meu pulso agora está todo arranhado, de modo que devo tê-lo puxado através do nó da corda de náilon. Sinto muito, mas as coisas não estão claras na minha mente. Tudo que lembro é ter esticado a mão para pegar o bisturi. De saber que precisava tirar o bisturi da bandeja. Que tinha de cortar a corda de náilon, antes que Andrew voltasse...*

*Lembro-me de ter rolado para o lado da cama. De cair no chão e bater a cabeça. Depois tentei achar a arma. Era o revólver do meu pai.*

*Depois que a terceira mulher foi assassinada em Savannah, ele tinha insistido em que eu ficasse com a arma.*

*Lembro-me de enfiar a mão debaixo da cama. De pegar a arma. Lembro-me de ouvir passos vindo para o quarto. Depois... depois não tenho certeza. Deve ter sido quando atirei nele. Sim, foi isso que aconteceu. Me disseram que atirei nele duas vezes. Deve ser verdade.*

Moore fez uma pausa enquanto meditava sobre o depoimento. A balística confirmara que ambas as balas foram disparadas da arma, registrada em nome do pai de Catherine, que foi achada ao lado da cama. Exames de sangue no hospital confirmaram a presença de Rohypnol na sua corrente sangüínea. Como essa era uma droga indutora de amnésia, era perfeitamente lógico que ela estivesse com lapsos de memória. Quando Cordell foi levada para a Emergência do hospital, os médicos descreveram-na como confusa, devido à droga ou a uma possível concussão. Apenas um golpe forte na cabeça poderia ter deixado seu rosto tão ferido e inchado. Ela não lembrava como ou quando recebera esse golpe.

Moore começou a ver as fotos da cena do crime. No chão do quarto, Andrew Capra jazia morto, deitado de costas. Recebera dois tiros, um no abdômen, outro no olho, ambos à queima-roupa.

Durante muito tempo estudou as fotos, notando a posição do corpo de Capra, o padrão das manchas de sangue.

Abriu o relatório da autópsia. Leu-o duas vezes.

Mais uma vez olhou para a foto da cena do crime.

Tem alguma coisa errada aqui, pensou. O depoimento de Cordell não faz sentido.

Um relatório subitamente pousou em sua mesa. Assustado, olhou para cima, e viu Rizzoli.

— Consegue entender isto? — perguntou.

— O quê?

— O relatório sobre aquele fio de cabelo encontrado na borda do ferimento de Elena Ortiz.

Moore correu os olhos até a última frase e disse:

— Não tenho a menor idéia do que isso significa.

Em 1997, os diversos setores do Departamento de Polícia de Boston foram colocados sob um mesmo teto, localizado dentro do novíssimo complexo na Schroeder Plaza número um, no bairro de Roxbury. Os policiais referiam-se à nova sede como "o palácio de mármore" devido ao uso exagerado de granito polido no saguão. "Dêem alguns aninhos pra gente depredar este lugar e então vamos nos sentir em casa", era a piada mais popular. A sede na Schroeder Plaza guardava pouca semelhança com as delegacias de polícia velhas, sujas e desorganizadas que se vêem nos seriados policiais. O edifício elegante e moderno, com o chão acarpetado e muitos computadores, poderia se passar pelo escritório de uma grande empresa. O que os policiais mais gostavam sobre a sede era a integração das diversas divisões do departamento.

Para os detetives da Homicídios, uma visita ao laboratório de criminalística ficava apenas a uma caminhada de distância pelo corredor, até a ala sul do prédio.

No Departamento de Cabelos e Fibras, Moore e Rizzoli observaram Erin Volchko, uma cientista forense, folhear sua coleção de envelopes de provas.

— Tudo o que eu tinha para trabalhar era aquele fio de cabelo — disse Erin. — Mas é surpreendente o que um fio de cabelo pode revelar. Aqui está ele. — Ela localizou o envelope com o número do caso de Elena Ortiz e removeu uma lâmina de microscópio. — Vou mostrar a vocês o aspecto debaixo das lentes. As características numéricas estão no relatório.

— Esses números? — perguntou Rizzoli, olhando uma longa série de códigos na página.

— Exato. Cada código descreve uma característica diferente de cabelo, desde cor e forma até aspectos microscópicos. Este fio específico é um A01: louro escuro. Sua forma é B01. Curvado, com um diâmetro de cacho de menos de oitenta. Quase reto, mas não completamente. Quatro centímetros de comprimento. Infelizmente, este fio está na fase telógena, de modo que não possui tecido epitelial aderido a ele.

— Em outras palavras, não tem DNA.

— Certo. Telógena é a fase terminal do crescimento da raiz. Este fio caiu naturalmente, como parte do processo de desnudamento. Em outras palavras, não foi arrancado. Se houvesse células epiteliais na raiz, poderíamos usar seu núcleo para uma análise de DNA. Mas o fio não tem essas células.

Rizzoli e Moore trocaram um olhar decepcionado.

— Mas nós temos uma coisa que é muito boa — acrescentou Erin. — Não tão boa quanto DNA, mas pode ser usada no tribunal depois que vocês pegarem um suspeito. É uma pena que não tenhamos cabelos do caso Sterling para comparar. — Ela focou as lentes do microscópio e se afastou um pouco para o lado. — Dêem só uma olhada.

O microscópio tinha um visor duplo usado para ensino, de modo que tanto Rizzoli quanto Moore puderam examinar a lâmina simultaneamente. O que Moore viu, olhando pela lente, foi um único fio salpicado por nódulos minúsculos.

— O que são esses carocinhos? — indagou Rizzoli. — Isso não é normal.

— Não apenas é anormal, como é raro — disse Erin. — Trata-se de uma condição chamada *Trichorrhexis invaginata*, popularmente chamada de "cabelo em bambu". Você pode ver de onde veio o apelido. Esses pequenos nódulos fazem com que o fio pareça um caule de bambu, não parece?

— O que são os nódulos?

— São defeitos focais na fibra capilar. Quer dizer, sítios fracos que permitem ao fio uma dobra nele mesmo, formando uma espécie de bola e bocal. Estas pequenas saliências são os pontos fracos, onde a haste se condensou, formando uma protuberância.

— Como se contrai essa condição?

— Ocasionalmente pode se desenvolver devido a um excesso de processamento capilar. Secagens, permanentes, esse tipo de coisa. Mas como provavelmente estamos procurando um indivíduo não identificado do sexo masculino, e como eu não vejo nenhum sinal de clareamento artificial, estou inclinado a dizer que isto não foi causado por meios externos, mas por algum tipo de anormalidade genética.

— Como o quê?

— Síndrome de Netherton, por exemplo. É uma condição recessiva autossômica que afeta o desenvolvimento de queratina. Queratina é uma proteína resistente e fibrosa encontrada nos cabelos e nas unhas. Também é a camada externa de nossa pele.

— Se há um defeito genético, e a queratina não se desenvolve normalmente, então o cabelo é enfraquecido?

Erin assentiu.

— E não é apenas o cabelo que pode ser afetado. Pessoas com Síndrome de Netherton também podem ter distúrbios da pele. Irritações e descamação.

— Estamos procurando por um criminoso com um caso grave de caspa? — perguntou Rizzoli.

— Pode ser até mais óbvio do que isso. Alguns desses pacientes sofrem de uma variação severa conhecida como ictiose. Sua pele pode ser tão seca como couro de jacaré.

Rizzoli riu.

— Então estamos procurando pelo *Homem-Cobra*! Isso deve facilitar nossa busca.

— Não necessariamente. É verão.

— E daí?

— O calor e a umidade tornam a pele menos seca. Ele pode parecer completamente normal nesta época do ano.

Rizzoli e Moore olharam um para o outro, acometidos pelo mesmo pensamento.

*Ambas as vítimas foram assassinadas durante o verão.*

— Enquanto este calor continuar, ele provavelmente poderá se misturar com todas as pessoas — prosseguiu Erin.

— Ainda é julho — disse Rizzoli.

Moore fez que sim.

— A temporada de caça dele apenas começou.

O paciente desconhecido agora tinha um nome. As enfermeiras da Emergência tinham encontrado uma etiqueta de identificação presa ao seu chaveiro. Seu nome era Herman Gwadowski, e tinha 69 anos.

Catherine estava em pé no cubículo de seu paciente, analisando metodicamente os monitores e equipamentos dispostos em torno de sua cama. Um ritmo normal de eletrocardiograma bipava através do osciloscópio. As ondas arteriais atingiam seu pico em 110/70, e a leitura de sua linha de pressão venosa central subia e descia como ondas num mar tempestuoso. A julgar pelos números, a operação do Sr. Gwadowski havia sido um sucesso.

Mas ele não está acordando, pensou Catherine enquanto dirigia a luz de sua pequena lanterna para a pupila esquerda do paciente e depois para a direita. Quase oito horas depois da cirurgia, ele permanecia em coma profundo.

Ela se empertigou e ficou olhando o peito do paciente subir e descer segundo o ciclo do ventilador. Ela o tinha impedido de sangrar até a morte. Mas o que ela tinha realmente salvado? Um corpo com um coração batendo e nenhum cérebro funcionando.

Ouviu uma batida no vidro. Através da janela do cubículo viu seu colega cirurgião, Dr. Peter Falco, acenando para ela, uma expressão preocupada no rosto geralmente alegre.

Alguns cirurgiões são conhecidos por seus ataques histéricos na sala de operação. Alguns marcham arrogantemente para a sala e vestem seus aventais cirúrgicos como se fossem mantos reais. Outros são técnicos frios e eficientes para quem os pacientes não passam de um amontoado de peças mecânicas necessitando de reparos.

E também havia Peter. O engraçado e exuberante Peter, que cantava músicas de Elvis com sua voz de taquara rachada durante as operações, que organizava competições de gaivotas de papel no escritório e que alegremente se punha de quatro para brincar de Lego com seus pacientes da Pediatria. Catherine estava acostumada a ver um sorriso no rosto de Peter. Quando viu sua expressão preocupada através da janela, imediatamente saiu do cubículo de seu paciente.

— Está tudo certo? — perguntou.

— Apenas terminando minhas visitas.

Peter olhou para os tubos e a maquinaria em torno da cama do sr. Gwadowski.

— Ouvi dizer que você fez um salvamento e tanto. Uma hemorragia de vinte unidades.

— Não sei se posso chamar isso de salvamento. — Ela tornou a olhar para o paciente. — Tudo funciona, menos a massa cinzenta.

Durante uns momentos eles não trocaram palavra; ficaram ambos observando o peito do Sr. Gwadowski subir e descer.

— Helen me disse que dois policiais vieram ver você hoje — disse Peter. — O que está havendo?

— Nada de mais.

— Esqueceu de pagar aquelas multas?

Ela forçou uma risada.

— É, foi isso. E estou contando com você para pagar a minha fiança.

Eles saíram da UTI. Enquanto desciam no elevador, Peter perguntou:

— Você está se sentindo bem, Catherine?

— Por quê? Não pareço bem?

— Francamente? — Ele estudou o rosto de Catherine, seus olhos azuis tão diretos que ela se sentiu invadida. — Você parece que está precisando de uma taça de vinho e um jantar num bom restaurante. Que tal?

— Um convite tentador.

— Então?

— Mas eu acho que vou ficar em casa.

Peter levou a mão ao peito, como se tivesse sido ferido mortalmente.

— Acertado de novo! Diga, existe alguma cantada que funciona com você?

Ela sorriu.

— Isso é para você descobrir.

— Que tal esta? Um passarinho me contou que o seu aniversário é no sábado. Vamos dar uma volta no meu avião.

— Não posso. Estarei de plantão.

— Pode trocar com Ames. Vou falar com ele.

— Peter, você sabe que não gosto de voar.

— Não me diga que tem fobia de avião!

— Apenas não gosto de abrir mão do controle da minha vida.

Ele meneou a cabeça solenemente.

— Personalidade típica de cirurgiã.

— Essa é uma forma gentil de dizer que eu sou metida.

— Então é um não definitivo para o passeio de avião? Não tenho como fazer com que mude de idéia?

— Acho que não.

Ele suspirou.

— Bem, isso esgota minhas cantadas. Acho que você já rejeitou todo o meu repertório.

— Eu sei. Você está começando a reciclá-las.

— É isso que Helen diz também.

Catherine ficou boquiaberta de surpresa.

— Helen está lhe dando dicas sobre como me chamar para sair?

— Ela disse que não consegue ver o espetáculo patético de um homem batendo a cabeça contra uma parede intransponível.

Ambos riram enquanto saíam do elevador e caminhavam até o conjunto de salas. Era a risada confortável de dois colegas acostumados a brincar desse jeito. Manter a situação nesse nível significava que nenhum sentimento era ferido, que nenhuma emoção estava em jogo. Um flerte inocente que mantinha ambos isolados de um envolvimento real. De brincadeira, ele a convidava para sair; de brincadeira, ela recusava, e a turma inteira participava da brincadeira.

Já eram cinco e meia, e o turno dos funcionários havia acabado. Peter retornou para a sua sala e Catherine foi para a dela, pendurar o jaleco e pegar a bolsa. Enquanto colocava o jaleco no gancho atrás da porta, um pensamento lhe ocorreu.

Atravessou o corredor e enfiou a cabeça pela brecha da porta da sala de Peter. Estava revisando prontuários, óculos de leitura enterrados no nariz. Ao contrário da sala bem organizada de Catherine, a de Peter parecia o gabinete da presidência do caos. Gaivotas de papel abarrotavam a lata de lixo. Livros e periódicos de medicina empilhavam-se nas cadeiras. Uma parede estava praticamente coberta por uma trepadeira. Perdidos nessa floresta de folhas, estavam os diplomas de Peter: um curso técnico em engenharia aeronáutica do MIT, um curso superior em medicina de Harvard.

— Peter? Tenho uma pergunta estúpida...

Peter olhou por sobre os óculos.

— Então veio ao homem certo.

— Esteve na minha sala?

— Devo telefonar para o meu advogado antes de responder?

— Pára com isso. Estou falando sério.

Peter se empertigou na cadeira e olhou Catherine bem nos olhos.

— Não, não estive. Por quê?

— Esqueça. Não é nada de mais.

Catherine se virou para sair e ouviu o estalido da cadeira de Peter enquanto ele se levantava. Ele a seguiu até a sala dela.

— O que não é nada demais?

— Estou ficando compulsivo-obsessiva, só isso. Fico irritada quando as coisas não estão onde deveriam.

— Como o quê?

— Meu jaleco. Sempre o penduro na porta, e sei lá como ele acaba no armário de arquivos, ou em cima de uma cadeira. Sei que não é Helen ou as outras secretárias. Já perguntei a elas.

— A mulher da limpeza deve ter mudado ele de lugar.

— E outra coisa que está me deixando maluca é que não consigo achar meu estetoscópio.

— Ainda está sumido?

— Tive de pedir emprestado o da supervisora de enfermagem.

Preocupado, Peter correu os olhos pela sala.

— Bem, lá está. Na estante.

Ele caminhou até a estante, onde o estetoscópio de Catherine estava enrolado ao lado de um suporte de livros.

Em silêncio, Catherine pegou o estetoscópio, fitando-o como se fosse alguma coisa alienígena. Uma serpente negra, dependurada de sua mão.

— Ei, qual é o problema?

Ela respirou fundo.

— Acho que estou apenas cansada — disse Catherine, e colocou o estetoscópio no bolso esquerdo do jaleco: onde sempre o deixava.

— Tem certeza de que é só isso? Tem mais alguma coisa acontecendo?

— Preciso ir para casa.

Catherine saiu do escritório, e Peter a seguiu para o corredor.

— Tem alguma coisa a ver com aqueles policiais. Olhe, se está com algum tipo de problema... se eu puder ajudar...

— Eu não *preciso* de ajuda, obrigada. — A resposta saiu mais fria do que pretendia, e ela instantaneamente se arrependeu. Peter não merecia isso.

— Sabe, eu não me importaria se você me pedisse favores de vez em quando — disse Peter sereno. — Faz parte de nosso trabalho juntos. De sermos parceiros. Não acha?

Ela não respondeu.

Peter voltou para a sua sala.

— Então nos vemos amanhã de manhã.

— Peter?

— Sim?

— Sobre os dois policiais. E o motivo por que vieram me ver...

— Você não precisa me contar.

— Preciso, sim. Se eu não fizer isso, você vai ficar preocupado demais, tentando adivinhar. Eles vieram falar comigo sobre um caso de homicídio. Uma mulher foi assassinada quinta-feira à noite. Eles acharam que eu talvez a conhecesse.

— E conhecia?

— Não. Foi um engano, só isso. — Ela suspirou. — Um mero engano.

Catherine passou a trava na porta, ouvindo com prazer o som que ela fazia ao se encaixar. Em seguida colocou a corrente. Mais uma linha de defesa contra os horrores inomináveis que espreitavam além de suas paredes. Segura em seu apartamento, tirou os sapatos, colocou a bolsa e as chaves do carro na mesa de cerejeira e caminhou apenas de meias pelo tapete branco até a sala de estar. O apartamento era agradavelmente frio, graças ao milagre do ar-condicionado central. Lá fora fazia 30°, mas ali dentro a temperatura jamais ficava acima dos 22° no verão ou abaixo de 22° no inverno. Havia muito pouco na vida que podia ser planejado e predeterminado, e ela fazia tudo que era possível para manter a ordem em sua vida. Catherine escolhera seu edifício de doze apartamentos na Commonwealth Avenue porque era novo em folha, com um estacionamento seguro, embora não tão bonito quanto as residências históricas em Back Bay. Aqui ela não era atormentada pelas incertezas do abastecimento de água e energia elétrica dos prédios mais antigos. Incerteza era uma coisa que Catherine não tolerava bem. Seu apartamento era mantido impecavelmente limpo, e, exceto por algumas explosões de cor, ela resolvera mobiliá-lo quase todo em branco. Sofá branco, tapetes brancos, azulejos brancos. A cor da pureza. Intocado, virgem.

No quarto ela se despiu, pendurou a saia, separou a blusa para deixá-la na lavanderia. Colocou calças compridas folgadas e uma blusa de seda sem mangas. Quando entrou descalça na cozinha, sentia-se calma, com tudo sob controle.

Horas antes ela não se sentira assim. A visita dos dois detetives deixara-a abalada, e durante toda a tarde flagrara-se cometendo erros. Trocando testes, escrevendo a data incorreta num prontuário. Apenas erros pequenos, mas que eram como ondulações suaves na superfície de um mar com profundezas agitadas. Durante os últimos dois anos tinha conseguido conter todos os pensamentos sobre o que acontecera em Savannah. Vez por outra, sem o menor aviso, era assaltada por uma imagem, afiada como uma navalha, mas conseguia esquivar-se, ocupando sua mente com outros pensamentos. Hoje não tinha conseguido evitar essas lembranças. Hoje não tinha conseguido fingir que Savannah jamais havia acontecido.

Os azulejos da cozinha gelaram seus pés descalços. Ela fez um coquetel de suco de laranja com vodca, evitando o excesso dessa última. Bebericou enquanto ralava queijo parmesão e picava tomate, alho e ervas. Sua última refeição tinha sido o café da manhã, de modo que o álcool entrou direto na corrente sangüínea. A tontura da vodca foi agradável e anestesiante. O toque contínuo da faca na tábua de carne, a fragrância de alho e manjericão frescos surtiram um efeito calmante nela. A culinária como terapia.

Do outro lado da janela da cozinha, a cidade de Boston era um caldeirão superaquecido de escapamentos de carros e mau humor, mas ali dentro, lacrada atrás do vidro, Catherine placidamente embebia os tomates em azeite de oliva, servia uma taça de Chianti e fervia uma panela de água para cozinhar massa de macarrão fina e fresca. O ar frio sibilava pela saída do ar-condicionado.

Sentou-se com sua massa, salada e vinho e comeu enquanto Debussy tocava no aparelho de CD. Apesar da fome e do cuidado que tivera com a preparação da comida, tudo parecia insípido. Forçou-se a comer, mas sua garganta parecia fechada, como se tivesse engolido alguma coisa espessa e glutinosa. Mesmo bebendo uma segunda taça de vinho não conseguiu desobstruir a garganta. Pousou o garfo ao lado do prato e fitou o jantar comido pela metade. Ao redor dela, a música subia e descia como ondas no mar.

Afundou o rosto nas mãos. A princípio não emitiu nenhum som. Era como se sua dor tivesse ficado engarrafada por tanto tempo que a rolha agora teimava em sair. Um gemido escapou de sua garganta, um som agudo e quase inaudível. E de repente um choro explodiu de seu peito, um choro contendo quase dois anos de dor represada. A violência de suas emoções a assustou, porque ela não conseguia contê-las, não conseguia sondar a profundidade de sua dor ou se um dia seria capaz de dar um fim a ela. Chorou até ficar rouca, até seus pulmões latejarem em espasmos. Durante todo o tempo o som de seu sofrimento foi mantido em seu apartamento selado hermeticamente.

Finalmente, seca de lágrimas, deixou-se cair no sofá e mergulhou num sono profundo.

Acordou de repente para se descobrir no escuro, coração acelerado, blusa encharcada de suor. Tinha ouvido um ruído? Um vidro sendo quebrado? Passos no corredor? Alguma coisa a acordara de seu sono profundo? Catherine não ousava mover um músculo, por medo de não escutar algum som emitido por um possível intruso.

Luzes em movimento brilharam através da janela: os faróis de um carro. A sala de Catherine se iluminou por um instante, e então mergulhou novamente na escuridão. Ela ouviu o chiado de ar gelado passando pela saída do ar-condicionado, o zumbido da geladeira na cozinha. Nada estranho. Nada que pudesse inspirar o medo que ela estava sentindo.

Sentou-se e reuniu coragem para acender o abajur. Os horrores imaginários foram afugentados pela luz. Levantou do sofá, caminhando deliberadamente de cômodo em cômodo, ligando as luzes, olhando dentro de armários. Num nível racional, sabia que não havia intruso, que sua casa, com seu sistema de alarme sofisticadíssimo e suas portas e janelas bem trancadas, era tão segura quanto uma casa podia ser. Mas não descansou até acabar o ritual de vistoriar cada reentrância. Quando finalmente estava certa de que sua segurança não tinha sido rompida, ela se permitiu voltar a respirar normalmente. Eram dez e meia. Quarta-feira. *Preciso conversar com alguém. Esta noite não vou conseguir lidar com isto sozinha.*

Sentou-se à sua escrivaninha, ligou o computador e observou a tela acender. Esse amontoado de componentes eletrônicos, arame e plástico era seu suporte de vida, seu terapeuta, o único lugar no qual ela conseguia despejar sua dor.

Digitou seu nickname na tela, CCORD, acessou a Internet, e com alguns cliques de mouse, algumas palavras digitadas no teclado, navegou até sua sala de bate-papo particular, conhecida simplesmente como *womanhelp.*

Meia dúzia de nomes de tela familiares já estavam lá. Mulheres sem nomes nem rostos, todas atraídas para este refúgio seguro e anônimo no ciberespaço. Ficou sentada durante alguns momentos, observando as mensagens rolarem na tela do computador. Ouvindo, em sua mente, as vozes feridas de mulheres com quem ela nunca havia se encontrado, exceto nesta sala virtual.

LAURIE45: E aí, o que você fez?

VOTIVA: Disse a ele que não estava pronta. Ainda estava tendo flashbacks. Disse que se ele gostava de mim, ia esperar.

CPARTIDO: Fez muito bem.

PISCADA98: Não deixa ele te apressar.

LAURIE45: Como ele reagiu?

VOTIVA: Ele disse que eu devia simplesmente SAIR DESSA. Como se fosse alguma frescura.

PISCADA98: Homens deviam ser estuprados!!!

CPARTIDO: Precisei de dois anos para ficar pronta.

LAURIE45: Mais de um ano para mim.

PISCADA98: Esses caras só pensam é nos seus paus. Tudo gira em torno deles. Eles querem apenas satisfazer o TROÇO deles.

LAURIE45: Ai, você está puta esta noite, Piscada.

PISCADA98: Talvez eu esteja. Às vezes acho que Lorena Bobbit estava certa.

CPARTIDO: Piscada pegando seu machado!

VOTIVA: Não acho que ele esteja disposto a esperar. Acho que já desistiu de mim.

PISCADA98: Vale a pena esperar por você, Votiva. VALE A PENA!

Alguns segundos se passaram, com a caixa de mensagem em branco. Então:

LAURIE45: Oi, Ccord. É bom te ver de volta.

Catherine digitou.

CCORD: Vejo que estão falando sobre homens de novo.

LAURIE45: É. Por que será que a gente nunca sai desse assunto?

VOTIVA: Porque são eles que machucam a gente.

Houve mais uma longa pausa. Catherine respirou fundo e digitou.

CCORD: Tive um dia ruim.

LAURIE45: Conta pra gente, CC. O que aconteceu?

Catherine quase conseguia escutar o som musical de vozes femininas emitindo murmúrios amistosos através do éter.

CCORD: Tive um ataque de pânico esta noite. Estava aqui, trancada na minha casa, onde ninguém pode me tocar, e mesmo assim tive uma crise daquelas.

PISCADA98: Não deixe ele vencer. Não deixe ele te transformar numa prisioneira.

CCORD: É tarde demais. Eu sou uma prisioneira. Porque compreendi uma coisa terrível esta noite.

PISCADA98: O que foi?

CCORD: O mal não morre. Nunca morre. Ele apenas adota um novo rosto, um novo nome. Só porque nós fomos tocadas por ele uma vez, não significa que estamos imunes a sermos feridas de novo. Um raio pode cair duas vezes no mesmo lugar.

Ninguém digitou nada. Ninguém respondeu.

Por mais cuidadosas que sejamos, o mal sabe onde nós moramos, ela pensou. Ele sabe como nos encontrar.

Uma gota de suor correu por suas costas.

*E eu o sinto agora. Se aproximando.*

*Nina Peyton não vai a lugar algum, não vê ninguém. Não aparece no trabalho há semanas. Hoje liguei para o seu escritório em Brookline, onde Nina trabalha como representante de vendas, e o colega dela me disse que não sabe quando ela vai voltar para o trabalho. Ela é como uma fera ferida, entocada em sua caverna, com medo demais para sair à noite. Sabe o que a noite reserva para ela, porque já foi tocada pelo mal. Agora mesmo está sentindo o mal embrenhar-se, como vapor, pelas paredes de sua casa. As cortinas estão fechadas, mas o tecido é fino, e posso vê-la se movendo lá dentro. Sua silhueta está encolhida, braços apertados contra o peito, como se o corpo dela tivesse se dobrado nele mesmo. Ela caminha de um lado para o outro com movimentos acelerados e mecânicos.*

*Está conferindo as travas nas portas, os ferrolhos nas janelas. Tentando manter a escuridão do lado de fora.*

*Deve estar um forno dentro daquela casinha. A noite está quente, e não há condicionadores de ar em nenhuma das janelas. Ela passou a noite inteira dentro de casa, as janelas trancadas apesar do calor. Eu a imagino reluzindo de suor, desesperada por deixar um pouco de ar fresco entrar, mas com medo do que mais possa passar por suas janelas.*

*Mais uma vez ela passa diante da janela. Fica parada ali, emoldurada pelo retângulo de luz. De repente as cortinas se afastam, e ela estica o braço para soltar a trava. Levanta as janelas. Fica em pé diante delas, aspirando ar fresco. Finalmente foi derrotada pelo calor.*

*Para um caçador, não existe nada mais excitante do que o cheiro de uma presa ferida. Quase consigo sentir o cheiro chegando até mim, o cheiro de um animal ensangüentado. Assim como ela aspira o ar noturno, eu também aspiro seu aroma. Seu medo.*

*Meu coração bate mais depressa. Pego minha maleta, para acariciar os instrumentos. Até o metal é quente ao meu toque.*

*Ela fecha a janela com um estrondo. Algumas respiradas profundas de ar fresco foi tudo que se permitiu e agora retornou para sua casinha quente e abafada.*

*Depois de algum tempo eu me conformo. Vou embora, deixando que ela passe o resto da noite suando naquele quarto quente.*

*A meteorologia disse que amanhã vai fazer ainda mais calor.*

# 5

— Este assassino é um estaqueador clássico — disse o Dr. Lawrence Zucker. — Alguém que usa uma faca para obter prazer sexual secundário ou indireto. O estaqueamento é o ato de apunhalar ou cortar, repetidamente, qualquer penetração da pele com um objeto afiado. A faca é um símbolo fálico... um substituto para o órgão sexual masculino. Em lugar de executar um intercurso sexual normal, nosso assassino obtém seu prazer submetendo sua vítima a dor e terror. É o poder que o excita. Poder definitivo, poder de vida e morte.

A detetive Jane Rizzoli não era de se assustar fácil, mas o Dr. Zucker provocava-lhe arrepios. Ele parecia um pálido e enorme John Malkovich, e sua voz era sussurrante, quase feminina. Enquanto falava, seus dedos moviam-se com elegância serpentina. Não era policial, era um psicólogo criminalista da Northeastern University que prestava consultoria para o Departamento de Polícia de Boston. Rizzoli trabalhara com Zucker uma vez antes, num caso de homicídio, e ele também a deixara nervosa naquela ocasião. Não era apenas sua aparência, mas a forma como penetrava completamente a mente do criminoso, e o prazer óbvio que derivava de perambular nessa dimensão satânica. Ele *gostava* da viagem.

Rizzoli olhou em volta e se perguntou se algum dos outros quatro detetives estava com medo dessa aberração, mas tudo que viu foram expressões cansadas.

Já eram cinco da tarde. Todos estavam exaustos. Ela própria dormira menos de quatro horas na noite anterior. Esta manhã havia acordado na escuridão que precede a alvorada, sua mente entrando direto na quarta marcha enquanto processava um caleidoscópio de imagens e vozes. Ela havia absorvido o caso Elena Ortiz tão profundamente no subconsciente que em seus sonhos ela e a vítima haviam tido uma conversa, ainda que absurda. Não tinha havido revelações sobrenaturais nem pistas do além, apenas imagens geradas por contorções de células cerebrais. Ainda assim, Rizzoli considerou o sonho significativo. O sonho tinha lhe dito o quanto este caso significava para ela. Ser a detetive encarregada de uma investigação importante era como caminhar numa corda bamba sem rede de proteção. Pegue o assassino, e todo mundo vai aplaudir. Fracasse, e o mundo inteiro vai ver você se esparramar no chão.

Essa agora era uma investigação importante. Dois dias atrás a seguinte manchete estampara a primeira página do tablóide local: "O Cirurgião Corta Novamente." Graças ao *Boston Herald*, seu assassino não identificado tinha uma alcunha, e até os policiais a estavam usando. O *Cirurgião*.

Deus, ela estava preparada para fazer um número de corda bamba, preparada para a chance de flutuar ou cair por seus próprios méritos. Uma semana atrás, quando ela entrara no apartamento de Elena Ortiz como detetive encarregada, sabia que esse era o caso que iria fazer sua carreira, e estava ansiosa por provar seu valor.

Como as coisas tinham mudado depressa!

Num só dia, seu caso tinha inflado para uma investigação muito mais ampla, liderada pelo Tenente Marquette. O caso Elena Ortiz fora introduzido no caso Diana Sterling, e a equipe crescera para cinco detetives, além de Marquette: Rizzoli e seu parceiro, Barry Frost; Moore e seu parceiro gordo, Jerry Sleeper; mais um quinto detetive, Darren

Crowe. Rizzoli era a única mulher na equipe; na verdade, era a única mulher na própria delegacia, e alguns homens nunca a deixavam esquecer isso. Sim, ela se afinava com Barry Frost, apesar do seu bom humor irritante. Jerry Sleeper era fleumático demais para se indispor com alguém. E quanto a Moore... bem, apesar de suas reservas iniciais, estava começando a gostar dele e a respeitá-lo por seu trabalho discreto e metódico. Mais importante, ele parecia respeitá-la. Sempre que falava, sabia que Moore a ouvia.

Não, o problema era o quinto policial da equipe: Darren Crowe. Ele e ela tinham diferenças. Diferenças grandes. Agora estava sentado à mesa, de frente para ela, seu rosto bronzeado exibindo um sorriso zombeteiro, como quase sempre fazia. Rizzoli havia crescido com garotos como ele. Garotos cheios de músculos, cheios de namoradas. Cheios de ego.

Ela e Crowe desprezavam um ao outro.

Uma pilha de papéis correu pela mesa. Rizzoli pegou uma cópia e viu que era o perfil policial que o Dr. Zucker tinha acabado de completar.

— Sei que alguns de vocês pensam que meu trabalho é puro charlatanismo — disse Zucker. — Assim, permitam-me explicar meu raciocínio. Sabemos as seguintes coisas sobre nosso assassino não identificado. Ele entra na residência da vítima por uma janela aberta. Faz isso nas primeiras horas da manhã, em algum momento entre a meia-noite e as duas horas. Ele surpreende a vítima em sua cama. Imediatamente a incapacita com clorofórmio. Despe a vítima e a imobiliza amarrando-a à cama passando silver tape em torno dos punhos e dos tornozelos. Para reforçar, passa a fita também na parte superior das coxas e no meio do torso. Por último, passa a fita na boca da vítima, para calá-la. O que obtém com isso? Controle absoluto. Quando acorda logo depois, a vítima não pode se mover, não pode gritar. É como se estivesse paralisada, mas ainda assim acorda, e consciente de tudo que está acontecendo.

A voz de Zucker tinha assumido um tom monótono.

— E o que acontece em seguida certamente é o pior pesadelo de qualquer pessoa.

Quanto mais grotescos os detalhes, mais suavemente ele falava. Todos os detetives estavam inclinados para a frente, pendurados às suas palavras.

— O assassino não identificado começa a cortar — disse Zucker. — Segundo os resultados da autópsia, ele faz isso sem a menor pressa, é meticuloso. Corta o abdômen inferior, camada a camada. Primeiro a pele, depois a camada subcutânea, a fáscia, o músculo. Usa uma sutura para controlar o sangramento. Identifica e remove apenas o órgão que ele quer. Nada mais. Tudo o que ele quer é o útero.

Zucker olhou ao redor da mesa, prestando atenção às suas reações. Seu olhar caiu em Rizzoli, o único policial na sala que possuía o órgão do qual eles estavam falando. Rizzoli retribuiu o olhar, irritada por ele estar concentrando-se nela devido ao seu sexo.

— O que isso nos diz a respeito dele, detetive Rizzoli? — perguntou Zucker.

— Ele odeia mulheres — respondeu Rizzoli. — Ele corta a coisa que as faz mulheres.

Zucker assentiu, e seu sorriso provocou arrepios na detetive.

— Foi o que Jack o Estripador fez com Annie Chapman. Roubando o útero, ele desfeminiza a vítima. Rouba seu poder. Ele ignora seu dinheiro, suas jóias. Quer apenas uma coisa, e depois que colheu seu suvenir pode concluir seu trabalho. Mas primeiro há uma pausa antes da emoção final. A autópsia em ambas as vítimas indica que ele pára nesse ponto. Talvez passe uma hora enquanto a vítima continua sangrando lentamente. Uma poça de sangue se acumula no seu ferimento. O que ele faz durante esse tempo?

— Ele se diverte — respondeu Moore.

— Quer dizer como se estivesse tocando punheta? — perguntou Darren Crowe, colocando a questão com sua rudeza habitual.

— Não houve sinais de ejaculação em nenhuma das cenas do crime — frisou Rizzoli.

Crowe lançou-lhe um olhar de *você se acha tão esperta.*

— A ausência de *e-ja-cu-la-ção* — disse ele, escandindo sarcasticamente a palavra — não elimina a possibilidade de que ele bata uma punheta.

— Não acredito que se masturbe — disse Zucker. — Esse assassino não identificado não se exporia tanto num ambiente desconhecido. Acho que ele aguarda até estar num lugar seguro para obter alívio sexual. Tudo na cena do crime grita *controle.* Quando executa o ato final, ele o faz com confiança e autoridade. Ele corta a garganta da vítima com um único golpe profundo. E então executa um último ritual.

Zucker enfiou a mão em sua valise, tirou mais duas fotos da cena do crime e pousou-as na mesa. Uma delas era o quarto de Diana Sterling, o outro o de Elena Ortiz.

— Ele dobra meticulosamente as roupas de dormir e as coloca perto do corpo. Sabemos que ele faz isso depois da chacina, porque resíduos de sangue foram encontrados dentro das dobras.

— Por que ele faz isso? — indagou Frost. — Qual é o simbolismo?

— Novamente, controle — disse Rizzoli.

Zucker fez que sim com a cabeça.

— Isso certamente é um fator. Com este ritual ele demonstra que está no controle da cena. Mas ao mesmo tempo o ritual controla *ele.* É um impulso a que ele não parece capaz de resistir.

— E se ele fosse impedido de fazer isso? — perguntou Frost. — Digamos, se ele fosse interrompido e não pudesse completar o ritual?

— Ficaria frustrado e zangado. Poderia sentir-se compelido a caçar imediatamente a próxima vítima. Mas até agora conseguiu completar o ritual. E cada assassinato foi satisfatório o bastante para deixá-lo saciado por longos períodos. — Zucker olhou para as pessoas na sala, uma a uma. — Este é o pior tipo de assassino que podemos enfrentar. Cada série de ataques ocorre a intervalos de um ano, o que é raríssimo. Significa que ele tem meses para caçar. Podemos estar arrancando os cabelos procurando pelo assassino, enquanto ele está sentado calmamente, esperando o momento certo para cometer o próximo crime. Ele é cauteloso. Ele é organizado. Ele deixa poucas pistas, ou nenhuma.

Zucker olhou para Moore, procurando confirmação.

— Não temos digitais nem DNA em nenhuma das cenas dos crimes — disse Moore. — Tudo o que temos é um único fio de cabelo, coletado do ferimento de Ortiz. E algumas fibras de poliéster no caixilho da janela.

— Presumo que também não tenhamos testemunhas.

— Procedemos a trezentas entrevistas no caso Sterling. Cento e oitenta entrevistas até agora no caso Ortiz. Ninguém viu o intruso. Ninguém viu qualquer indivíduo suspeito.

— Mas tivemos três confissões — relatou Crowe. — Todos os três falaram conosco voluntariamente. Tomamos seus depoimentos e os mandamos embora. — Ele riu. — Doidos.

— O assassino que procuramos não é insano — teorizou Zucker. — Apostaria que ele tem uma aparência perfeitamente normal. Acredito que seja um homem branco no fim da casa dos vinte ou começo dos trinta. Bem-arrumado, com inteligência acima da média. É quase certo que possua nível educacional médio, talvez superior. Os dois crimes aconteceram a mais de um quilômetro e meio um do outro, e os assassinatos foram cometidos numa hora da noite em que há carência de transporte público. Portanto, ele dirige um carro. Deve ser um veículo novo, com boa manutenção. O indivíduo provavelmente não tem um histórico de problemas de saúde mental, mas pode ter sido fichado na juventude por latrocínio ou voyeurismo. Se tiver um emprego, deve ser uma função que requeira inteligência e meticulosidade. Sabemos que é um planejador, conforme demonstrado pelo fato de que carrega seu estojo de assassinato: bisturi, sutura, silver tape e clorofórmio. Mais algum tipo de receptáculo no qual carrega seu suvenir para casa. Pode ser alguma coisa tão simples quanto uma sacola hermética. Ele trabalha num campo que requer atenção aos detalhes. Como evidentemente possui conhecimento anatômico, assim

O Cirurgião 71

como habilidades cirúrgicas, podemos estar lidando com um profissional em medicina.

Rizzoli e Moore trocaram um olhar, ambos acometidos pelo mesmo pensamento: em Boston provavelmente havia mais médicos *per capita* do que em qualquer outro lugar do mundo.

— Como é inteligente — prosseguiu Zucker —, ele sabe que estamos vigiando as cenas de seus crimes. E vai resistir à tentação de retornar a elas. Mas a tentação *existe*, de modo que vale a pena manter a vigília da residência de Ortiz, pelo menos durante o futuro próximo. Ele também é inteligente o bastante para evitar escolher uma vítima em sua vizinhança imediata. Ele é o que chamamos de um "viajante", não um "perambulador". Sai de sua vizinhança para caçar. Antes de obtermos mais pontos de dados não poderei fazer um perfil geográfico. Não posso determinar sobre que áreas da cidade vocês devem se concentrar.

— De quantos pontos de dados você precisa? — indagou Rizzoli.

— Um mínimo de cinco.

— Em outras palavras, precisamos de cinco assassinatos?

— O programa de determinação geográfica que uso requer cinco crimes para ter qualquer validade. Não posso rodar o programa CGT com apenas quatro pontos de dados. Às vezes é possível obter uma predição de residência do criminoso apenas com isso, mas não é um resultado exato. Precisamos saber mais sobre os seus movimentos. Qual é o seu espaço de atividade, onde ficam seus pontos de âncora. Todo assassino opera dentro de uma certa zona de conforto. São como carnívoros caçando. Possuem seus territórios, seus buracos de pesca, os locais onde acham suas presas. — Zucker olhou em torno da mesa para os rostos não impressionados dos detetives. — Não sabemos o suficiente sobre este assassino para podermos fazer predições. Portanto, precisamos focar nas vítimas. Quem são e por que são escolhidas por ele.

Zucker abriu sua valise e retirou duas pastas de papelão, uma rotulada *Sterling*, a outra *Ortiz*. Pegou uma dúzia de fotografias, que espalhou na mesa. Imagens das duas mulheres quando estavam vivas, algumas datando a infância.

— Vocês não viram algumas destas fotos. Eu as pedi às famílias, apenas para nos dar um senso de história dessas mulheres. Olhem para seus rostos. Estudem quem elas são como pessoas. Por que o assassino escolheu *elas*? Onde as viu? O que havia nessas mulheres que atraiu sua atenção? Uma risada? Um sorriso? O jeito com que caminhavam pelas ruas?

Começou a ler um texto batido a máquina.

— Diana Sterling, trinta anos. Cabelos louros, olhos azuis. Um metro e setenta, cinqüenta e seis quilos. Ocupação: agente de viagens. Local de trabalho: Newbury Street. Residência: Marlborough Street em Back Bay. Nível escolar: superior. Formada pelo Smith College. Seus pais são advogados e vivem numa casa de dois milhões de dólares em Connecticut. Namorados: nenhum na ocasião da morte.

Ele largou a folha de papel e pegou outra.

— Elena Ortiz, vinte e dois anos. Hispânica. Cabelos negros, olhos castanhos. Um metro e cinqüenta e sete, quarenta e sete quilos. Ocupação: balconista da floricultura de sua família na Zona Sul. Residência: um apartamento na Zona Sul. Nível escolar: médio. Viveu a vida inteira em Boston. Namorados: nenhum na ocasião da morte.

Zucker levantou os olhos do papel para os detetives.

— Duas mulheres que viviam na mesma cidade mas habitavam universos diferentes. Faziam suas compras em lojas diferentes, comiam em restaurantes diferentes e não tinham amigos em comum. Como o nosso assassino as encontrou? *Onde* o nosso assassino as encontrou? Elas não apenas eram diferentes uma da outra; eram diferentes da vítima comum de crimes sexuais. A maioria dos assassinos ataca as mulheres mais vulneráveis da sociedade. Prostitutas ou caronistas. Como o carnívoro faminto, seguem o animal que está no limite do rebanho. Portanto, por que essas duas foram escolhidas? — Zucker balançou a cabeça. — Eu não sei.

Rizzoli olhou para as fotos na mesa, e uma de Diana Sterling chamou a sua atenção. Mostrava uma mulher sorridente, de toga e beca, diploma novinho do Smith College na mão. A garota de ouro. Qual

O Cirurgião 73

devia ser a sensação de ser uma garota de ouro? Rizzoli não tinha a menor idéia. Ela havia crescido como a irmã desprezada de dois rapazes bonitões, a moleca que queria fazer parte da turma. Com toda certeza, Diana Sterling, com os seus ossos molares aristocráticos e o seu pescoço de cisne, jamais soubera o que era ser barrada, excluída. Jamais soubera o que era ser ignorada.

O olhar de Rizzoli parou no pingente de ouro que pendia do pescoço de Diana. Ela pegou a foto para olhar de perto. Pulso acelerado, olhou em torno da sala para ver se algum dos outros policiais tinha notado a mesma coisa, mas nenhum estava olhando para ela ou para as fotos; todos estavam concentrados no Dr. Zucker.

Ele havia desdobrado um mapa de Boston. Duas áreas estavam marcadas: uma abrangendo Back Bay, a outra delimitando a Zona Sul.

— Estes são os espaços de atividade conhecidos de nossas duas vítimas. Os locais onde viviam e trabalhavam. Todos nós tendemos a conduzir nossas vidas cotidianas em locais familiares. Há um ditado entre os psicólogos criminalistas geográficos: *Aonde vamos depende do que nós conhecemos, e o que nós conhecemos depende de aonde vamos.* Isto é válido tanto para as vítimas quanto para os assassinos. Neste mapa vocês podem ver os mundos separados nos quais essas duas mulheres viviam. Não há sobreposição. Não há ponto de âncora comum ou nó no qual suas vidas se entrecruzassem. É isso que está me deixando intrigado. É a chave para esta investigação. Qual é o elo entre Sterling e Ortiz?

O olhar de Rizzoli voltou para a foto. Para o pingente de ouro sobre a garganta de Diana.

*Eu posso estar errada. Não posso dizer nada porque ainda não tenho certeza. Porque se disser alguma bobagem vou dar mais uma coisa para Darren Crowe usar para me ridicularizar.*

— Você está sabendo que há mais um aspecto neste caso? — perguntou Moore. — A Doutora Catherine Cordell.

Zucker fez que sim.

— A vítima sobrevivente de Savannah.

— Certos detalhes sobre o surto de assassinatos de Andrew Capra nunca foram divulgados para o público. O uso de sutura de catgut. A forma como ele dobrava a roupa de dormir da vítima. Mesmo assim, o assassino que procuramos está reproduzindo esses detalhes.

— Assassinos se comunicam entre si. De certa forma, é uma espécie de confraria sinistra.

— Capra está morto há dois anos. Não pode se comunicar com ninguém.

— Mas enquanto esteve vivo pode ter compartilhado todos os detalhes sórdidos com o assassino que procuramos. Essa é a explicação pela qual estou torcendo. Porque a alternativa é muito mais perturbadora.

— Que o assassino tenha tido acesso aos relatórios oficiais de Savannah — disse Moore.

Zucker fez que sim:

— O que significa que é alguém de dentro do corpo da lei.

A sala ficou silenciosa. Rizzoli não conseguiu conter a tentação de olhar para seus colegas... todos eles homens. Ela pensou no tipo de homem que é atraído para o trabalho policial. O tipo de homem que ama o poder e a autoridade, o revólver e o distintivo. A chance de controlar os outros. *Precisamente os desejos do assassino desconhecido.*

Encerrada a reunião, Rizzoli esperou que os outros detetives saíssem da sala de conferências antes de abordar Zucker.

— Posso ficar com esta foto? — perguntou.

— Posso perguntar por quê?

— Um palpite.

Zucker exibiu um dos seus sorrisos sinistros de John Malkovich.

— Pode dividir comigo?

— Não divido meus palpites.

— Superstição?

— Proteção de território.

— Esta é uma investigação de equipe.

O Cirurgião

— Sabe uma coisa engraçada sobre as investigações de equipe? Sempre que divido um dos meus palpites, outra pessoa fica com o crédito.

Segurando a fotografia, Rizzoli saiu da sala e imediatamente lamentou ter feito o último comentário. Ela tinha passado o dia inteiro irritada com seus colegas homens, com seus comentários e deboches que forçavam um padrão de desprezo. A gota d'água tinha sido o interrogatório que ela e Darren Crowe haviam conduzido com o vizinho de Elena Ortiz. Crowe tinha interrompido repetidamente as perguntas de Rizzoli para fazer as suas. Quando Rizzoli o chamou para fora da sala para se queixar sobre seu comportamento, Crowe respondeu com o insulto masculino clássico:

— Acho que você está naqueles dias.

Não, ela ia guardar para si os seus palpites. Se o palpite fosse furado, ninguém poderia ridicularizá-la. Se rendesse frutos, ficaria com os créditos que eram seus por direito.

Voltou para sua mesa de trabalho e sentou para olhar mais atentamente a fotografia de formatura de Diana Sterling. Enquanto pegava sua lupa, focou subitamente na garrafa de água mineral que sempre mantinha na mesa, e sua raiva ferveu quando viu o que tinha sido enfiado dentro dela.

Não reaja, pensou. Não deixe que percebam que a irritaram.

Ignorando a garrafa de água e o objeto repugnante que ela continha, Rizzoli apontou a lente de aumento para a garganta de Diana Sterling. Um silêncio anormal pairava na sala. Rizzoli quase podia sentir o olhar de Darren Crowe esperando que ela perdesse a cabeça.

*Não vou deixar isso acontecer, seu idiota. Desta vez vou manter a cabeça fria.*

Concentrou-se no colar de Diana. Esse detalhe quase lhe havia escapado, porque tinha sido o rosto que atraíra inicialmente sua atenção: os malares lindos, o arco delicado das sobrancelhas. Agora Rizzoli estudou os dois pingentes presos na corrente delicada. Um tinha a forma de um cadeado, o outro de uma chave. A chave para o meu coração, pensou Rizzoli.

Folheou as fichas em sua mesa e encontrou as fotos da cena do crime de Elena Ortiz. Com a lente de aumento, estudou um close do torso da vítima. Através da camada de sangue coagulado que envolvia seu pescoço, Rizzoli divisou a linha fina do cordão de ouro; os dois pingentes não podiam ser discernidos.

Pegou o telefone e discou o número do gabinete do legista.

— O Doutor Tierney não virá esta tarde — disse sua secretária.

— Posso ajudar em alguma coisa?

— É a respeito de uma autópsia que ele fez na última sexta-feira. Elena Ortiz.

— Sim?

— A vítima estava usando uma jóia quando foi trazida para o necrotério. Vocês ainda estão com ela?

— Espere um pouco que vou verificar.

Rizzoli esperou, tamborilando o lápis na mesa. A garrafa de água estava bem na sua frente, mas Rizzoli a ignorava. A raiva tinha sido sufocada pela empolgação. A empolgação da caçada.

— Detetive Rizzoli?

— Ainda aqui.

— Os objetos pessoais foram requisitados pela família. Um par de brincos de ouro, um colar e um anel.

— Quem assinou o recibo?

— Anna Garcia, irmã da vítima.

— Obrigada.

Rizzoli desligou e olhou as horas. Anna Garcia morava lá em Danvers. Isso significava uma hora presa num engarrafamento e...

— Sabe onde Frost está? — perguntou Moore.

Rizzoli olhou para cima, assustada ao vê-lo parado em pé ao lado de sua mesa.

— Não, não sei.

— Ele não veio hoje?

O CIRURGIÃO

— Eu não mantenho o garoto numa coleira.

Houve uma pausa. Então ele perguntou:

— O que é isso?

— Fotos da cena do crime de Ortiz.

— Não. A coisa na garrafa.

Ela olhou para cima de novo e viu que a testa de Moore estava franzida de preocupação.

— O que lhe parece? É um absorvente. *Alguém* aqui tem um senso de humor muito sofisticado.

Ela olhou diretamente para Darren Crowe, que reprimiu um sorriso e lhe deu as costas.

— Vou cuidar disso — disse Moore, pegando a garrafa.

— Ei, *ei!* — exclamou Rizzoli. — Droga, Moore. Esquece isso!

Moore caminhou até o escritório do Tenente Marquette. Através da divisória de vidro ela viu Moore colocar a garrafa com o absorvente na mesa de Marquette. Marquette virou-se e olhou na direção de Rizzoli.

*Lá vamos nós de novo. Agora vão dizer que a jararaca não sabe aceitar uma piada.*

Rizzoli pegou sua bolsa, reuniu as fotos e saiu da delegacia.

Ela já estava diante dos elevadores quando Moore a chamou.

— Rizzoli?

— Não lute minhas batalhas por mim, Moore.

— Você não estava lutando. Estava apenas sentada ali com aquela... coisa na sua mesa.

— Absorvente. Não consegue dizer a palavra alto e claro?

— Por que está zangada comigo? Estou tentando ficar do seu lado.

— Ouça bem, Santinho, é assim que funciona no mundo real para mulheres. Se assino uma queixa, quem se ferra sou eu. Uma anotação é incluída na minha ficha pessoal. *Ela não sabe brincar com meninos.* Se eu reclamar de novo, minha reputação está selada. Rizzoli a choramingona. Rizzoli a chata.

— Vai deixar eles vencerem se *não* reclamar.

— Já tentei do seu jeito. Não dá certo. Portanto, não me faça favores, certo?

Rizzoli pendurou a bolsa no ombro e entrou no elevador.

No instante em que a porta fechou entre eles Rizzoli sentiu vontade de se desculpar por essas palavras. Moore não merecia uma resposta malcriada. Ele sempre tinha sido educado, sempre cavaleiro, e em sua raiva ela o tinha insultado chamando-o por seu apelido na delegacia. *Santinho.* O policial que nunca saía da linha, nunca xingava, nunca perdia a compostura.

Além disso, havia as circunstâncias tristes de sua vida pessoal. Dois anos atrás, Mary, sua esposa, sofrera uma hemorragia cerebral. Durante seis meses ela pairou na zona fantasma de um coma, mas até o dia em que realmente morreu Moore não perdeu a esperança de vê-la se recuperar. Mesmo agora, um ano e meio depois da morte de Mary, ele não parecia aceitá-la. Ainda usava sua aliança de casamento, ainda mantinha sua foto no porta-retratos em sua mesa. Rizzoli presenciara os casamentos de muitos policiais se desintegrarem, vira a renovação constante da galeria de fotos de esposas nas mesas de seus colegas. Na mesa de Moore, a imagem de Mary permanecia, seu rosto sorridente eternizado.

*Santinho?* Rizzoli balançou cinicamente a cabeça. Se havia santos de verdade no mundo, com toda certeza não eram policiais.

O homem queria que ele vivesse, a mulher queria que ele morresse, e ambos alegavam amá-lo mais. O filho e a filha de Herman Gwadowski entreolhavam-se sobre a cama do pai, e nenhum dos dois estava disposto a ceder.

— Não foi você que teve de cuidar do papai — acusou Marilyn.

— Eu fazia a comida dele. Eu limpava sua cama. Eu o levava ao médico todos os meses. Quando você *visitou* ele? Você sempre tinha coisas melhores para fazer.

— Pelo amor de Deus, eu moro em Los Angeles — retrucou Ivan.

— Dirijo um negócio.

O CIRURGIÃO

— Você podia ter vindo de avião para cá uma vez por ano. Era difícil?

— Bem, estou aqui agora.

— Ah, claro. O senhor Figurão chegou para salvar o dia. Você não se deu ao trabalho de nos visitar antes. Mas agora quer que tudo seja feito do seu jeito.

— Não consigo acreditar que você queira simplesmente deixá-lo ir.

— Eu não quero que ele sofra mais.

— Ou talvez apenas queira que papai pare de usar o dinheiro que ele tinha no banco.

Cada músculo no rosto de Marilyn se retesou.

— Filho da...!

Catherine não podia mais ficar ouvindo aquilo calada.

— Este não é o lugar para discutir esse assunto — asseverou. — Por favor, vocês dois podem sair do quarto?

Por um momento, irmão e irmã fitaram um ao outro em silêncio hostil, como se o simples ato de ser o primeiro a sair fosse um sinal de rendição. Então Ivan, uma figura intimidadora num terno feito sob medida, se levantou e saiu. Sua irmã, Marilyn, parecendo a esposa suburbana e cansada que era, apertou a mão do pai e seguiu o irmão.

No corredor, Catherine expôs os fatos.

— O pai de vocês está em coma desde o acidente. Os rins dele estão falhando. Como ele sofre de diabetes há muito tempo, os rins já estavam debilitados, e o traumatismo apenas piorou seu estado.

— Quanto disso se deveu à cirurgia? Aos anestésicos que você administrou?

Catherine conteve sua fúria crescente e disse, no tom mais neutro que conseguiu:

— Ele estava inconsciente quando chegou. Anestesia não foi um fator. Mas o traumatismo exigiu um esforço maior dos rins, e os dele estão se esgotando. Além disso, ele tem um diagnóstico de câncer da próstata que já se espalhou para os ossos. Mesmo se ele acordar, esses problemas continuarão.

— Quer que a gente desista, não quer? — perguntou Ivan.

— Simplesmente quero que vocês repensem sobre a necessidade de realizar procedimentos de emergência. Se o coração parar, não precisamos ressuscitá-lo. Podemos deixar que ele se vá em paz.

— Quer dizer, deixar meu pai morrer.

— Sim.

Ivan resfolegou e disse:

— Vou te contar uma coisa sobre o meu pai. Ele não é o tipo que desiste fácil. Nem ele, nem eu.

— Pelo amor de Deus, Ivan! — exclamou Marilyn. — Isto não é uma questão de vencer ou perder! Isto é uma questão de quando reconhecer a derrota.

— E você sempre faz isso bem depressa, não faz? — disse Ivan, virando-se para fitar a irmã. — Ao primeiro sinal de dificuldade, a pequena Marilyn desiste e pede socorro ao papai dela. Bem, ele nunca me ajudou.

Lágrimas brilharam nos olhos de Marilyn.

— A questão aqui não é o papai. A questão aqui é que você precisa vencer.

— Não. A questão é dar a ele uma chance de lutar. — Ivan olhou para Catherine. — Quero que tudo seja feito pelo meu pai. Espero que isto esteja absolutamente claro.

Marilyn enxugou lágrimas do rosto enquanto observava seu irmão indo embora.

— Como ele pode dizer que ama o papai, se nunca vinha visitar ele? — Olhou para Catherine. — Eu não quero que meu pai seja ressuscitado. Você pode botar isso no prontuário?

Este era o tipo de dilema ético temido por todo médico. Embora Catherine concordasse com Marilyn, as últimas palavras de seu irmão eram uma clara ameaça.

— Eu não posso mudar o prontuário se você e seu irmão não concordarem com isso — respondeu Catherine.

— Ele nunca vai concordar. Você o ouviu.

O CIRURGIÃO

— Então você terá de conversar mais com ele. Terá de convencê-lo.

— Está com medo que ele a processe, não está? É por isso que não vai mudar o prontuário.

— Sei que ele está zangado.

Marilyn balançou a cabeça tristemente.

— É assim que ele vence. É assim que ele sempre vence.

Eu posso costurar um corpo e deixá-lo inteiro de novo, pensou Catherine. Mas não posso consertar esta família quebrada.

A dor e a hostilidade daquele encontro ainda continuava com Catherine meia hora depois, quando ela saiu do hospital. Era tarde de sexta-feira e um fim de semana livre a aguardava. Ainda assim, enquanto saía do estacionamento do centro médico, Catherine não sentia uma sensação de liberação. Hoje estava ainda mais quente que ontem, por volta dos 32°. Estava ansiosa por chegar ao seu apartamento frio, sentar-se com um chá gelado diante da televisão e sintonizar no Discovery Channel.

Estava esperando no primeiro cruzamento para que o sinal ficasse verde quando seu olhar foi atraído pelo nome da rua transversal: Worcester.

Era a rua onde Elena Ortiz havia morado. O endereço da primeira vítima tinha sido mencionado no artigo do *Boston Globe*, que Catherine finalmente sentira-se compelida a ler.

A luz mudou. Por impulso, ela entrou na Worcester. Nunca tivera motivos para dirigir por ali antes, mas alguma coisa a atraía. A necessidade mórbida de ver o local que o assassino havia atacado, o edifício onde seu pesadelo pessoal tinha se materializado para outra mulher. Suas mãos estavam úmidas, e ela sentia sua pulsação acelerar enquanto observava os números dos prédios aumentando.

No endereço de Elena Ortiz, parou no meio-fio.

Não havia nada de especial no edifício, nada que gritasse terror e morte. Apenas via outro edifício de tijolos aparentes com três andares.

Saltou do carro e olhou para as janelas dos andares superiores. Qual daqueles apartamentos tinha sido o de Elena? O de cortinas listradas? O com a floresta de plantas? Aproximou-se da entrada da frente e olhou para os nomes dos moradores. Havia seis apartamentos. O nome do morador do apartamento 2A estava em branco. Elena já tinha sido apagada, expurgada das legiões dos vivos. Ninguém queria lembrar de sua morte.

Segundo o *Globe*, o assassino chegara ao apartamento pela escada de incêndio. Recuando para a calçada, Catherine viu a escada de metal subindo pelo lado do prédio que dava para o beco. Ela deu alguns passos para a escuridão do beco, e então parou abruptamente. Os pêlos de sua nuca estavam arrepiados. Ela virou-se para a estrada e viu um caminhão passando, uma mulher correndo, um casal entrando em seu carro. Nada que parecesse ameaçador, mas mesmo assim não podia ignorar o pânico que sentia.

Retornou para o carro, trancou as portas. Ficou sentada ali, apertando o volante, repetindo para si mesma:

— Não tem nada errado, não tem nada errado.

Com o ar-condicionado do carro soprando ar frio em seu rosto, Catherine sentiu sua pulsação diminuir. Finalmente, com um suspiro, ela se recostou.

Mais uma vez, dirigiu o olhar para o apartamento de Elena Ortiz.

Só então se concentrou no carro estacionado no beco. Na placa afixada no pára-choque traseiro.

*POSEY CINCO.*

Num instante ela estava vasculhando a bolsa à procura do cartão de visita do detetive. Com mãos trêmulas, discou o número em seu celular.

Ele atendeu com um tom de voz profissional.

— Detetive Moore.

— Aqui é Catherine Cordell — disse ela. — Você me visitou há alguns dias.

— Sim, Doutora Cordell?

— Elena Ortiz dirigia um Honda verde?

— Perdão?

— Preciso saber qual era o número da placa dela.

— Sinto muito, mas não estou entendendo...

— Apenas *me diga*!

Moore ficou surpreso com o tom autoritário da médica. Houve um longo silêncio na linha. Finalmente, disse:

— Um instante que vou olhar.

Ao fundo, ela escutou homens conversando, telefones tocando. Ele voltou à linha.

— É uma placa personalizada — disse Moore. — Acho que se refere à floricultura da família dela.

— POSEY CINCO — sussurrou ela.

Uma pausa.

— Sim — disse ele, sua voz estranhamente calma. Alerta.

— Detetive, quando você falou comigo naquele dia, perguntou se eu conhecia Elena Ortiz.

— E a senhora disse que não conhecia.

Catherine exalou um suspiro trêmulo.

— Estava errada.

# 6

Ela estava andando de um lado para o outro da Emergência, o rosto pálido e tenso, os cabelos castanhos amarrados num rabo-de-cavalo. Olhou para Moore quando este entrou na sala de espera.

— Eu estava certa? — perguntou.

Ele fez que sim com a cabeça.

— Posey Cinco era o nome que usava na Internet. Verificamos o computador dela. Agora me diga como a senhora sabia disso.

Ela olhou em torno e, vendo que a Emergência estava muito movimentada, replicou:

— Vamos conversar num dos quartos do plantão.

A sala para onde o levou era uma caverninha escura, sem janelas, mobiliada apenas com cama, cadeira e mesa. Para um médico exausto cujo único objetivo fosse dormir, a sala seria suficiente. Mas quando a porta foi fechada Moore sentiu o quanto o espaço era pequeno e se perguntou se a intimidade forçada deixava a doutora tão desconfortável quanto ele estava se sentindo. Ambos olharam em torno, tentando decidir onde se sentar. Finalmente ela se sentou na cama e ele puxou a cadeira.

— Nunca cheguei a me *encontrar* com Elena — disse Catherine.

— Eu nem sabia que esse era o nome dela. Nós pertencíamos mesma sala de bate-papo da Internet. Sabe o que é um chatroom?

— É uma forma de conversar pelo computador.

— Sim. Um grupo de pessoas que estão on-line ao mesmo tempo podem se encontrar pela Internet. É uma sala particular, apenas para mulheres. Você precisa conhecer as senhas corretas para entrar. E tudo que você vê no computador são nomes de tela. Nada de nomes reais ou rostos. Assim, todos podemos permanecer anônimos. Isso nos faz sentir seguros o bastante para compartilharmos nossos segredos. — Ela fez uma pausa. — Nunca usou um?

— Falar com estranhos sem rosto não faz o meu gênero.

— Às vezes um estranho sem rosto é a única pessoa com quem você pode *falar* — disse Catherine.

Ele ouviu a profundidade da dor nessa declaração e não conseguiu pensar em nada para dizer.

Depois de um momento, ela respirou fundo e se concentrou não nele mas em suas mãos, dobradas sobre o colo.

— A gente se reúne uma vez por semana, nas noites de quarta-feira, às nove da noite. Eu entro me conectando na Internet, clicando no ícone do chatroom e digitando primeiro DEPT, e em seguida: *womenhelp*. E estou dentro. Posso me comunicar com outras mulheres digitando mensagens e as enviando pela Internet. Nossas palavras aparecem na tela, onde todas podem ver.

— DEPT? Isso por acaso é a sigla de...

— Distúrbio de estresse pós-traumático. Um termo clínico bonito para o que as mulheres na sala de bate-papo estão sofrendo.

— De que trauma estamos falando?

Ela levantou a cabeça e olhou diretamente para ele.

— Estupro.

A palavra pareceu pender entre eles por um momento, seu som mudando o ar. Uma palavra com o impacto de um golpe físico.

— E a senhora vai lá por causa de Andrew Capra — disse gentilmente. — E do que ele fez à senhora.

Catherine desviou o olhar.

— Sim — sussurrou.

O CIRURGIÃO

87

Mais uma vez ela estava olhando para as mãos. Moore observava-a, sentindo sua raiva aumentar pelo que tinha acontecido a Catherine. O que Capra extirpou dessa mulher foi a alma. Ele tentou adivinhar como era ela antes do ataque. Mais calorosa, mais amistosa? Ou era sempre tão isolada de contato humano, como uma rosa envolvida por uma crosta de neve?

Ela se empertigou e olhou diretamente para ele.

— Foi lá que conheci Elena Ortiz. Eu não sabia seu nome verdadeiro, claro. Tudo que eu via era seu nickname, Posey Cinco.

— Quantas mulheres freqüentam essa sala de bate-papo?

— Varia de semana para semana. Algumas saem. Alguns nomes novos aparecem. Mas sempre há de três a uma dúzia de mulheres.

— Como a senhora ficou sabendo dessa sala de bate-papo?

— Num folheto para vítimas de estupros. Ele listava as clínicas e hospitais especializados nesse tipo de problema na cidade.

— Então essas mulheres que freqüentam o bate-papo são todas da área de Boston?

— São.

— E Posey Cinco era uma visitante regular?

— Ela aparecia de vez em quando, nos últimos dois meses. Não falava muito, mas eu via seu nome na tela e sabia que ela estava lá.

— Ela falava sobre o estupro?

— Não. Ela apenas escutava. A gente digitava cumprimentos para ela. E ela respondia. Mas não falava sobre si mesma. Era como se tivesse medo de alguma coisa. Ou simplesmente sentisse vergonha demais de dizer qualquer coisa.

— Então a senhora não sabe com certeza que ela foi estuprada.

— Eu sei.

— Como?

— Porque Elena Ortiz foi tratada nesta Emergência.

Moore fitou os olhos da médica.

— A senhora achou a ficha dela?

Catherine fez que sim.

— Me ocorreu que ela podia ter precisado de tratamento médico depois do ataque. Este é o hospital mais próximo de seu endereço. Fiz uma busca no computador do hospital. Ele tem o nome de cada paciente que já entrou nesta Emergência. O nome dela estava listado.

Catherine se levantou.

— Vou lhe mostrar a ficha dela.

Moore acompanhou a médica para fora do quarto de plantão e de volta para a Emergência. Era noite de sexta-feira, e os pacientes não paravam de chegar. O boêmio, com a cara cheia, segurando uma bolsa de gelo no rosto amassado a socos. O adolescente impaciente que havia perdido uma corrida contra um sinal amarelo. O exército de feridos e ensangüentados capengando pela noite de sexta-feira. O Pilgrim Medical Center era uma das emergências mais movimentadas de Boston, e Moore teve a sensação de andar pelo coração do caos enquanto se desviava de enfermeiras e macas, e pulava uma poça de sangue recente.

Catherine conduziu-o até o arquivo da Emergência, um espaço do tamanho de um armário com prateleiras de parede a parede contendo fichários de três argolas.

— É aqui que armazenam temporariamente os formulários de admissão — disse Catherine.

A doutora retirou o fichário com o rótulo: *7 de maio/14 de maio*.

— Cada vez que um paciente é admitido na Emergência, um formulário é gerado. Costuma ter apenas uma página e contém a anotação do médico e as instruções de tratamento.

— Não é feito um prontuário para cada paciente?

— Se for apenas uma única visita à Emergência, não é aberto um prontuário hospitalar. O único registro é o formulário de admissão. Esses acabam sendo transferidos para a sala de arquivos do hospital, onde são escaneados e armazenados em discos. — Ela abriu o fichário *7 de maio/14 de maio*. — Aqui está.

Ele ficou parado atrás dela, olhando por cima de seu ombro. O aroma de seu cabelo o distraiu por um momento, e ele teve de fazer

O Cirurgião 89

força para ser concentrar na página. A visita tinha a data de 9 de maio, 1:00. O nome e o endereço do paciente estavam datilografados no topo; o resto do formulário estava escrito a caneta. Taquigrafia médica, pensou ele, enquanto lutava para decifrar as palavras. Mas ele só entendeu o primeiro parágrafo, que foi escrito pela enfermeira:

*Mulher hispânica, 22 anos, atacada sexualmente há duas horas. Sem alergias, sem remédios. BP 105/70, P 100, T. 99.*

O resto da página era indecifrável.

— Vai ter de traduzir para mim, doutora — disse ele.

Ela olhou sobre o ombro para ele, e seus rostos subitamente estavam tão próximos que ele sentiu seu hálito voltar.

— Não consegue ler? — perguntou Catherine.

— Eu consigo ler marcas de pneus e manchas de sangue. Isso aí eu não consigo ler.

— É a caligrafia de Ken Kimball. Reconheço a assinatura dele.

— Eu nem reconheço isso como inglês.

— Para outro médico, é perfeitamente legível. Tudo que você precisa é conhecer o código.

— Eles ensinam isso a vocês na faculdade de medicina?

— Juntamente com o aperto de mão secreto e as instruções para o livro de códigos.

Parecia estranho estarem trocando piadinhas enquanto tratavam de um assunto tão funesto. Era ainda mais estranho ouvir humor saindo dos lábios da Dra. Cordell. Era o primeiro vislumbre da mulher dentro da casca. A mulher que ela tinha sido antes de Andrew Capra causar-lhe tantos danos.

— O primeiro parágrafo é o exame físico — explicou a doutora.

— Ele usa taquigrafia médica. *COONG* significa cabeça, ouvidos, olhos, nariz e garganta. Ela tinha um ferimento na face esquerda. Os pulmões estavam limpos, o coração não manifestava murmúrios nem galopes.

— Significando?

— Normal.

— Um médico não pode escrever simplesmente: "O coração está normal"?

— Por que os policiais dizem "veículo" em vez de simplesmente "carro"?

— Entendi — respondeu com um meneio de cabeça.

— O abdômen estava liso, macio e sem organomegalia. Em outras palavras...

— Normal.

— Você está pegando o espírito da coisa. Em seguida ele descreve o... exame pélvico. Onde as coisas não estão normais. — Ela fez uma pausa.

Quando falou de novo, sua voz estava mais suave, desprovida de humor. Ela respirou fundo, como para inalar a coragem de continuar.

— Havia sangue no intróito. Arranhões e esfoladuras em ambas as coxas. Um rasgo vaginal na posição de quatro horas, indicando que esse não foi um ato consensual. Nesse ponto o doutor Kimball interrompeu o exame.

Moore focou no parágrafo final. Isto ele podia ler. Isto não continha taquigrafia médica.

*Paciente ficou agitada. Recusou coleta de materiais de estupro. Recusou cooperar com qualquer intervenção adicional. Depois de um exame básico de HIV e doenças venéreas, ela se vestiu e saiu antes que as autoridades pudessem ser chamadas.*

— Então o estupro não foi reportado — disse ele. — Não houve coleta de muco vaginal. Nenhum DNA foi coletado.

Catherine estava calada, a cabeça arqueada, as mãos apertando o fichário.

— Doutora Cordell? — disse ele, tocando o ombro da médica.

Ela tomou um susto, como se o policial a houvesse queimado, e ele rapidamente retirou a mão. Ela levantou o rosto e ele viu ódio em seus olhos. Ela irradiava uma ferocidade que a tornava, naquele momento, sua igual em todos os sentidos.

— Estuprada em maio, chacinada em julho — disse ela. — É um belo mundo para as mulheres, não é?

— Conversamos com cada membro de sua família. Ninguém falou nada sobre um estupro.

— Então ela não contou a eles.

Como tantas mulheres mantêm silêncio?, perguntou-se Moore. Como tantas têm segredos tão dolorosos que não conseguem compartilhar com as pessoas a quem amam? Olhando para Catherine, Moore pensou no fato de que ela também tinha buscado conforto na companhia de estranhos.

Ela tirou a ficha de admissão do fichário e deu a ele para que tirasse uma cópia. Quando Moore pegou o papel, seu olhar caiu no nome do médico, e outro pensamento lhe ocorreu.

— O que a senhora pode me dizer sobre o Doutor Kimball? — perguntou. — O que examinou Elena Ortiz.

— Ele é um excelente médico.

— Ele costuma trabalhar no turno da noite?

— Sim.

— A senhora sabe se ele esteve de plantão na noite de quinta-feira?

Catherine levou um momento para compreender o sentido da pergunta. Quando entendeu, Moore viu que ela ficou abalada pelas implicações.

— Você realmente não acha...?

— É uma questão rotineira. Procuramos por todos os contatos anteriores das vítimas.

Mas a pergunta não era rotineira, e ela sabia.

— Andrew Capra era médico — disse ela baixinho. — Você não acha que outro médico...

— A possibilidade nos ocorreu.

Ela olhou em outra direção e respirou profundamente.

— Em Savannah, quando aquelas outras mulheres foram mortas, eu presumi que não conhecia o assassino. Presumi que, se um dia o encontrasse, eu saberia. Eu iria sentir. Andrew Capra me ensinou o quanto eu estava errada.

— A banalidade do mal.

— Foi exatamente o que aprendi. Que o mal pode ser ordinário. Que um homem que eu vejo todos os dias, a quem eu cumprimento todos os dias, pode sorrir de volta para mim. — Baixinho, ela acrescentou: — E o tempo inteiro estar pensando em todas as formas diferentes que ele gostaria de me matar.

Estava escuro quando Moore caminhou de volta para o carro, mas o calor do dia ainda emanava do asfalto. Ia ser outra noite desconfortável. Por toda a cidade, mulheres dormiriam com janelas abertas para captar a brisa noturna. Os males da noite.

Ele parou e se virou para o hospital. Ele podia ler o letreiro de "Emergência" reluzindo como um farol. Um símbolo de esperança e cura.

*Esse é o seu campo de caça? O mesmo lugar onde as mulheres vão para serem curadas?*

Uma ambulância emergiu da noite, luzes brilhando. Ele pensou em todas as pessoas que podiam passar por uma Emergência no decorrer de um dia. Paramédicos, doutores, enfermeiros, serventes.

*E policiais.* Era uma possibilidade que ele nunca quisera considerar, mas que não devia ser ignorada. A profissão de manutenção da lei exerce uma atração estranha por aqueles que caçam outros seres humanos. A pistola e o distintivo são símbolos de dominação. E que controle maior um indivíduo poderia exercer do que o poder de atormentar, de matar? Para um caçador como esse, o mundo é uma planície vasta fervilhando com presas.

Tudo o que o caçador tinha a fazer era escolher.

Havia bebês por toda parte. De pé numa cozinha que fedia a leite azedo e talco, Rizzoli aguardava que Anna Garcia terminasse de limpar

O Cirurgião 93

suco de maçã do chão. Um bebê estava agarrado à perna de Anna; um segundo bebê tirava tampas de panela de um armário de cozinha e batia umas nas outras como címbalos. Uma criança estava numa cadeira alta, sorrindo através de uma máscara de creme de espinafre. No chão, um bebê engatinhava à procura de alguma coisa perigosa para enfiar na boca. Rizzoli não gostava de bebês, e o fato de estar cercada por eles deixava-a nervosa. Ela se sentia como Indiana Jones num poço de cobras.

— Eles não são todos meus — apressou-se em explicar Anna enquanto capengava até a pia, o bebê pendurado nela como uma bola presa a corrente. Largou a esponja suja e lavou as mãos. — Apenas este aqui é meu. — Apontou para o bebê em sua perna. — Aquele com as panelas e aquele na cadeira alta pertencem à minha irmã Lupe. E o que está engatinhando por aí é da minha prima. Estou de babá dele. Contanto que eu esteja em casa com o meu, acho que não tem problema vigiar mais alguns.

Sim, o que é mais uma pancada na cabeça?, pensou Rizzoli. Mas o engraçado era que Anna não parecia infeliz. Na verdade, ela mal parecia notar a bola e corrente humana ou o som das panelas batendo contra o chão. Numa situação que causaria um colapso nervoso a Rizzoli, Anna tinha a expressão serena de uma mulher que estava precisamente onde queria. Rizzoli imaginou que talvez Elena Ortiz também ficasse assim algum dia, caso tivesse sobrevivido. Uma mamãe em sua cozinha, limpando alegremente suco e baba. Anna parecia muito com as fotos da irmã mais nova, apenas um pouco mais gordinha. E quando ela se virou para Rizzoli, a luz da cozinha brilhando diretamente sobre sua testa, a policial tivera a sensação arrepiante de estar diante do mesmo rosto que a olhara da mesa de autópsia.

— Com esses sujeitinhos por perto, eu demoro uma eternidade para fazer a coisa mais insignificante — disse Anna. Ela pegou o bebê agarrado à sua perna e o tomou no colo. — Agora, vejamos. Você veio pegar o colar. Deixe-me pegar a caixinha de jóias.

Anna saiu da cozinha, e Rizzoli sentiu um momento de pânico, deixada sozinha com três bebês. Uma mão pegajosa pousou em seu calcanhar. Ao olhar para baixo, Rizzoli viu o engatinhador mastigando a barra de sua calça. Ela o empurrou com a perna e se afastou o máximo possível daquela boca desdentada.

— Aqui está — disse Anna, retornando com a caixa, que ela pousou na mesa da cozinha. — Não queríamos deixá-la no apartamento dela, não com todos aqueles estranhos entrando e saindo para limpar o lugar. Assim, os meus irmãos acharam que eu devia ficar com a caixa até que a família decidisse o que fazer com as jóias. — Ela levantou a tampa, e uma melodia começou a tocar. *Tema de Lara*. Anna pareceu momentaneamente paralisada pela música. Ficou sentada imóvel, os olhos cheios de lágrimas.

— Senhora Garcia?

Anna engoliu em seco.

— Eu sinto muito. Meu marido deve ter dado corda. Eu não estava esperando escutar...

A melodia reduziu o ritmo até tocar algumas últimas notas adocicadas e parou. Em silêncio, Anna olhou para as jóias, a expressão carregada. Com uma relutância triste ela abriu um dos compartimentos revestidos em veludo e retirou o colar.

Rizzoli pôde sentir seu coração acelerar quando pegou o colar. Era como ela lembrava dele ao vê-lo em torno do pescoço de Elena no necrotério: um pequeno cadeado e uma chave pendendo de um cordão de ouro fino. Ela virou o cadeado e viu o selo de dezoito quilates nas costas.

— Onde sua irmã conseguiu este colar?

— Eu não sei.

— Sabe há quanto tempo ela o tinha?

— Deve ser novo. Eu nunca o vi antes do dia...

— De que dia?

Anna engoliu em seco. Disse baixinho:

— Do dia em que o peguei no necrotério. Com suas outras jóias.

— Ela também estava usando brincos e um anel. Esses você já tinha visto?

— Sim. Essas jóias ela possuía há muito tempo.

— Mas não o colar.

— Por que está fazendo essas perguntas? O que tem a ver com...

— Anna fez uma pausa, horror nascendo em seus olhos. — Meu Deus. Você acha que *ele* colocou nela?

O bebê na cadeira alta, sentindo que alguma coisa estava errada, emitiu um grito. Anna pousou seu próprio filho no chão e correu para pegar a criança que estava chorando. Abraçando-o com força, deu as costas para o colar, como para protegê-lo da visão daquele talismã terrível.

— Por favor, fique com ele — sussurrou. — Não quero isso na minha casa.

Rizzoli colocou o colar numa sacola hermética.

— Vou fazer um recibo.

— Não, apenas leve ele! Não me importo se você ficar com ele.

Mesmo assim, Rizzoli escreveu o recibo e o colocou na mesa da cozinha ao lado do prato de creme de espinafre do bebê.

— Preciso fazer mais uma pergunta — disse com suavidade.

Agitada, Anna caminhava de um canto para outro da cozinha, embalando o bebê.

— Você pode dar uma olhada na caixa de jóias da sua irmã? — disse Rizzoli. — Diga-me se está faltando alguma coisa.

— Você me perguntou isso na semana passada. Não está.

— Não é fácil notar a *ausência* de alguma coisa. Em vez disso, tendemos a nos concentrar no que não pertence. Preciso que você dê mais uma olhada na caixa. Por favor.

Anna engoliu em seco. Relutante, sentou-se com o bebê no colo e olhou para a caixa de jóias. Retirou os objetos um a um e os pousou na mesa. Era uma coleção pequena e triste de bijuterias de lojas de departamento. Imitações de diamantes, contas de cristal e pérolas falsas. O gosto de Elena havia pendido para o colorido e cafona.

Anna pousou o último objeto, um anel de amizade de pedra turquesa, na mesa. Então ficou sentada ali por um momento, a testa franzindo pouco a pouco.

— O bracelete — disse ela.

— Que bracelete?

— Devia haver um bracelete, com pequenos ornamentos. Cavalos. Ela costumava usá-lo todos os dias quando estava na escola. Elena era doida por cavalos... — Anna olhou para a detetive com uma expressão estarrecida. — Aquilo não valia nada! Era feito de lata. Por que ele levaria?

Rizzoli olhou para a sacola hermética contendo o colar... um colar que ela agora tinha certeza de que havia pertencido um dia a Diana Sterling. E pensou: *Eu sei exatamente onde vamos achar o bracelete de Elena: no pulso da próxima vítima.*

Rizzoli estava na varanda de Moore, balançando triunfalmente a sacola hermética que continha o colar.

— Pertencia a Diana Sterling. Acabo de falar com os pais dela. Não sabiam que estava sumido até eu ligar para eles.

Moore pegou a sacola mas não a abriu. Apenas a segurou, fitando o colar de ouro enrolado dentro do plástico.

— É o elo físico entre os dois casos — disse ela. — Ele pega um suvenir com uma vítima. E o deixa com a seguinte.

— Não posso acreditar que deixamos escapar esse detalhe.

— Ei, nós *não* deixamos escapar.

— *Você* não deixou escapar. — Moore lançou-lhe um olhar que a fez sentir três metros mais alta.

Moore não era o tipo de sujeito que costumava parabenizar os outros. Na verdade, ela não conseguia lembrar de tê-lo ouvido algum dia levantar sua voz, por raiva ou empolgação. Mas quando ele lhe lançou *aquele olhar*, sobrancelha levantada em aprovação, boca torcida num meio sorriso, foi todo o elogio de que ela precisava.

Corada de satisfação, ela pegou a bolsa de comida para viagem que havia trazido.

— Quer jantar? Parei naquele restaurante chinês que tem aqui na rua.

— Você não fez isso.

— Sim, eu fiz. Acho que lhe devo um pedido de desculpas.

— Pelo quê?

— Por esta tarde. Aquela situação ridícula do absorvente. Você estava apenas me defendendo, tentando ser um sujeito bacana. Eu entendi do jeito errado.

Um momento constrangedor de silêncio transcorreu. Ficaram parados ali, sem saber o que dizer, duas pessoas que não se conheciam bem e estavam tentando transpor o começo difícil de seu relacionamento.

Então ele sorriu, e isso transformou seu rosto geralmente sóbrio no de um homem bem mais jovem.

— Estou faminto — disse ele. — Traga essa comida para dentro.

Com uma risada, Rizzoli entrou na casa. Era sua primeira vez ali, e ela parou para dar uma olhada em torno, percebendo todos os toques femininos. Cortinas de chita, aquarelas nas paredes. Era mais feminino que o apartamento dela!

— Vamos para a cozinha — disse ele. — Meus papéis estão lá.

Ele a conduziu através da sala de estar, e ela viu o órgão.

— Uau. Você toca? — perguntou.

— Não. É da Mary. Eu não tenho o menor ouvido para música.

*É da Mary.* Presente do indicativo. Rizzoli se deu conta de que esta casa parecia tão feminina porque estava inalterada, esperando a volta de sua dona, Mary. Uma foto da esposa de Moore estava num porta-retratos sobre o piano. Era uma mulher bronzeada com olhos risonhos e cabelos desarranjados pelo vento. Mary, cujas cortinas de chita ainda protegiam as janelas da casa para a qual jamais voltaria.

Na cozinha, Rizzoli pousou a sacola de comida na mesa, ao lado de uma pilha de pastas. Moore folheou os papéis até encontrar o que procurava.

— O relatório de entrada na Emergência de Elena Ortiz — disse ele, passando-o para Rizzoli.

— Cordell desencavou isto?

Moore esboçou um sorriso irônico.

— Aparentemente, estou cercado por mulheres mais competentes do que eu.

Ela abriu a pasta e viu uma fotocópia de um relatório em letra de médico.

— Você tem a tradução para estes hieroglifos?

— É mais ou menos como eu te falei por telefone. Estupro não relatado. Nenhum material coletado, nenhum DNA. Nem mesmo a família de Elena sabia disso.

Ela fechou a pasta e colocou-a sobre as outras.

— Puxa, Moore. Esta bagunça está parecendo minha mesa de jantar. Não restou lugar nenhum para comer.

— Este trabalho rouba a sua vida, não é mesmo? — comentou Moore enquanto abria espaço na mesa para o jantar.

— Que vida? Este caso é tudo que existe na minha. Dormir. Comer. Trabalhar. E se eu tiver sorte, uma hora na cama com meu velho companheiro David Letterman.

— Sem namorados?

— Namorados? — Ela riu enquanto tirava as caixas de papelão da sacola e dispunha guardanapos e pauzinhos na mesa. — Quem sou eu para ter namorados?

Assim que fechou a boca, Rizzoli percebeu que estava dando a entender que sentia pena de si mesma, o que não era o caso. Rapidamente acrescentou:

— Não estou me queixando. Se preciso passar o fim de semana trabalhando, posso fazer isso sem ouvir algum homem se queixando. Não me relaciono bem com choramingas.

— O que não é de surpreender, considerando que você é o oposto disso. Como deixou bem claro para mim hoje.

— Sim, sim. Achei que já tinha pedido desculpas por isso.

Ele pegou duas cervejas na geladeira, e se sentou diante dela. Rizzoli nunca o tinha visto deste jeito, com as mangas da camisa enroladas e parecendo tão relaxado. Gostava dele desta forma. Não o santinho da delegacia, mas um sujeito com quem ela podia se abrir. Um sujeito que, se apenas se desse ao trabalho de caprichar mais no charme, poderia virar a cabeça de uma garota.

— Sabe, você nem sempre precisa ser mais durona que o resto do mundo — comentou Moore.

— Sim, eu preciso.

— Por quê?

— Porque *eles* não pensam que eu sou.

— Eles quem?

— Homens como Crowe e o Tenente Marquette.

Ele deu de ombros.

— Sempre tem alguns sujeitos assim.

— Como eu sempre acabo trabalhando com eles? — Ela abriu sua lata de cerveja e tomou um gole. — Foi por causa disso que mostrei o colar primeiro a você. Você não vai roubar o crédito.

— Dá até tristeza ver colegas brigando por quem fez o quê.

Ela pegou seus pauzinhos e começou a explorar sua caixinha de frango kung pao. O molho era do tipo que queima a boca, bem do jeito que ela gostava. Rizzoli também não era choramingas no que dizia respeito a molhos apimentados.

— O primeiro caso realmente importante em que trabalhei foi na Divisão de Entorpecentes. Era a única mulher numa equipe de cinco homens. Quando resolvemos o caso, promovemos uma entrevista coletiva. Câmeras de TV e tudo o mais. E sabe o que aconteceu? Eles mencionaram cada nome da equipe, menos o meu. Cada nome... — Ela tomou outro gole de cerveja. — Jurei que não ia deixar que isso acontecesse de novo. Vocês homens podem concentrar toda sua atenção no caso e nas provas. Mas eu gasto muito tempo e energias tentando fazer com que me ouçam.

— Eu te ouço, Rizzoli.

— É uma mudança agradável.

— E quanto a Frost? Você tem problemas com ele?

— Frost é gente fina. A esposa treinou ele direitinho.

Os dois colegas soltaram uma gargalhada. Todo mundo que já tinha ouvido os humildes *sim, querida/não, querida* de Frost enquanto conversava com a esposa ao telefone não tinha dúvida de quem mandava em casa.

— É por causa disso que ele não vai subir muito — avaliou Rizzoli. — Não tem fogo nas veias. Homem de família.

— Não há nada errado em ser um homem de família. Eu queria ter sido um melhor.

Ela levantou os olhos da caixinha de carne com legumes e viu que ele não estava olhando para ela, mas fitando o colar. Houvera um tom de dor em sua voz, e ela não sabia como reagir. Achou melhor não dizer nada.

Ficou aliviada quando ele mudou o assunto de volta para a investigação. No mundo deles, assassinato era sempre um tópico seguro.

— Tem alguma coisa errada aqui — disse ele. — Esta coisa da jóia não faz sentido para mim.

— Ele está pegando suvenires. Isso é bem comum.

— Mas qual é o sentido de pegar um suvenir se você vai dar ele?

— Alguns criminosos pegam as jóias da vítima e as dão às suas próprias esposas ou namoradas. O criminoso sente um prazer secreto em ver a jóia no pescoço de sua namoradas, e ser o único que sabe de onde ela veio.

— Mas nosso menino está fazendo uma coisa diferente. Ele deixa o suvenir na cena do crime *seguinte*. Ele não pega o suvenir para ficar com ele. Não tem a emoção recorrente de lembrar do abate. Não consigo ver qual seja o ganho emocional.

— Um símbolo de propriedade? Como um cachorro, marcando seu território. Só que ele usa uma jóia para marcar sua vítima seguinte.

— Não. Não é isso.

Moore pegou o saco hermético e o pesou na palma, como para adivinhar seu propósito.

— O importante é que agora temos o padrão — disse Rizzoli. — Saberemos exatamente o que esperar na próxima cena do crime.

Moore olhou para ela.

— Você acaba de responder à pergunta.

— O quê?

— Ele não está marcando a vítima. Ele está marcando a cena do crime.

Rizzoli fez uma pausa. De repente ela entendeu a distinção.

— Meu Deus. Marcar a cena do crime significa...

— Que não é um suvenir. E não é uma marca de propriedade.

Ele pousou na mesa o colar de ouro que tinha adornado a pele de duas mulheres mortas.

Um arrepio atravessou Rizzoli.

— É um cartão de visita — disse baixinho.

Moore fez que sim com a cabeça.

— O cirurgião está falando conosco.

*Um lugar de ventos fortes e ondas perigosas.*

*É assim que Edith Hamilton, em seu livro* Mitologia, *descreve o porto grego de Aulis. Aqui jazem as ruínas do templo antigo de Ártemis, a deusa da caça. Foi em Aulis que os mil navios gregos negros se reuniram para desferir seu ataque contra Tróia. Mas o vento norte soprou, e os navios não puderam velejar. Os dias se passaram e o vento continuou implacável, e o exército grego, sob o comando de Agamenon, cada vez mais furioso. Um adivinho revelou o motivo para os ventos selvagens: a deusa Ártemis estava zangada, porque Agamenon havia matado uma de suas criaturas mais amadas, uma lebre selvagem. Ela não permitiria aos gregos que partissem se Agamenon não oferecesse um sacrifício terrível: sua filha Ifigênia.*

*E assim Agamenon mandou chamar Ifigênia, alegando ter conseguido para ela um grande casamento com Aquiles. Ela não sabia que na verdade estava indo para a morte.*

*Os ventos ferozes vindos do norte não sopravam no dia em que você e eu caminhamos pela praia nas cercanias de Aulis. O dia estava calmo, a água era verde e cristalina, e a areia não queimava como cinza branca aos nossos pés. Ah, como invejamos os meninos gregos que corriam descalços na praia banhada pelo sol! Embora o sol queimasse nossa pele pálida de turistas, nós gostávamos do desconforto, porque queríamos ser como aqueles meninos, ter solas endurecidas como couro. E é apenas pela dor e pelo uso que se formam os calos.*

*À noite, quando o dia havia esfriado, fomos ao templo de Ártemis. Caminhamos entre as sombras compridas e chegamos ao altar onde Ifigênia foi sacrificada. Apesar de suas preces, de seus gritos de "Papai, não me mate!", os guerreiros carregaram a garota até o altar. Foi amarrada à pedra, o pescoço branco desnudo para a lâmina. O antigo dramaturgo Eurípides escreve que os soldados de Atenas, e todo o exército, olharam para o chão, não querendo presenciar o derramamento do sangue da virgem. Não querendo presenciar o horror.*

*Ah, mas eu teria assistido. E você também. Teríamos assistido com prazer.*

*Visualizo os soldados reunidos silenciosamente na escuridão. Imagino a batida dos tambores, não o ritmo animado de uma celebração de casamento, mas uma marcha discreta em direção à morte. Vejo a procissão entrando no bosque. A garota, branca como um cisne, cercada por soldados e sacerdotes. Gritando, ela é carregada até o altar.*

*Em minha visão, é o próprio Agamenon quem empunha a faca; afinal, como chamar de sacrifício se não é você mesmo quem tira o sangue? Eu o vejo aproximar-se do altar, onde sua filha está deitada, a pele macia à vista de todos. Ela roga por sua vida, em vão.*

*O sacerdote agarra o cabelo da jovem e o puxa para trás, expondo sua garganta. Abaixo da pele branca e sedosa a artéria pulsa, indicando o local para a lâmina. Agamenon se coloca ao lado da filha, olhando para o rosto que ele ama. Naquelas veias corre o sangue dele. Naqueles olhos ele vê os seus próprios olhos. Ao cortar a garganta de Ifigênia, ele cortará sua própria pele.*

## O CIRURGIÃO

*Ele levanta a faca. Os soldados permanecem imóveis e silenciosos, estátuas entre as árvores sagradas do bosque. A veia no pescoço da garota lateja.*

*Ártemis exige sacrifício, e Agamenon precisa obedecer.*

*Ele pressiona a lâmina contra o pescoço da jovem e faz um corte profundo.*

*Uma fonte de sangue jorra, lavando o rosto do soberano com líquido quente.*

*Ifigênia ainda está viva, olhos revirados em horror enquanto o sangue espirra de seu pescoço. O corpo humano contém cinco litros de sangue, e leva muito tempo para tamanho volume ser expelido por uma única artéria rompida. Enquanto o coração continuar batendo, o sangue sairá. Pelo menos durante alguns segundos, talvez até um minuto ou mais, o cérebro funciona. Os membros se debatem.*

*Quando seu coração bate pela última vez, Ifigênia vê o céu escurecer, e sente o calor do próprio sangue escorrendo por seu rosto.*

*Os antigos dizem que quase imediatamente o vento norte parou de soprar. Ártemis estava satisfeita. Finalmente os navios gregos partiram, exércitos lutaram, e Tróia caiu. No contexto desse derramamento de sangue maior, o abate de uma jovem virgem não significa nada.*

*Mas quando penso na Guerra de Tróia o que vem à minha mente não é o cavalo de madeira, o ruído das espadas ou os mil navios negros com velas desfraldadas. Não, eu penso é na imagem do corpo pálido de uma menina, e em seu pai ao seu lado, segurando a faca ensangüentada.*

*Nobre Agamenon, com lágrimas nos olhos.*

# 7

— Está pulsando — disse a enfermeira.

Boca seca de horror, Catherine olhou para o homem deitado na maca. Um vergalhão de ferro de trinta centímetros sobressaía de seu peito. Um estudante de medicina já tinha desmaiado ao ver aquilo, e as três enfermeiras estavam imóveis e boquiabertas. O vergalhão estava fincado profundamente no peito do homem e pulsava para cima e para baixo ao ritmo de seu batimento cardíaco.

— Qual é a pressão arterial? — inquiriu Catherine.

Sua voz pareceu incitar todos na sala a começarem a agir. A pulseira de pressão inflou e desinflou.

— 70 por 40. Pulsação está em cento e cinqüenta!

— Colocando ambas as hidratações intravenosas no máximo!

— Abrindo bandeja de toracotomia...

— Alguém chame o Doutor Falco para cá imediatamente. Vou precisar de ajuda.

Catherine vestiu um avental esterilizado e calçou luvas. Suas palmas já estavam escorregadias com o suor. O fato de que o vergalhão estava pulsando dizia a ela que a ponta tinha penetrado perto do coração... ou, ainda pior, estava realmente fincada nele. A pior coisa que ela podia fazer seria puxar o vergalhão. Isso poderia abrir um buraco pelo qual ele perderia todo o sangue em questão de minutos.

O paramédico na cena tinha tomado a decisão certa: eles tinham iniciado uma hidratação intravenosa, intubado a vítima, e o levado até a Emergência com o vergalhão ainda no lugar. O resto cabia a ela.

Ela estava pegando o bisturi quando a porta se abriu. Catherine olhou para cima e suspirou de alívio enquanto Peter Falco entrava. Ele parou, olhar fixo no peito do paciente, com o vergalhão fincado como uma estaca no coração de um vampiro.

— Taí uma coisa que a gente não vê todo dia — comentou.

— Pressão caindo! — alertou uma enfermeira.

— Não dá tempo de fazer uma circulação extracorpórea — disse Catherine. — Estou entrando.

— Vou operar com você. — Peter se virou e disse, num tom quase casual: — Pode me dar um avental, por favor?

Catherine rapidamente abriu uma incisão ântero-lateral, que lhe permitiria a melhor exposição aos órgãos vitais da cavidade torácica. Ela estava se sentindo mais calma, agora que Peter tinha chegado. Era mais do que ter um par extra de mãos habilidosas; era o próprio Peter. O jeito como ele entrava na sala e analisava a situação com um só olhar. O fato de que nunca levantava a voz na sala de cirurgia, nunca demonstrava o menor sinal de pânico. Ele tinha cinco anos de experiência a mais que ela nas linhas de frente da cirurgia de traumatismo, e era em casos horríveis como este que sua experiência transparecia.

Ele se posicionou do outro lado da mesa de cirurgia, de frente para Catherine, seus olhos azuis fixando-se na incisão.

— Legal. Já estamos nos divertindo?

— Estamos morrendo de rir.

Ele se lançou imediatamente ao trabalho, suas mãos funcionando em consonância com as dela enquanto eles cavavam o peito quase que com força bruta. Ele e Catherine tinham operado como equipe muitas vezes antes, e cada um sabia automaticamente o que o outro precisava e podia antecipar seus movimentos.

— Qual é a história disto? — indagou Peter. Sangue espirrou, e ele calmamente prendeu um hemóstato no ponto de sangramento.

O CIRURGIÃO

— Trabalhador de construção. Tropeçou e caiu, empalando a si mesmo.

— Isso acaba com o dia de qualquer um. Afastador Burford, por favor.

— Afastador.

— Como estamos de sangue?

— Esperando o O negativo — respondeu uma enfermeira.

— O doutor Murata está na casa?

— Sua equipe de circulação extracorpórea está a caminho.

— Então a gente só precisa ganhar um pouco de tempo aqui. Qual é o nosso ritmo?

— Taquicardia sinusal, cento e cinqüenta. Algumas contrações ventriculares prematuras...

— Pressão sistólica caindo para 50!

Catherine lançou um olhar para Peter.

— Não vai dar tempo até a equipe de circulação extracorpórea chegar — disse ela.

— Vamos ver o que podemos fazer aqui.

Houve um silêncio súbito quando ele olhou para a incisão.

— Deus, é no átrio — disse Catherine.

A ponta do vergalhão perfurara a parede cardíaca, e a cada nova batida do coração, o sangue se espalhava em torno da borda do local perfurado. Uma poça profunda de sangue já se acumulara na cavidade torácica.

— Vamos puxar o vergalhão — disse Peter. — Vai ser um jorro e tanto.

— Ele já está sangrando em torno do ferro.

— Quase sem pressão sistólica! — disse a enfermeira.

— Muito bem — disse Peter. Não havia pânico em sua voz. Nenhum sinal de medo. Ele disse às enfermeiras: — Pode caçar para mim um cateter de *foley* número dezesseis com um balão de trinta centímetros cúbicos?

— Hein, Doutor Falco? O senhor disse um *foley*?

— Sim. Um cateter urinário.

— E vamos precisar de uma seringa com dez centímetros cúbicos de solução salina — disse Catherine. — Fique preparada para injetá-la.

Catherine e Peter não precisaram explicar nada um ao outro; ambos compreenderam qual era o plano.

O cateter de *foley*, um tubo que era inserido numa bexiga para drenar urina, foi passado para Peter. Eles estavam prestes a usá-lo de uma forma para o qual não fora projetado.

Ele olhou para Catherine.

— Pronta?

— Vamos nessa.

A pulsação de Catherine acelerou quando Peter segurou o vergalhão de ferro. Peter puxou-o suavemente da parede cardíaca. Quando o objeto emergiu, sangue explodiu do ponto da perfuração. Instantaneamente Catherine empurrou a ponta do cateter urinário no buraco.

— Infle o balão! — ordenou Peter.

A enfermeira pressionou o êmbolo da seringa, injetando dez centímetros cúbicos de solução salina no balão, na ponta do *foley*.

Peter puxou o cateter para trás, apertando o balão contra a parede lateral do átrio. O jorro de sangue foi cortado. Quase nada escorreu para fora.

— Vitais? — requereu Catherine.

— Pressão sistólica ainda em 50. O sangue tipo O negativo chegou. Estamos pendurando agora.

Coração ainda acelerado, Catherine olhou para Peter e o viu piscando para ela através de seus óculos de proteção.

— Não foi divertido? — disse Peter. Ele pegou o pregador com a agulha cardíaca. — Quer fazer as honras?

— Pode apostar que quero.

Ele deu a ela o suporte de agulha. Ela costuraria as bordas da perfuração e depois retiraria o *foley* antes de fechar completamente o buraco. A cada ponto de costura que dava, Catherine podia sentir o olhar aprovador de Peter. Seu rosto corou como brilho do sucesso. Porque ela já sentia em seus ossos: o paciente ia viver.

— Grande maneira de começar o dia, não é? — disse Peter. — Dilacerando o peito de alguém.

— Este é um aniversário que não vou esquecer nunca.

— Meu convite ainda está de pé para esta noite. Que tal?

— Estou de plantão.

— Peço ao Ames para cobrir você. Vamos. Jantar e dança.

— Pensei que a oferta era para viajar no seu avião.

— O que você quiser. Já sei. Vamos fazer sanduíches de pasta de amendoim. Eu levo o Amendocrem.

— Sempre soube que você era mão-de-vaca!

— Catherine, estou falando sério.

Ao ouvir a mudança no tom de voz dele, Catherine levantou a cabeça e viu que ele a olhava fixamente. Subitamente notou que a sala estava silenciosa e que as enfermeiras e os estudantes estavam ouvindo, aguardando para descobrir se a inalcançável Dra. Cordell finalmente sucumbiria ao charme do Dr. Falco.

Ela fez outro ponto enquanto pensava no quanto gostava de Peter como colega, no quanto o respeitava e no quanto ele a respeitava. Catherine não queria que isso mudasse. Não queria colocar em risco um relacionamento tão precioso com um passo fracassado em direção à intimidade.

Mas... puxa, como sentia falta dos dias em que poderia aproveitar uma noite fora! Quando uma noite era uma coisa aguardada, e não temida.

A sala ainda estava silenciosa. Aguardando.

Finalmente ela olhou para ele.

— Passe lá em casa às oito.

Catherine serviu um cálice de Merlot e ficou parada diante da janela, bebericando vinho enquanto olhava para a noite. Podia ouvir risos e ver pessoas caminhando na Commonwealth Avenue. A requintada Newbury Street ficava apenas a um quarteirão dali; numa noite de sexta-feira no verão esta região de Back Bay era um ímã para turistas. Catherine optara por viver em Back Bay justamente por isso; sentia-se bem sabendo que havia outras pessoas por perto, mesmo se fossem estranhos. O som de música e risos significava que ela não estava sozinha, não estava isolada.

E mesmo assim aqui estava ela, atrás de sua janela trancada, bebendo seu cálice de vinho solitário, tentando convencer-se de que estava pronta para se juntar ao mundo lá fora.

*Um mundo que Andrew Capra roubou de mim.*

Ela pressionou a mão contra a janela, dedos arqueados contra o vidro, como tentando estilhaçar o vidro para fugir desta prisão esterilizada.

Tomou o vinho num só gole e pousou a taça no peitoril da janela. Não vou continuar sendo uma vítima, pensou. Não vou permitir que ele vença.

Foi até o quarto e examinou as roupas no armário. Escolheu um vestido de seda verde. Quanto tempo fazia desde a última vez que pusera este vestido? Ela não conseguiu lembrar.

Na outra sala, seu computador soou um animado "Mensagem para você!" Ela ignorou o chamado e foi até o banheiro passar maquiagem. Pintura de guerra, pensou, enquanto pintava os cílios e passava batom. Uma máscara de coragem para ajudá-la a enfrentar o mundo. A cada golpe do pincel de maquiagem, ganhava mais confiança. No espelho, viu uma mulher que mal reconheceu. Uma mulher que ela não via há dois anos.

— Bem-vinda — murmurou, sorrindo.

Desligou a lâmpada do banheiro e saiu para a sala de estar, seus pés se readaptando ao tormento dos saltos altos. Peter estava atrasado; já eram oito e quinze. Lembrou-se do chamado de "Mensagem para você!" que ouvira do quarto e foi até o computador para clicar no ícone de correio eletrônico.

Havia uma mensagem de um remetente chamado SavvyDoc. No cabeçalho de assunto estava escrito: "Relatório do laboratório". Ela abriu o e-mail.

*Dra. Cordell,*
*Em anexo estão fotos patológicas que irão lhe interessar.*

Não havia assinatura.

Ela moveu a seta do mouse até o ícone "baixar arquivo", e hesitou, seu dedo posicionado sobre o botão. Ela não reconhecia o remetente, SavvyDoc, e normalmente não baixaria um arquivo de um estranho. Mas a mensagem era claramente relacionada ao seu trabalho e se dirigira a ela pelo seu nome.

Ela clicou em "baixar".

Uma fotografia colorida se materializou na tela.

Ela pulou como se tivesse sido espetada, e a cadeira caiu no chão. Catherine cambaleou para trás, arfante, a mão cobrindo a boca.

Então correu até o telefone.

Thomas Moore estava diante da porta aberta de Catherine, fitando-a fixamente.

— A foto ainda está na tela?

— Eu não toquei mais no computador.

Catherine deu um passo para o lado e ele entrou, totalmente profissional, sempre o agente de polícia. Ele notou o homem de pé ao lado do computador.

— Este é o Doutor Peter Falco — disse Catherine. — Meu parceiro na Emergência.

— Doutor Falco — disse Moore, enquanto apertava sua mão.

— Catherine e eu tínhamos planejado sair para jantar — disse Peter. — Fiquei preso no hospital. Cheguei aqui um pouco antes de você, e... — Ele fez uma pausa e apontou para Catherine. — Presumo que o jantar esteja cancelado?

Ela respondeu com um meneio enojado.

Moore sentou-se diante do computador. O protetor de tela tinha sido ativado e peixes tropicais brilhantes nadavam pelo monitor. Ele moveu o mouse.

A fotografia baixada apareceu na tela.

Catherine deu as costas para o computador e caminhou até a janela. Ficou parada ali, abraçada a si mesma, tentando bloquear a imagem que acabara de ver no monitor. Ela podia ouvir Moore digitando no teclado atrás dela. Ouviu-o dar um telefonema e dizer:

— Acabo de encaminhar o arquivo. Recebeu?

A escuridão abaixo de sua janela agora estava estranhamente silenciosa. Será que já era tão tarde?, perguntou-se. Olhando para a rua deserta, mal podia acreditar que apenas uma hora atrás ela estivera preparada para sair para a noite e se reintegrar ao mundo.

Agora tudo que ela queria era passar os ferrolhos nas portas e se esconder.

— Mas quem lhe enviaria uma coisa como essa? — perguntou Peter. — É doentio.

— Prefiro não falar sobre o assunto — disse ela.

— Já recebeu coisas assim antes?

— Não.

— Então por que a polícia está envolvida?

— Peter, por favor, *pare*. Não quero falar sobre o assunto!

Uma pausa.

— Quer dizer que não quer falar sobre isso comigo.

— Não agora. Não esta noite.

— Mas vai falar sobre isso com a polícia?

— Doutor Falco, acho que realmente seria melhor se o senhor saísse agora — disse Moore.

— Catherine? O que você quer?

Ela ouviu a mágoa na voz de Falco, mas não voltou a olhar para ele.

— Gostaria que você fosse. Por favor.

Ele não respondeu. Ela só soube que Peter tinha saído quando a porta fechou.

Um longo silêncio se passou.

— Não contou a ele sobre Savannah? — indagou Moore.

— Não. Eu jamais conseguiria falar sobre isso com ele. *Estupro é um assunto muito íntimo e muito vergonhoso. É difícil falar sobre isso, mesmo com alguém que gosta muito de você.*

— Quem é a mulher na foto? — perguntou ela.

— Estava esperando que você me dissesse.

Ela meneou a cabeça.

— Também não sei quem enviou isso.

A cadeira rangeu quando ele se levantou. Ela sentiu a mão do detetive em seu ombro, seu calor penetrando a seda verde. Ela não tinha mudado de roupa e ainda estava toda vestida, arrumada para sair. A idéia de sair para a cidade agora lhe parecia absurda. Como podia ter pensado numa coisa dessas? Que poderia voltar a ser como as outras mulheres? Que poderia ser inteira novamente?

— Catherine — disse ele. — Você precisa falar comigo sobre esta foto.

Os dedos de Moore apertaram seu ombro, e Catherine subitamente percebeu que ele a chamara pelo primeiro nome. Moore estava tão perto dela que Catherine sentia sua respiração em seu cabelo. Apesar disso, ela não estava se sentindo ameaçada. O toque de qualquer outro homem teria parecido uma invasão, mas o de Moore era genuinamente confortador.

Ela fez que sim com a cabeça.

— Vou tentar.

Ele puxou outra cadeira e ambos se sentaram diante do computador. Ela se forçou a se concentrar na fotografia.

A mulher tinha cabelos encaracolados, espalhados como saca-rolhas sobre o travesseiro. Seus lábios estavam selados debaixo de uma tira prateada de silver tape, mas seus olhos estavam abertos e atentos, as retinas refletindo em vermelho o flash da câmera. A fotografia mostrava-a da cintura para cima. Estava amarrada à cama, e nua.

— Você a reconhece?

114 TESS GERRITSEN

— Não.

— Tem alguma coisa nessa foto que lhe pareça familiar? O quarto, a mobília?

— Não. Mas...

— O quê?

— Ele também fez isso comigo — sussurrou ela. — Andrew Capra tirou fotos de mim. Amarrada à minha cama...

Ela engoliu em seco, a humilhação crescendo dentro dela, como se fosse o seu próprio corpo tão intimamente exposto ao olhar de Moore. Ela se flagrou cruzando os braços sobre o peito, para protegê-los de mais violação.

— Este arquivo foi transmitido às sete e cinqüenta e cinco da noite. E o nome do remetente, SavvyDoc... você o reconhece?

— Não. — Ela concentrou novamente sua atenção na mulher, que a fitava com pupilas vermelhas brilhantes. — Ela está acordada. Ela sabe o que ele está prestes a fazer. Ele espera por isso. Ele *quer* que você fique acordada, para sentir a dor. Se você não estiver acordada, ele não vai se divertir...

Embora estivesse falando sobre Andrew Capra, algo fizera com que ela o trouxesse para o tempo presente, como se ele ainda estivesse vivo.

— Como ele saberia seu e-mail?

— Eu nem sei quem *ele é*.

— Ele mandou isto para *você*, Catherine. Ele sabe o que aconteceu com você em Savannah. Há alguém que você imagine que poderia fazer isso?

Apenas uma pessoa, pensou ela. Mas ele está morto. Andrew Capra está morto.

O celular de Moore tocou. Ela quase pulou da cadeira.

— Meu Deus... — disse ela, o coração acelerado, e se sentou novamente.

Moore abriu o flip do celular.

— Sim, estou com ela agora...

O Cirurgião 115

Ele ouviu por um momento e subitamente olhou para Catherine. O jeito como a estava fitando a alarmou.

— O que é? — indagou Catherine.

— É a detetive Rizzoli. Ela disse que identificou a fonte do e-mail.

— Quem o enviou?

— Você.

Se Moore a tivesse esbofeteado no rosto o efeito teria sido o mesmo. Tudo o que ela conseguiu fazer foi balançar a cabeça, chocada demais para responder.

— O nome "SavvyDoc" foi criado esta noite, usando a *sua* conta da AOL.

— Mas eu mantenho duas contas separadas. Uma é para o meu uso pessoal...

— E a outra?

— Para a equipe do meu consultório, para usar durante... — Ela fez uma pausa. — O consultório. Ele usou o computador do meu *consultório*.

Moore levou o celular até a orelha.

— Ouviu isso, Rizzoli? — Uma pausa, e então: — Encontraremos você lá.

A detetive Rizzoli esperava por eles diante do consultório de Catherine. Um pequeno grupo já havia se reunido no corredor — um imenso guarda de segurança, dois policiais e vários homens em roupas normais. Detetives, presumiu Catherine.

— Revistamos o consultório — disse Rizzoli. — Ele já foi embora há muito tempo.

— Então ele esteve mesmo aqui?

— Ambos os computadores estão ligados. O nome SavvyDoc ainda está na tela de assinatura da AOL.

— Como ele conseguiu entrar?

— A porta não parece ter sido forçada. Há uma firma de limpeza contratada para limpar estes consultórios, de modo que há muitas chaves por aí. Além disso, há os funcionários que trabalham nesta sala.

116        TESS GERRITSEN

— Temos uma atendente de marcação de consultas, uma recepcionista e dois assistentes clínicos — disse Catherine.

— E a senhora e o Doutor Falco.

— Sim.

— Bem, isso soma mais seis chaves. Que poderiam ter sido roubadas ou emprestadas — foi a reação brusca de Rizzoli.

Catherine não gostava dessa mulher e tinha curiosidade de saber se o sentimento era mútuo.

Rizzoli gesticulou na direção do consultório.

— Doutora Cordell, vamos acompanhá-la pelos cômodos — disse ela. — Quero que a senhora veja se há alguma coisa faltando. Apenas não toque em nada, certo? Nem na porta nem nos computadores. Ainda não tiramos as impressões digitais deles.

Catherine olhou para Moore, que pousou um braço confortador em torno de seu ombro. Eles entraram no consultório.

Catherine olhou muito rapidamente a sala de espera dos pacientes, depois a área da recepcionista, onde os funcionários trabalhavam. O computador de marcação de consultas estava ligado. O Drive A estava vazio; o intruso não deixara nenhum disquete para trás.

Com uma caneta, Moore deslocou o mouse do computador para desativar o protetor de tela. A janela de entrada da AOL apareceu. "SavvyDoc" ainda estava na caixa "nome selecionado".

— Alguma coisa nesta sala lhe parece diferente? — perguntou Rizzoli.

Catherine balançou a cabeça negativamente.

— Certo. Vamos para a sua sala.

O coração de Catherine batia mais rápido enquanto ela percorria o corredor, passando pelas duas salas de exames. Entrou em sua sala. Imediatamente, olhou para o teto. Tomou um susto e deu um passo para trás, quase tombando com Moore. Ele a tomou nos braços e a abraçou com força.

— Foi ali que nós o encontramos — disse Rizzoli, apontando para o estetoscópio pendurado na luminária de teto. — Apenas pendurado ali. Presumo que não seja onde a senhora costuma deixá-lo.

Catherine disse, a voz enrouquecida pelo choque:

— Ele já esteve aqui antes.

Rizzoli arregalou os olhos.

— Quando?

— Nos últimos dias. Coisas minhas sumiram. Ou foram mudadas de lugar.

— Que coisas?

— O estetoscópio. Meu jaleco.

— Examine a sala — disse Moore, conduzindo-a gentilmente para adiante. — Mais alguma coisa está mudada?

Catherine correu os olhos pelas prateleiras, pela mesa, pelo armário de arquivos. Este era o seu espaço privativo, e ela organizara cada centímetro dele. Sabia onde as coisas deviam e não deviam estar.

— O computador está ligado — disse ela. — Sempre o desligo no final do dia.

Rizzoli tocou o mouse, e a tela da AOL apareceu, com o nome de tela de Catherine, "CCord", na caixa de assinatura.

— Foi assim que ele conseguiu o seu endereço de e-mail — disse Rizzoli. — Tudo que ele teve de fazer foi ligar o seu computador.

Ela olhou para o teclado. *Você digitou nessas teclas. Você se sentou na minha cadeira.*

A voz de Moore a assustou.

— Está dando por falta de alguma coisa? — perguntou. — Seria alguma coisa pequena, alguma coisa muito pessoal.

— Como sabe disso?

— É o padrão dele.

Então isso aconteceu com as outras mulheres, pensou ela. As outras vítimas.

— Pode ser alguma coisa que a senhora vista — disse Moore. — Alguma coisa que apenas a senhora use. Uma jóia. Um pente, um chaveiro.

— Meu Deus! — Imediatamente ela se abaixou para abrir a gaveta do topo.

— Ei! — gritou Rizzoli. — Disse para não tocar em nada.

Mas Catherine já estava enfiando a mão na gaveta, vasculhando freneticamente entre canetas e lápis.

— Não está aqui.

— O que não está aí?

— Guardo um chaveiro extra na minha mesa.

— Que chaves estão nele?

— Uma chave extra do meu carro. Uma do meu armário no hospital... — Fez uma pausa, a garganta repentinamente seca. — ...se abriu o meu armário durante o dia, teve acesso à minha bolsa. — Ela olhou diretamente para Moore. — Às chaves da minha casa.

Os técnicos já estavam procurando digitais quando Moore voltou para o consultório.

— Você a colocou na cama? — perguntou Rizzoli.

— Ela vai dormir no quarto de plantão da emergência. Não quero que vá para casa até que tenhamos certeza de que está segura.

— Você vai verificar pessoalmente todas as fechaduras dela?

Ele franziu a testa enquanto lia a expressão da detetive. Não gostou do que viu ali.

— Está aborrecida com alguma coisa?

— Ela é uma mulher bonita.

Eu sei aonde isto vai levar, pensou ele, e exalou um suspiro cansado.

— Um pouco abalada psicologicamente. Um pouco vulnerável — disse Rizzoli. — Puxa, deixa um homem com vontade de correr até ela para protegê-la.

— Não é o nosso trabalho?

— É tudo que isso é, um trabalho?

— Não vou conversar sobre isso — disse ele, e saiu do consultório.

Rizzoli seguiu-o até o corredor, como um buldogue grudado aos calcanhares de Moore.

— Ela está no centro deste caso, Moore. Não sabemos se está sendo honesta conosco. Por favor, não me diga que está se envolvendo com ela.

— Não estou envolvido.

— Eu não sou cega.

— E o que exatamente está vendo?

— Vejo o jeito com que você olha para ela. Vejo o jeito com que ela olha para você. Vejo um policial que está perdendo sua objetividade. — Fez uma pausa. — Um policial que vai se machucar.

Se ela tivesse levantado a voz, tivesse dito aquilo com hostilidade, talvez ele tivesse respondido no mesmo tom. Mas ela tinha proferido essas últimas palavras em voz baixa, e ele não conseguia reunir a coragem necessária para um contra-ataque.

— Não vou falar com ninguém — disse Rizzoli. — Mas acho que você é um dos bons rapazes. Se você fosse Crowe, ou algum outro idiota, eu diria tudo bem, vá partir seu coração que eu não estou nem aí. Mas não quero ver isso acontecer a você.

Fitaram um ao outro por um momento. Moore sentiu uma pontada de vergonha de não conseguir ignorar o quanto Rizzoli era desprovida de atrativos. Por mais que admirasse sua inteligência, sua vontade de vencer, sempre se concentraria no rosto absolutamente comum e na silhueta reta. De certa forma não era melhor que Darren Crowe, não era melhor que os imbecis que enfiavam absorventes nas garrafas d'água da detetive. Ele não merecia a admiração de Rizzoli.

Eles ouviram o som de alguém pigarreando. Viraram-se para ver o técnico da cena do crime parado no vão da porta.

— Nenhuma impressão digital — anunciou. — Examinei ambos os computadores. Os teclados, os mouses, os disquetes. Todos estão absolutamente limpos.

O celular de Rizzoli tocou. Enquanto o abria, ela murmurou para Moore:

— O que a gente esperava? Não estamos lidando com um retardado.

— E quanto às portas? — indagou Moore.

— Há algumas impressões digitais parciais — respondeu o técnico. — Mas com todo o movimento que provavelmente entra e sai daqui... pacientes, funcionários... não seremos capazes de identificar nada.

— Ei, Moore — disse Rizzoli, fechando o telefone. — Vamos nessa.

— Para onde?

— Para o QG. Brody quer mostrar um milagre de pixels pra gente.

— Eu coloco o arquivo de imagem no programa Photoshop — disse Sean Brody. — O arquivo tem três megabytes, o que significa que é bem detalhado. Este criminoso não gosta de fotos difusas. Ele enviou uma imagem de qualidade, detalhada até os cílios da vítima.

Brody era o crânio de computador do departamento, um jovem de rosto pálido de 23 anos que agora estava debruçado diante da tela de computador, a mão praticamente colada no mouse. Moore, Rizzoli, Frost e Crowe estavam parados atrás dele, todos olhando sobre seu ombro para o monitor. Brody tinha uma gargalhada irritante, parecida com a de um chacal, e emitia risinhos de deleite enquanto manipulava a imagem na tela.

— Esta é uma foto de tela cheia — disse Brody. — A vítima amarrada à cama. Acordada, olhos abertos, olhos avermelhados devido ao flash. Parece que está com a boca tapada por uma fita adesiva. Agora vejam, aqui, no lado inferior esquerdo da foto, está a borda da mesinha-de-cabeceira. Podem ver um relógio despertador em cima de dois livros. Vou dar um zoom... Pronto, podem ver as horas?

— Duas horas e vinte minutos — disse Rizzoli.

— Certo. Agora a questão é: duas e vinte da manhã ou duas e vinte da tarde? Vamos ao topo da foto, onde vocês podem ver um canto da janela. A cortina está fechada, mas vocês podem ver esta pequena brecha, onde as bordas da cortina não se juntam perfeitamente. Não há sol passando pela brecha. Se a hora no relógio está correta, esta foto foi batida às duas e vinte da manhã.

O CIRURGIÃO

121

— Sim, mas de que dia? — disse Rizzoli. — Isso pode ter sido ontem à noite ou no ano passado. Droga, a gente nem sabe se foi o *Cirurgião* quem tirou esta foto.

Brody fulminou-a com um olhar.

— Ainda não acabei.

— Certo, o que mais?

— Vamos descer pela imagem. Dêem uma olhada no pulso direito da mulher. Tem fita adesiva o obscurecendo. Mas estão vendo aquele pontinho escuro ali? O que vocês acham que é?

Ele apontou e clicou, e o detalhe ficou maior.

— Ainda não parece nada — disse Crowe.

— Certo, vamos dar outro zoom.

Ele clicou mais uma vez. O calombo escuro assumiu uma forma reconhecível.

— Meu Deus! — exclamou Rizzoli. — Parece um cavalinho. É um dos penduricalhos do bracelete da Elena Ortiz!

Brody olhou para ela com um sorriso.

— Sou bom ou o quê?

— É ele — disse Rizzoli. — É o *Cirurgião*.

— Volte para a mesinha-de-cabeceira. — instruiu Moore.

Brody clicou de volta para o quadro inteiro e moveu a seta até o canto inferior esquerdo.

— O que você quer olhar?

— O relógio nos diz que são duas e vinte. E há esses dois livros debaixo do relógio. Olhem as lombadas. Estão vendo como a capa do livro de cima reflete luz?

— Sim.

— Ele está encapado com plástico transparente.

— Certo... — disse Brody, claramente não entendendo aonde o detetive queria chegar.

— Dê um zoom na lombada de cima — disse Moore. — Veja se podemos ler o título do livro.

Brody apontou e clicou.

— Parecem duas palavras — disse Rizzoli. — Vejo a palavra *The.*

Brody clicou de novo, aproximando ainda mais a imagem.

— A segunda palavra começa com S — disse Moore. — E vejam só isto. — Ele cutucou a tela. — Estão vendo este quadradinho branco aqui, na base da lombada?

— Estou te entendendo! — exclamou Rizzoli, a voz subitamente excitada. — O título. Continue! Precisamos da droga do título!

Brody apontou e clicou uma última vez.

Moore olhou para a tela, concentrando-se na segunda palavra na lombada do livro. Abruptamente ele se virou e pegou o telefone.

— Estou boiando — disse Crowe.

— O título do livro é *The Sparrow* — disse Moore, apertando a tecla "O". — E o quadradinho na lombada... aposto que é um código catalográfico.

— É um livro de biblioteca — disse Rizzoli.

Uma voz entrou na linha:

— Telefonista.

— Aqui é o detetive Thomas Moore, polícia de Boston. Preciso urgentemente do número de contato da Biblioteca Pública de Boston.

— Jesuítas no Espaço — disse Frost, sentado no banco de trás. — Esse é o assunto do livro.

Iam a toda pela Centre Street, Moore ao volante, luzes de emergência piscando. Dois carros de patrulha abriam caminho.

— Minha esposa pertence a um grupo de leitura — disse Frost. — Lembro que ela me falou sobre *The Sparrow.*

— É ficção científica? — perguntou Rizzoli.

— Não, está mais para uma parábola religiosa. Qual é a natureza de Deus? Esse tipo de coisa.

— Então não preciso ler — disse Rizzoli. — Conheço todas as respostas. Sou católica.

Moore olhou para a rua transversal e disse:

— Estamos perto.

O endereço que procuravam ficava em Jamaica Plain, um bairro da Zona Oeste de Boston enfiado entre Franklin Park e a cidade fronteiriça de Brookline. O nome da mulher era Nina Peyton. Uma semana atrás ela pegou um exemplar de *The Sparrow* na biblioteca regional de Jamaica Plain. De todos os sócios na área da grande Boston que tinham retirado exemplares do livro, Nina Peyton era a única que, às duas da manhã, não estava atendendo o telefone.

— Chegamos — disse Moore quando o carro de patrulha à frente deles dobrou à direita na Eliot Street. Ele seguiu o carro e, depois de um quarteirão, estacionou atrás dele.

As luzes do carro de patrulha pintavam a noite com manchas azuis surreais enquanto Moore, Rizzoli e Frost passavam pelo portão da frente e se aproximavam da casa. Lá dentro, uma luz fraca brilhava.

Moore lançou um olhar para Frost, que assentiu e circulou na direção dos fundos do prédio.

Rizzoli bateu na porta e gritou:

— Polícia!

Eles esperaram alguns segundos.

Mais uma vez Rizzoli bateu, mais forte.

— Senhorita Peyton, aqui é a polícia! Abra a porta!

Houve mais uma pausa de três segundos. Subitamente a voz de Frost crepitou por seus rádios:

— Tem uma cortina fechada na janela dos fundos!

Moore e Rizzoli trocaram olhares, e sem uma palavra tomaram uma decisão.

Com a coronha da lanterna, Moore esmagou o vidro da janela ao lado da porta da frente, enfiou o braço e puxou o ferrolho.

Rizzoli foi a primeira a entrar na casa, movendo-se semi-agachada, a arma descrevendo um arco. Moore estava bem atrás dela, a adrenalina pulsando enquanto registrava uma sucessão rápida de imagens. Soalho de madeira. Armário aberto. Cozinha logo à frente, sala de estar à direita. Uma única lâmpada brilhando na mesa do fundo.

— O quarto — disse Rizzoli.

— *Vai!*

Seguiram o corredor, Rizzoli na frente, a cabeça virando para a esquerda e para a direita enquanto passavam por um banheiro e um quarto, ambos vazios. A porta no fim do corredor estava entreaberta; eles não podiam ver, através dela, o quarto escuro.

Palmas suadas em sua arma, coração batendo, Moore aproximou-se da porta. Empurrou-a com o pé.

Foi agredido por um cheiro horrível de sangue. Encontrou o interruptor de luz e o ligou. Mesmo antes que a imagem atingisse suas retinas, ele sabia o que ia ver. E ainda assim não estava completamente preparado para o horror.

O abdômen da mulher tinha sido aberto. Dobras de intestino delgado afloravam da incisão e pendiam como serpentinas grotescas pela lateral da cama. Sangue gotejava do ferimento aberto no pescoço e se acumulava numa poça no chão.

Moore levou uma eternidade para processar o que estava vendo. Foi apenas depois de registrar completamente os detalhes que ele compreendeu seu significado. O sangue, ainda fresco, ainda gotejando. A ausência de sangue borrifado pela artéria na parede. A poça cada vez maior de sangue escuro, quase negro.

Imediatamente caminhou até o corpo, sapatos pisando no sangue.

— Ei! — gritou Rizzoli. — Está contaminando a cena!

Ele pressionou os dedos no lado intacto do pescoço da vítima.

O cadáver abriu os olhos.

*Deus, ela ainda está viva!*

# 8

Catherine acordou de supetão, o coração batendo no peito, cada nervo elétrico com medo. Fitou a escuridão, esforçando-se por domar o pânico.

Alguém está batendo na porta do quarto de plantão.

— Doutora Cordell? — Catherine reconheceu a voz de uma das enfermeiras da Emergência. — Doutora Cordell?

— Sim? — disse Catherine.

— Tem um caso de traumatismo chegando! Grande perda de sangue, ferimentos no abdômen e no pescoço. Sei que o Doutor Ames está encarregado dos traumatismos esta noite, mas ele está atrasado. O Doutor Kimball gostaria da sua ajuda!

— Diga a ele que estou indo.

Catherine ligou o abajur e olhou para o relógio. Eram duas e quarenta e cinco da manhã. Ela havia dormido apenas três horas. O vestido de seda verde ainda estava dobrado sobre a cadeira. Ele parecia uma coisa alienígena, da vida de outra mulher, não da sua.

O jaleco que vestira para dormir estava úmido de suor, mas ela não tinha tempo de mudar. Juntando os cabelos emaranhados num rabo-de-cavalo, caminhou até a pia para jogar água fria no rosto. A mulher que olhou para ela do espelho era uma estranha em estado de choque. *Concentre-se. É hora de esquecer o medo. É hora de trabalhar.*

Enfiou os pés num par de tênis que pegara em seu armário e, respirando fundo, saiu do quarto de plantão.

— Chegada estimada: dois minutos! — anunciou o secretário da Emergência. — A ambulância diz que a pressão sistólica está em 70!

— Doutora Cordell, eles estão se preparando na Sala de Traumatismo Um.

— Quem está na equipe?

— Doutor Kimball e dois residentes. Graças a Deus você já está na casa. O carro do Doutor Ames pifou e ele não vai conseguir...

Catherine entrou na Traumatismo Um. Num relance de olhos viu que a equipe estava preparada para o pior. Havia três suportes com ringer lactato; tubos intravenosos estavam enrolados e prontos para conexão. Um assistente estava a postos para levar correndo amostras de sangue para o laboratório. Os dois residentes estavam posicionados em cada lado da mesa, segurando cateteres intravenosos. E o Doutor Kimball, o médico de plantão, já tinha rasgado a fita que selava a bandeja de laparotomia.

Catherine vestiu uma touca cirúrgica e enfiou os braços nas mangas de um avental esterilizado. Uma enfermeira amarrou o avental atrás e ofereceu a primeira luva. Com cada peça do uniforme vinha mais uma camada de autoridade. Agora ela estava se sentindo mais forte, mais no controle. Nesta sala ela era a salvadora, não a vítima.

— Qual é a história do paciente? — perguntou Catherine a Kimball.

— Agressão. Traumatismo no pescoço e no abdômen.

— Bala?

— Não. Ferimentos de facadas.

Catherine parou no ato de colocar a segunda luva. Um nó tinha acabado de se formar em seu estômago. *Pescoço e abdômen. Ferimentos de faca.*

Uma enfermeira abriu a porta e gritou:

— A ambulância está parando lá fora!

O CIRURGIÃO 127

— Hora de sangue e tripas — disse Kimball, saindo da sala para encontrar a paciente.

Catherine, já em roupas esterilizadas, permaneceu onde estava. A sala subitamente ficara silenciosa. Nem os dois residentes flanqueando a mesa nem a enfermeira de assepsia, preparada para passar os instrumentos cirúrgicos para Catherine, disseram uma única palavra. Todos estavam concentrados no que estava acontecendo do outro lado da porta.

Eles ouviram Kimball gritar:

— Vamos, vamos, *vamos*!

A porta foi aberta, e a maca foi trazida. Catherine teve um vislumbre de lençóis empapados em sangue, de uma mulher de cabelos castanhos e rosto obscurecido pela máscara que prendia um tubo endotraqueal.

Com um grito de *um-dois-três*!, puseram a paciente sobre a mesa de cirurgia.

Kimball puxou o lençol, desnudando o torso da vítima.

Em meio ao caos da sala de emergência, ninguém ouviu Catherine arfar de susto. Ninguém notou quando deu um passo titubeante para trás. Fitou o pescoço da vítima, onde a bandagem de pressão estava saturada em vermelho. Olhou para o abdômen, onde outra bandagem aplicada às pressas já começava a descolar, deixando escorrer fios de sangue pelo flanco nu. Enquanto todos os outros entravam em ação, conectando tubos intravenosos e sensores cardíacos, empurrando ar para os pulmões da vítima, Catherine permaneceu imobilizada pelo horror.

Kimball descolou a bandagem abdominal. Dobras de intestino delgado saltaram do ferimento e caíram na mesa.

— Pressão sistólica mal está em 60! Ela está com taquicardia sinusal...

— Não consigo introduzir este cateter intravenoso! A veia está colapsada!

— Tente uma subclavicular!

— Pode me passar outro cateter?

— Droga, este campo inteiro está contaminado...

— Doutora Cordell? Doutora Cordell?

Ainda em transe, Catherine virou-se. Por cima da máscara cirúrgica, a testa da enfermeira estava franzida de preocupação.

— A senhora quer esponjas de laparotomia?

Catherine engoliu em seco. Respirou fundo.

— Sim. Esponjas de laparotomia. E uma sonda de sucção...

Tentou concentrar-se na paciente. Uma mulher jovem. Catherine foi acometida por uma lembrança desorientadora: outra sala de emergência, na noite em Savannah quando ela própria fora a mulher deitada na mesa.

*Não vou deixar você morrer. Não vou permitir que ele te leve.*

Pegou na bandeja de instrumentos um punhado de esponjas e um hemóstato. Agora Catherine estava completamente concentrada, a profissional novamente no controle. Todos os anos de treinamento cirúrgico engrenaram automaticamente. Dirigiu sua atenção primeiro para o ferimento no pescoço e descolou a bandagem de pressão. Sangue escuro escorreu e se esparramou no chão.

— A carótida! — disse um dos residentes.

Catherine passou uma esponja no ferimento e respirou fundo.

— Não, não. Se fosse a carótida, ela já estaria morta. — Olhou para a enfermeira de assepsia. — Bisturi.

O instrumento foi colado em sua mão. Fez uma pausa, preparando-se para a tarefa delicada, e posicionou a ponta do bisturi no pescoço. Mantendo pressão no ferimento, Catherine rapidamente cortou o ferimento e dissecou de baixo para cima em direção ao queixo, expondo a veia jugular.

— Ele não cortou fundo o suficiente para alcançar a carótida — disse ela. — Mas cortou a jugular. E esta ponta recuou para o tecido de partes moles. — Largou o bisturi e pegou o fórceps de polegar. — Residente? Preciso que você seque com a esponja. *Gentilmente!*

O CIRURGIÃO 129

— Vai fazer a reanastomose?

— Não. Só vamos amarrar a jugular. Ela vai desenvolver escoamento colateral. Preciso de expor veia suficiente para passar a sutura em torno dela. Pregador vascular.

O instrumento apareceu instantaneamente em sua mão.

Catherine posicionou o pregador e o fechou na veia exposta. Com um suspiro de alívio, virou-se para Kimball.

— Este sangramento parou. Vou amarrá-lo mais tarde.

Voltou sua atenção para o abdômen. Kimball e o outro residente haviam limpado o campo com sondas de sucção e esponjas de laparotomia, e agora o ferimento estava plenamente exposto. Com muito cuidado, Catherine empurrou dobras de intestino delgado e olhou para a incisão aberta. O que viu inflamou seu peito com ódio.

Olhou para Kimball, no outro lado da mesa, expressão estarrecida no rosto.

— Quem faria isto? — perguntou baixinho. — Com o que estamos lidando?

— Um monstro — disse Catherine.

— A vítima ainda está na cirurgia. Ainda está viva — disse Rizzoli, fechando seu celular. Olhou para Moore e o Dr. Zucker. — Agora temos uma testemunha. O assassino está ficando descuidado.

— Não descuidado — disse Moore. — Apressado. Ele não teve tempo de terminar o trabalho.

Moore estava em pé na porta do quarto, estudando o sangue no chão. Ainda estava fresco, ainda estava reluzindo. *Não teve tempo de secar.* O Cirurgião *esteve aqui até ainda há pouco.*

— A foto foi enviada por e-mail para Cordell às sete e cinqüenta e cinco da noite — disse Rizzoli. — O relógio na foto marca duas e vinte. — Ela apontou para o relógio na mesinha-de-cabeceira. — Ele está com a hora certa. O que significa que ele deve ter tirado a foto *ontem* à noite. Manteve a vítima viva nesta casa por mais de vinte e quatro horas.

*Prolongando o prazer.*

— Ele está ficando audacioso — disse Dr. Zucker, com um tom perturbador de admiração, um reconhecimento de que ali estava um adversário digno. — Não apenas ele manteve a vítima viva por um dia inteiro. Ele *deixou* ela aqui, durante algum tempo, para enviar aquele e-mail. Nosso menino está pregando peças na gente.

— Ou em Catherine Cordell — disse Moore.

A bolsa da vítima estava em cima da mesinha-de-cabeceira. Com mãos enluvadas, Moore examinou o conteúdo da bolsa.

— Carteira com trinta e quatro dólares. Dois cartões de crédito. Cartão Triplo A. Crachá de funcionária da Lawrence Scientific Supplies, Departamento de Vendas. Carteira de motorista, Nina Peyton, vinte e nove anos, um metro e sessenta e dois, cinqüenta e oito quilos. — Ele virou a carteira. — Doadora de órgãos.

— Acho que ela acaba de doar — disse Rizzoli.

Ele correu o zíper de um bolso lateral e encontrou um livrinho.

— Ela tem uma agenda.

Rizzoli virou-se para olhá-lo com interesse.

— Mesmo?

Abriu o livrinho no mês corrente. Estava em branco. Folheou para trás até achar uma anotação, escrita quase oito semanas antes: *Licença de repouso.* Virou ainda mais para trás e viu mais anotações: *Aniversário do Sid. Lavanderia. Concerto às 20:00. Reunião de equipe.* Todos os detalhezinhos ordinários que compõem a vida. Por que as anotações haviam parado tão subitamente oito semanas atrás? Pensou na mulher que tinha escrito essas palavras em tinta azul. Uma mulher que provavelmente havia olhado para a página branca de dezembro e visualizado Natal e neve com todos os motivos para acreditar que estaria viva para vê-los.

Moore fechou a agenda, tão entristecido que por um momento quase não conseguiu falar.

O CIRURGIÃO 131

— Nada foi deixado para trás nos lençóis — disse Frost, agachado ao lado da cama. — Nem pedaços de fios cirúrgicos, nem instrumentos, nada.

— Para um sujeito que supostamente estava apressado em sair, ele fez um bom trabalho de apagar seus rastros — disse Rizzoli. — E vejam. Ainda teve tempo de dobrar as roupas de dormir. — Ela apontou para a camisola de algodão, dobrada cuidadosamente numa cadeira. — Isto não combina com alguém com pressa.

— Mas deixou sua vítima viva — disse Moore. — O pior erro possível.

— Não faz sentido, Moore. Ele dobra a camisola, arruma tudo antes de sair. E depois é tão descuidado que deixa uma testemunha para trás? Ele é esperto demais para cometer um erro como esse.

— Até os mais espertos fazem besteira — comentou Zucker. — Ted Bundy ficou descuidado no fim.

Moore olhou para Frost.

— Foi você quem ligou para a vítima?

— Sim. Quando estávamos verificando aquela lista de números de telefone que a biblioteca nos deu. Liguei para cá por volta das duas, duas e quinze. Caiu na secretária eletrônica. Não deixei nenhuma mensagem.

Moore olhou a sala ao seu redor mas não viu nenhuma secretária eletrônica. Foi à sala de estar e avistou o telefone na ponta da mesa. Tinha uma caixa de identificação de chamada, e o botão de memória estava manchado com sangue.

Com a ponta de um lápis apertou o botão, e o número do telefone da última pessoa que havia ligado apareceu na telinha.

*Polícia de Boston 2:14 A.M.*

— Foi isso que assustou ele? — perguntou Zucker, que seguira Moore até a sala.

132     TESS GERRITSEN

— Ele estava aqui quando Frost telefonou — disse Moore. — Tem sangue no botão de identificação de chamada.

— Então o telefone tocou. E o assassino não havia terminado. Não havia obtido a satisfação. Mas um telefonema no meio da noite deve tê-lo assustado. Ele veio para a sala e viu o número na caixa de identificação de chamadas. Viu que era a polícia, tentando alcançar a vítima. — Zucker fez uma pausa. — O que *você* faria?

— Daria no pé.

Zucker fez que sim com a cabeça, e seus lábios se contorceram num sorriso.

Tudo isto é um jogo para você, pensou Moore. Ele foi até a janela e olhou para a rua, que agora era um caleidoscópio brilhante de luzes azuis. Meia dúzia de carros de patrulha estavam estacionados diante da casa. A imprensa também estava lá; ele podia ver o furgão de reportagem da emissora de TV local ajustando sua antena.

— Ele não chegou a obter prazer — disse Zucker.

— Ele completou a excisão.

— Não, isso foi apenas o suvenir. Uma pequena lembrança de sua visita. Ele não estava aqui apenas para colher uma parte corporal. Veio pela emoção mais forte: sentir a vida de uma mulher escoar. Mas desta vez não conseguiu. Foi interrompido, distraído pelo medo de que a polícia chegasse. Não ficou tempo suficiente para ver sua vítima morrer. — Zucker fez uma pausa. — O próximo assassinato vai acontecer muito em breve. O assassino está frustrado, e a tensão está ficando insuportável para ele. O que significa que ele já está caçando sua próxima vítima.

— Ou já a escolheu — disse Moore. E pensou: Catherine Cordell.

As primeiras luzes da alvorada estavam iluminando o céu. Moore não dormia havia quase vinte e quatro horas, passara a maior parte da noite trabalhando febrilmente, abastecido apenas por café. Ainda assim, enquanto levantava os olhos para o céu iluminado, o que ele sentiu não foi exaustão, mas tensão renovada. Havia alguma conexão entre Catherine e o *Cirurgião* que ele não entendia. Algum fio invisível que a unia àquele monstro.

— Moore.

Virou-se para ver Rizzoli e instantaneamente percebeu a excitação em seus olhos.

— Crimes Sexuais acaba de ligar — disse ela. — A vítima é uma mulher muito azarada.

— Como assim?

— Há dois meses Nina Peyton foi atacada sexualmente.

A notícia deixou Moore abalado. Ele pensou nas páginas em branco da agenda da vítima. Oito semanas atrás, as anotações tinham parado. Foi quando a vida de Nina Peyton tinha sido paralisada.

— Há um relatório no arquivo? — disse Zucker.

— Não apenas um relatório — disse Rizzoli. — Foram coletadas amostras do estupro.

— *Duas* vítimas de estupro? — disse Zucker. — Será que pode ser tão fácil assim?

— Você acha que o estuprador volta para matar as vítimas?

— Tem de ser mais do que um acaso. Dez por cento dos estupradores seriais comunicam-se depois com suas vítimas. É a forma que o estuprador tem de prolongar o tormento. Essa é a sua obsessão.

— Estupro como preliminar para um assassinato. — Rizzoli estremeceu. — Encantador.

Um novo pensamento ocorreu a Moore.

— Você disse que amostras do estupro foram coletadas. Então temos coleta de material vaginal?

— Sim. O exame de DNA ainda não foi terminado.

— Quem coletou o material? A vítima foi para a Emergência do hospital?

Moore tinha quase certeza de que Rizzoli ia dizer: *Pilgrim Hospital.*

Mas Rizzoli fez que não com a cabeça.

— Não a Emergência. Ela foi para a clínica feminina de Forest Hills. É logo ali, descendo a rua.

Numa parede da sala de espera da clínica, um cartaz colorido da via genital feminina estava exposto abaixo das palavras: *Mulher. Beleza Maravilhosa.* Embora Moore concordasse que um corpo feminino era uma criação miraculosa, ele se sentia um *voyeur* sujo olhando para aquele diagrama explícito. Notou que muitas mulheres na sala de espera estavam olhando para ele da forma como gazelas fitam um predador em seu meio. O fato de que estava acompanhado por Rizzoli não parecia alterar o fato de que era um macho alienígena.

Ficou aliviado quando a recepcionista finalmente disse:

— Ela vai receber vocês agora, detetives. É a última sala à direita.

Rizzoli caminhou na frente pelo corredor, passando por cartazes como *Os 10 sinais de que seu parceiro é violento* e *Como você sabe que é um estupro?* A cada passo ele sentia como se mais uma mancha de culpa masculina tivesse grudado a ele, como sujeira em suas roupas. Rizzoli não sentia nada disso; ela era a única em terreno familiar. Território feminino. Ela bateu na porta que dizia: "Sarah Daly, Enfermeira".

— Entre.

A mulher que se levantou para recebê-los era jovem e com uma aparência *fashion*. Debaixo do casaco usava calças jeans azuis e uma camisa de malha preta, e seu cabelo, cortado como o de um rapazinho, enfatizava olhos negros penetrantes e feições muito bonitas. Mas no que Moore não conseguia parar de se concentrar era na pequena argola de ouro em sua narina esquerda. Durante a maior parte da entrevista, ele teve a impressão de estar falando com a argola.

— Depois que vocês ligaram, peguei a ficha médica dela — disse Sarah. — Tenho certeza de que uma ficha policial também foi arquivada.

— Nós a lemos — disse Rizzoli.

— E qual é o seu motivo para terem vindo aqui?

O CIRURGIÃO 135

— Nina Peyton foi atacada na noite de ontem, na casa dela. Ela agora está em estado crítico.

A primeira reação da mulher foi de choque. Depois, aflorando como a lava de um vulcão, de fúria. Moore viu isso na forma como seu queixo empinou-se e os olhos brilharam.

— Foi *ele*?

— Ele?

— O homem que a estuprou?

— Estamos considerando a possibilidade — disse Rizzoli. — Infelizmente, a vítima está em coma e não pode conversar conosco.

— Não a chame de *vítima*. Ela tem nome.

O queixo de Rizzoli também se empinou, e Moore percebeu que ela estava enfurecida. Não era uma boa maneira de iniciar um interrogatório.

— Senhorita Daly — disse ele —, esse foi um crime de uma brutalidade inacreditável, e nós precisamos...

— Nada é inacreditável — retorquiu Sarah. — Não quando estamos falando do que os homens fazem com as mulheres. — Ela pegou uma pasta em sua mesa e a passou para ele. — Aqui está o prontuário dela. Na manhã seguinte ao estupro, ela veio para esta clínica. Fui a única que a viu naquele dia.

— Foi você que a examinou?

— Eu fiz tudo. A entrevista, o exame pélvico. Colhi o material vaginal e confirmei sob o microscópio a presença de esperma. Penteei o pêlo pubiano, catei pedaços de unha para as amostras de estupro. Dei a ela a pílula-do-dia-seguinte.

— Ela não foi para a sala de emergência fazer outros testes?

— Uma vítima de estupro que entra pela nossa porta é atendida por uma única pessoa, usufruindo de tudo o que este prédio oferece. A última coisa de que ela precisa é um desfile de rostos desconhecidos. Assim, eu tiro uma amostra de sangue e a envio para o laboratório. Faço os telefonemas necessários para a polícia. Se é isso que a vítima quer.

Moore abriu a pasta e viu o prontuário da paciente. Data de nascimento, endereço, telefone de contato e profissão estavam listados. Virou a página e viu que estava preenchida com uma caligrafia pequena e apertada. A data da primeira anotação era 17 de maio.

*Queixa principal: Ataque sexual.*

*Histórico da condição atual: mulher, 29 anos, acredita ter sido atacada sexualmente. Na noite passada, quando bebia no Gramercy Pub, sentiu-se tonta. Lembra-se de ter caminhado até o banheiro. Não recorda nenhum dos eventos que se seguiram...*

— Ela acordou em casa, em sua própria cama — disse Sarah. — Ela não lembrava de ter chegado em casa. Não lembrava de ter tirado as roupas. Certamente não lembrava de ter rasgado a própria blusa. Suas coxas estavam manchadas com alguma coisa que parecia sêmen ressequido. Um olho estava inchado, e ambos os pulsos estavam feridos. Ela logo compreendeu o que havia acontecido. E teve a mesma reação que tantas outras vítimas de estupro. Pensou: "A culpa é minha. Eu não devia ter sido tão descuidada." As mulheres são assim. — Olhou diretamente para Moore. — Culpamos a nós mesmas por tudo, mesmo quando o homem nos fode sem o nosso consentimento.

Diante de tamanha raiva, não havia nada que Moore pudesse dizer. Baixou os olhos para o prontuário e leu o exame físico.

*Paciente está desmazelada e abalada, falando num tom monocórdio. Está desacompanhada, tendo vindo de sua casa direto para a clínica...*

— Ela não parava de falar sobre a chave do carro — disse Sarah. — Tinha sido espancada, estava com um olho inchado, e só conseguia pensar no fato de ter perdido a chave do carro e de que sem ela não poderia dirigir até o trabalho. Levou um bom tempo para parar

O CIRURGIÃO 137

de divagar e falar comigo. Esta era uma mulher que nunca havia tido uma experiência realmente ruim. Tinha uma boa educação, era independente financeiramente. Representante de vendas da Lawrence Scientific Supplies. Lida com o público todos os dias. E aqui estava ela, praticamente paralisada. Obcecada com a porcaria da chave do carro. Finalmente abrimos sua bolsa e vasculhamos todos os bolsos internos. Encontramos a chave. Só depois disso ela conseguiu se concentrar em mim e me contar o que havia acontecido.

— O que ela disse?

— Ela foi até o Gramercy Pub por volta das nove horas para se encontrar com uma amiga. Como a amiga não aparecia, Nina ficou fazendo hora ali. Tomou um martíni, conversou com alguns homens. Entenda bem, eu já estive no Gramercy. O lugar está sempre cheio. Uma mulher se sente segura ali. — Amarga, acrescentou: — Como se existisse um lugar seguro...

— Ela se lembrava do homem que a levou para casa? — perguntou Rizzoli. — É isso o que nós realmente precisamos saber.

Sarah fitou-a.

— Vocês só pensam no criminoso, não é? Era só isso que aqueles dois policiais da Delegacia de Crimes Sexuais queriam saber. O criminoso fica com toda a atenção.

Moore sentiu a sala esquentando com a irritação de Rizzoli. Ele se apressou em dizer:

— Os detetives disseram que ela foi incapaz de oferecer uma descrição.

— Eu estava na sala quando ela foi interrogada. Ela me pediu que ficasse, de modo que ouvi a história inteira duas vezes. Os detetives ficaram perguntando como ele se parecia, e ela não conseguia dizer. Ela honestamente não lembrava nada sobre ele.

Moore virou a página seguinte do prontuário.

— Você a viu uma segunda vez, em julho. Apenas há uma semana.

— Ela voltou para fazer outro exame de sangue. Os exames de HIV só são eficazes seis semanas depois da exposição. Essa é a maior de todas as atrocidades. Primeiro ser estuprada, depois descobrir que o estuprador contaminou você com uma doença fatal. São seis semanas de agonia para essas mulheres, esperando para descobrir se contraíram aids. Perguntando-se se o inimigo está dentro delas, multiplicando-se em seu sangue. Quando elas chegam para o exame de acompanhamento, eu costumo fazer um discurso de preparação. E juro que vou telefonar para elas no instante em que receber os resultados.

— Você não analisa os exames aqui?

— Não. Tudo é enviado para a Interpath Labs.

Moore virou a última página do prontuário e viu a folha de resultados. *Exame de HIV: Negativo. VDRL (sífilis): Negativo.* A página era uma cópia carbono muito fina. As notícias mais importantes de nossas vidas, pensou Moore, quase sempre chegavam em papéis vagabundos: telegramas, resultados de concursos, exames de sangue.

Fechou o prontuário e pousou-o na mesa.

— Quando viu Nina pela segunda vez, o dia em que ela chegou para o exame de acompanhamento, como ela lhe pareceu?

— Está me perguntando se ela ainda estava traumatizada?

— Não tenho dúvida de que estava.

Sua resposta calma pareceu perfurar a bolha de raiva de Sarah. Ela se recostou na cadeira, desprovida de seu principal combustível, o ódio. Ponderou sobre a pergunta durante alguns instantes antes de responder:

— Quando vi Nina pela segunda vez, ela parecia uma morta-viva.

— Como assim?

— Ficou sentada na cadeira em que a detetive Rizzoli está agora, e eu tinha a impressão de que podia enxergar através dela. Como se ela estivesse transparente. Ela não ia ao trabalho desde o estupro. Acho que era difícil para ela encarar as pessoas, especialmente os homens. Estava bloqueada por uma série de fobias estranhas. Tinha medo de consumir água de torneira, ou qualquer coisa que não tivesse sido selada. Só bebia água mineral de uma garrafa que não tivesse sido aberta, porque assim teria certeza de que não seria envenenada ou drogada. Tinha medo de que os homens iam olhar para ela e perceber que ela tinha sido violentada. Estava convencida de que seu estuprador havia deixado esperma em seus lençóis e roupas, e passava horas por dia lavando as mesmas coisas. A mulher que Nina Peyton havia sido, fosse lá quem fosse, estava morta. O que eu via em seu lugar era um fantasma.

A voz de Sarah descarrilou. Ela ficou imóvel, fitando Rizzoli mas vendo outra mulher naquela cadeira. Uma sucessão de mulheres, rostos diferentes, fantasmas diferentes, um desfile de mortas-vivas.

— Ela falou alguma coisa sobre estar sendo vigiada? Se o estuprador estava reaparecendo em sua vida?

— Um estuprador nunca desaparece da sua vida. Enquanto viver, você sempre será propriedade dele. — Amarga, acrescentou: — Talvez ele tenha voltado para reclamar o que era dele.

# 9

*Não eram as virgens que os vikings sacrificavam, mas as prostitutas.*

*No ano de Nosso Senhor de 922, o diplomata árabe ibn Fadlan testemunhou um sacrifício como esse entre o povo que ele chamava de Rus. Ibn Fadlan descreveu essa gente como homens altos e louros, dotados de físicos perfeitos, que zarpavam da Suécia, desciam os rios russos e seguiam para o sul até os mercados de Kazaria e o Califado, onde trocavam âmbar e peles por seda e prata de Bizâncio. Foi nessa rota de comércio, na atual Bulgária, na curva do rio Volga, que um viking célebre foi preparado para sua jornada final para o Valhalla.*

*Ibn Fadlan testemunhou o funeral.*

*O barco do morto foi rebocado para a praia e colocado sobre postes de madeira de vidoeiro. Um pavilhão foi erigido no convés, e nele colocada uma cama coberta em brocado grego. O cadáver, que passara dez dias enterrado, foi exumado.*

*Para a surpresa de ibn Fadlan, a carne enegrecida não fedia.*

*O cadáver recém-exumado foi adornado em roupas finas: calças, meias, botas, túnica, e um manto de brocado preso na frente por botões de ouro. Foi posto na cama, escorado com almofadas para permanecer sentado. Ao seu redor foram dispostos pão, carne acebolada, bebidas alcoólicas e plantas aromáticas. Um cão, dois cavalos, um galo e uma ga-*

*linha foram mortos e colocados dentro do pavilhão, para atender às necessidades do grande viking no Valhalla.*

*Por último, eles trouxeram uma escrava.*

*Durante os dez dias em que o cadáver ficou enterrado, a jovem foi prostituída. Embebedada, foi levada de tenda em tenda para servir a cada homem no acampamento. Ficou deitada de pernas abertas debaixo de uma sucessão de homens brutos e suados, seu belo corpo um receptáculo onde a semente de todos os homens da tribo foi derramada. Desta forma ela foi desonrada, sua carne corrompida, seu corpo preparado para o sacrifício.*

*No décimo dia foi levada até o navio, acompanhada por uma velha que era chamada de* Anjo da Morte. *A garota removeu seus braceletes e anéis. Bebeu até cair. Foi carregada para o pavilhão, onde o morto estava sentado.*

*Ali, sobre a cama coberta com brocado, a jovem foi novamente desonrada. Seis vezes, por seis homens, seu corpo passando entre eles como comida compartilhada. E quando acabou, quando os homens estavam saciados, a garota foi deitada ao lado de seu amo morto. Dois homens seguraram seus pés, outros dois prenderam suas mãos, e, com uma corda, o* Anjo da Morte *fez um laço em torno do seu pescoço. Enquanto os homens retesavam a corda, o Anjo ergueu uma adaga de folha larga e afundou no peito da jovem.*

*Sucessivas vezes a adaga desceu, esparramando sangue da forma como um bruto esparrama semente, reencenando a sevícia, o metal afiado cortando a carne macia.*

*Um coito brutal que brindou, com seu golpe final, o gozo da morte.*

— Ela precisou de uma grande quantidade de sangue e plasma fresco congelado — disse Catherine. — Sua pressão está estabilizada, mas ela ainda está inconsciente e num ventilador pulmonar. Você terá de ser paciente, detetive. E torcer para que ela acorde.

Catherine e o detetive Darren Crowe estavam em pé diante do cubículo de Nina Peyton na UTI, observando três linhas correrem pelo

O CIRURGIÃO

monitor cardíaco. Crowe estivera esperando diante da porta da sala de cirurgia quando a paciente saiu numa maca, ficara ao seu lado na sala de recuperação e mais tarde durante a transferência para a UTI. Seu papel era mais do que meramente protetor. Ele estava ansioso por colher o depoimento da paciente, e durante as últimas horas havia aborrecido todos no hospital, exigindo freqüentemente relatórios de progresso e pairando diante do cubículo.

Agora, mais uma vez, ele repetiu a pergunta que tinha feito durante toda a manhã.

— Ela vai sobreviver?

— Tudo o que posso dizer é que seus sinais vitais estão estáveis.

— Quando poderei falar com ela?

Catherine suspirou, cansada.

— Você parece não entender o estado crítico em que ela estava. Antes mesmo de chegar aqui já havia perdido mais de um terço de seu volume sangüíneo. Seu cérebro devia estar sem circulação. Quando e se ela recuperar a consciência, há chances de que não se lembre de nada.

Crowe olhou através da divisória de vidro.

— Então ela não tem utilidade para nós.

Catherine olhou-o fixamente com profundo desagrado. Em nenhum momento ele havia expressado interesse por Nina Peyton, exceto como testemunha, como alguém que poderia lhe ser útil. Em momento algum, durante toda a manhã, ele se referiu ao nome dela. Chamava-a de *a vítima* ou *a testemunha*. O que ele viu, dentro do pequeno compartimento, não era exatamente uma mulher, mas simplesmente um meio para se alcançar um fim.

— Quando ela vai sair da UTI? — perguntou ele.

— É cedo demais para responder a essa pergunta.

— Será que ela pode ser transferida para um quarto privativo? Se mantivermos a porta fechada e limitarmos o acesso de funcionários, ninguém saberá que ela não pode falar.

Catherine sabia exatamente aonde ele queria chegar.

— Não vou deixar que minha paciente seja usada como isca. Ela precisa permanecer aqui para receber atenção ininterrupta. Está vendo as linhas no monitor? São o eletrocardiograma, o monitor de pressão venosa central e o de pressão arterial. Preciso permanecer ciente de cada mudança em sua condição. Esta unidade é o único lugar onde podemos fazer isso.

— Quantas mulheres vamos salvar se o detivermos agora? Já pensou nisso? Doutora Cordell, mais do que ninguém, *você* sabe o que essas mulheres passaram.

Catherine estremeceu de raiva. Ele havia acertado um golpe em seu ponto mais vulnerável. O que Andrew Capra fez com ela era tão pessoal, tão íntimo, que ela não conseguira falar sobre o assunto com ninguém, nem mesmo com seu próprio pai. O detetive Crowe enfiou o dedo nessa ferida aberta.

— Ela pode ser a nossa única chance de pegar o sujeito — disse Crowe.

— Isso é o melhor que vocês podem fazer? Fazer uma mulher comatosa de isca? Colocar em risco outros pacientes neste hospital convidando um assassino a aparecer aqui?

— Por que tem tanta certeza de que ele já não está aqui neste momento? — disse Crowe, dando-lhe as costas e indo embora.

*Aqui neste momento.* Catherine não conseguiu conter o impulso de olhar ao seu redor. Viu enfermeiras passando apressadas entre pacientes. Um grupo de cirurgiões residentes estava reunido perto do banco de monitores. Um flebotomista carregando sua bandeja de tubos de ensaio e seringas. Quantas pessoas entravam e saíam deste hospital todos os dias? Quantos deles ela realmente conhecia como pessoas? Nenhum. Isso Andrew Capra havia ensinado a ela: que ela jamais podia saber realmente o que espreitava no coração de uma pessoa.

— Doutora Cordell, telefone — disse uma secretária.

Catherine caminhou até o posto de enfermagem e pegou o telefone. Era Moore.

— Soube que a salvou.

— Sim, ela ainda está viva — respondeu rudemente Catherine.

— E não, ela ainda não está falando.

Uma pausa.

— Acho que estou ligando em hora imprópria.

Ela afundou numa cadeira.

— Sinto muito. Acabo de falar com o detetive Crowe e não estou de bom humor.

— Ele parece exercer esse efeito nas mulheres.

Ambos riram, risadas cansadas que derreteram qualquer hostilidade entre os dois.

— Como estão as coisas, Catherine?

— Tivemos alguns momentos complicados, mas acho que consegui estabilizar a condição dela.

— Não, estou me referindo a *você*. Está bem?

Era mais do que uma pergunta educada. Catherine podia sentir a preocupação em sua voz e não soube o que responder. A única coisa que sabia era que ter alguém que se preocupava com ela lhe fazia bem. E que as palavras dele tinham enrubescido sua face.

— Não vá para casa, certo? — disse ele. — Pelo menos não enquanto suas chaves não tiverem sido trocadas.

— Aquilo me deixou furiosa. Ele me roubou o único lugar no qual eu me sentia segura.

— Vamos deixar a sua casa segura de novo. Vou providenciar um chaveiro que vá até lá.

— Num sábado? Você deve ser milagreiro.

— Não. Apenas tenho um caderno de telefones bem gordo.

Ela se recostou, a tensão abandonando seus ombros. À sua volta, a UTI fervilhava com atividade, mas sua atenção estava concentrada completamente no homem que a estava acalmando.

— E como *você* está? — perguntou ela.

— Temo que meu dia esteja apenas começando.

Uma pausa enquanto ele se virava para responder à pergunta de alguém, alguma coisa sobre que prova devia ser armazenada. Outras vozes falavam ao fundo. Ela o imaginou no quarto de Nina Peyton, a prova do horror à sua volta. Mesmo assim sua voz estava baixa e serena.

— Vai me ligar no instante em que ela acordar? — disse Moore.

— Com o detetive Crowe rondando a UTI, tenho certeza de que ele vai saber antes de mim.

— Acha que ela *vai* acordar?

— Resposta honesta? — disse Catherine. — Não sei. Falo isso a toda hora para o detetive Crowe, e ele também não aceita.

— Doutora Cordell? — Era a enfermeira de Nina Peyton, chamando do cubículo. O tom de sua voz instantaneamente alarmou Catherine.

— O que é?

— A senhora precisa ver isto.

— Alguma coisa errada? — disse Moore ao telefone.

— Espere um pouco. Preciso ver o que é.

Ela pousou o telefone na mesa e caminhou até o cubículo.

— Eu estava limpando ela com um pano — disse a enfermeira. — Eles a trouxeram da sala de operações com sangue ainda empapado por todo o seu corpo. Quando a virei de lado, eu vi. Está atrás da coxa esquerda.

— Mostre-me.

A enfermeira segurou o ombro e o quadril da paciente e a rolou de lado.

— Ali — disse baixinho.

O medo gelou Catherine até as raízes dos cabelos. Ela olhou para a mensagem escrita com um hidrocor preto na pele de Nina Peyton.

*FELIZ ANIVERSÁRIO. GOSTOU DO MEU PRESENTE?*

Moore encontrou-a na lanchonete do hospital. Estava sentada a uma mesa de canto, de costas para a parede, com a postura de alguém que sabe que está ameaçada e não quer ser surpreendida. Ainda usando o avental de cirurgia, estava com os cabelos amarrados num rabo-de-cavalo, expondo as belas feições angulares, o rosto sem adornos, os olhos brilhantes. Devia estar quase tão exausta quanto ele, mas o medo aguçara sua atenção, deixando-a parecida com um felino selvagem, observando todos os movimentos de Moore enquanto ele se aproximava da mesa. Uma xícara de café pela metade estava pousada à sua frente. Quantas teria bebido?, perguntou-se Moore ao ver como ela tremia ao pegar a xícara. Aquela não era a mão firme de uma cirurgiã, mas a mão de uma mulher assustada.

Sentou-se de frente para ela.

— Um carro da polícia ficará estacionado diante de seu prédio a noite inteira. Recebeu as chaves novas?

Ela assentiu.

— O chaveiro veio entregar. Ele me disse que instalou o Rolls-Royce das fechaduras.

— Estará segura, Catherine.

Ela baixou os olhos para o café.

— Aquela mensagem era para mim.

— Não sabemos.

— Meu aniversário foi ontem. Ele sabia. E ele sabia que eu estava agendada para o plantão.

— Se foi ele quem escreveu.

— Não me enrole. Você *sabe* que foi ele.

Depois de uma pausa, Moore fez que sim com a cabeça.

Ficaram sentados, sem falar nada, durante alguns momentos. Já era quase no final da tarde, e a maioria das mesas estava vazia. Atrás do balcão, balconistas da lanchonete lavavam a chapa de fritura, da qual levantava uma coluna de fumaça. Um caixa solitário abriu um pacote novo de moedas, que foram despejadas na gaveta da máquina registradora.

— E quanto à minha sala? — perguntou ela.

— Ele não deixou digitais.

— Então vocês não têm nada sobre ele.

— Não temos nada — admitiu.

148 TESS GERRITSEN

— Ele entra e sai da minha vida como ar. Ninguém o vê. Ninguém sabe como ele é. Eu poderia colocar barras de ferro em todas as minhas janelas e ainda teria medo de dormir.

— Não precisa ir para casa. Vou levá-la para um hotel.

— Não importa onde eu me esconda. Ele vai saber onde estou. Por algum motivo, ele me escolheu. Ele me disse que eu sou a próxima.

— Não acredito nisso. Alertar a próxima vítima seria uma manobra incrivelmente estúpida da parte dele. O *Cirurgião* não é estúpido.

— Por que ele fez contato comigo? Por que escreve bilhetes para mim... — Ela engoliu em seco.

— Ele pode estar desafiando a *nós*. Uma forma de provocar a polícia.

— Então o desgraçado devia ter escrito para *vocês!* — Sua voz saiu tão alta que uma enfermeira servindo-se de uma xícara de café se virou.

Enrubescendo, Catherine se levantou. Embaraçada por sua explosão, ficou calada enquanto os dois saíam do hospital. Moore queria segurar a mão dela, mas achou que ela iria repeli-lo, interpretando sua atitude como condescendente. Acima de tudo, não queria que Catherine achasse que ele sentia pena dela. Afinal, ele a respeitava muito; mais do que qualquer mulher que já conhecera.

Sentada no carro dele, ela disse baixinho:

— Perdi a cabeça lá dentro. Sinto muito.

— Sob as circunstâncias, qualquer um teria perdido a cabeça.

— Você, não.

Moore esboçou um sorriso irônico.

— Eu, é claro, jamais perco minha pose.

— Sim, eu notei.

E o que isso significava?, perguntou-se enquanto dirigia para Back Bay. Que ela o considerava imune às tormentas que atingiam um coração humano normal? Desde quando lógica significava ausência de emoções? Ele sabia que seus colegas na Homicídios se referiam a ele como o "Santinho". O homem a quem você podia recorrer quando a situação ficava explosiva e uma voz serena era necessária. Seus colegas não conheciam o verdadeiro Thomas Moore, o homem que à noite ficava parado diante do armário da esposa, inalando o perfume, cada vez mais tênue, de suas roupas. Seus colegas viam apenas a máscara que ele usava.

Com um tom de ressentimento, ela disse:

— É fácil para você ficar calmo. Não é em você que ele tem fixação.

— Vamos tentar ver a situação racionalmente...

— Que situação? A possibilidade de minha morte? *Claro* que eu posso ser racional.

— O *Cirurgião* estabeleceu um padrão com o qual está confortável. Ele ataca à noite, não durante o dia. No fundo, é um covarde, incapaz de enfrentar uma mulher em termos de igualdade. Ele prefere que sua presa esteja vulnerável. Na cama e adormecida. Incapaz de resistir.

— Então eu jamais devo adormecer? Essa é uma solução fácil.

— O que estou dizendo é que ele evitará atacar durante o dia, quando uma vítima pode ser capaz de se defender. É quando anoitece que tudo muda.

Parou diante do prédio de Catherine. Embora carecesse do charme das residências de tijolos aparentes na Commonwealth Avenue, o edifício desfrutava da vantagem de uma garagem subterrânea fechada e bem-iluminada. O acesso à entrada da frente requeria tanto uma chave quanto o código de segurança correto, que Catherine digitou no teclado.

Entraram num saguão decorado com espelhos e assoalho de mármore polido. Elegante, mas estável. Frio. Um elevador silencioso conduziu-os ao segundo andar.

Na porta de seu apartamento, ela hesitou, a nova chave em sua mão.

— Posso entrar e dar uma olhada primeiro, se isso fizer você se sentir melhor... — disse ele.

Catherine pareceu entender sua sugestão como uma afronta pessoal. Em resposta, enfiou a chave na fechadura, abriu a porta e entrou. Foi como se tivesse de provar a si mesma que o *Cirurgião* não havia vencido. Ela ainda detinha o controle sobre sua vida.

— Por que não vamos a todos os aposentos, um a um? — disse ele. — Apenas para termos certeza de que nada foi alterado.

Ela fez que sim com a cabeça.

Juntos, caminharam pela sala de estar, pela cozinha. Finalmente, o quarto. Ela sabia que o *Cirurgião* pegara suvenires de outras mulheres, e meticulosamente vistoriou a caixa de jóias e as gavetas da cômoda, procurando por qualquer sinal da mão de um invasor. Moore ficou parado no vão da porta, observando-a procurar entre blusas, suéteres e lingeries. E subitamente ele foi acometido pela lembrança perturbadora das vestes de outra mulher, nem de perto tão elegantes, dobradas numa mala. Lembrou-se de um suéter cinza, uma blusa rosa desbotada. Uma camisola de algodão com estampa floral azul. Nada novo em folha, nada muito caro. Por que ele nunca tinha comprado nada extravagante para Mary? Para o que ele pensava que eles estavam economizando. Não para aquilo que acabou sendo o destino de suas economias. Médicos, fisioterapeutas e contas da casa de repouso.

Deu as costas para o quarto e caminhou até a sala, onde se sentou no sofá. O sol de fim de tarde entrava pela janela e a luz machucou-lhe os olhos. Ele os esfregou e mergulhou o rosto nas palmas das mãos, afligido pela culpa de não ter pensado em Mary o dia inteiro. Ele sentia-se envergonhado disso. Sentiu ainda mais vergonha quando levantou a cabeça para olhar para Catherine, e todos os seus pensamentos evaporaram. Ele pensou: esta é a mulher mais bonita que eu já conheci.

A mulher mais corajosa que eu já conheci.

— Não está faltando nada — disse ela. — Não que eu tenha percebido.

— Tem certeza de que quer ficar aqui? Eu ficaria feliz em deixá-la num hotel.

O CIRURGIÃO 151

Caminhou até a janela e olhou para fora, sua silhueta desenhada contra o brilho dourado do pôr-do-sol.

— Passei os últimos dois anos com medo. Isolada do mundo por fechaduras e ferrolhos. Sempre olhando por trás de portas e vasculhando armários. Estou farta disso. — Olhou para ele. — Quero a minha vida de novo. Desta vez não vou deixar que ele vença.

*Desta vez*, dissera Catherine, como se esta fosse uma batalha numa guerra mais longa. Como se o *Cirurgião* e Andrew Capra tivessem se mesclado numa única entidade, uma que ela contivera durante algum tempo dois anos antes mas que realmente não derrotara. Capra. O *Cirurgião*. Duas cabeças do mesmo monstro.

— Você disse que haverá uma patrulha lá fora hoje à noite — comentou Catherine.

— Haverá, sim.

— Você garante isso?

— Totalmente.

Ela respirou fundo, e o sorriso que exibiu foi um ato de pura coragem.

— Então não tenho nada com que me preocupar, tenho?

Foi a culpa que o fez dirigir para Newton naquela noite, em vez de seguir direto para casa. Moore ficara abalado por sua reação a Cordell e atormentado pela forma como ela estava monopolizando seus pensamentos. No ano e meio desde a morte de Mary, Moore vivera uma existência monacal, não sentindo qualquer interesse por mulheres, deixando a tristeza sufocar todas as suas paixões. Agora ele não sabia como lidar com esta nova fagulha de desejo. Tudo o que sabia era que, dada a situação, isso era inadequado. E que era um sinal de deslealdade para com a mulher que ele amara.

Assim ele dirigiu até Newton para consertar as coisas. Para aplacar sua consciência.

Segurava um buquê de margaridas enquanto entrava no jardim da frente e fechava o portão às suas costas. É como levar carvões para

Newcastle, pensou Moore, olhando o jardim ao seu redor, agora mergulhando nas sombras da tarde. Cada vez que ele ia ali havia mais flores abarrotando o espaço apertado. Trepadeiras ocuparam a lateral da casa, de modo que o jardim também parecia expandir-se para o céu. Moore sentia-se quase constrangido com sua mísera oferenda de margaridas. Mas as margaridas eram as favoritas de Mary, e agora era quase um hábito escolhê-las na barraca de flores. Mary adorava a simplicidade das margaridas, com franjas brancas rodeando sóis amarelos. Adorava seu cheiro... não suave como a de outras flores, mas pungente. Dominador. Adorava a forma como brotavam em terrenos baldios e em acostamentos de estradas, lembretes de que a beleza verdadeira é espontânea e irrepreensível.

Como a própria Mary.

Tocou a campainha. Um momento depois a porta se abriu, e o rosto que lhe sorriu lembrava tanto o de Mary que ele sentiu uma pontada familiar de dor. Rose Connely tinha os olhos azuis e o rosto arredondado da filha, e, embora seus cabelos fossem quase completamente grisalhos e a idade tivesse marcado seu rosto com linhas, as similaridades não deixavam dúvidas: era a mãe de Mary.

— Como é bom te ver, Thomas — disse Rose. — Você não tem aparecido.

— Sinto muito por isso, Rose. Tem sido muito difícil achar tempo ultimamente. Eu nem sei direito que dia é hoje.

— Estive acompanhando o caso pela TV. Que trabalho horrível o seu.

Ele entrou na casa e deu-lhe as margaridas.

— Não que você precise de mais flores — disse secamente.

— Flores nunca são demais. E você sabe o quanto adoro margaridas. Quer um pouco de chá gelado?

— Quero, sim, obrigado.

Sentaram-se na sala de estar, bebericando o chá. Estava doce e encorpado, do jeito que era servido na Carolina do Sul, onde Rose nascera. Não parecia em nada com a mistura da Nova Inglaterra, que Moore bebera durante a juventude. A sala era aconchegante mas terrivelmente antiquada para os padrões de Boston. Cortinas muito pesadas, bibelôs em profusão. Mas este lugar lembrava-lhe tanto de Mary! Ela estava em toda parte. Havia fotos dela nas paredes. Seus troféus de natação estavam expostos nas prateleiras. O piano no qual aprendera a tocar ainda estava na sala. O fantasma daquela criança permanecia na casa onde fora criada. E aqui morava Rose, a guardiã da chama, de cujos olhos azuis Moore às vezes pensava ver Mary espiando.

— Parece cansado — disse ela.

— Pareço?

— Você não tirou férias?

— Eles me chamaram de volta. Já estava no carro, na via expressa. Minhas varas de pescar estavam na mala. — Suspirou. — Sinto falta do lago. É a única coisa pela qual espero ansiosamente o ano inteiro.

Também era a única coisa que Mary costumara esperar ansiosamente o ano inteiro. Ele olhou para os troféus de natação na prateleira. Mary tinha sido uma sereiazinha valente que passaria a vida inteira na água se tivesse nascido com guelras. Ele lembrou de sua agilidade e velocidade ao atravessar o lago com braçadas poderosas. Lembrou como aqueles braços tinham se afinado na casa de repouso.

— Você devia ir até o lago depois que o caso tiver sido resolvido.

— Não sei se ele vai ser resolvido.

— Nem parece você falando. Todo desencorajado.

— É um tipo de crime diferente, Rose. Cometido por alguém que não consigo compreender.

— Você sempre conseguiu.

— Sempre? — Ele balançou a cabeça e sorriu. — Você me dá crédito demais.

— É o que Mary sempre dizia. Ela gostava de se gabar de você, sabia? *Ele sempre pega o culpado.*

Mas a que custo?, perguntou-se enquanto o sorriso se apagava de seu rosto. Ele lembrou todas as noites que passou em cenas de crimes, os jantares que perdeu, os fins de semana em que sua mente estava ocupada apenas por pensamentos de trabalho. E Mary sempre esperando pacientemente por sua atenção. *Se eu tivesse apenas um dia para reviver, passaria cada minuto dele com você. Abraçado com você na cama. Sussurrando segredos por baixo de lençóis quentes.*

Mas Deus não nos dá segundas chances.

— Ela sentia muito orgulho de você — disse Rose.

— Eu sentia muito orgulho dela.

— Vocês passaram vinte anos juntos. Isso é mais do que a maioria das pessoas pode dizer.

— Eu sou ganancioso, Rose. Queria mais.

— E você sente raiva por não ter tido.

— Sim, acho que sinto. Estou com raiva por ter sido ela quem teve o aneurisma. Por ter sido ela que eles não puderam salvar. E sinto raiva por... — Ele parou. Exalou um suspiro longo. — Sinto muito. É difícil. Tudo tem sido muito difícil para mim.

— Para nós dois — disse ela baixinho.

Fitaram um ao outro em silêncio. Sim, é claro que era mais difícil ainda para Rose, uma viúva que perdera sua única filha. Moore se perguntou se ela poderia perdoá-lo caso se casasse de novo. Ou será que ela consideraria isso uma traição? Como se ele estivesse rebaixando a memória de sua filha para uma cova ainda mais profunda?

Subitamente ele percebeu que não conseguia mais olhar em seus olhos e desviou o rosto com uma pontada de culpa no peito. A mesma culpa que sentira antes naquela tarde ao olhar para Catherine Cordell e sentir todos os indícios claros de desejo.

Pousou o copo vazio na mesa e se levantou.

— Preciso ir.

— Já vai voltar para o trabalho?

— Ele só vai parar quando o tivermos capturado.

Ela o acompanhou até a porta e ficou parada ali enquanto ele caminhava pelo jardinzinho até o portão da frente. Ele se virou e disse:

— Tranque suas portas, Rose.

— Ah, você sempre manda fazer isso.

O Cirurgião 155

— Estou falando sério.

Ele acenou para ela e se afastou, pensando:

*Esta noite mais do que nunca.*

*Aonde vamos depende do que nós conhecemos, e o que nós conhecemos depende de aonde vamos.*

O ditado repetia na cabeça de Jane Rizzoli como um irritante *jingle* de comercial enquanto examinava o mapa de Boston pregado num enorme quadro de cortiça na parede de seu apartamento. Ela pendurara o mapa um dia depois que o corpo de Elena Ortiz tinha sido descoberto. À medida que a investigação prosseguia, ela ia espetando alfinetes coloridos no mapa. Havia três cores diferentes representando três mulheres diferentes. Branco para Elena Ortiz. Azul para Diana Sterling. Verde para Nina Peyton. Cada alfinete marcava uma localização conhecida dentro da esfera de atividade da mulher. Sua residência, seu local de trabalho. Casas de amigos íntimos ou parentes. Que clínica ou hospital ela visitava. Em suma, o hábitat da presa. Em algum lugar no decurso de suas atividades cotidianas, o mundo de cada uma daquelas mulheres havia cruzado com o do *Cirurgião*.

*Aonde vamos depende do que nós conhecemos, e o que nós conhecemos depende de aonde vamos.*

E aonde o *Cirurgião* vai?, perguntou-se. O que compõe o mundo *dele*?

Estava sentada diante de um sanduíche de atum, batatas chips e uma garrafa de cerveja, estudando o mapa enquanto mastigava. Pendurara o mapa na parede ao lado de sua mesa de jantar, e todas as manhãs, enquanto bebia seu café, todas as noites enquanto jantava — nas raras ocasiões em que chegava em casa para jantar — flagrava seu olhar atraído para aqueles alfinetes coloridos. Enquanto outras mulheres penduravam quadros de flores, paisagens bonitas ou pôsteres de filmes nas paredes, aqui estava ela, olhando para um mapa de morte, rastreando os movimentos dos mortos.

Era a isto que a vida se resumia: comer, dormir e trabalhar. Ela vivia neste apartamento havia três anos, mas com poucas decorações nas paredes. Nenhuma planta (quem tinha tempo para regá-las?), nenhum bibelô idiota, nem mesmo cortinas. Apenas persianas nas janelas. Como sua vida, sua casa era otimizada para o trabalho. Ela amava seu trabalho, e vivia por ele. Queria ser policial desde os 12 anos de idade. Descobrira sua vocação quando uma detetive visitou sua escola no Dia da Carreira. Primeiro a turma ouviu uma enfermeira e um advogado, depois um padeiro e uma engenheira. As crianças estavam cada vez mais inquietas. Elásticos foram arremessados entre as fileiras e uma bola de cuspe cruzou a sala. Quando uma mulher se levantou, revólver no coldre, a sala ficou em silêncio.

Rizzoli jamais esquecera aquilo. Nunca esquecera como até os meninos ficaram pasmos diante daquela *mulher*.

Agora, ela era aquela mulher policial, e, embora pudesse causar pasmo em meninos de 12 anos, nunca conseguira despertar muito respeito nos adultos.

*Ser a melhor*. Era a sua estratégia. Trabalhar mais do que eles, brilhar mais do que eles. Assim, aqui estava ela, trabalhando mesmo enquanto comia seu jantar. Homicídio e sanduíches frios de atum. Tomou um gole longo de cerveja e se recostou, olhando para o mapa. Havia alguma coisa estranha em observar a geografia humana dos mortos. Onde eles tinham passado suas vidas, os lugares que eram importantes para eles. Na reunião do dia anterior, Dr. Zucker, o psicólogo criminalista, havia proferido vários termos técnicos enquanto explicava como se traça o perfil geográfico de um criminoso. Pontos de âncora. Nodos de atividade. Cenários do alvo. Bem, ela não precisava nem das palavras bonitas nem do programa de computador do Dr. Zucker para dizer o que estava vendo e como interpretava. Olhando para o mapa, o que ela imaginava era uma savana fervilhando com presas. Os alfinetes coloridos definiam os universos pessoais de três gazelas muito azaradas. O alfinete de Diana Sterling estava centrado no norte, em Back Bay e Beacon Hill. O de Elena Ortiz estava na Zona Sul. O de Nina Peyton estava no sudoeste, no subúrbio de Jamaica Plain. Três hábitats discretos, sem sobreposição.

*E onde é o seu hábitat?*

Ela tentou ver a cidade através dos olhos dele. Viu vales entre arranha-céus. Parques verdes como pastos. Trilhas pelas quais rebanhos de presas estúpidas se moviam, alheias ao fato de que um caçador as observava. Um viajante predador que percorria tanto o espaço quanto o tempo para matar.

O telefone tocou. Rizzoli pulou de susto, derrubando a garrafa de cerveja. Ela pegou um rolo de toalha de papel e enxugou o líquido enquanto atendia o telefone.

— Rizzoli.

— Olá, Janie?

— Oh. Olá, mamãe.

— Você não me ligou de volta.

— Hein?

— Telefonei para você há alguns dias. Você disse que ia ligar de volta e não ligou.

— Esqueci. Estou até o pescoço de trabalho.

— Frankie virá para casa na semana que vem. Não é o máximo?

— Sim. — Rizzoli suspirou. — É o máximo...

— Você vê seu irmão uma vez por ano. Não pode parecer um pouco mais empolgada?

— Mãe, eu estou morta de cansaço. O caso do *Cirurgião* está exigindo nossa atenção integral.

— A polícia não pegou ele?

— *Eu* sou a polícia.

— Você sabe o que eu quis dizer.

Sim, ela sabia. Sua mãe provavelmente visualizava sua pequena Jane atendendo telefonemas e levando café para aqueles importantíssimos *homens* do departamento de polícia.

— Você virá jantar, certo? — disse a mãe, fugindo do assunto do trabalho de Jane. — Sexta que vem.

— Não tenho certeza. Depende de como o caso estiver andando.

— Ora, você pode vir até aqui para estar com seu irmão.

— Se a situação esquentar, talvez eu tenha de fazer isso outro dia.

— Não podemos fazer outro dia. Mike já concordou em vir na sexta.

*Mas é claro. Preciso respeitar a agenda de meu irmão Michael.*

— Janie?

— Sim, mãe. Sexta-feira.

Ela desligou, o estômago ardendo com raiva contida, um sentimento que lhe era familiar demais. Deus, como ela havia sobrevivido à sua infância?

Pegou sua cerveja e bebeu os poucos goles que não tinham se espalhado. Olhou o mapa novamente. Naquele momento, pegar o *Cirurgião* nunca lhe pareceu mais importante. Todos os anos sendo a irmã ignorada, a garota trivial, fez com que concentrasse sua raiva *nele*.

*Quem é você? Onde você está?*

Ficou absolutamente imóvel por um momento, fitando o mapa. Pensando. Então pegou a caixinha de alfinetes e escolheu uma nova cor. Vermelha. Enfiou um alfinete vermelho na Commonwealth Avenue, outro na localização do Pilgrim Hospital, na Zona Sul.

O alfinete vermelho marcava o hábitat de Catherine Cordell. Ele cruzava tanto com o de Diana Sterling quanto com o de Elena Ortiz. Cordell era o fator comum. Ela se movia através dos mundos de ambas as vítimas.

*E a vida da terceira vítima, Nina Peyton, agora repousa nas mãos dela.*

# 10

Mesmo numa tarde de segunda-feira, o Gramercy Pub era um lugar movimentado. Eram sete da noite, e os executivos solteiros estavam à solta na cidade e ansiosos por se divertir. Este era o seu parque de diversões.

Sentada a uma mesa perto da entrada, Rizzoli sentia baforadas de ar quente da cidade entrarem na sala cada vez que a porta abria para admitir mais um mauricinho de terno e gravata, mais uma patricinha de saltos de sete centímetros e meio. Rizzoli, usando calças compridas e sapatos, sentia-se como uma tia solteirona. Viu duas mulheres entrarem, elegantes como tigresas, exalando vários tipos de perfumes. Rizzoli nunca usava perfume. Possuía um batom, que armazenava em algum lugar no fundo do armário do banheiro, junto com um delineador de sobrancelha e um vidrinho de base Dewy Satin. Comprara a maquiagem havia cinco anos no balcão de cosméticos de uma loja de departamentos, pensando que talvez, com as ferramentas de ilusão adequadas, até ela poderia ficar parecida com a garota-propaganda do produto, a atriz Elizabeth Hurley. A vendedora passara cuidadosamente a base em seu rosto, redefinira seus traços com o delineador, e então, ao acabar, dera triunfantemente um espelho a Rizzoli, perguntando, com um sorriso: "O que acha do seu novo visual?"

O que Rizzoli pensou ao fitar sua própria imagem era no quanto odiava Elizabeth Hurley por dar falsas esperanças às mulheres. A verdade cruel era que há mulheres que jamais serão bonitas, e Rizzoli era uma delas.

Assim, continuou sentada ali, sem que ninguém a notasse, bebericando sua gengibirra enquanto observava o pub encher-se gradualmente. Era uma multidão barulhenta, com todos falando e rindo um pouco alto demais, um pouco forçados demais.

Ela se levantou e caminhou até o bar. Ali mostrou seu distintivo ao barman e disse:

— Tenho algumas perguntas.

O barman lançou um olhar superficial ao distintivo e disse:

— Manda ver.

— Lembra de ter visto esta mulher aqui? — Rizzoli pousou uma fotografia de Nina Peyton no balcão.

— Lembro, e você não é a primeira policial a perguntar sobre ela. Uma outra mulher detetive esteve aqui há mais ou menos um mês.

— Da Delegacia de Crimes Sexuais?

— Acho que sim. Queria saber se eu vi alguém tentando cantar essa mulher aí do retrato.

— E você viu?

Ele deu de ombros.

— Todo mundo que vem aqui está procurando por um parceiro. Eu não conseguiria lembrar quem ficou com quem.

— Mas se lembra de ter visto a mulher? Seu nome é Nina Peyton.

— Eu a vi aqui algumas vezes, geralmente com uma amiga. Eu não sabia o nome dela. Ela não aparece aqui há algum tempo.

— Sabe por quê?

— Não.

Ele pegou um pano e começou a limpar o balcão, sua atenção já se desviando dela.

— Vou te contar por quê — disse Rizzoli, a raiva levantando sua voz. — Porque algum desgraçado decidiu se divertir um pouco. Então ele veio aqui caçar uma vítima. Olhou em torno, viu Nina Peyton e pensou: Que corpaço. Ele certamente não viu um ser humano quando olhou para ela. Tudo o que viu foi uma coisa que ele podia usar e depois jogar gora.

— Espera aí, você não precisa falar comigo desse jeito.

— Sim, eu preciso. E você precisa ouvir porque aconteceu bem debaixo do seu nariz e você optou por não ver. Algum idiota coloca uma droga na bebida de uma mulher. Dali a pouco ela passa mal e cambaleia até o banheiro. O desgraçado segura ela pelo braço e a leva para fora. E você não viu nada disso?

— Não — rebateu o barman. — Eu *não vi*.

Subitamente ela percebeu que a sala estava silenciosa. As pessoas estavam olhando para ela. Sem dizer mais nenhuma palavra, ela se afastou do balcão e voltou para a mesa.

Depois de um momento, o zunzum de conversas voltou a soar.

Ela observou o barman deslizar dois uísques para um homem, viu o homem dar um deles a uma mulher. Ela observou copos de bebida serem levantados até lábios e línguas lamberem o sal das Margaritas; viu cabeças virarem para trás enquanto vodca, tequila e cerveja desciam por gargantas.

E viu homens fitando mulheres. Bebericou sua gengibirra, e se sentiu intoxicada, não de álcool, mas de raiva. Ela, a fêmea solitária sentada no canto, podia ver com clareza surpreendente o que este lugar realmente era. Um oásis onde predadores e presas se reuniam.

O telefone de Rizzoli soou. Era Barry Frost.

— Que confusão toda é essa? — indagou Frost, quase inaudível pelo celular.

— Estou num bar. — Ela se virou, assustada quando uma mesa próxima explodiu em gargalhadas. — O que disse?

— ...um médico na Marlborough Street. Estou com uma cópia de seu registro médico.

— O registro médico de quem?

— De Diana Sterling.

Imediatamente Rizzoli curvou-se para a frente, cada grama de atenção focada na voz fraca de Frost.

— Fale de novo. Quem é o médico e por que Sterling foi vê-lo?

— Não é um doutor. É uma doutora. Doutora Bonnie Gillespie. Uma ginecologista que atende na Marlborough Street.

Outra explosão de gargalhadas afogou as palavras dele. Rizzoli colocou a mão em concha sobre a orelha para poder ouvir suas palavras seguintes.

— Por que Sterling foi se consultar com ela? — esgoelou-se.

— Violência sexual — disse Frost. — Diana Sterling também foi estuprada.

— Todas as três foram vítimas de estupro — disse Moore. — Mas nem Elena Ortiz nem Diana Sterling reportaram seus ataques. Descobrimos sobre o estupro de Sterling apenas porque checamos todas as clínicas femininas e ginecologistas das redondezas para descobrir seu histórico médico. Sterling nunca contou aos pais sobre o estupro. Quando liguei para eles esta manhã, ficaram chocados ao saber.

Eram pouco mais de dez da manhã, mas os rostos que ele viu em torno da mesa da sala de reuniões pareciam exaustos. Todos ali estavam sacrificando noites de sono pelo trabalho e viam mais um dia inteiro pela frente.

— Então a única pessoa que soube sobre o estupro de Sterling foi essa ginecologista na Marlborough Street? — indagou o Tenente Marquette.

— Doutora Bonnie Gillespie. Foi a primeira e única consulta de Diana Sterling. Ela foi até lá porque estava com medo de ter contraído aids.

— O que a Doutora Gillespie sabe sobre o estupro?

Frost, que havia entrevistado a médica, respondeu à pergunta. Ele abriu a pasta que continha o histórico médico de Diana Sterling.

— Aqui está o que a Doutora Gillespie escreveu: mulher branca, trinta anos, requisita exame de HIV. Sexo não protegido há cinco dias, estado de HIV do parceiro desconhecido. Quando indagada se o parceiro estava num grupo de risco alto, a paciente ficou abalada e começou a chorar. Revelou que o sexo não foi consentido e que ela não sabia o nome do violador. Não deseja denunciar o estupro. Recusa ser encaminhada para o aconselhamento a mulheres vítimas de violência sexual. — Frost levantou os olhos do papel e encarou seus colegas. — Essa é toda informação que a Doutora Gillespie conseguiu com ela. Ela procedeu a um exame pélvico, fez os testes de sífilis, gonorréia e HIV, e mandou a paciente retornar dentro de dois meses para um segundo exame de HIV. A paciente nunca voltou. Porque estava morta.

— E a Doutora Gillespie nunca telefonou para a polícia? Nem mesmo depois do assassinato?

— Ela não sabia que sua paciente estava morta. Ela nunca assiste aos telejornais locais.

— Ela coletou amostras de estupro? Sêmen?

— Não. A paciente... bem... — Frost enrubesceu, embaraçado. Para um homem, mesmo um homem casado como Frost, era difícil falar de certos assuntos. — Ela usou o chuveirinho logo depois do ataque.

— E você pode culpá-la por isso? — perguntou Rizzoli. — No lugar dela, eu teria me lavado com detergente!

— Três vítimas de estupro — disse Marquette. — Não é uma coincidência.

— Encontrem o estuprador, e acho que encontrarão o assassino — disse Zucker. — Alguma notícia sobre o exame de DNA de Nina Peyton?

— Está sendo feito em caráter de emergência — disse Rizzoli. — O laboratório estava com o sêmen havia quase dois meses, e nada tinha sido feito com ele. Tive de dar uma prensa neles. Vamos cruzar os dedos para que nosso assassino já esteja no Sicdna.

Sicdna, ou Sistema de Indexação Combinada de DNA, era o banco de dados nacional do FBI de perfis genéticos. O sistema ainda estava em sua infância, e os perfis genéticos de meio milhão de criminosos condenados ainda não tinham sido introduzidos no sistema. A chance de que o exame apontasse um criminoso já listado no banco de dados era muito remota.

Marquette olhou para o Dr. Zucker.

— O criminoso primeiro ataca sexualmente a vítima. Então retorna semanas depois para matá-la? Isso faz algum sentido?

— Não faz sentido para *nós* — disse Zucker. — Apenas para ele. Não é incomum que um estuprador retorne para atacar sua vítima uma segunda vez. Há um senso de propriedade envolvido nisso. Um relacionamento, ainda que patológico, foi estabelecido.

Rizzoli resfolegou.

— Chama isso de relacionamento?

— Entre agressor e vítima. Parece doentio, mas é um relacionamento. É baseado em poder. Primeiro o agressor humilha a vítima, faz dela algo menos que um ser humano. Ela agora é um objeto. O agressor sabe disso e, mais importante, a *vítima* sabe disso. É o fato de que ela está lesada e humilhada que pode excitar o agressor o suficiente para que ele volte. Primeiro ele a marca com o estupro. Depois retorna para reclamá-la como propriedade sua.

Mulheres lesadas, pensou Moore. Esse é o elo entre todas as vítimas. Subitamente ocorreu-lhe que Catherine também estava entre as lesadas.

— Ele não violentou Catherine Cordell — disse Moore.

— Mas ela *é* uma vítima de estupro.

— O agressor dela está morto há dois anos. Como o *Cirurgião* a identificou como uma vítima? Como ela apareceu na tela de radar dele? Ela nunca fala sobre o ataque com ninguém.

— Ela falou sobre isso on-line, não foi? Naquela sala de bate-papo privativa... — Zucker se calou. — Meu Deus. É possível que ele esteja *encontrando* suas vítimas pela Internet?

— Exploramos essa teoria — disse Moore. — Nina Peyton nem tem computador. E Cordell não revelou seu nome para ninguém naquele bate-papo. Assim, voltamos à questão: por que o *Cirurgião* se concentra em Cordell?

— Ele parece obcecado com ela — arriscou Zucker. Faz de tudo para atazaná-la. Corre riscos, como enviar para ela aquele e-mail com a fotografia de Nina Peyton. E isso conduz a uma cadeia de eventos desastrosa para ele. A foto levou a polícia direto até a porta de Nina. Ele se apressa e não completa o assassinato, não obtém satisfação. Pior, deixa uma testemunha. O maior de todos os erros que um assassino pode cometer.

— Aquilo não foi um erro — disse Rizzoli. — Ele queria que ela continuasse viva.

O comentário provocou expressões céticas em todos à mesa.

— Como você poderia explicar um fiasco como este? — prosseguiu. — O objetivo de enviar a foto para Cordell era nos provocar. Ele enviou a foto e ficou esperando por nós. Esperou até telefonarmos para a casa da vítima. Ele sabia que estávamos indo. E então fez um trabalho porco ao cortar a garganta da vítima. Por quê? Por que ele *queria* que nós a encontrássemos viva.

— Ah, claro — disse Crowe com um risinho. — Tudo isso fazia parte do *plano* dele.

— E qual era o motivo do criminoso para fazer isso? — indagou Zucker a Rizzoli.

— O motivo estava escrito na coxa da vítima. Nina Peyton foi um presente para Cordell. Um presentinho para matá-la de medo.

Houve uma pausa.

— Se era, funcionou — disse Moore. — Cordell está aterrorizada.

Zucker recostou-se e considerou a teoria de Rizzoli.

— São riscos demais apenas para assustar uma mulher. É um sinal de megalomania. Pode significar que ele está descompensando. Foi isso que acabou acontecendo com Jeffrey Dahmer e Ted Bundy. É nesse momento que eles cometem seus erros.

Zucker se levantou e caminhou até o gráfico na parede. Ali estavam os nomes de três vítimas. Abaixo do nome de Nina Peyton ele escreveu um quarto: Catherine Cordell.

— Ela não é uma das vítimas do assassino... não ainda. Mas de alguma forma ele a identificou como um objeto de interesse. Por que a escolheu? — Zucker correu os olhos pelas pessoas na sala. — Vocês interrogaram os colegas de Cordell? Algum deles disse algo suspeito?

— Nós eliminamos Kenneth Kimball, o médico da sala de emergência — respondeu Rizzoli. — Ele estava de plantão na noite em que Nina Peyton foi atacada. Também entrevistamos a maioria dos homens da equipe de cirurgia, bem como os residentes.

— E quanto ao parceiro de Cordell, o Doutor Falco?

— O Doutor Falco não foi eliminado da nossa lista de suspeitos.

Agora Rizzoli tinha atraído a atenção de Zucker e se concentrou nela com uma luz estranha nos olhos. A *expressão de analista*, como o pessoal da delegacia de homicídios a chamava.

— Conte-me mais — disse baixinho.

— No papel, o Doutor Falco parece fantástico. Formado em engenharia aeronáutica pelo MIT. Formado em medicina por Harvard. Residência de cirurgia no Peter Bent Bringham. Criado por mãe solteira, trabalhou para pagar seus estudos. Pilota sua própria aeronave. Além disso, também é bonito. Não é nenhum Mel Gibson, mas pode virar algumas cabeças.

Darren Crowe riu.

— Ei, Rizzoli está classificando os suspeitos por sua aparência. É assim que as policiais femininas fazem?

Rizzoli fulminou-o com um olhar.

— O que estou *dizendo* — continuou ela — é que esse sujeito poderia estar saindo com uma dúzia de mulheres. Mas as enfermeiras me disseram que ele só tem olhos para a Doutora Cordell. Não é segredo nenhum que ele vive convidando-a para sair. E ela vive recusando. Talvez ele esteja começando a ficar puto com isso.

— O Doutor Falco merece vigilância — disse Zucker. — Mas ainda é cedo para estreitar nossa lista. Vamos nos ater aqui à Doutora Cordell. Há mais algum motivo para o *Cirurgião* escolhê-la como vítima?

Foi Moore quem virou a pergunta de cabeça para baixo.

— E se ela não for apenas mais uma numa série de presas? E se ela *sempre* foi o objeto da atenção dele? Cada um desses ataques foi uma encenação do que aconteceu com aquelas mulheres na Geórgia. O que quase aconteceu com Cordell. Nós nunca encontramos uma explicação para seu motivo de imitar Andrew Capra. Nunca explicamos por que ele se concentrou na única sobrevivente de Capra. — Ele apontou para a lista. — Essas outras mulheres, Sterling, Ortiz, Peyton... e se elas foram apenas vítimas provisórias? E se elas apenas estiveram esquentando o lugar para a vítima principal do *Cirurgião*?

— A teoria do alvo substituto — disse Zucker. — Você não pode matar a mulher a quem realmente odeia porque ela é poderosa demais. Intimidadora demais. Assim, você mata uma substituta, uma mulher que representa esse alvo.

— Está dizendo que o alvo principal dele sempre foi Cordell? — perguntou Frost. — Mas que ele sente medo dela?

— Foi o mesmo motivo que fez Edmund Kemper não matar sua mãe até o fim de seu surto de assassinatos — disse Zucker. — *Ela* era o alvo real o tempo inteiro, a mulher que ele odiava. Enquanto não a matou, ele dirigiu seu ódio contra outras vítimas. A cada ataque ele destruiu sua mãe simbolicamente. Ele não podia matá-la, não a princípio, porque ela exercia autoridade demais sobre ele. Em algum nível, ele a temia. Mas a cada assassinato ele obteve confiança, poder. E no fim ele alcançou seu objetivo. Esmagou o crânio de sua mãe, a decapitou e estuprou. Foi então que Edmund Kemper se entregou.

Barry Frost, que costumava ser o primeiro policial a passar mal numa cena de crime, pareceu um pouco enjoado ao pensar nas conseqüências do que Zucker acabara de dizer.

— Então aqueles primeiros ataques podem ser apenas um aquecimento para o evento principal?

Zucker assentiu.

— O assassinato de Catherine Cordell.

Moore sentiu uma pontada no coração ao ver o sorriso no rosto de Catherine quando ela entrou na sala de espera da clínica para cumprimentá-lo. Sabia que as perguntas que tinha para Catherine acabariam com o seu dia. Olhando para ela agora, não viu uma vítima, mas uma mulher calorosa e bonita que imediatamente segurou as mãos dele e pareceu relutante em soltá-las.

— Espero que este seja um momento conveniente para conversarmos — disse Moore.

— Sempre arranjo tempo para conversar com você. — Mais uma vez, aquele sorriso encantador. — Quer um cafezinho?

— Não, obrigado. Acabei de tomar.

— Então vamos para a minha sala.

Catherine sentou-se atrás de sua mesa e esperou ansiosa pela notícia que ele estava trazendo. Nos últimos dias Catherine aprendera a confiar em Moore. O olhar que ela lhe dirigia agora era desprotegido, vulnerável. Moore conquistara sua confiança como amigo e estava agora prestes a estilhaçar essa confiança.

— Está claro para todos que o *Cirurgião* está concentrado em você. Ela fez que sim com a cabeça.

— Nossa verdadeira dúvida é *por quê*. Por que ele encena os crimes de Andrew Capra? Por que você se tornou o centro da atenção dele? Tem alguma resposta para isso?

Ela o fitou com uma expressão confusa.

— Não faço a menor idéia.

— Achamos que você tem.

— Como eu poderia saber a forma como ele pensa?

— Catherine, ele poderia perseguir qualquer outra mulher em Boston. Poderia escolher alguma que está despreparada, que não faz idéia de que esteja sendo caçada. Essa seria a coisa mais lógica para ele fazer, perseguir a vítima mais fácil. Você é a vítima mais difícil que ele poderia escolher, porque já está de guarda levantada contra ataques. E então ele dificulta ainda mais a caçada alertando você. Provocando você. Por quê?

A expressão de boa anfitriã desapareceu dos olhos de Catherine. Subitamente seus ombros se curvaram e suas mãos se fecharam em punhos sobre a mesa.

O CIRURGIÃO

— Já disse mil vezes. *Eu não sei!*

— Você é a única conexão física entre Andrew Capra e o *Cirurgião* — disse ele. — A vítima comum. É como se Capra ainda estivesse vivo, continuando de onde parou. E onde ele parou foi em você. Você foi a que escapou.

Ela baixou os olhos para a mesa, para os arquivos empilhados tão cuidadosamente em suas caixas de entrada e saída. Na prescrição médica que ela estivera escrevendo com uma caligrafia precisa e apertada. Embora estivesse perfeitamente imóvel, os nós em seus dedos sobressaíam das mãos, esbranquiçados.

— O que você não me contou a respeito de Andrew Capra? — perguntou Moore calmamente.

— Não escondi nada de vocês.

— Na noite em que Andrew Capra atacou você, por que ele foi até sua casa?

— Pode me dizer que importância tem isso?

— Você foi a única vítima que Capra conhecia pessoalmente. As outras vítimas eram desconhecidas, mulheres que ele pegou em bares. Mas você era diferente. Ele a *escolheu*.

— Ele estava... Ele podia estar zangado comigo.

— Ele foi falar com você sobre algum problema no trabalho. Um erro que ele tinha cometido. Foi isso que você contou ao detetive Singer.

Ela fez que sim.

— Foi mais do que apenas um erro. Foi uma série deles. Erros médicos. Ele não parava de cometer erros nos exames de sangue. Era um padrão de descuido. Naquele mesmo dia, mais cedo, eu o advertira no hospital.

— O que disse a ele?

— Que ele devia procurar outra especialidade. Porque eu não ia recomendá-lo para um segundo ano de residência.

— Ele ameaçou você? Expressou alguma coisa?

— Não. Isso é que foi estranho. Ele apenas aceitou. E... sorriu para mim.

— Sorriu?

Ela meneou a cabeça afirmativamente.

— Como se aquilo não fizesse diferença para ele.

A imagem provocou um arrepio em Moore. Na hora ela não tivera como saber que o sorriso de Capra mascarava ódio profundo.

— Mais tarde naquela noite, na sua casa — disse Moore. — Quando ele atacou você...

— Já expliquei o que aconteceu. Tudo está no meu depoimento.

Moore se calou por um instante. Relutante, continuou pressionando-a.

— Há coisas que não contou a Singer. Coisas que deixou de fora.

Ela o fitou, vermelha de raiva.

— Não deixei nada de fora!

Odiava ser forçado a atormentá-la com mais perguntas, mas não tinha escolha.

— Li novamente o relatório da autópsia de Capra — disse ele. — Não é consistente com o depoimento que você prestou à polícia de Savannah.

— Contei ao detetive Singer exatamente o que aconteceu.

— Você disse que estava deitada com seu corpo dobrado sobre o lado da cama. Você esticou a mão debaixo da cama para pegar a arma. Dessa posição você mirou em Capra e disparou.

— E essa é a verdade. Juro.

— Segundo a autópsia, a bala correu de baixo para cima através do abdômen e passou através da espinha torácica dele, paralisando-o. Essa parte é consistente com seu depoimento.

— Então por que está dizendo que menti?

Mais uma vez Moore se calou, quase incapaz de continuar pressionando Catherine. De continuar ferindo-a.

— O problema é a segunda bala — disse ele. — Foi disparada à queima-roupa, direto no olho esquerdo. Mas você estava deitada no chão.

— Ele deve ter se curvado para a frente, e então é que eu devo ter disparado.

— Deve?

— Eu não sei. Não lembro.

— Não se lembra de ter disparado a segunda bala?

— Não. Sim...

— Qual é a verdade, Catherine? — perguntou em voz baixa, mas sem conseguir atenuar o peso de suas palavras.

Catherine levantou-se com brusquidão.

— Não serei questionada dessa forma. *Eu* sou a vítima.

— E eu estou tentando manter você viva. Preciso saber a verdade.

— Eu já disse a verdade! Agora acho que é hora de você ir embora.

Ela caminhou até a porta, abriu-a e arfou de susto.

Peter Falco estava parado lá fora, sua mão posicionada para bater na porta.

— Você está bem, Catherine? — indagou Peter.

— Está tudo *bem* — asseverou.

Vendo Moore, Peter estreitou os olhos.

— O que é isto, assédio policial?

— Estou fazendo algumas perguntas à Doutora Cordell, apenas isso.

— Não era o que parecia lá do corredor. — Peter olhou para Catherine. — Devo mostrar a saída para ele?

— Posso lidar com isso sozinha.

— Você não é obrigada a responder nenhuma pergunta.

— Estou ciente disso, obrigada.

— Certo, mas se precisar de mim, estarei logo ali.

Peter lançou um último olhar de aviso para Moore, virou-se e voltou para a sua própria sala. Na outra extremidade do corredor, Helen e a secretária estavam olhando para ela. Envergonhada, Catherine fechou a porta de novo. Por um momento ficou parada de costas para Moore. Então se empertigou e virou para ele. Não fazia diferença se ela respondesse agora ou depois, porque as perguntas continuariam.

— Não escondi nada de vocês. Se não posso contar tudo o que aconteceu naquela noite, é porque não lembro.

— Então seu depoimento à polícia de Savannah não foi inteiramente verdadeiro.

— Ainda estava hospitalizada quando prestei depoimento. O detetive Singer me ajudou a juntar as peças do que tinha acontecido. Contei a ele o que eu *achava* que era a verdade naquele momento.

— E agora não tem tanta certeza.

Ela balançou a cabeça.

— É difícil saber que lembranças são verdadeiras. Há muita coisa que não consigo lembrar, por causa da droga que Capra ministrou em mim. O Rohypnol. De vez em quando eu tinha um flashback. Uma coisa que podia ser real ou não.

— E ainda tem esses flashbacks?

— Tive um ontem à noite. Foi o primeiro em meses. Achava que eu havia superado isso. Achava que essas imagens não iam mais me assombrar.

Catherine caminhou até a janela e olhou para fora. Era uma vista escurecida por sombras de torres de concreto. Seu escritório ficava de frente para o hospital, podendo-se ver dali uma fileira de janelas de pacientes. Um vislumbre dos mundos particulares dos doentes e moribundos.

— Dois anos parece um longo tempo — disse Catherine. — Tempo suficiente para esquecer. Mas na verdade dois anos não é nada. *Nada.* Depois daquela noite não consegui voltar mais para minha própria casa. Não consegui pisar no lugar onde aquilo havia acontecido. Papai teve de empacotar minhas coisas e arranjar um novo lugar para eu ficar. Ali estava eu, uma cirurgiã acostumada a ver sangue e tripas. Mesmo assim, o mero pensamento de caminhar naquele corredor e abrir a porta do meu quarto... fazia com que eu suasse frio. Meu pai tentou entender, mas ele é um velho militar. Ele não aceita fraquezas. Ele pensa nisso como mais um ferimento de guerra, uma coisa que você cura e depois pode prosseguir sua vida. Ele me mandou crescer e superar aquilo. — Ela balançou a cabeça e riu. — *Superar aquilo.* Falando, parece fácil. Ele não fazia a menor idéia de como era difícil para mim sair de casa todas as manhãs. Caminhar até o meu carro. Estar exposta. Depois de algum tempo eu simplesmente parei de falar com ele, porque sabia que ele sentia repugnância pela minha fraqueza. Não telefono para ele há meses... Levei dois anos para finalmente reaver o controle. Para levar uma vida razoavelmente normal onde eu não tivesse a impressão de que alguma coisa ia saltar de trás de cada arbusto. Eu tinha minha vida de volta. — Ela esfregou os olhos com as costas das mãos, enxugando furiosamente as lágrimas. Sua voz caiu para um sussurro. — E agora eu perdi o controle novamente...

Ela tremia com o esforço para não chorar, abraçando a si mesma, seus dedos afundando em seus próprios braços enquanto lutava para manter-se firme. Ele se levantou da cadeira e caminhou até ela. Ficou parado atrás dela, perguntando-se o que aconteceria se a tocasse. Será que ela recuaria? Será que o mero contato da mão de um homem lhe causaria repulsa? Impotente, Moore observou-a enrodilhar-se em si mesma e pensou que ela poderia desmoronar diante de seus olhos.

Suavemente, tocou-lhe o ombro. Ela não estremeceu, não recuou. Moore puxou-a para si, envolveu-a com os braços e apertou-a contra o peito. Ficou chocado com a extensão da dor de Catherine. Podia sentir seu corpo inteiro, como uma ponte abalada por um vendaval. Embora ela não fizesse qualquer som, ele sentia as inalações trêmulas de sua respiração, os soluços contidos. Moore pressionou os lábios contra o cabelo de Catherine. Ele não conseguiu se conter; a necessidade de Catherine falava a alguma coisa profunda dentro dele. Segurou o rosto de Catherine entre suas palmas e a beijou na testa.

Ela estava absolutamente imóvel em seus braços, e ele pensou: estou indo longe demais. Rapidamente, soltou-a.

— Sinto muito — disse ele. — Isso não devia ter acontecido.

— Não. Não devia.

— Pode esquecer que eu fiz isso?

— Você pode? — perguntou Catherine suavemente.

— Sim. — Ele se empertigou. E repetiu sua resposta com mais firmeza, como para convencer a si mesmo. — Sim.

Ela baixou os olhos para a mão dele, e ele compreendeu o que ela estava fitando. Seu anel de casamento.

— Espero, pelo bem de sua mulher, que você possa — disse Catherine. Seu comentário teve como propósito instilar culpa, e o fez.

Ele olhou para o anel, uma faixa simples de ouro que ele usava havia tanto que parecia grudada à sua pele.

— O nome dela era Mary — disse ele.

Ele sabia o que Catherine havia deduzido; que ele estava traindo sua esposa. Agora ele sentia-se quase desesperadamente compelido a explicar, a se redimir diante de seus olhos.

— Faz dois anos que aconteceu. Uma hemorragia cerebral. Isso não a matou, não imediatamente. Passei seis meses rezando, esperando que ela acordasse... — Ele balançou a cabeça. — Um estado vegetativo crônico, como os médicos chamaram. Deus, eu odiei essa palavra, *vegetativo*. Como se ela fosse uma planta ou algum tipo de árvore. Um arremedo da mulher que costumava ser. Quando morreu, eu não conseguia mais reconhecê-la. Não conseguia ver naquele corpo mais nada do que Mary havia sido.

O toque pegou-o de surpresa, e foi ele que estremeceu ao contato. Em silêncio, eles fitaram um ao outro à luz tênue que entrava pela janela, e então ele pensou:

"Nenhum beijo, nenhum abraço, poderia aproximar duas pessoas mais do que estamos agora. A emoção mais íntima que duas pessoas podem compartilhar não é amor nem desejo, mas dor."

O zumbido do interfone rompeu o encanto. Catherine piscou, como se subitamente lembrasse de onde estava. Virou-se para a mesa e pressionou o botão do interfone.

— Sim?

— Doutora Cordell, acabam de ligar da UTI. Precisam da senhora lá em cima, imediatamente.

Moore viu, pelo olhar de Catherine, que o mesmo pensamento ocorreu a ambos. *Alguma coisa aconteceu com Nina Peyton.*

— É a respeito da Cama Doze? — indagou Catherine.

— Sim. A paciente acaba de acordar.

# 11

Os olhos de Nina Peyton estavam arregalados e frenéticos. Quatro correias prendiam os pulsos e tornozelos à armação da cama, e os tendões dos braços sobressaíam com seu esforço de libertar as mãos.

— Ela recuperou a consciência há cerca de cinco minutos — informou Stephanie, a enfermeira da UTI. — Primeiro eu notei que seu ritmo cardíaco estava acelerado, e depois vi que ela tinha aberto os olhos. Tentei acalmá-la, mas ela continua lutando contra as correias.

Catherine olhou para o monitor cardíaco e viu um batimento cardíaco alto, mas sem arritmias. A respiração de Nina também estava rápida, ocasionalmente pontuada por espirros explosivos que expeliam disparos de catarro do tubo endotraqueal.

— É o tubo endotraqueal — disse Catherine. — Está deixando ela em pânico.

— Devo ministrar um pouco de Valium?

Moore disse, do vão da porta:

— Precisamos dela consciente. Se estiver sedada, não teremos nenhuma resposta.

— De qualquer jeito, ela não pode falar com você. Não com o tubo instalado. — Catherine olhou para Stephanie. — Como foram os últimos gases sangüíneos? Podemos extubá-la?

Stephanie folheou seus papéis na prancheta.

— Eles estão no limite. Pressão parcial de oxigênio sessenta e cinco. Pressão parcial de gás carbônico trinta e dois.

Catherine franziu a testa, preocupada. Não gostava de nenhuma das opções. Ela queria Nina acordada e capaz de falar tanto quanto a polícia, mas estava lidando com vários fatores ao mesmo tempo. A sensação de um tubo alojado na garganta pode induzir pânico em qualquer um, e Nina estava tão agitada que as correias de contenção já estavam ferindo seus pulsos. A remoção do tubo também apresentava riscos. Fluido havia se acumulado em seus pulmões depois da cirurgia, e, embora ela estivesse respirando quarenta por cento de oxigênio — o dobro do ar da sala —, a saturação de oxigênio em seu sangue não era adequada. Tinha sido por causa disso que Catherine deixara o tubo alojado. Se removessem o tubo, eles perderiam uma margem de segurança. Se deixassem o tubo, a paciente continuaria a se debater em pânico. Se eles a sedassem, as perguntas de Moore continuariam não respondidas.

Catherine olhou para Stephanie.

— Vou extubá-la.

— Tem certeza?

— Se tiver havido alguma deterioração, irei reentubar.

*Mais fácil dizer do que fazer* foi a frase que Catherine viu nos olhos de Stephanie. Depois de vários dias com um tubo alojado, os tecidos da laringe às vezes inchavam, dificultando a reentubação. Uma traqueotomia de emergência seria a única opção.

Catherine circulou a cama até se posicionar atrás da cabeça da paciente e acariciar suavemente o seu rosto.

— Nina, eu sou a Doutora Cordell. Vou retirar esse tubo. É isso que você quer?

A paciente fez que sim com a cabeça, uma resposta definitiva e desesperada.

— Preciso que fique absolutamente imóvel, certo? Assim, não feriremos suas pregas vocais. — Catherine olhou para cima. — Máscara pronta?

Stephanie ofereceu-lhe a máscara de oxigênio plástica.

Catherine apertou levemente o ombro de Nina para encorajá-la. Em seguida retirou a fita que prendia o tubo no lugar e liberou ar da pulseira inflável, que esvaziou como um balão.

— Respire fundo e relaxe — instruiu Catherine.

A médica observou o peito da paciente expandir-se, e, enquanto Nina exalava, Catherine foi puxando o tubo.

Ele emergiu num borrifo de muco enquanto Nina tossia e espirrava. Catherine alisou o cabelo da paciente, murmurando suavemente enquanto Stephanie punha uma máscara de oxigênio em seu rosto.

— Você está se saindo bem — disse Catherine.

Mas os bipes no monitor cardíaco continuavam acelerados. O rosto aterrorizado de Nina focou em Catherine, como se ela fosse sua tábua de salvação e não quisesse perdê-la. Fitando os olhos de sua paciente, Catherine sentiu uma impressão perturbadora de familiaridade. *Esta sou eu, dois anos atrás. Acordando no hospital de Savannah. Emergindo de um pesadelo para outro...*

Ela olhou para as correias que prendiam os pulsos e tornozelos de Nina e lembrou como havia sido aterrorizante acordar para se descobrir amarrada, exatamente como Andrew Capra a tinha amarrado.

— Solte as correias.

— Mas ela pode se mover e soltar as sondas — argumentou a enfermeira.

— *Tire as amarras.*

Stephanie aborreceu-se com o tom autoritário da doutora. Sem dizer uma palavra ela soltou as correias. Ela não entendia; ninguém poderia entender, menos Catherine, que, mesmo agora, dois anos depois de Savannah, ainda não conseguia usar blusas com mangas apertadas nos pulsos. Quando a última correia foi solta, ela viu os lábios de Nina moverem-se numa mensagem silenciosa.

*Obrigada.*

Gradualmente os bipes do eletrocardiograma ficaram mais lentos. Ao som do ritmo estável do batimento cardíaco, as duas mulheres fitaram uma à outra. Enquanto Catherine reconhecera uma parte de si mesma nos olhos de Nina, também Nina reconhecia a si mesma nos de Catherine. A irmandade silenciosa das vítimas.

*Há mais de nós do que as pessoas imaginam.*

— Podem entrar agora, detetives — disse a enfermeira.

Moore e Frost entraram no cubículo e encontraram Catherine sentada na beira da cama, segurando a mão de Nina.

— Ela me pediu que eu ficasse — disse Catherine.

— Posso chamar uma policial feminina — disse Moore.

— Não, ela quer a mim — disse Catherine. — Não vou sair.

Ela olhou diretamente para Moore. Vendo a expressão determinada de Catherine, Moore compreendeu que esta não era a mesma mulher que estivera em seus braços algumas horas atrás. Este era um lado diferente dela, feroz e protetora. Catherine jamais cederia nesta questão.

Ele fez que sim com a cabeça e sentou-se na beira da cama. Frost preparou o gravador e se posicionou um pouco afastado da cama, para não atrapalhar. Tinham sido a calma e a civilidade de Frost que fizeram Moore escolhê-lo para acompanhar o interrogatório. A última coisa que Nina Peyton precisava era enfrentar um policial agressivo.

A máscara de oxigênio de Nina tinha sido removida e substituída por inaladores. O ar sibilava do tubo para suas narinas. O olhar de Nina alternava-se entre os dois homens, olhos alertas a qualquer ameaça, qualquer gesto repentino. Moore teve o cuidado de manter a voz baixa enquanto apresentava a si mesmo e a Barry Frost. Ele guiou Nina através das preliminares, confirmando seu nome, idade e endereço. Eles já tinham essas informações, mas, pedindo-lhe que dissesse isso para o gravador, estabeleciam sua condição mental e demonstravam que ela estava alerta e competente para prestar depoimento. Nina respondeu a essas perguntas numa voz rouca e estranhamente desprovida de emoções. Sua indiferença deixou Moore tenso; ele tinha a impressão de estar ouvindo uma morta falando.

O CIRURGIÃO 181

— Não ouvi ele chegar na minha casa — disse ela. — Quando acordei ele já estava em pé diante da minha cama. Eu não devia ter deixado as janelas abertas. Não devia ter tomado as pílulas...

— Que pílulas? — perguntou Moore suavemente.

— Tenho tido problemas para dormir, devido ao... — Sua voz sumiu.

— Ao estupro?

Ela virou o rosto, evitando seu olhar.

— Tenho tido pesadelos. O pessoal lá da clínica me deu pílulas. Para me ajudar a dormir.

E um pesadelo, um pesadelo real, entrou em seu quarto.

— Viu o rosto dele? — perguntou Moore.

— Estava escuro. Podia ouvir a respiração dele, mas não consegui me mover. Não podia gritar.

— Você já estava amarrada?

— Não me lembro de quando ele fez isso. Não me lembro de como aconteceu.

Clorofórmio, pensou Moore. Para dominá-la antes que ela acordasse completamente.

— O que aconteceu em seguida, Nina?

A respiração da paciente acelerou. No monitor em cima da cama, o bipe ficou mais rápido.

— Ele se sentou numa cadeira ao lado da minha cama. Pude ver a sua sombra.

— E o que ele fez?

— Ele... conversou comigo.

— O que ele disse?

— Ele disse... — Ela engoliu em seco. — Ele disse que eu estava suja. Contaminada. Disse que eu deveria me sentir enojada por minha própria sujeira. E que ele... ele ia cortar a parte que estava contaminada e me deixar pura novamente. — Ela fez uma pausa antes de acrescentar, num sussurro: — Foi nesse momento que eu soube que ia morrer.

Embora o rosto de Catherine tivesse ficado pálido, a vítima parecia estranhamente controlada, como se estivesse falando sobre o pesadelo de outra mulher, não o seu. Nina não estava mais olhando para Moore; estava fitando algum ponto atrás dele, observando de longe uma mulher amarrada a uma cama. E numa cadeira, oculto na escuridão, um homem descrevia os horrores que planejava cometer em seguida. Para o *Cirurgião*, pensou Moore, isto era uma carícia preliminar. Era isso que o excitava. O cheiro do medo de uma mulher. Ele se alimenta dele. Ele se senta ao lado de sua cama e enche sua mente com imagens de morte. Suor brota em sua pele, suor que exsuda o cheiro do terror. Um perfume exótico que ele adora. Ele respira o perfume e se excita.

— O que aconteceu em seguida? — indagou Moore.

Nenhuma resposta.

— Nina...?

— Ele virou o abajur para o meu rosto. Colocou-o direto em meus olhos, para que eu não pudesse vê-lo. Tudo que consegui ver foi aquela luz brilhante. E ele tirou meu retrato.

— E depois?

Ela olhou para Moore.

— Depois ele foi embora.

— Deixou você sozinha na casa?

— Não sozinha. Eu podia ouvi-lo caminhando pela casa. E a TV... escutei a TV ligada a noite toda.

O padrão mudou, pensou Moore, e ele e Frost trocaram olhares estarrecidos. O *Cirurgião* agora estava mais confiante. Mais ousado. Em vez de completar seu assassinato em algumas horas, ele o havia postergado. Durante a noite inteira, e o dia seguinte, ele deixara sua presa amarrada à cama, para contemplar o tormento que a aguardava. Alheio aos riscos, ele aterrorizara Nina. Aterrorizara-a por prazer.

Os batimentos cardíacos no monitor haviam acelerado novamente. Embora a voz de Nina soasse fria e sem vida, por trás de sua fachada calma ardia o medo.

— O que aconteceu em seguida, Nina? — perguntou.

— Devo ter adormecido em algum momento na tarde. Quando acordei, estava escuro de novo. Eu estava com muita sede. Isso era tudo que eu conseguia pensar, o quanto queria água...

— Ele deixou você sozinha em algum momento? Ele saiu da casa?

— Não sei. Só conseguia ouvir a TV. Quando ele a desligou, eu soube. Ele estava voltando para o meu quarto.

— E quando ele fez isso, ele ligou a luz?

— Ligou.

— Viu o rosto dele?

— Só os olhos. Ele estava usando uma máscara. O tipo de máscara que os médicos usam.

— Mas viu seus olhos.

— Vi.

— Você o reconheceu? Tinha visto esse homem antes em sua vida?

Houve um longo silêncio. Moore sentiu seu coração batendo alto enquanto aguardava a resposta pela qual torcia.

Então Nina disse baixinho:

— Não.

Moore afundou em sua cadeira. A tensão no quarto subitamente havia desabado. Para esta vítima, o *Cirurgião* era um desconhecido, um homem sem nome, cujos motivos para tê-la escolhido permaneciam um mistério.

Mascarando a decepção em sua voz, Moore disse:

— Descreva-o para nós, Nina.

Ela respirou fundo e fechou os olhos, como para conjurar a memória.

— Ele tinha... cabelos curtos. Muito bem cortados...

— De que cor?

— Castanhos. Um tom claro de castanho.

Consistente com o fio de cabelo encontrado no ferimento de Elena Ortiz.

— Então ele era branco? — perguntou Moore.

— Era, sim.

— Olhos?

— De um tom claro. Azul ou cinza. Tive medo de olhar diretamente para eles.

— E a forma de seu rosto? Redondo, ovalado?

— Estreito. — Ela fez uma pausa. — Absolutamente comum.

— Altura e peso?

— É difícil de...

— Seu melhor palpite.

Ela suspirou.

— Médio.

Médio. Comum. Um monstro que parecia com qualquer outro homem.

Moore virou-se para Frost.

— Vamos mostrar os álbuns para ela.

Frost deu-lhe o primeiro álbum de fotos de prisão, cada página contendo seis fotografias. Moore pousou o livro numa mesinha-de-cabeceira com rodinhas e a empurrou até diante da paciente.

Durante a meia hora seguinte eles observaram, com desânimo crescente, Nina folhear ininterruptamente as páginas. Ninguém falou nada; ouviam-se apenas o sibilar do oxigênio e o farfalhar das páginas sendo viradas. Essas fotos eram de criminosos sexuais, e, enquanto Nina virava as páginas, Moore tinha a impressão de que aquilo não acabaria nunca, de que o desfile de imagens representava o lado sombrio de cada homem, o impulso reptiliano disfarçado por uma máscara humana.

Ele ouviu alguém cutucando a janela do cubículo. Olhando para cima, viu Jane Rizzoli chamando-o com um gesto.

Ele saiu para falar com ela.

— Alguma identificação? — perguntou Rizzoli.

— Não vamos conseguir nenhuma. Ele estava usando uma máscara cirúrgica.

O CIRURGIÃO

— Por que uma máscara? — perguntou Rizzoli, intrigada.

— Pode ser parte do ritual dele. Brincar de médico é a fantasia dele. Ele disse a ela que ia extirpar o órgão que havia sido contaminado. Ele sabia que Nina era vítima de um estupro. E o que ele cortou? O útero dela.

Rizzoli olhou para o interior do cubículo e disse:

— Posso pensar em mais um motivo para ele usar a máscara.

— Qual?

— Ele não queria que ela visse seu rosto. Ele não queria que ela o identificasse.

— Mas isso significaria...

— Que eu estava certa. — Rizzoli virou-se e fitou Moore. — O *Cirurgião* queria que Nina Peyton sobrevivesse.

Como sabemos pouco sobre o coração humano, pensou Catherine enquanto estudava os raios X do peito de Nina Peyton. Em pé na penumbra, ela fitou a radiografia pendurada diante da caixa de luz, estudando as sombras lançadas por ossos e órgãos. A caixa torácica, o trampolim do diafragma e, repousando por cima, o coração. Não o receptáculo da alma, mas meramente uma bomba muscular, não mais dotada espiritualmente do que os rins ou os pulmões. Ainda assim Catherine, tão fundamentada na ciência, não podia olhar para o coração de Nina Peyton sem comover-se por seu simbolismo.

Era o coração de uma sobrevivente.

Catherine ouviu vozes na sala ao lado. Era Peter, requisitando as radiografias de um paciente à secretária. Um momento depois entrou na sala de preparação e parou quando a viu, parada diante da caixa de luz.

— Você ainda está aqui? — perguntou.

— E você também.

— Mas sou eu quem está de plantão esta noite. Por que não vai para casa?

Catherine virou-se novamente para os raios X do peito de Nina.

— Primeiro quero ter certeza de que esta paciente está estável.

Peter se posicionou ao lado dela, tão alto, tão imponente, que ela teve de conter um impulso de dar um passo para o lado. Ele correu os olhos pela radiografia.

— Fora alguma atelectasia, não vejo muito com que se preocupar. — Ele notou o termo "paciente não identificada" no canto da radiografia. — É a mulher na cama doze? Aquela que os policiais estão vigiando?

— É.

— Vejo que a extubou.

— Há algumas horas — disse, relutante.

Ela não queria falar sobre Nina Peyton, não queria revelar seu envolvimento pessoal com o caso. Mas Peter continuava fazendo perguntas.

— Os gases do sangue estão bons?

— Adequados.

— E fora isso, ela está estável?

— Está.

— Então por que não vai para casa? Cobrirei pra você.

— Gostaria de cuidar pessoalmente dessa paciente.

Peter pousou a mão no ombro de Catherine.

— Desde quando parou de confiar no seu parceiro?

Imediatamente Catherine congelou ao seu toque. Ele sentiu isso e retirou a mão.

Depois de um momento de silêncio, Peter se afastou e começou a pendurar suas radiografias na caixa de luz, colocando-as rapidamente em seus lugares. Ele tinha trazido uma série de radiografias do abdômen, e os filmes ocuparam uma série de pregadores. Quando terminou de pendurar as radiografias, ficou absolutamente imóvel, olhos ocultos pelas imagens de raios X refletidas em seus óculos.

— Catherine, não sou o inimigo — disse baixinho, não olhando para ela, mas para a caixa de luz. — Queria conseguir fazer você acreditar nisso. Fico pensando que deve ter sido alguma coisa que eu disse, alguma coisa que eu fiz, que mudou as coisas entre nós. —

Finalmente olhou para ela. — Confiávamos um no outro. Como parceiros, pelo menos. Droga, outro dia mesmo a gente praticamente estava de mãos dadas dentro do peito daquele homem! E agora você não me deixa nem atender uma paciente em seu lugar. Será que já não me conhece bem o bastante para confiar em mim?

— Não há outro cirurgião em que eu confie mais do que você.

— Então o que está acontecendo? Venho trabalhar de manhã e descobrimos que houve um assalto. E você não me explica o que aconteceu. Pergunto sobre a sua paciente na cama doze, e você também não fala sobre ela.

— A polícia me pediu que não falasse.

— Ultimamente a polícia parece estar governando a sua vida. Por quê?

— Não tenho liberdade para falar sobre isso.

— Não sou apenas o seu parceiro, Catherine. Achei que era seu amigo. — Ele deu um passo na direção dela. Fisicamente, Peter era um homem que impunha respeito, e sua mera aproximação subitamente fez com que Catherine se sentisse claustrofóbica. — Posso ver que está assustada. Você se tranca no seu escritório. Está com cara de quem não dorme há dias. Não consigo mais ficar parado vendo isso.

Catherine arrancou os raios X de Nina Peyton da caixa de luz e o enfiou dentro do envelope.

— Isto não tem nada a ver com você.

— Se afeta você, tem, sim.

De indefesa, Catherine de repente estava se sentindo furiosa.

— Peter, vamos deixar uma coisa bem clara. Sim, nós trabalhamos juntos. E, sim, eu o respeito como cirurgião. Gosto de você como meu parceiro. Mas não compartilhamos nossas vidas. E com toda certeza não compartilhamos nossos segredos.

— Por que não? — perguntou num tom calmo. — O que tem medo de me contar?

Catherine o fitou, angustiada com a suavidade na voz dele. Nesse instante, o que ela mais queria era se livrar daquele fardo, dizer a ele o que havia lhe acontecido em Savannah em todos os seus detalhes vergonhosos. Mas sabia quais seriam as conseqüências desse tipo de confissão. O estupro marcara-a para sempre como uma vítima. Não toleraria ser tratada com piedade. Não por Peter, o único homem cujo respeito significava tudo para ela.

— Catherine? — disse Peter, estendendo a mão.

Através de lágrimas, Catherine olhou para sua mão estendida. E, como uma afogada que prefere as entranhas do oceano ao resgate, ela não a pegou.

Ao contrário, deu as costas a Peter e saiu da sala.

# 12

*A paciente não identificada tinha sido transferida.*
*Eu estava segurando um tubo de seu sangue e senti uma grande decepção ao ver que era frio ao toque. Ele tinha ficado na estante do flebotomista por muito tempo, e o calor corporal que o tubo continha havia irradiado através do vidro e se dissipado no ar. Sangue frio é uma coisa morta, sem poder ou alma, e que portanto não me comove. É no rótulo que eu me concentro, um retângulo branco afixado ao tubo de vidro, impresso com o nome da paciente, número do quarto e número do hospital. Embora em lugar do nome estivesse a designação "paciente não identificada", eu sabia a quem este sangue pertencia. Ela não está mais na Unidade de Tratamento Intensivo. Foi transferida para o Quarto 538... a ala de cirurgia.*

*Coloco o tubo de volta no suporte, onde ele fica junto com duas dúzias de outros tubos, lacrados com tampas de borracha nas cores azul, roxa, vermelha e verde, cada cor significando um procedimento diferente a ser realizado. As tampas roxas são para contagem do sangue, as tampas azuis para exames de coagulação, as tampas vermelhas para química e eletrólitos. Em alguns dos tubos com tampa vermelha, o sangue já tinha coagulado em colunas de gelatina escura. Folheio a pilha de pedidos de exames e encontro a folha da paciente não identificada. Esta manhã, a Dra. Cordell pediu dois exames: uma contagem completa de sangue e eletrólitos de soro. Cavo mais fundo nos pedidos de exames da noite anterior e encontro a cópia carbono de outra requisição com o nome da Dra. Cordell como médica requerente.*

*"Exame urgente do gás sangüíneo, pós-extubação. 2 litros de oxigênio por inaladores."*

*Nina Peyton foi extubada. Ela agora está respirando por conta própria, aspirando ar sem assistência mecânica, sem um tubo na garganta.*

*Permaneço absolutamente imóvel na minha mesa de trabalho, pensando não em Nina Peyton, mas em Catherine Cordell. Ela acha que venceu esta batalha. Ela pensa que é a salvadora de Nina Peyton. É hora de ensinar a ela qual é o seu lugar. É hora de lhe dar uma lição de humildade.*

*Pego o telefone e ligo para a cozinha do hospital. Uma mulher atende, voz apressada sobre um som de bandejas ao fundo. Está perto da hora do jantar, e ela não está disposta a perder tempo com papo furado.*

*— Aqui é a Oeste — minto. — Acho que trocamos os pedidos dietéticos de dois pacientes. Pode me dizer qual é a dieta que vocês anotaram para o Quarto Cinco-Três-Oito?*

*Há uma pausa enquanto ela digita em seu teclado e encontra a informação.*

*— Líquidos à vontade — responde a mulher. — Isso está correto?*

*— Sim, está. — Eu agradeço e desligo.*

*No jornal desta manhã disseram que Nina Peyton permanecia em estado de coma e em condições críticas. Não é verdade. Ela está acordada.*

*Catherine Cordell salvou sua vida, como eu sabia que ela faria.*

*Uma flebotomista aproxima-se e pousa no balcão sua bandeja cheia de tubos de ensaio com sangue. Trocamos um sorriso, como fazemos todos os dias, dois colegas de trabalho amistosos que pensam o melhor possível um do outro. Ela é jovem, com seios firmes e empinados que sobressaem como melões contra o uniforme branco, e possui dentes bonitos e retos. Pega um novo bolo de requisições de exames, acena para mim e se afasta. Eu me pergunto se o sangue dela é salgado.*

*As máquinas zumbem e gorgolejam uma canção de ninar contínua.*

O CIRURGIÃO 191

*Caminho até o computador e pego a lista de pacientes da Oeste 5. Há vinte quartos nessa ala, que é disposta em forma de H, com o posto de enfermagem localizado no travessão do H. Desço pela lista de pacientes, trinta e três ao todo, vendo suas idades e diagnósticos. Paro no vigésimo nome, no Quarto 521.*

*Sr. Herman Gwadowski, idade sessenta e nove anos. Médica principal: Dra. Catherine Cordell. Diagnóstico: laparotomia de emergência por traumatismo abdominal múltiplo.*

*O Quarto 521 fica localizado num corredor paralelo ao de Nina Peyton. Do 521, o quarto de Nina não é visível.*

*Clico no nome do Sr. Gwadowski e acesso seus exames. Ele está no hospital há duas semanas e seus exames enchem telas e mais telas. Posso visualizar seus braços, as veias, uma rodovia de perfurações de agulhas e lacerações. A julgar pelo nível de açúcar no seu sangue, é diabético. Sua contagem alta de células brancas indica que ele possui algum tipo de infecção. Também noto que há culturas bacterianas num ferimento em seu pé. A diabete afetou a circulação em seus membros, e a carne de suas pernas está começando a necrosar. Também vejo uma cultura bacteriana do swab realizado no sítio da punção venosa central.*

*Concentro-me em seus eletrólitos. Os níveis de potássio têm subido em ritmo estável. 4,5 há duas semanas. 4,8 semana passada, 5,1 ontem. Ele é velho e seus rins diabéticos estão lutando para excretar as toxinas diárias que se acumulam em sua corrente sangüínea. Toxinas como potássio.*

*Não vai ser preciso muito para empurrá-lo para fora da vida.*

*Nunca conheci o sr. Herman Gwadowski... pelo menos não pessoalmente. Vou até o suporte de tubos de ensaio sobre o balcão e olho os rótulos. Este suporte é das alas Leste 5 e Oeste 5, e há vinte e quatro tubos nas diversas aberturas. Encontro um tubo com tampa vermelha do Quarto 521. É o sangue do Sr. Gwadowski.*

*Pego o tubo e o estudo enquanto o giro lentamente sob a luz. O sangue não está coagulado, mas parece escuro demais, como se a agulha que perfurou a veia do Sr. Gwadowski tivesse atingido um poço estagnado.*

*Tiro a tampa do tubo e cheiro seu conteúdo. Ele fede a uréia e velhice, indícios garantidos de infecção. Cheiro de um corpo que já começou a se decompor, embora o cérebro continue negando que a casca ao seu redor esteja morrendo.*

*Desta forma, estabeleço um relacionamento com o Sr. Gwadowski. Não será uma amizade longa.*

Enfermeira muito responsável, Angela Robbins estava irritada, porque a dose de antibióticos das dez horas ainda não chegara. Ela foi até o atendente da Oeste 5 e disse:

— Estou esperando os remédios intravenosos do Sr. Gwadowski. Pode ligar para o setor farmacêutico de novo?

— Já olhou o carrinho de medicamentos? Ele chegou às nove.

— Não havia nada para o Sr. Gwadowski nele. Ele precisa imediatamente da dose intravenosa de Zosyn.

— Ah, acabo de lembrar. — O atendente se levantou e caminhou até uma caixa no outro lado do balcão. — Um enfermeiro da Oeste 4 trouxe isso aqui ainda há pouco.

— Oeste 4?

— A garrafa foi mandada para o pavimento errado. — O atendente verificou o rótulo. — Gwadovski, Cinco-dois-um-A.

— Certo — disse Angela, pegando a garrafinha de medicação intravenosa.

No caminho de volta para a sala, ela leu o rótulo, confirmando o nome do paciente, o médico responsável pelo pedido e a dose de Zosyn acrescentada à garrafa de solução salina. Tudo parecia correto. Dezoito anos atrás, quando Angela começara a trabalhar em hospitais, uma enfermeira registrada podia entrar na sala de suprimentos da ala, pegar uma garrafa de fluido intravenoso e acrescentar a ela os medicamentos necessários. Alguns erros cometidos por enfermeiras apressadas e alguns processos muito divulgados na imprensa tinham mudado tudo isso. Agora até mesmo uma simples garrafa de solução salina acrescida com potássio precisava chegar através da farmácia do

O CIRURGIÃO

hospital. Era mais uma camada de administração, mais uma engrenagem na já complicada máquina da saúde. Angela não gostava disso. A burocracia causara atraso de uma hora na chegada da garrafa de solução intravenosa.

Angela passou o equipo do Sr. Gwadowski para a nova garrafa e a pendurou no suporte. Durante todo esse tempo, o Sr. Gwadowski permaneceu imóvel. Estava em coma havia duas semanas e já exsudava o cheiro da morte. Angela era enfermeira havia tempo suficiente para reconhecer o cheiro, parecido com o de suor azedo, que era um prelúdio para a passagem final. Sempre que detectava isso, murmurava para as outras enfermeiras: "Este não vai conseguir." Foi isso que pensou agora, enquanto abria o fluxo da hidratação intravenosa e conferia os sinais vitais do paciente. *Este não vai conseguir*. Ainda assim, Angela realizou suas tarefas com o mesmo cuidado que dedicava a todos os pacientes.

Era hora do banho de esponja. Ela levou uma bacia de água quente até a mesinha-de-cabeceira, molhou um pano e começou limpando o rosto do Sr. Gwadowski. Ele jazia de boca aberta, a língua seca e enrugada. Se ao menos eles o deixassem partir! Se ao menos eles o libertassem deste inferno! Mas o filho nem mesmo permitia a suspensão dos procedimentos de emergência. Assim, o velho continuava vivendo, se é que isso podia ser chamado de vida, seu coração continuando a bater dentro de seu corpo em decomposição.

Tirou o camisolão do paciente e checou sua linha venosa central. Parecia meio avermelhada, o que a preocupou. Nos braços não havia mais locais para inserir o acesso intravenoso. Este agora era seu único acesso intravenoso, e Angela tomava o máximo de cuidado para manter o ferimento e a bandagem limpos. Depois do banho, trocaria as gazes.

Foi descendo pelo torso, passando seu pano úmido sobre as costelas. Ela podia ver que este homem nunca tinha sido musculoso, o que restava agora de seu peito era apenas um pergaminho esticado por ossos.

Angela escutou passos e não ficou feliz ao ver o filho do Sr. Gwadowski entrar na sala. Com um único olhar, ele a colocou na defensiva... esse era o tipo de homem que ele era, sempre apontando para erros e falhas nos outros. Ele fazia isso freqüentemente com a irmã. Uma vez Angela ouvira os dois discutindo e tivera de se conter para não defender a irmã. Afinal de contas, não cabia a Angela dizer a esse homem o que ela achava de sua personalidade. Mas ela também não precisava ser extremamente amistosa com ele. Assim, ela apenas fez que sim e continuou o banho de esponja.

— Como ele está indo? — perguntou Ivan Gwadowski.

— Não houve nenhuma mudança — disse Angela num tom de voz frio e profissional.

Angela queria que esse homem saísse e a deixasse fazer seu trabalho. Era suficientemente perceptiva para compreender que o amor era apenas um fator menor nos motivos para este filho estar aqui. Ele assumira o comando da situação porque era isso que estava acostumado a fazer, e não gostar de abrir mão de seu controle para ninguém. Nem mesmo para a Morte.

— A médica já veio vê-lo?

— A Doutora Cordell vem aqui todas as manhãs.

— O que ela diz sobre o fato de que ele ainda está em coma?

Angela colocou o pano na bacia e se empertigou para fitá-lo.

— Não tenho certeza sobre o que há para dizer, Sr. Gwadowski.

— Durante quanto tempo ele ficará assim?

— Enquanto você permitir que ele fique.

— O que isso significa?

— Seria mais gentil deixá-lo partir.

Ivan Gwadowski olhou fixamente para Angela.

— Sim, isso facilitaria a vida para todo mundo, não é? E liberaria mais uma cama para o hospital.

— Não foi isso o que eu disse.

— Eu sei como os hospitais são pagos hoje em dia. Se o paciente fica tempo demais, vocês começam a entrar no prejuízo.

— Só estou falando sobre o que é melhor para o seu pai.

— O que é melhor é que este hospital faça seu trabalho.

Antes que pudesse dizer qualquer coisa de que se arrependesse mais tarde, Angela virou-se e pegou o pano na bacia. Espremeu-o com mãos trêmulas. *Não discuta com ele. Apenas faça o seu serviço. Ele é o tipo de homem que briga por qualquer coisa.*

Ela colocou o pano úmido no abdômen do paciente. Foi apenas então que compreendeu que o velho não estava respirando.

Imediatamente Angela sentiu o pescoço e o pulso.

— O que é? — indagou o filho. — Ele está bem?

Ela não respondeu. Passando direto por ele, correu para o corredor.

— Código Azul! — gritou. — Código Azul, Quarto Cinco-Dois-Um!

Catherine saiu correndo do quarto de Nina Peyton e dobrou a esquina para o próximo corredor. Já havia uma equipe entupindo o Quarto 521 e se derramando para o corredor, onde vários estudantes de medicina de olhos arregalados esticavam seus pescoços para ver a ação.

Catherine entrou na sala e gritou, sobre o caos:

— O que aconteceu?

Angela, a enfermeira do Sr. Gwadowski, disse:

— Ele parou de respirar! Não tem pulso!

Catherine abriu caminho até a cama e viu que outra enfermeira já havia colocado uma máscara sobre o rosto do paciente e estava soprando oxigênio nos seus pulmões. Um residente estava com as mãos no peito do paciente, e cada vez que apertava o esterno do paciente espremia sangue do coração, forçando-o através de artérias e veias. Alimentando os órgãos, alimentando o cérebro.

— Contatos de eletrocardiograma ligados! — gritou alguém.

O olhar de Catherine voou para o monitor. O traço mostrava fibrilação ventricular. As câmaras do coração não estavam mais contraindo. Em vez disso, os músculos individuais estavam tremendo, e o coração tornara-se uma bolsa flácida.

— Eletrodos carregados? — perguntou Catherine.

— Cem joules.

— Vai!

A enfermeira posicionou os eletrodos do desfibrilador no peito do paciente e gritou:

— Todos para trás!

Os eletrodos descarregaram, enviando um pulso elétrico através do coração. O torso do homem pulou do colchão como um gato numa grelha quente.

— Ainda em fibrilação ventricular!

— Uma intravenosa de um miligrama de epinefrina, depois aplique choque novamente a cem joules — instruiu Catherine.

A bolha de epinefrina correu pela linha da PVC.

— Para trás!

Outro choque emitido pelos eletrodos, outro salto do torso.

No monitor, o eletrocardiograma subiu até o alto, e então ruiu para uma linha trêmula. As contorções finais de um coração moribundo.

Catherine baixou os olhos para o seu paciente e pensou: como posso reviver este amontoado de ossos velhos?

— A senhora quer... continuar? — indagou o residente, arfando enquanto bombeava o peito do paciente. Uma gota de suor desceu numa linha reluzente por sua face.

Eu não queria nem aplicar-lhe o procedimento de emergência, pensou Catherine, e estava prestes a dar o serviço por terminado quando Angela sussurrou em seu ouvido:

— O filho está aqui. Está assistindo.

Catherine correu os olhos para Ivan Gwadowski, que estava parado na porta. Agora ela não tinha escolha. Qualquer coisa menor do que um esforço completo, e o filho cairia na sua pele.

No monitor, a linha traçava a superfície de um mar tempestuoso.

— Vamos fazer de novo — disse Catherine. — Duzentos joules desta vez. Mande buscar um pouco de sangue, depressa.

Ela ouviu o ruído do carrinho de emergência sendo aberto. Tubos de sangue e uma seringa apareceram.

— Não consigo achar uma veia!

— Use a PVC.

— Para trás!

Todos se afastaram enquanto os eletrodos descarregavam.

Catherine observou o monitor cardíaco, torcendo para que o solavanco de paralisia induzida por choque elétrico fizesse o coração voltar a funcionar. Em vez disso, a linha abaixou, e a tempestade deu lugar a uma onda suave.

Outra dose em bolus de epinefrina deslizou pela linha da PVC.

O residente, cansado e suado, tornou a bombear o peito. Um par fresco de mãos assumiu a bolsa de ressuscitação, apertando ar para os pulmões, mas aquilo era como tentar soprar vida num tronco seco. Catherine já conseguia ouvir a mudança nas vozes em torno dela. O tom de urgência havia sumido. Agora aquilo era meramente um exercício, a derrota sendo inevitável. Ela correu os olhos pela sala, para a dúzia de pessoas acoteveladas em torno da cama, e viu que a decisão era óbvia para todos. Eles estavam apenas esperando sua ordem.

E Catherine a deu.

— Vamos encerrar o procedimento — disse ela. — Onze e meia.

Em silêncio, todos deram um passo para trás e olharam para o objeto de sua derrota, Herman Gwadowski, deitado esfriando num emaranhado de fios e tubos intravenosos. Uma enfermeira desligou o monitor cardíaco, e o osciloscópio ficou em branco.

— E quanto a um marca-passo?

Catherine, no meio do processo de assinar o prontuário, virou-se e viu que o filho do paciente entrara no quarto.

— Não há mais nada para salvar — disse Catherine. — Sinto muito. — Não conseguimos fazer o coração dele voltar a bater.

— Não se usam marca-passos para isso?

— Fizemos tudo que podíamos...

— Tudo que fizeram foi dar choques nele.

*Tudo?* Ela olhou ao seu redor, para a evidência dos seus esforços, as seringas usadas, os frascos de drogas vazios, as embalagens jogadas no chão. Os destroços médicos deixados depois de cada batalha. As outras pessoas no quarto estavam observando, esperando para ver como ela lidaria com a situação.

Catherine largou a prancheta na qual estivera escrevendo, palavras zangadas formando-se em seus lábios. Ela nunca teve a chance de proferi-las. Em vez disso, girou nos calcanhares em direção à porta.

Em algum lugar na ala, uma mulher estava gritando.

Num instante Catherine estava fora do quarto, as enfermeiras bem atrás dela. Virando o corredor, ela viu uma servente parada diante do quarto de Nina, arfando e apontando para o interior. A cadeira no lado de fora do quarto estava vazia.

*Devia haver um policial aqui. Onde ele está?*

Catherine empurrou a porta e congelou.

A primeira coisa que viu foi sangue, traços de sangue brilhantes pintados nas paredes. Em seguida olhou para sua paciente, estatelada de bruços no chão. Nina estava a meio caminho entre a cama e a porta, como se tivesse conseguido dar alguns passos cambaleantes antes de cair. Seu cateter intravenoso estava desconectado e um fio de solução salina escorria do tubo para o assoalho, onde tinha formado uma poça clara ao lado da poça vermelha, bem maior.

*Ele esteve aqui. O* Cirurgião *esteve aqui.*

Embora cada instinto estivesse gritando para que ela recuasse e fugisse, Catherine forçou-se a avançar e se ajoelhar ao lado de Nina. Sangue empapou suas calças, sangue ainda quente. Ela virou o corpo de Nina.

Bastou uma olhada no rosto pálido, nos olhos arregalados, e Catherine soube que Nina já estava morta. *Há poucos momentos eu escutei o seu coração batendo.*

Emergindo lentamente do torpor, Catherine olhou para cima e viu um círculo de rostos assustados.

— O policial — disse ela. — Onde está o policial?

— Não sabemos...

Levantou-se trôpega, e as pessoas recuaram para deixá-la passar. Alheia ao fato de que estava deixando um rastro de sangue, saiu do quarto, olhando freneticamente para os dois lados do corredor.

— Meu Deus... — disse uma enfermeira.

No fundo do corredor, uma linha escura cruzava o assoalho. Sangue. A linha passava por baixo da porta do almoxarifado.

# 13

Por cima da fita amarela que delimitava a cena do crime, Rizzoli olhou para o quarto de hospital de Nina Peyton. O sangue espirrado pelas artérias havia ressecado na parede. Rizzoli continuou andando pelo corredor até o almoxarifado, onde o corpo do policial fora encontrado. Também esta porta estava cruzada pela fita de cena do crime. Dentro do cubículo havia suportes de garrafas de soro, prateleiras abarrotadas com comadres e bacias, e caixas de luvas, tudo isso salpicado com sangue. Um colega tinha morrido neste cômodo, e para cada policial do Departamento de Polícia de Boston a caçada ao *Cirurgião* era agora profunda e intensamente pessoal.

Ela se virou para o policial posicionado ali.

— Onde está o detetive Moore?

— Lá embaixo, na Administração. Eles estão assistindo às fitas de vigilância do hospital.

Rizzoli olhou ao redor mas não viu câmeras de segurança. Não deveria haver material gravado desse corredor.

No térreo, Rizzoli entrou na sala de reuniões, onde Moore e duas enfermeiras assistiam às fitas de vigilância. Ninguém olhou em sua direção; estavam todos concentrados no televisor.

A câmara ficava apontada para os elevadores da Oeste 5. No vídeo, a porta do elevador abriu. Moore congelou a imagem.

— Ali — disse ele. — Este é o primeiro grupo que saiu do elevador depois que o procedimento de emergência foi convocado. Contei onze passageiros, e todos saíram apressados.

— É isso que você espera num Código Azul — disse a enfermeira-chefe. — Uma convocação é feita pelo sistema de alto-falantes do hospital. Todos que estão disponíveis devem atender.

— Dê uma boa olhada nesses rostos — disse Moore. — Reconhece todo mundo? Há alguém que não deveria estar aí?

— Não posso ver todos os rostos. Eles saíram todos juntos.

— E quanto a você, Sharon? — indagou Moore à segunda enfermeira.

Sharon inclinou-se na direção do monitor.

— Essas três aí são enfermeiras. E os dois rapazes, no lado, são estudantes de medicina. Reconheço aquele terceiro homem... — Ela apontou para o topo da tela. — Um servente. Os outros parecem familiares, mas não sei seus nomes.

— Certo — disse Moore, a voz transparecendo irritação. — Vamos ver o resto. Depois veremos a câmera da escadaria.

Rizzoli aproximou-se mais até ficar logo atrás da enfermeira-chefe.

Na tela, a imagem retrocedeu, a porta do elevador fechou. Moore apertou Play e a porta abriu de novo. Onze pessoas saíram movendo-se como um organismo centípede em sua pressa para atender o chamado. Rizzoli viu tensão nos rostos, e mesmo sem áudio o senso de crise era óbvio. O bolo de pessoas desapareceu à esquerda da tela. A porta do elevador fechou. Alguns momentos e a porta reabriu, descarregando outra massa de pessoas. Rizzoli contou treze passageiros. Até agora, um total de vinte e quatro pessoas chegara ao pavimento em menos de três minutos... e isso apenas de elevador. Quantos mais tinham chegado pela escada? Rizzoli assistiu com assombro crescente. O planejamento fora impecável. Convocar um Código Azul era como provocar um estouro de boiada. Com dúzias de pessoas convergindo do hospital inteiro para a Oeste 5, qualquer um de jaleco branco entraria sem ser notado. O assassino certamente ficaria no

O CIRURGIÃO

fundo do elevador, atrás de todos os outros. Tomaria todo o cuidado possível para manter outra pessoa entre ele e a câmera. Eles estavam atrás de alguém que sabia exatamente como um hospital funciona.

Rizzoli observou o segundo grupo de passageiros sair da tela. Dois dos rostos permaneceram ocultos todo o tempo.

Agora Moore trocou as fitas, e a visão mudou. Eles estavam olhando para a porta da escadaria. Por um momento, nada aconteceu. Então a porta foi aberta, e um homem de jaleco branco passou por ela.

— Conheço ele — disse Sharon. — É Mark Noble, um dos residentes.

Rizzoli pegou seu caderno espiral e rabiscou o nome.

A porta foi aberta novamente, e duas mulheres emergiram, ambas em uniformes brancos.

— Essa é Veronica Tam — disse a enfermeira-chefe, apontando para a mais baixa das duas. — Ela trabalha na Oeste 5. Ela estava de folga quando a emergência foi anunciada.

— E a outra mulher?

— Não sei. Não dá para ver o rosto muito bem.

Rizzoli anotou:

> 10:48x, câmera da escadaria:
> Veronica Tam, enfermeira, Oeste 5.
> Mulher desconhecida, cabelos negros, jaleco.

Um total de sete pessoas passou pela porta da escadaria. As enfermeiras reconheceram cinco. Até agora Rizzoli contara 31 pessoas que haviam chegado pelo elevador ou pela escada. Somando a isso as pessoas que já trabalhavam no pavimento, eles estavam lidando com pelo menos quarenta pessoas com acesso à Oeste 5.

— Agora observem o que acontece quando as pessoas saem durante e depois do procedimento de emergência — disse Moore. — Desta vez elas não estão correndo. Talvez vocês consigam identificar mais alguns rostos e nomes.

Acelerou a imagem. No fundo da tela, o contador de tempo avançou oito minutos. O procedimento de emergência ainda estava em progresso, mas as pessoas que não eram necessárias já estavam começando a sair da ala. A câmera pegava apenas suas costas enquanto elas caminhavam até a porta da escadaria. Primeiro, dois rapazes, estudantes de medicina, seguidos um momento depois por um terceiro homem não identificado, saindo sozinho. Houve uma pausa longa, que Moore acelerou com o controle remoto. Em seguida quatro homens saíram juntos para a escadaria. A hora era 11:14. A essa altura o código havia oficialmente sido encerrado, e Herman Gwadowski tinha sido declarado morto.

Moore trocou de fitas. Mais uma vez, eles estavam observando o elevador.

Quando tinham acabado de rever as fitas, Rizzoli tinha três páginas de anotações, registrando o número de chegadas durante a emergência. Treze homens e 17 mulheres haviam respondido ao chamado. Agora Rizzoli contou quantos ela viu saindo quando a emergência terminou.

Os números não batiam.

Finalmente Moore apertou Stop, e a tela ficou vazia. Eles haviam passado mais de uma hora olhando para a telinha, e as duas enfermeiras pareciam meio abobalhadas.

Cortando o silêncio, a voz de Rizzoli assustou as duas mulheres.

— Algum homem trabalha na Oeste 5 durante o turno de vocês? — indagou Rizzoli.

A enfermeira-chefe focou em Rizzoli. Parecia surpresa por outro policial ter entrado na sala sem que ela percebesse.

— Tem um enfermeiro que chega às três. Mas eu não tenho funcionários homens durante o turno diurno.

— E nenhum homem estava trabalhando na Oeste 5 quando o procedimento de emergência foi anunciado?

— Devia haver residentes de cirurgia no pavimento. Mas nenhum enfermeiro.

— Quais residentes? Você lembra?

— Eles estão sempre entrando e saindo, fazendo rondas. Não fico prestando atenção neles. Nós temos nosso próprio trabalho para fazer. — A enfermeira olhou para Moore. — Aliás, precisamos realmente voltar para nossos postos.

Moore fez que sim com a cabeça.

— Podem ir. Obrigado.

Rizzoli esperou até que as duas enfermeiras tivessem saído. Então ela disse a Moore:

— O *Cirurgião* já estava na ala. Antes mesmo do procedimento de emergência ser anunciado. Não concorda?

Moore se levantou e caminhou até o gravador de vídeo. Rizzoli podia ler a raiva em sua linguagem corporal, o jeito como ele ejetou a fita, o jeito como enfiou a segunda fita.

— Treze homens chegaram na Oeste 5 — disse Rizzoli. — E quatorze homens saíram. Há um homem extra. Ele devia estar lá o tempo todo.

Moore apertou Play. A fita da escadaria começou a passar novamente.

— Merda, Moore. Crowe estava encarregado da proteção. E agora perdemos nossa única testemunha.

Ainda assim ele não disse nada; apenas ficou olhando para a tela, observando as figuras, já bastante familiares, aparecerem e desaparecem pela porta da escadaria.

— Este assassino caminha através de paredes — disse ela. — Ele se esconde no ar. Havia nove enfermeiras trabalhando no pavimento, e nenhuma delas percebeu que ele estava lá. Ele estava com elas *o tempo todo.*

— É uma possibilidade.

— Então como ele chegou até o policial? Por que um policial se deixaria convencer a deixar a porta do paciente? A entrar num almoxarifado?

— Devia ser alguém com quem ele estava familiarizado. Ou alguém que não representava ameaça.

— E em meio ao alvoroço de um procedimento de emergência, com todo mundo correndo para salvar uma vida, seria natural para um funcionário de hospital recorrer a um sujeito que está parado no corredor... o policial. Seria natural pedir ao policial que o ajudasse com alguma coisa no almoxarifado.

Moore apertou Pause.

— Ali — disse baixinho. — Acho que é o nosso homem.

Rizzoli olhou para a tela. Era o homem solitário que havia saído pela porta da escadaria no começo da emergência. Eles só podiam ver suas costas. Usava um jaleco branco e uma touca de sala de operações. Uma mecha de cabelos castanhos era visível por baixo da touca. Era magro, com ombros nada impressionantes, e sua postura inclinava-o para a frente, como um ponto de interrogação.

— Este é o único lugar no qual o vemos — disse Moore. — Não consegui vê-lo na fita que mostra o elevador. E não o vi chegando pela porta da escadaria. Mas ele sai por aqui. Vê como ele empurra a porta com o quadril, sem tocá-la com as mãos? Aposto que não deixou impressões em lugar algum. É muito cuidadoso. E vê como ele anda curvado? Como se soubesse que estava sendo filmado. Ele sabe que estamos procurando por ele.

— Conseguimos alguma identificação?

— Nenhuma das enfermeiras soube dizer o nome dele — disse Moore.

— Merda, ele estava no pavimento delas.

— E muitas outras pessoas também. Todos estavam concentrados em salvar Herman Gwadowski. Todos menos *ele*.

Rizzoli aproximou-se da tela, seu olhar congelado na figura solitária enquadrada no corredor branco. Embora não pudesse ver seu rosto, teve a impressão de estar fitando os olhos do mal. *Você é o Cirurgião?*

— Ninguém lembra de ter subido com ele no elevador. E, ainda assim, ali está ele. Um fantasma, que aparece e desaparece quando bem entende.

— Ele saiu oito minutos depois que o Código Azul foi anunciado — disse Rizzoli, olhando para o contador de tempo na tela. — Dois estudantes de medicina saíram imediatamente antes dele.

— Sim, falei com os dois. Eles tinham de comparecer a uma palestra às onze. Foi por isso que saíram mais cedo. Eles não notaram o nosso homem atrás deles na escadaria.

— Portanto, não temos testemunhas.

— Apenas esta câmera.

Ela ainda estava concentrada no contador de tempo. Oito minutos depois do anúncio do Código Azul. Oito minutos era um tempo longo. Ela tentou coreografá-lo na cabeça. Caminhar até o policial; dez segundos. Convencê-lo a caminhar alguns metros com você pelo corredor até o almoxarifado: quinze segundos. Cortar a garganta dele: dez segundos. Sair, fechar a porta, entrar no quarto de Nina Peyton: quinze segundos. Despachar a segunda vítima, sair: trinta segundos. Isso tudo somava dois minutos, no máximo. Ainda restavam seis minutos. Com que ele havia gastado esse tempo extra? Limpando-se? Havia muito sangue no quarto; ele podia estar todo sujo.

Ele tivera muito tempo para trabalhar. A servente só descobriu o corpo de Nina dez minutos depois que o homem naquela tela saiu pela porta da escadaria. A essa altura ele poderia estar a um quilômetro e meio dali, em seu carro.

*Que planejamento perfeito. Esse assassino se move com a precisão de um relógio suíço.*

De repente Rizzoli sentou-se reta, um pensamento trespassando-a como um raio.

— Ele sabia! Meu Deus, Moore, ele *sabia* que haveria um Código Azul! — Rizzoli olhou para ele e viu, por sua reação calma, que ele já chegara a essa conclusão.

— O senhor Gwadowski teve alguma visita?

— O filho. Mas a enfermeira esteve no quarto o tempo todo. E ela estava lá quando o paciente entrou em crise.

— O que aconteceu imediatamente antes da emergência?

— Ela mudou a garrafa de soro. Já mandamos a garrafa para análise.

Rizzoli olhou novamente para a tela, onde a imagem do homem de jaleco branco permanecia congelada no meio de um passo.

— Isto não faz nenhum sentido. Por que ele correria tamanho risco?

— Este foi um trabalho de limpeza, para se livrar de uma ponta solta... a testemunha.

— Mas o que Nina Peyton realmente testemunhou? Ela viu um rosto mascarado. O *Cirurgião* sabia que ela não podia identificá-lo. Sabia que ela não representava qualquer perigo. Ainda assim se deu ao trabalho de matá-la. Ele se expôs para capturá-la. O que ele ganha com isso?

— Satisfação. Ele finalmente terminou seu assassinato.

— Mas ele poderia ter terminado na casa dela. Moore, ele *deixou* Nina Peyton viver aquela noite. O que significa que ele planejou terminar desta forma.

— No hospital?

— Sim.

— Com que propósito?

— Não sei. Mas acho interessante o fato de que dentre todos os pacientes naquela ala foi Herman Gwadowski que ele escolheu para usar como distração. Um paciente de Catherine Cordell.

O celular de Moore tocou. Enquanto ele atendia, Rizzoli voltou sua atenção para o monitor. Ela apertou Play e observou o homem de jaleco branco aproximar-se da porta. Ele curvou o quadril para acertar o puxador da porta e sair para a escadaria. Em nenhum momento ele permitiu que qualquer parte de seu rosto ficasse visível para a câmera. Ela apertou Rewind e viu a cena de novo. Desta vez, quando o quadril girou levemente, ela viu: a protuberância debaixo do jaleco branco. Estava no seu lado direito, no nível da cintura. O que ele estava escondendo ali? Uma muda de roupa? O estojo de assassinato?

Ela ouviu Moore dizer ao telefone:

— Não toque! Deixe exatamente onde está! Estou indo para aí.

Quando desligou o celular, Rizzoli perguntou:

— Quem era?

— Catherine — disse Moore. — Nosso menino acaba de enviar outra mensagem para ela.

— Chegou no correio interdepartamental — disse Catherine. — Assim que vi o envelope, soube que era dele.

Rizzoli observou Moore calçar um par de luvas... uma precaução inútil, ela pensou, porque o *Cirurgião* nunca havia deixado digitais ou qualquer prova. Era um envelope grande e marrom com um fecho de barbante-e-botão. Na linha em branco do alto estava escrito em tinta azul: "Para Catherine Cordell. De A.C., com votos de um feliz aniversário."

*Andrew Capra*, pensou Rizzoli.

— Você não abriu? — indagou Moore.

— Não. Larguei-o na minha mesa e telefonei para você.

— Boa menina.

Rizzoli considerou essa resposta condescendente, mas Catherine claramente não a entendeu assim e lhe dirigiu um sorriso tenso. Alguma coisa acontecera entre Moore e Catherine. Um olhar carinhoso que Rizzoli registrou com uma pontada de ciúme. *A coisa foi mais longe entre esses dois do que eu imaginava.*

— Parece vazio — disse Moore, sentindo o envelope.

Com mãos enluvadas, Moore desenrolou o barbante. Rizzoli deslizou uma folha de papel branco limpo sobre o tampo da mesa para colher o conteúdo. Moore levantou a aba e virou o envelope de cabeça para baixo.

Fios sedosos castanho-avermelhados desceram do envelope e pousaram na folha de papel.

Um arrepio subiu pela espinha de Rizzoli.

— Parece cabelo humano.

— Oh, Deus. *Deus...*

210 TESS GERRITSEN

Rizzoli virou-se e viu Catherine recuando, horrorizada. Rizzoli olhou para o cabelo de Catherine, depois olhou de volta para os fios que tinham caído do envelope. *É dela. O cabelo é de Cordell.*

— Catherine. — Moore falou baixinho, num tom calmante. — Pode não ser seu.

Catherine olhou para ele em pânico.

— E se for? Como ele...?

— Você guarda uma escova de cabelo no seu armário da sala de operação? Sua própria sala?

— Moore — chamou Rizzoli. — Olhe com atenção esses fios. Eles não foram tirados de uma escova de cabelo. — As raízes foram cortadas. — Ela se virou para Catherine. — Quem foi a última pessoa que cortou seu cabelo, Doutora Cordell?

Lentamente Catherine aproximou-se do tampo da mesa e olhou para os fios cortados como se estivesse encarando uma cobra.

— Eu sei quando ele fez isso — disse baixinho. — Eu lembro.

— Quando?

— Foi naquela noite... — Ela olhou para Rizzoli com uma expressão estarrecida. — Em Savannah.

Rizzoli desligou o telefone e olhou para Moore.

— O detetive Singer confirmou. Uma mecha do cabelo de Catherine foi cortada.

— Por que isso não está no relatório de Singer?

— Cordell não notou até o segundo dia de sua hospitalização, quando se olhou no espelho. Como Capra estava morto, e nenhum cabelo foi achado na cena do crime, Singer considerou que o cabelo foi cortado pelos funcionários do hospital. Talvez durante um tratamento de emergência. O rosto de Cordell estava bem machucado, lembra? A sala de emergência poderia ter cortado um pouco de cabelo para limpar seu escalpo.

— Singer confirmou se foi alguém no hospital que cortou?

Rizzoli largou seu lápis e suspirou.

— Não. Ele nunca deu prosseguimento.

— Ele apenas deixou por isso mesmo? Ele nunca mencionou isso no relatório porque não fazia sentido.

— Bem, não faz sentido mesmo! Por que os fios de cabelo não foram achados na cena do crime, juntamente com o corpo de Capra?

— Catherine não se lembra do que aconteceu na maior parte daquela noite. O Rohypnol apagou uma parcela significativa de sua memória. Capra pode ter saído da casa. Voltado depois.

— Certo. Aqui vai a maior pergunta de todas. Capra está morto. Como este suvenir acabou nas mãos do *Cirurgião*?

Moore não tinha uma resposta para isso. Dois assassinos, um vivo, outro morto. Que relação esses dois monstros tinham entre si? O elo entre eles era mais do que mera energia psíquica; agora assumira uma dimensão física. Uma coisa que eles podiam efetivamente ver e tocar.

Ele baixou os olhos para as duas sacolas de provas. Uma estava rotulada: *fios de cabelo desconhecidos*. A segunda sacola continha uma amostra do cabelo de Catherine para comparação. Ele próprio cortara os fios cor de cobre e colocara-os na sacola hermética. Esse cabelo realmente seria um suvenir tentador. Cabelo é uma coisa muito pessoal. Uma mulher o usa, dorme com ele. Ele possui fragrância, cor e textura. A essência de uma mulher. Não era de admirar que Catherine ficara horrorizada ao descobrir que um homem que ela não conhecia possuía uma parte tão íntima dela. Saber que ele havia acariciado e cheirado seu cabelo, familiarizando-se com o cheiro de Catherine, tanto quanto um amante se familiarizaria.

*A esta altura, o* Cirurgião *conhece muito bem o cheiro dela.*

Era quase meia-noite, mas ela estava com as luzes acesas. Através das cortinas fechadas, viu sua silhueta passando e soube que ela estava acordada.

Moore caminhou até o carro-patrulha estacionado e se curvou para conversar com os dois patrulheiros em seu interior.

— Alguma coisa para relatar?

212 TESS GERRITSEN

— Ela não saiu do prédio desde que chegou em casa. Andou muito de um lado para outro. Parece que vai passar a noite sem dormir.

— Vou entrar para falar com ela — disse Moore, e se virou para atravessar a rua.

— Vai passar a noite com ela?

Moore parou. Virou-se rigidamente para fitar o policial.

— Perdão?

— Vai passar a noite com ela? Porque, se vai, precisamos comunicar isso à próxima equipe. Para eles saberem que é um dos nossos que está lá em cima.

Moore engoliu sua raiva. A pergunta do policial fora razoável, mas por que ele a tomara como um insulto?

*Porque eu sei que impressão devo passar ao entrar na casa de Catherine à meia-noite. Sei o que eles devem estar pensando. É a mesma coisa que eu estou pensando.*

No instante em que entrou no apartamento de Catherine, ele viu a pergunta nos olhos dela e respondeu com um aceno pesaroso.

— Sinto muito, mas o laboratório confirmou. Foi o seu cabelo que ele enviou.

Catherine aceitou a notícia calada, estarrecida.

Na cozinha, uma chaleira assobiou. Ela saiu da sala.

Enquanto Moore trancava a porta, seu olhar demorou-se na trava novinha em folha. Quão imaterial parecia até mesmo o aço, quando comparado com um oponente que atravessava paredes. Ele a seguiu até a cozinha e a observou desligar o fogão. Abriu desajeitadamente uma caixa de saquinhos de chá e arfou de susto quando elas caíram da caixa e se espalharam pelo tampo do balcão. Um acidente tão pequeno, e mesmo assim pareceu a gota d'água. De repente ela desabou sobre o balcão, punhos cerrados, nós dos dedos esbranquiçados. Estava lutando para não chorar, para não desabar diante dos olhos dele, e estava perdendo a batalha. Ele a viu respirar fundo e endireitar os ombros, todo o seu corpo esforçando-se por conter o choro.

O Cirurgião  213

Moore não podia mais ficar parado ali sem fazer nada. Caminhou até Catherine e a puxou para si. Abraçou-a enquanto ela estremecia em seu abraço. Passara o dia inteiro desejando abraçá-la. Ele não queria que fosse deste jeito, com ela atormentada pelo medo. Queria ser mais do que um refúgio seguro, um homem confiável a quem ela podia recorrer.

Mas isso era exatamente o que Catherine precisava agora. Assim, ele se dobrou em torno dela, protegendo-a dos terrores da noite.

— Por que está acontecendo de novo? — sussurrou.

— Eu não sei, Catherine.

— É Capra...

— Não. Ele está morto. — Segurando o rosto lavado por lágrimas, Moore fez com que ela olhasse para ele. — Andrew Capra está morto.

Olhando para ele, Catherine estava imóvel em seus braços.

— Então por que o *Cirurgião* escolheu a *mim*?

— Se alguém sabe a resposta, é você.

— Eu não sei!

— Talvez não em um nível consciente. Mas você mesma me disse que não se lembra de tudo que aconteceu em Savannah. Não se lembra de ter disparado o segundo tiro. Não se lembra de quem cortou seu cabelo, ou quando. O que mais não lembra?

Ela balançou a cabeça. Então piscou, assustada, quando o bipe de Moore tocou.

*Por que eles não me deixam em paz?* Ele caminhou até o telefone na parede da cozinha para responder à mensagem.

A voz de Rizzoli saudou-o num tom acusatório.

— Você está na casa de Cordell!

— Você tem uma bola de cristal?

— Não, um identificador de chamadas. É meia-noite. Já pensou no que está fazendo?

Ele disse, irritado:

— Por que me bipou?

— Ela está ouvindo?

Ele observou Catherine sair da cozinha. Sem ela, a cozinha subitamente pareceu vazia. Despida de qualquer interesse.

— Não.

— Estive pensando sobre a questão dos fios de cabelo. Sabe, há mais uma explicação para isso.

— E qual é?

— Ela enviou os fios para ela mesma.

— Não consigo acreditar que estou ouvindo isso.

— E não consigo acreditar que isso nunca passou por sua mente.

— Qual seria o motivo?

— O mesmo que faz homens entrarem numa delegacia para confessar crimes que nunca cometeram. Veja só toda a atenção que ela está obtendo! Sua atenção. É meia-noite e você está bem aí, papari-cando ela. Não estou dizendo que o *Cirurgião não* está assediando ela. Mas esse negócio do cabelo me deixou com a pulga atrás da orelha. É hora de tentar descobrir o que mais pode estar acontecendo. Como o *Cirurgião* conseguiu o cabelo? Capra *deu* o cabelo para ele há dois anos? Como ele poderia fazer isso se estava morto no chão do quarto de Cordell? Você viu as inconsistências entre o depoimento de Cordell e o relatório de autópsia de Capra. Eu e você sabemos que ela não está contando toda a verdade.

— Aquele depoimento foi arrancado dela pelo detetive Singer.

— Você acha que ele a induziu a contar essa história?

— Pense na pressão que Singer estava sofrendo. Quatro assassi-natos. Todo mundo exigindo uma prisão. E ele tinha uma solução boa e limpa: o assassino foi morto por sua próxima vítima. Catherine encerrou o caso para ele, só que para isso ele teve de colocar as pala-vras em sua boca. — Moore fez uma pausa. — Nós precisamos des-cobrir o que realmente aconteceu naquela noite em Savannah.

— Ela é a única que estava lá. E afirma que não se lembra de nada.

Moore levantou os olhos quando Catherine voltou para a cozinha.

— Ainda não.

# 14

— Tem certeza de que a Doutora Cordell está disposta a fazer isso? — indagou Alex Polochek.

— Ela está aqui e esperando por você — disse Moore.

— Você não a está obrigando, está? Porque a hipnose não funciona se o indivíduo resiste. Ela precisa colaborar completamente, senão será uma perda de tempo.

*Uma perda de tempo.* Tinha sido assim que Rizzoli definira a sessão de hipnose e sua opinião era compartilhada por vários dos outros detetives da delegacia. Eles consideravam a hipnose um truque de salão, mais adequado a mágicos de Las Vegas do que a investigadores de polícia. Houve uma época em que Moore concordava com eles.

O caso Meghan Florence o tinha feito mudar de idéia.

Em 31 de outubro de 1998, Meghan, uma menina de dez anos, estava voltando da escola para casa a pé, quando um carro parou ao seu lado. Ela nunca mais foi vista viva.

A única testemunha do seqüestro foi um menino de doze anos parado ali perto. Embora o carro estivesse bem à vista, e o menino tenha conseguido relatar sua forma e sua cor, ele não conseguiu lembrar sua placa. Semanas depois, cansados de não ver nenhum avanço no caso, os pais da menina insistiram em contratar um hipnoterapeuta para interrogar o menino. Com todas as linhas de investigação exauridas, a polícia, relutantemente, concordou.

Moore estava presente durante a sessão. Ele observou Alex Polochek colocar cuidadosamente o menino num estado hipnótico. Quase não acreditou nos seus ouvidos quando o menino recitou o número da placa.

O corpo de Meghan Florence foi recuperado dois dias depois, enterrado no quintal dos fundos do seqüestrador.

Moore estava rezando para que a mágica que Polochek tinha feito na memória daquele garoto agora pudesse ser repetida na de Catherine Cordell.

Os dois homens agora estavam em pé diante da sala de interrogatório, olhando pelo espelho falso para Catherine e Rizzoli, sentadas do outro lado da janela. Catherine parecia inquieta. Ela se mexia em sua cadeira e olhava para a janela, como se estivesse ciente de que estava sendo observada. Uma xícara de chá permanecia intocada na mesinha a seu lado.

— Vai ser uma memória muito dolorosa de recuperar. Ela pode *querer* cooperar, mas não vai ser agradável para ela. No momento do ataque, ela ainda estava sob a influência do Rohypnol.

— Uma memória drogada de dois anos atrás? Além disso, você disse que não é pura.

— É possível que um detetive de Savannah tenha plantado algumas sugestões por meio de perguntas.

— Você sabe que eu não consigo fazer milagres. E nada que conseguirmos nessa sessão será admissível como prova. Isso invalidará qualquer depoimento futuro que ela der no tribunal.

— Eu sei.

— E ainda assim quer continuar?

— Quero.

Moore abriu a porta e os dois homens entraram na sala de interrogatório.

— Catherine, este é Alex Polochek, o homem de quem lhe falei. Ele é hipnotizador forense para o Departamento de Polícia de Boston.

Enquanto Catherine e Polochek trocavam um aperto de mãos, ela soltou um riso nervoso.

— Desculpe — disse ela. — Acho que você não é como eu esperava.

— Achou que eu usava capa preta e varinha de condão — disse Polochek.

— É uma imagem ridícula... mas, sim, achei.

— E, em vez disso, aqui está um sujeito baixinho, gordinho e careca.

Mais uma vez ela riu, sua postura relaxando um pouco.

— Nunca foi hipnotizada?

— Não. Francamente, acho que não posso ser.

— Por que acha isso?

— Porque não acredito em hipnose.

— Mas concordou em permitir que eu tentasse.

— O detetive Moore achou que eu deveria.

Polochek sentou-se numa cadeira de frente para ela.

— Catherine, não é preciso que acredite em hipnose para que esta sessão seja útil. Mas precisa *querer* que ela funcione. Precisa confiar em mim. E deve estar disposta a relaxar e deixar fluir. Precisa deixar que eu a guie até um estado alterado. Não é como a fase pela qual passa um pouco antes de adormecer à noite. Você *não* vai estar adormecida. Prometo, você estará ciente de tudo que acontecer ao seu redor. Mas estará tão relaxada que será capaz de alcançar partes da sua memória que normalmente não conseguiria. É como destrancar um arquivo que está ali, no seu cérebro, e finalmente ser capaz de abrir as gavetas e pegar as pastas.

— É essa a parte que eu não acredito. Que a hipnose possa me fazer lembrar.

— Não fazer você se lembrar. Permitir que você se lembre.

— Muito bem, *permitir* que eu me lembre. Acho improvável que isso possa me ajudar a resgatar uma memória que não posso alcançar sozinha.

Polockek fez que sim com a cabeça.

— Sim, você tem razão de ser cética. Não parece provável, parece? Mas vou lhe dar um exemplo de como as memórias podem ser bloqueadas. É chamado de Lei do Efeito Reverso. Quanto mais você tentar lembrar de alguma coisa, menos será provável que você consiga lembrar dela. Tenho certeza de que já passou por isso. Todos nós já passamos por isso. Por exemplo, você vê uma atriz famosa na tevê, e *sabe* o nome dela. Mas simplesmente não consegue resgatar o nome. Isso te deixa louca. Você passa uma hora espremendo seu cérebro por um nome e se pergunta se não estará sofrendo precocemente do Mal de Alzheimer. Isso acontece com você?

— O tempo todo.

Catherine estava sorrindo agora. Estava claro que ela gostava de Polochek e que se sentia confortável com ele. Um bom começo.

— E então acaba se lembrando do nome da atriz, não é assim?

— É.

— E quando isso costuma acontecer?

— Quando deixo de pensar com tanta força. Quando relaxo e penso em outra coisa. Ou quando estou deitada na cama, perto de dormir.

— Exato. É quando você relaxa, quando sua mente pára de puxar desesperadamente a gaveta daquele arquivo. É quando, como num passe de mágica, a gaveta abre e o arquivo aparece. Isso faz com que o conceito de hipnose se torne mais plausível. — Ele fez que sim com a cabeça.

— Bem, é o que vamos fazer. Ajuda a relaxar. Permite que você alcance aquele arquivo.

— Eu não sei se posso relaxar o suficiente.

— Nesta sala? A cadeira?

— A cadeira está boa. É... — Ela olhou para a câmera de vídeo. — A platéia.

— Os detetives Moore e Rizzoli vão sair da sala. Quanto à câmera, é apenas um objeto. Uma peça de maquinaria. Pense nela dessa forma.

— Eu acho...

O Cirurgião 219

— Você tem outras preocupações?

Houve uma pausa. Ela disse baixinho:

— Tenho medo.

— De mim?

— Não. Da memória. De revivê-la.

— Eu jamais obrigaria você a fazer isso. O detetive Moore me disse que foi uma experiência traumática, e não vamos fazer com que você a reviva. Vamos abordá-la de uma forma diferente. Para que o medo não bloqueie as lembranças.

— E como eu saberei que elas são lembranças verdadeiras? E não alguma coisa que inventei?

Polochek se calou por um instante antes de responder:

— Há a preocupação de que as suas memórias não sejam mais puras. Muito tempo se passou. Teremos de trabalhar com o que conseguirmos. É bom que eu lhe diga agora que sei muito pouco sobre o seu caso. Não vou tentar saber demais, para evitar o risco de influenciar suas recordações. Tudo que me disseram é que o evento ocorreu há dois anos, que envolveu um ataque contra você e que a droga Rohypnol estava no seu organismo. Fora isso, estou às cegas. Portanto, todas as memórias que aflorarem serão suas. Estou aqui apenas para ajudá-la a abrir o arquivo.

Ela suspirou.

— Acho que estou pronta.

Polochek olhou para os dois detetives.

Moore assentiu; ele e Rizzoli saíram da sala.

Do outro lado do espelho falso, eles observaram Polochek pegar uma caneta e um caderninho e pousá-los na mesa ao seu lado. Ele fez mais algumas perguntas. O que Catherine fazia para relaxar. Se havia um lugar especial, uma memória especial, que ela achasse particularmente pacífica.

— No verão, quando eu era criança — respondeu Catherine. — Costumava visitar meus avós em New Hampshire. Eles tinham uma cabana diante de um lago.

— Descreva o lugar para mim. Detalhadamente.

— Era muito calmo. Pequeno. Com uma varanda grande de frente para a água. Havia arbustos de morangos silvestres ao lado da casa. Eu costumava colher os morangos. E na trilha que levava até o cais, minha avó plantava azaléias.

— Então você se lembra dos morangos. Das flores.

— Sim. E da água. Adoro a água. Costumava tomar banho de sol no cais.

— É bom saber disso. — Ele anotou no bloquinho e tornou a largar a caneta. — Muito bem. Vamos começar respirando fundo. Exale cada respiração lentamente. Assim. Agora feche os olhos e se concentre apenas na minha voz.

Moore observou as pálpebras de Catherine fecharem-se lentamente.

— Comece a gravar — disse ele a Rizzoli.

Ela apertou o botão de gravação do vídeo, e a fita começou a rodar.

Na sala ao lado, Polochek guiou Catherine a um relaxamento completo, instruindo-a a se concentrar primeiro nos dedos do pé, fazendo a tensão escoar de seu corpo. Agora seus pés pendiam flácidos, e a sensação de relaxamento lentamente subia para as panturrilhas.

— Você realmente acredita nessa bobagem? — disse Rizzoli.

— Já vi funcionar.

— Bem, talvez funcione. Porque está me colocando para dormir também.

Ele olhou para Rizzoli, que estava com os braços cruzados, seu lábio inferior sobressaído em ceticismo teimoso.

— Apenas assista — pediu Moore.

— Quando ela começará a levitar?

Polochek tinha guiado o foco de relaxamento para os músculos superiores do corpo de Catherine, subindo por suas coxas, costas, ombros. Agora os braços de Catherine pendiam flácidos. Seu rosto estava liso, sem rugas de preocupação. Sua respiração havia diminuído de ritmo e estava mais profunda.

O CIRURGIÃO

— Agora vamos visualizar um lugar que você ame — disse Polochek. — A cabana dos seus avós, no lago. Quero que você se veja em pé naquela varanda grande, olhando para a água. É um dia quente, o ar está calmo e parado. O único som que você escuta é o canto dos pássaros, nada mais. Está calmo e pacífico aqui. O sol brilha na água...

A expressão no rosto de Catherine estava tão serena que Moore mal conseguiu acreditar que era a mesma mulher. Ele viu naquele rosto a candura e a esperança de uma jovem. Estou olhando para a criança que ela já foi, pensou ele. Antes de que perdesse a inocência, antes de todas as decepções da vida adulta. Antes que Andrew Capra deixasse sua marca.

— A água está tão convidativa, tão bonita — disse Polochek. — Você desce os degraus da varanda e começa a caminhar pela trilha, em direção ao lago.

Catherine manteve-se sentada, imóvel, rosto completamente relaxado, mãos pousadas sobre o colo.

— O solo debaixo de seus pés está macio. O sol bate em suas costas, aquecendo-as. E os pássaros cantam nas árvores. Você está completamente à vontade. A cada passo que dá, você se sente mais serena. Você sente todo o seu ser inundado por uma calma profunda. Flores margeiam a trilha, azaléias. Elas emitem um aroma gostoso, que você sente ao passar por elas. É uma fragrância muito especial, que embala você ao sono. Enquanto caminha, você sente suas pernas ficando mais pesadas. O cheiro das flores é como uma droga que te deixa mais relaxada. E o calor do sol está espantando toda a tensão que ainda restava em seus músculos.

"Agora você está se aproximando da beira da água. E vê um barquinho no fim do cais. Você caminha até o cais. A água está plácida como um espelho. Como vidro. O barquinho na água está completamente imóvel. Ele apenas fica flutuando ali, absolutamente estável. É um barco mágico. Sozinho, ele pode levar você a muitos lugares. A qualquer lugar que queira ir. Tudo o que você precisa fazer é embarcar. Então você levanta o pé direito para entrar no barco.

Moore olhou para os pés de Catherine e viu que seu pé direito realmente havia se levantado e estava suspenso a alguns centímetros do chão.

— Isso mesmo. Você entra com seu pé direito. O barco é estável. Nele você está completamente segura. Você se sente confiante e confortável. Agora pise com o pé esquerdo.

O pé esquerdo de Catherine levantou do chão e, lentamente, abaixou de novo.

— Meu Deus, eu não acredito nisso — disse Rizzoli.

— Você está vendo.

— Sim, mas como eu sei que ela está realmente hipnotizada? Como eu sei que ela não está fingindo?

— Você não sabe.

Polochek estava inclinado para perto de Catherine, mas não a tocava. Ele apenas usava sua voz para guiá-la através do transe.

— Você solta a corda que prende o barco ao cais. E agora o barco está livre e se movendo na água. Você o tem sob seu controle. Tudo que precisa fazer é pensar num lugar, e o barco irá levá-la até ele com sua mágica.

Polochek olhou para o espelho falso e meneou a cabeça.

— Agora ele vai trazê-la de volta — explicou Moore.

— Muito bem, Catherine. — Polochek rabiscou em seu caderninho, anotando a hora que a indução tinha sido completada. — Você vai levar o barco para outro lugar. Outro tempo. Você ainda está no controle. Você vê uma névoa se levantando da água, uma névoa quente que acaricia seu rosto. O barco desliza para dentro dela. Você se abaixa e toca a água, e ela parece seda. Morna, parada. Agora a névoa começa a se dissipar. Bem à sua frente você vê um prédio na praia. Um prédio com uma única porta.

Moore flagrou-se inclinado até a janela. Suas mãos estavam tensas, seu pulso acelerado.

— O barco leva você até a praia e você sai. Você sobe a trilha até a casa e abre a porta. Dentro dela há um único quarto. Ele tem um tapete bonito, grosso. E uma cadeira. Você se senta na cadeira, e ela é a cadeira mais confortável na qual você já se sentou. Você está completamente à vontade. E no controle.

Catherine suspirou profundamente, como se tivesse acabado de se acomodar num estofado macio.

— Agora você olha para a parede à sua frente e vê uma tela de cinema. É uma tela de cinema mágica, porque exibe cenas de qualquer momento da sua vida. Você pode ver coisas muito antigas nela. Você tem controle absoluto sobre a tela. Você pode fazer a imagem avançar ou recuar. Você pode pará-la em qualquer instante do tempo. É tudo por sua conta. Vamos experimentar a tela. Vamos voltar para um momento feliz. Um momento em que você estava com os seus pais no lago. Você está colhendo morangos. Você vê isso na tela?

A resposta de Catherine demorou muito para chegar. Quando ela finalmente falou, suas palavras estavam tão macias que Moore mal podia ouvi-las.

— Sim, eu estou vendo.

— O que está fazendo? Na tela? — perguntou Polochek.

— Estou segurando um saco de papel. Catando morangos e colocando-os no saco.

— E você come os morangos enquanto os colhe?

Em seu rosto, um sorriso leve e sonhador.

— Sim. Eles são muito doces. E estão quentes por causa do sol.

Moore franziu a testa, tenso. Isso não era esperado. Ela estava sentindo gosto e toque, o que significava que estava revivendo o momento. Não estava apenas assistindo-o numa tela de cinema; ela estava *dentro* da cena. Polochek olhou para o espelho falso com uma expressão preocupada. Ele tinha escolhido a representação de uma tela de cinema como um dispositivo para afastar Catherine do trauma de sua experiência. Mas ela não estava afastada. Agora Polochek hesitou, considerando o que fazer em seguida.

— Catherine, eu quero que você se concentre no estofado da cadeira na qual está sentada — disse Polochek. — Você está na cadeira, na sala, olhando para a tela de cinema. Note como o estofado é macio. Como a cadeira abraça as suas costas. Você está sentindo a cadeira?

Uma pausa.

— Sim.

— Certo. Certo, agora você vai continuar na cadeira. Não vai sair dela. E nós vamos usar a tela mágica para assistir a uma cena diferente da sua vida. você ainda estará na cadeira. Você ainda estará sentindo o estofado macio nas suas costas. E o que você vai ver é apenas um filme na tela. Certo?

— Certo.

— Agora. — Polochek respirou fundo. — Vamos voltar para a noite de quinze de junho, em Savannah. A noite em que Andrew Capra bateu na sua porta. Conte-me o que está acontecendo na tela.

Moore observou, mal ousando respirar.

— Ele está em pé na minha varanda — disse Catherine. — Ele diz que precisa conversar comigo.

— Sobre o quê?

— Sobre os erros que ele cometeu. No hospital.

Ela tinha dito a mesma coisa no seu depoimento ao detetive Singer em Savannah. Relutante, ela convidou Capra a entrar em sua casa. Era uma noite quente, e ele disse que estava com sede. Ela lhe ofereceu uma cerveja. Catherine abriu uma lata de cerveja para ela também. Ele estava agitado, preocupado com o seu futuro. Sim, ele tinha cometido erros. Mas todos os médicos erravam. Cortá-lo do programa era um desperdício de seu talento. Ele conhecia um estudante de medicina em Emory, um jovem brilhante que havia cometido apenas um erro, e isso tinha posto um fim em sua carreira. Não era direito que Catherine tivesse o poder de fazer ou destruir uma carreira. As pessoas merecem segundas chances.

O CIRURGIÃO

Embora tenha tentado argumentar com Capra, Catherine sentiu que a raiva do rapaz estava crescendo. Viu que suas mãos tremiam. Finalmente ela foi ao banheiro, para lhe dar tempo de se acalmar.

— E quando você voltou do banheiro? — pergunta Polochek. — O que acontece no filme? O que você vê?

— Andrew está mais calmo. Não está zangado. Ele disse que entende minha posição. Sorri para mim quando termino de beber minha cerveja.

— Sorri?

— É estranho. Um sorriso muito estranho. Como aquele outro sorriso que ele me deu no hospital...

Moore pôde ouvir a respiração de Catherine começando a acelerar. Mesmo como uma observadora afastada, assistindo a uma cena num filme imaginário, ela não estava imune ao horror que se avizinhava.

— O que acontece em seguida?

— Estou adormecendo.

— Vê isto na tela de cinema.

— Vejo.

— E depois?

— Depois não vejo nada. A tela está escura.

O Rohypnol. Ela não tem nenhuma lembrança dessa parte.

— Muito bem — disse Polochek. — Vamos avançar a parte escura. Siga em frente, para a parte seguinte do filme. Para a próxima imagem que você vir na tela.

A respiração de Catherine fica agitada.

— O que você está vendo?

— Eu... eu deitada na cama. No meu quarto. Não posso mover as pernas nem os braços.

— Por que não?

— Estou amarrada na cama. Estou nua, e ele está deitado em cima de mim. Ele está dentro de mim. Se movendo dentro de mim...

— Andrew Capra?

— Sim. Sim... — Agora sua respiração estava errática, e a voz, arranhada pelo medo.

Moore crispou os pulsos e sua própria respiração acelerou. Ele lutou contra o impulso de socar a janela e interromper o procedimento. Ele mal conseguia suportar ouvir aquilo. Eles não deviam forçá-la a reviver o estupro.

Mas Polochek já estava ciente do perigo, e ele rapidamente a guiou para longe da memória dolorosa.

— Você ainda está sentada na sua cadeira — descreveu Polochek. — Segura naquela sala com a tela de cinema. É apenas um filme, Catherine. Acontecendo com outra pessoa. Você está segura. Segura. Confiante.

A respiração de Catherine acalmou novamente, reduzindo-se para um ritmo estável. E a de Moore também.

— Muito bem. Vamos assistir ao filme. Preste atenção no que *você* está fazendo. Não em Andrew. Diga o que acontece em seguida.

— A tela escureceu de novo. Não estou vendo nada.

*Ela ainda não se recuperou do Rohypnol.*

— Acelere a imagem, passe dessa parte preta. Vá para a coisa seguinte que você vê. O que é?

— Luz. Estou vendo luz...

Polochek fez uma pausa.

— Quero que você se afaste, Catherine. Quero que você recue, para ver mais da sala. O que há na tela?

— Coisas. Na mesinha-de-cabeceira.

— Que coisas?

— Instrumentos. Um bisturi. Estou vendo um bisturi.

— Onde está Andrew?

— Não sei.

— Ele não está no quarto?

— Foi embora. Posso ouvir água correndo.

— O que acontece em seguida?

Ela está respirando depressa, sua voz agitada.

O CIRURGIÃO

— Puxo as cordas. Tento me soltar. Não consigo mover os pés. Mas a minha mão direita... a corda está solta em torno do meu pulso. Eu puxo. Não paro de puxar. Meu pulso está sangrando.

— Andrew ainda está fora do quarto?

— Sim. Ouço ele rindo. Escuto a voz dele. Mas está em algum outro lugar da casa.

— O que está acontecendo com a corda?

— Está saindo. O sangue deixou ela ensangüentada, e minha mão está escorregando...

— O que você faz, então?

— Alcanço o bisturi. Corto a corda que prende meu outro pulso. Tudo demora demais. Estou com um enjôo no estômago. Minhas mãos não funcionam direito. Elas estão muito lentas, e o quarto fica escuro e claro e escuro. Posso ouvir a voz dele, falando. Me estico até as minhas pernas e corto a corda que prende meu tornozelo esquerdo. Agora escuto os passos dele. Tento descer da cama, mas o meu tornozelo direito ainda está amarrado. Rolo de lado e caio no chão. De cara no chão.

— E então?

— Andrew está ali, no vão da porta. Parece surpreso. Estico a mão debaixo da cama. E sinto o revólver.

— Tem um revólver debaixo da sua cama?

— Tem, sim. É o revólver do meu pai. Mas a minha mão está desajeitada demais. Eu mal consigo segurar a arma. E tudo começa a ficar escuro de novo.

— Onde está Andrew?

— Está caminhando na minha direção...

— E o que acontece, Catherine?

— Estou segurando a arma. E ouço um barulho. Um barulho alto.

— A arma disparou?

— Disparou.

— Você disparou a arma?

— Disparei.

— O que acontece com Andrew?

— Ele cai. Mãos na barriga. Sangue saindo entre seus dedos.

— E depois?

Uma longa pausa.

— Catherine? O que você vê na tela de cinema?

— Preta. A tela está preta.

— E quando a imagem seguinte aparece na tela?

— Pessoas. Um monte de gente no quarto.

— Que pessoas?

— Policiais...

Moore quase rosnou de decepção. Esta era a lacuna vital em sua memória. O Rohypnol, combinado com os efeitos colaterais daquele golpe na cabeça, tinha-a arrastado de volta à inconsciência. Catherine não se lembrava de ter dado o segundo tiro. Eles ainda não sabiam como Andrew Capra acabara com uma bala no cérebro.

Polochek estava olhando pela janela, uma pergunta em seus olhos. Eles estavam satisfeitos?

Para a surpresa de Moore, Rizzoli repentinamente abriu a porta e gesticulou para Polochek vir para a sala ao lado. Ele saiu, deixando Catherine sozinha, e fechou a porta.

— Faça ela voltar, para antes de atirar nele. Quando ela ainda estava deitada na cama — disse Rizzoli. — Quero que você faça ela se concentrar no que está ouvindo no outro cômodo. A água correndo. A risada de Capra. Quero saber cada som que ela escuta.

— Algum motivo em particular?

— Faça o que eu digo, tá?

Polochek assentiu e voltou para a sala de interrogatório. Catherine não havia se mexido; estava sentada absolutamente imóvel, como se a ausência de Polochek a tivesse deixado em animação suspensa.

— Catherine — disse ele com gentileza. — Quero que você rebobine o filme. Quero que retorne para antes do disparo. Antes de ter soltado as mãos e rolado para o chão. Estamos num momento no filme no qual você ainda está deitada na cama e Andrew não está no quarto. Você disse que ouviu água correndo.

O CIRURGIÃO

— Ouvi.

— Diga-me tudo que ouviu.

— Água. Escuto água nos canos. O chiado. E escuto água gorgolejando pelo ralo.

— É uma pia aberta?

— É?

— E você disse que ouviu risos.

— Andrew está rindo.

— Ele está falando?

Uma pausa.

— Está.

— O que ele diz?

— Não sei. Está muito longe.

— Tem certeza de que é o Andrew? Não pode ser a tevê?

— Não. É ele, o Andrew.

— Certo. Ponha o filme em câmera lenta. Segundo a segundo. Diga-me o que escuta.

— Água, ainda correndo. Andrew diz: "Calma." A palavra "calma".

— Só isso?

— Ele diz: "Veja uma vez, faça uma vez, ensine uma vez."

— "Veja uma vez, faça uma vez, ensine uma vez"? É isso que ele diz?

— É.

— E as próximas palavras que você escuta.

— "É a minha vez, Capra."

Polochek se calou um instante.

— Pode repetir?

— "É a minha vez, Capra."

— *Andrew* disse isso?

— Não, Andrew, não.

Moore gelou.

Polochek  olhou para a janela, uma expressão estarrecida no rosto. Ele se virou de novo para Catherine.

— Quem disse essas palavras? — perguntou Polochek. — Quem disse "É a minha vez, Capra"?

— Não sei. Não conheço a voz dele.

Moore e Rizzoli entreolharam-se.

*Havia mais alguém na casa.*

# 15

*Ele está com ela agora.*

A faca de Rizzoli movia-se desajeitada na tábua de carne, e pedaços de cebola picada caíam da bancada para o assoalho. Na sala ao lado, seu pai e dois irmãos estavam com a televisão ligada no volume máximo. O aparelho estava sempre no volume máximo naquela casa, o que significava que todo mundo tinha de gritar para ser ouvido. Se não se gritasse na casa de Frank Rizzoli, não se era ouvido, e uma simples conversa normal de família soava como uma discussão. Ela jogou a cebola picada numa tigela e começou a cortar o alho, olhos ardendo, mente ainda concentrada na imagem torturante de Moore e Catherine Cordell.

Quem levou Cordell para casa depois da sessão com o Dr. Polochek? Moore. Rizzoli viu os dois caminharem juntos até o elevador, viu Moore colocar o braço no ombro de Cordell, um gesto que lhe pareceu muito mais do que meramente protetor. Ela viu o jeito com que olhava para Cordell, a expressão em seu rosto, a fagulha em seus olhos. Ele não era mais um policial protegendo uma cidadã; era um homem se apaixonando.

Rizzoli separou os dentes de alho, esmagou-os um a um com a parte chata da faca e tirou a pele. A faca golpeava violentamente a tábua de carne. A mãe de Rizzoli, que estava de pé diante do fogão, olhou para ela mas não disse nada.

*Ele está com ela agora. Na casa dela. Talvez em sua cama.*

Ela liberou parte de sua frustração esmagando os dentes de alho, *bang-bang-bang.* Ela não sabia por que pensar em Moore e Cordell juntos a perturbava tanto. Talvez fosse porque houvesse tão poucos homens decentes no mundo, tão poucos que jogavam rigorosamente segundo as regras, e ela considerava Moore um deles. Moore dera-lhe a esperança de que talvez ainda houvesse salvação para a humanidade, e agora ele a desapontara.

Talvez fosse porque ela visse esse relacionamento como uma ameaça à investigação. Um homem com interesses tão pessoais não podia pensar nem agir logicamente.

*Ou talvez seja porque você está com inveja dela.* Com inveja de uma mulher que pode virar a cabeça de um homem com um só olhar. Os homens eram tão idiotas quando viam uma donzela em perigo!

No cômodo ao lado, o pai e os irmãos deram um grito de comemoração diante da tevê. Rizzoli, que preferiria estar sozinha em seu apartamento silencioso, começou a inventar desculpas para sair mais cedo. Mas teria de jantar com eles, pelo menos isso. Como sua mãe vivia lhe lembrando, Frank Jr. não vinha para casa com muita freqüência, e como Janie *não* gostaria de passar um tempo com o seu irmão? Teria de agüentar uma noite inteira ouvindo Frankie contar histórias de caserna. Como os recrutas deste ano eram ruins, como a juventude da América estava amolecendo e como precisava ter pulso de ferro para fazer aqueles maricas completarem o percurso no campo de obstáculos. Mamãe e papai ouviam atentamente cada palavra dele. O que deixava Rizzoli mais irritada era que sua família quase não perguntava sobre o trabalho *dela*. Em toda a sua carreira, Frankie, o fuzileiro naval machão, tinha participado apenas de jogos de guerra. Rizzoli enfrentava o campo de batalha todos os dias, lutando contra pessoas de verdade, assassinos de verdade.

Frankie entrou cheio de pose na cozinha e pegou uma cerveja na geladeira.

— E aí, quando sai a janta? — perguntou, abrindo a lata. Agindo como se ela fosse uma empregadinha.

O CIRURGIÃO

233

— Daqui a uma hora.

— Porra, mãe. São quase sete e meia. Tô morrendo de fome.

— Não xingue, Frankie.

— Sabe, a gente podia comer muito mais cedo se vocês dessem uma mãozinha pra gente.

— Eu posso esperar — disse Frankie, e se viu para voltar para o quarto da tevê. Estava quase saindo quando parou. — Quase esqueci. Ligaram pra você.

— Como é?

— O seu celular tocou. Um cara chamado Frosty.

— Você quer dizer Barry Frost?

— É, esse era o nome. Pediu pra você ligar pra ele.

— Quando foi isso?

— Você estava lá fora, arrumando os carros na garagem.

— Mas que droga, Frankie! Isso tem quase uma hora!

— Jane! — ralhou sua mãe.

Rizzoli tirou o avental e o jogou na bancada da cozinha.

— É o meu trabalho, mãe! Por que ninguém pode respeitar isso?

Rizzoli caminhou até o telefone da cozinha e discou o número do celular de Barry Frost.

Ele atendeu ao primeiro toque.

— Sou eu — disse ela. — Acabam de me dar o seu recado.

— Você vai perder a captura.

— O quê?

— Tivemos uma identificação naquele DNA da Nina Peyton.

— Do sêmen? O DNA está no sistema Sicdna?

— Pertence a um meliante chamado Karl Pacheco. Foi preso em 1997, por agressão sexual, mas conseguiu se safar. Alegou que tinha sido consensual. O júri acreditou nele.

— Ele é o estuprador de Nina Peyton?

— E temos o DNA para provar.

Rizzoli deu um soco triunfante no ar.

— Qual é o endereço?

— Columbus Avenue quatro-cinco-sete-oito. A equipe acaba de chegar.

— Estou indo.

Rizzoli já estava correndo para a porta quando ouviu sua mãe:

— Janie! E quanto ao jantar?

— Preciso ir, mãe.

— Mas é a última noite do Frankie!

— Vamos efetuar uma prisão.

— Eles não podem fazer isso sem você?

Rizzoli parou, a mão na maçaneta, a raiva chiando perigosamente rumo à detonação. E ela viu, com nitidez absoluta, que, por mais que ela subisse em sua carreira, este momento sempre iria representar sua realidade: Janie, a irmã sem graça. A *garota*.

Sem dizer uma palavra, ela saiu e bateu a porta.

A Columbus Avenue ficava no norte de Roxbury, bem no centro do campo de caça do *Cirurgião*. Ao sul ficava Jamaica Plain, lar de Nina Peyton. A residência de Elena Ortiz ficava a sudeste. Ao norte ficava Back Bay, e as casas de Diana Sterling e Catherine Cordell. Olhando para as ruas margeadas por árvores, Rizzoli via fileiras de casas de tijolos aparentes. Aquela era uma vizinhança povoada por estudantes e funcionários da Northeastern University, que ficava bem perto dali. Muitas universitárias.

Muita caça boa.

O sinal à frente de Rizzoli ficou amarelo. Com as veias cheias de adrenalina, Rizzoli afundou o pé no acelerador e disparou pelo cruzamento. A honra de fazer esta prisão devia ser dela. Durante semanas, Rizzoli tinha vivido e respirado o *Cirurgião*. Até sonhado com ele. E agora ela estava numa corrida para reclamar seu troféu.

A um quarteirão da casa de Karl Pacheco, ela freou bruscamente atrás de um carro de patrulha, quatro outros veículos estavam estacionados diagonalmente ao longo da rua.

Tarde demais, pensou Rizzoli, correndo até o prédio. Eles já entraram.

Lá dentro ouviu passos apressados e gritos de homens ecoando pela escadaria. Rizzoli seguiu o som até o segundo piso e entrou no apartamento de Karl Pacheco.

Ali ela se deparou com uma cena caótica. Lascas de madeira da porta cobriam a soleira. Cadeiras tinham sido viradas, e um abajur esmagado, como se uma manada de touros selvagens tivesse estourado pela sala, deixando um rastro de destruição. O ar estava carregado com testosterona, policiais furiosos caçando um matador de policiais.

Um homem jazia de bruços no chão. Negro. Portanto, não era o *Cirurgião*. Crowe tinha o seu calcanhar pressionado brutalmente nas costas da cabeça do negro.

— Te fiz uma pergunta, bundão! — gritou Crowe. — Cadê o Pacheco?

O homem choramingou e cometeu o erro de tentar levantar a cabeça. Crowe abaixou o pé com força, apertando o queixo do suspeito contra o chão. O homem emitiu um ganido e começou a se debater.

— Larga ele! — vociferou Rizzoli.

— Ele não fica parado!

— Larga o cara e ele talvez fale com você! — Rizzoli empurrou Crowe para o lado.

O suspeito rolou no chão e se deitou de costas, arfante como um peixe fora d'água.

— Cadê o Pacheco? — gritou Crowe.

— Não... eu não sei...

— Você está no apartamento dele!

— Saiu. Ele saiu...

— Quando?

O homem começou a tossir. Tosses roucas, que pareciam indicar que seus pulmões estavam se partindo. Os outros policiais haviam se juntado ao redor dele e fitavam com ódio indisfarçável o suspeito no chão. O amigo de um matador de policiais.

Repugnada, Rizzoli percorreu o corredor até o quarto. A porta do armário estava aberta, e as roupas dos cabides tinham sido atiradas no chão. A revista do apartamento tinha sido completa e brutal; todas as portas abertas, todos os esconderijos possíveis expostos. A detetive calçou as luvas e começou a examinar as gavetas inferiores, procurando por um caderninho de endereços, uma agenda, qualquer coisa que pudesse lhes dizer para onde Pacheco poderia ter fugido.

Ela olhou para cima quando Moore entrou no quarto.

— Você está no comando desta bagunça? — perguntou Rizzoli.

Ele fez que não com a cabeça.

— Marquette deu a ordem de entrar. Tínhamos informações de que Pacheco estava no prédio.

— Então onde ele está? — perguntou, fechando a gaveta violentamente.

Caminhou até a janela do quarto. Estava fechada, mas não trancada. A saída de incêndio ficava logo ali fora. Abriu a janela e colocou a cabeça para fora. Um carro de polícia estava estacionado no beco lá embaixo, rádio ligado, e ela viu um policial dirigindo o facho de sua lanterna para uma caçamba de lixo.

Estava quase saindo da janela quando sentiu uma coisa cair em sua cabeça e ouviu um som baixo de cascalho quicando na escada de incêndio. Assustada, olhou para cima. O céu noturno estava lavado pelas luzes da cidade, as estrelas mal visíveis. Ficou parada ali por um momento, correndo os olhos pelo contorno do teto contra o céu negro anêmico, mas nada se moveu.

Saiu pela janela para a saída de incêndio. Começou a subir a escada até o terceiro pavimento. No patamar seguinte, parou para verificar a janela do apartamento acima do de Pacheco; a tela tinha sido pregada no lugar, e a janela estava escura.

Mais uma vez ela olhou para cima, para o terraço. Embora não visse nada, não escutasse nada vindo lá de cima, os pêlos em sua nuca estavam eriçados.

— Rizzoli? — Moore gritou da janela.

Ela não respondeu mas apontou para o terraço, um sinal silencioso de suas intenções.

Enxugou as mãos úmidas nas calças e começou a subir a escada que conduzia ao terraço, procurando fazer o menor ruído possível. Parou no último lance, respirou fundo, e devagar, bem devagar, levantou a cabeça sobre o parapeito.

Sob o céu escuro, sem lua, o terraço era uma floresta de sombras. Rizzoli viu a silhueta de uma mesa e cadeiras, um emaranhado de galhos arqueados. Um jardim de cobertura. Escalou o parapeito, pousou levemente na superfície de concreto e sacou sua arma. Dois passos, e seu sapato bateu num obstáculo, fazendo-o rolar pelo chão. Ela inalou o aroma forte dos gerânios. Percebeu que estava cercada por plantas em vasos de barro. Um campo de obstáculos de vasos.

À sua esquerda, alguma coisa se movia.

Ela forçou a vista para divisar uma forma humana naquele emaranhado de sombras. Foi então que o viu, acocorado como um grande contorno negro.

Levantou a arma e comandou:

— Parado!

Rizzoli não viu o que ele já estava segurando, preparado para arremessar contra ela.

Um segundo antes da espátula de jardim bater em seu rosto, Rizzoli sentiu o ar soprando contra ela, como um vento maligno sibilando pela escuridão. O golpe atingiu-a na bochecha esquerda com tanta força que ela viu luzes explodirem.

Caiu de joelhos, uma onda sísmica de dor subindo por suas sinapses, uma dor tão terrível que abafou sua respiração.

— *Rizzoli?*

Era Moore. Ela não o ouvira pular para o terraço.

— Estou bem... — Forçou a vista na direção onde a silhueta estivera acocorada. Tinha sumido. — Ele está aqui — sussurrou. — Eu quero aquele desgraçado.

Moore avançou para a escuridão. Rizzoli ficou segurando a cabeça, esperando que a tonteira passasse, xingando a si mesma por ter sido tão descuidada. Esforçando-se por manter a cabeça fria, levantou tropegamente. Combustível poderoso, a raiva estabilizou suas pernas, fortaleceu sua pegada na arma.

Moore estava alguns metros à sua direita; ela divisava apenas sua silhueta passando diante da mesa e das cadeiras.

Rizzoli caminhou para a esquerda, circulando o terraço na direção oposta. Cada latejo em sua face, cada pontada de dor, lembravalhe da burrada que tinha feito. *Desta vez, não.* Seu olhar correu as sombras de arbustos e pequenas árvores plantadas em vasos.

Um ruído fez Rizzoli girar para a direita. Escutou passos apressados e viu uma sombra correr pelo terraço em sua direção.

— Pare! Polícia! — gritou Moore.

O homem continuou correndo.

Rizzoli acocorou-se, arma em prontidão. O latejamento em seu rosto crescia para explosões de agonia. Toda a humilhação que ela havia sofrido, os escárnios diários, os insultos, os tormentos intermináveis despejados pelos Darren Crowe da vida, pareceram encolherse até um único pontinho de ódio.

*Desta vez você é meu, seu babaca.* Mesmo quando o homem subitamente parou diante dela, mesmo quando seus braços se levantaram para o céu, a decisão foi irreversível.

Ela apertou o gatilho.

O homem se contorceu. Cambaleou para trás.

Disparou uma segunda vez, uma terceira, cada coice da arma era uma carícia deliciosa em sua palma.

— *Rizzoli! Cessar fogo!*

Os gritos de Moore finalmente atravessaram os estampidos da arma e chegaram aos ouvidos de Rizzoli. A detetive se imobilizou, arma ainda apontada, braços retesados e latejantes.

O criminoso estava caído e não se movia. Rizzoli empertigou-se e caminhou a passos lentos até a forma dobrada. A cada passo aumentava a compreensão aterrorizante do que fizera.

O CIRURGIÃO

Moore já estava ajoelhando ao lado do homem, verificando seu pulso. Ele olhou para ela, e, embora Rizzoli não pudesse ler a expressão naquele terraço escuro, ela sabia que havia acusação em seu olhar.

— Está morto, Rizzoli.

— Ele estava segurando alguma coisa... Tinha uma coisa na mão...

— Não havia nada.

— Eu vi. Eu sei que vi!

— As mãos dele estavam levantadas.

— Merda, Moore. Foi um disparo válido! Você precisa me apoiar nisto!

De repente eles ouviram vozes. Eram outros policiais, subindo o terraço para se juntar a eles. Moore e Rizzoli não disseram nada mais um ao outro.

Crowe dirigiu o facho de sua lanterna para o homem. Rizzoli vislumbrou uma visão de pesadelo: olhos abertos, camisa enegrecida de sangue.

— Olha só, é o Pacheco! — exclamou Crowe. — Quem abateu ele?

Rizzoli respondeu sem nenhuma entonação na voz.

— Eu.

Alguém deu um tapinha nas costas de Rizzoli.

— Aí, polícia feminina!

— Cala a boca — disse Rizzoli. — Cala essa boca!

Rizzoli caminhou até a borda do terraço, desceu a escada de incêndio e voltou entorpecida até o carro. Ficou sentada ali, abraçada a si mesma atrás do volante, a dor dando lugar a um enjôo. Mentalmente ficou repassando a cena no terraço. O que Pacheco tinha feito, o que ela tinha feito. Viu-o correndo novamente, apenas uma sombra aproximando-se veloz. Ela o viu parar. Sim, parar. Ela o viu olhar para ela.

*Uma arma. Deus, faça com que haja uma arma.*

Mas ela não tinha visto nenhuma arma. A imagem daquela fração de segundo antes que ela disparasse tinha ficado marcada em seu cérebro. Um homem, parado. Um homem com mãos levantadas em submissão.

Alguém bateu na janela. Barry Frost. Ela abaixou o vidro.

— Marquette está procurando por você — disse ele.

— Está bem.

— Tem alguma coisa errada? Rizzoli, está se sentindo bem?

— Eu me sinto como se um caminhão tivesse passado por cima do meu rosto.

Frost se debruçou e olhou para a face inchada.

— Nossa. Aquele babaca mereceu.

Era isso que Rizzoli queria acreditar também. Que Pacheco tinha merecido morrer. Sim, ele tinha merecido e ela estava se atormentando sem motivo. Afinal, a prova não estava clara em seu rosto? Ele a havia atacado. Era um monstro, e ao disparar contra ele ela havia realizado uma justiça rápida e barata. Elena Ortiz, Nina Peyton e Diana Sterling aplaudiriam, com certeza. Ninguém chora pela escória do mundo.

Saiu do carro, sentindo-se melhor devido à simpatia de Frost. Fortalecida. Caminhou até o prédio e viu Marquette parado perto dos degraus da frente. Ele estava conversando com Moore.

Ambos os homens viraram-se para ela quando se aproximou. Rizzoli notou que Moore não estava olhando nos olhos dela. Ele parecia enojado.

— Preciso da sua arma, Rizzoli — disse Marquette.

— Atirei em defesa própria. O meliante me atacou.

— Eu compreendo isso. Mas você conhece o procedimento.

Olhou para Moore. *Eu gostava de você. Eu confiava em você.* Desafivelou o coldre e o empurrou para Marquette.

— Quem é o inimigo aqui? — disse ela. — Às vezes eu tenho minhas dúvidas.

Rizzoli deu as costas para os dois homens e caminhou de volta até o carro.

Moore olhou para o armário de Karl Pacheco e pensou: está tudo errado. No chão havia meia dúzia de sapatos tamanho 44. Na prateleira havia suéteres empoeirados, uma caixa de sapatos cheia de pilhas velhas e moedas, e uma pilha de revistas *Penthouse*.

Ouviu uma gaveta ser aberta e se virou para olhar para Frost, cujas mãos enluvadas vasculhavam a gaveta de meias de Pacheco.

— Alguma coisa? — indagou Moore.

— Nenhum bisturi. Nenhum clorofórmio. Nem um único rolo de fita adesiva.

— Tchan-tchan-tchan-tchan! — anunciou Crowe do banheiro, de onde saiu segurando uma sacola hermética com frascos plásticos contendo um líquido marrom. — Do ensolarado México, terra da plenitude farmacêutica!

— Roofies? — perguntou Frost, usando o nome vulgar do Rohypnol.

Moore olhou o rótulo, impresso em espanhol.

— Gama-hidroxibutirato. Mesmo efeito.

Crowe balançou a sacola.

— Tem pelo menos uma centena de fodas não consentidas aqui. — Ele riu. — Pacheco devia ter um pau bem ocupado.

O som da risada irritou Moore. Ele pensou naquele pau ocupado e no estrago que havia causado. Não apenas os danos físicos, mas a devastação espiritual. As almas que ele partira ao meio. Ele lembrava do que Catherine tinha lhe dito: que a vida de toda vítima de estupro era dividida em *antes* e *depois*. Uma violência sexual transforma o mundo de uma mulher numa paisagem sombria e estranha na qual cada sorriso, cada momento alegre são maculados com desespero. Semanas antes ele mal percebia quando Crowe ria. Esta noite, ele ouvia com muita clareza sua risada, e percebia o quanto era feia.

Moore caminhou até a sala de estar, onde o detetive Sleeper interrogava o negro.

— Já disse, a gente só estava conversando — alegou o homem.

— Você só estava conversando com seiscentas pratas no bolso?

— Gosto de andar com dinheiro vivo, cara.

— O que ia comprar?

— Nada.

— Conhecia bem o Pacheco?

— Só por alto.

— Ah, um amigo *íntimo*. O que ele estava vendendo?

GHB, pensou Moore. A droga do sexo não consentido. Foi isso que ele veio comprar. Outro pau ocupado.

Saiu para a noite e imediatamente sentiu-se desorientado pelas luzes pulsantes dos carros de patrulha. O carro de Rizzoli sumira. Olhando o espaço vazio, Moore sentiu o fardo do que fizera pesando tanto em seus ombros que ele mal conseguia se mover. Nunca em sua carreira ele havia enfrentado uma escolha tão terrível, e mesmo sabendo em seu coração que tomara a decisão certa sentia-se atormentado por ela. Tentou reconciliar seu respeito por Rizzoli com o que vira ela fazer no terraço. Não era tarde demais para alterar seu depoimento a Marquette. Realmente, o terraço estivera escuro e a situação confusa. Talvez Rizzoli realmente tenha achado que Pacheco estava escondendo uma arma. Talvez tenha visto algum gesto, algum movimento, que tenha passado despercebido a Moore. Mas, por mais que tentasse, Moore não conseguia lembrar de nada que justificasse as ações da colega. Não conseguia interpretar o que vira como nada além de uma execução a sangue-frio.

Quando a viu de novo, ela estava curvada diante de sua mesa, segurando uma bolsa de gelo no rosto. Passava da meia-noite, e ele não estava com clima para conversar. Mas Rizzoli olhou para cima quando Moore passou e seu olhar o imobilizou.

— O que você disse a Marquette? — perguntou Rizzoli.

— O que ele queria saber. Como Pacheco acabou morto. Não menti para ele.

— Idiota...

— Acha que eu quis dizer a verdade a ele?

— Você tinha uma escolha.

— E você também, naquele telhado. Mas tomou a escolha errada.

— E você nunca tomou a escolha errada? Nunca cometeu um erro?

— Quando cometo, assumo.

— Claro. O "Santinho" do departamento!

Ele caminhou até a mesa dela e olhou direto em seus olhos.

— Você é um dos melhores policiais com quem já trabalhei. Mas esta noite matou um homem a sangue-frio, e eu vi.

— Você não precisava ver isso.

— Mas eu vi.

— O que nós realmente vimos lá em cima, Moore? Muitas sombras, muito movimento. A separação entre uma escolha certa e uma escolha errada é tênue *assim*. — Ela posicionou dois dedos a milímetros um do outro. — E nós devemos um ao outro o benefício da dúvida.

— Eu tentei.

— Você não tentou o bastante.

— Não vou mentir para outro policial. Nem se ela for minha amiga.

— Vamos lembrar quem são os bandidos, sim? Não somos *nós*.

— Se começarmos a mentir, como vamos saber a diferença entre *eles* e *nós*? Onde isso vai acabar?

Ela tirou a bolsa de gelo do rosto e apontou para sua face. Um olho estava roxo e todo o lado esquerdo do rosto estava inflado como um balão. A aparência brutal do ferimento deixou Moore chocado.

— Foi isto o que Pacheco fez comigo. Não foi apenas um tapa, foi? Você fala sobre *eles* e *nós*. De que lado *ele* estava? Fiz um favor ao mundo ao detonar o desgraçado. Ninguém vai sentir falta do *Cirurgião*.

— Karl Pacheco não era o *Cirurgião*. Você detonou o homem errado.

Ela o fitou, seu rosto ferido como um Picasso — metade grotesco, metade normal.

— Mas nós tivemos uma identificação positiva do DNA! Foi ele quem...

— Quem estuprou Nina Peyton, sim. Mas não há nada nele que combine com o *Cirurgião*.

Moore largou um laudo da Cabelos e Fibras na mesa de Rizzoli.

— O que é isso?

— A análise microscópica do cabelo da cabeça de Pacheco. Cor diferente, curvatura diferente, densidade de cutícula diferente do fio achado no ferimento de Elena Ortiz. Nenhuma evidência de "cabelo em bambu".

Rizzoli permaneceu sentada imóvel, olhando para o laudo.

— Eu não entendo.

— Pacheco estuprou Nina Peyton. Isso é tudo que podemos dizer sobre ele com alguma certeza.

— Tanto Sterling quanto Ortiz foram estupradas...

— Não podemos provar que Pacheco fez isso. Agora que ele está morto, jamais saberemos.

Rizzoli fitou-o, o lado não ferido de seu rosto contorcendo-se de raiva.

— Só pode ter sido ele. Escolha ao acaso três mulheres desta cidade. Quais são as chances das três terem sido estupradas? Foi isso que o *Cirurgião* fez. Conseguiu três em três. Se não foi ele quem estuprou aquelas mulheres, como sabia quais escolher, quais chacinar? Se não foi Pacheco, então foi um companheiro, um parceiro. Algum maldito abutre que se alimenta da carniça que Pacheco deixa para trás.

— Ela jogou o exame laboratorial de volta para ele. — Talvez eu não tenha matado o *Cirurgião*, mas o homem que eu matei era um verme. Parece que todo mundo está esquecendo esse fato. *Pacheco era um verme*. E eu recebo uma medalha por ter matado ele? — Ela se levantou e empurrou sua cadeira, com força, contra a mesa. — Trabalho administrativo. Marquette vai me deixar pilotando uma escrivaninha. Muito obrigada!

Em silêncio Moore observou-a afastar-se, sem conseguir pensar em nada para dizer, nada que pudesse fazer para consertar o abismo entre eles.

Moore foi para sua própria mesa de trabalho e afundou na cadeira. Sou um dinossauro, pensou, caminhando num mundo onde os honestos são desprezados. Ele não podia pensar em Rizzoli agora. O caso contra Pacheco tinha esfarelado, e eles estavam de volta aonde tinham começado, caçando um matador sem nome.

Três mulheres seviciadas. Tudo sempre retornava a esse ponto. Como o *Cirurgião* as havia encontrado? Apenas Nina Peyton havia reportado seu estupro à polícia. Elena Ortiz e Diana Sterling não tinham feito isso. O trauma delas tinha sido secreto, conhecido apenas pelos estupradores, suas vítimas, e os profissionais de medicina que as tinham tratado. Mas as três mulheres haviam buscado atenção médica em lugares diferentes: Sterling no consultório de uma ginecologista em Back Bay. Ortiz na emergência do Pilgrim Hospital. Nina Peyton na clínica feminina de Forest Hills. Não havia sobreposição de funcionários. Nenhum médico, enfermeira ou recepcionista que haviam estado em contato com mais de uma dessas mulheres.

De alguma forma, o *Cirurgião* sabia que essas mulheres estavam traumatizadas, e sentiu-se atraído por sua dor. Assassinos sexuais escolhem suas vítimas entre os membros mais vulneráveis da sociedade. Eles procuram mulheres que eles possam controlar, mulheres que possam degradar, mulheres que não representem ameaça para eles. E quem é mais frágil do que uma mulher que foi violada?

Enquanto Moore saía, parou para olhar o quadro de avisos no qual as fotos de Sterling, Ortiz e Peyton estavam pregadas. Três mulheres, três estupros.

*E uma quarta.* Catherine foi estuprada em Savannah.

Estremeceu quando a imagem do rosto de Catherine despontou em sua mente, uma imagem que ele não queria colocar naquela galeria de vítimas.

*De algum modo, tudo retorna ao que aconteceu naquela noite em Savannah. Tudo retorna a Andrew Capra.*

# 16

*No coração da Cidade do México, sangue humano já correu em rios. Abaixo das fundações da metrópole moderna jazem as ruínas do Templo Mayor, o grande sítio asteca que dominava a antiga Tenochtitlan. Aqui, dezenas de milhares de vítimas foram sacrificadas aos deuses.*

*O dia em que entrei no templo, achei um pouco engraçado que ali perto houvesse uma catedral, onde católicos acendiam velas e sussurravam preces para um Deus misericordioso no céu. Ajoelham perto do lugar onde um dia as pedras foram escorregadias de sangue. Visitei o lugar num domingo, sem saber que aos domingos a entrada é livre para o público, e o Museu do Templo Mayor estava infestado de crianças, suas vozes agudas ecoando pelos corredores. Não ligo para crianças, ou para a bagunça que elas fazem; mas se eu retornar lembrarei de evitar o museu aos domingos.*

*Mas era o meu último dia na cidade, de modo que tive de agüentar o ruído irritante. Queria ver a escavação. Queria conhecer a Câmara Dois. A Câmara do Ritual do Sacrifício.*

*Os astecas acreditavam que a morte é necessária para a vida. Para manter a energia sagrada do mundo, para espantar catástrofes e garantir que o sol continuará nascendo, os deuses precisam ser alimentados com corações humanos. Eu estava na Câmara do Ritual e vi, em uma caixa de vidro, a faca de sacrifício que trinchava carne. Ela tinha um nome:* Tecpatl Ixcuahua. *A Faca de Testa Larga. A lâmina era feita de pederneira, e o cabo tinha o formato de um homem ajoelhado.*

*Eu me perguntei: como é possível cortar um coração humano com uma simples faca de pedra?*

*Mais tarde, naquele mesmo dia, a questão me consumiu enquanto caminhava pela Alameda Central, ignorando os mendigos sujos que me seguiam, implorando por moedas. Depois de algum tempo viram que não podiam me seduzir com seus olhos marrons e sorrisos desdentados, e deixaram-me a sós. Finalmente desfrutei de um pouco de paz... se é que tal coisa é possível na cacofonia da Cidade do México. Encontrei um restaurante e me sentei numa mesa ao ar livre, bebericando café forte. Era o único cliente que ousava expor-se ao calor externo. Gosto do calor; ele amacia minha pele rachada. Eu o procuro da forma como um réptil procura uma pedra quente. E assim, naquele dia quente, bebi café e meditei sobre o peito humano, intrigado com qual seria a melhor forma de alcançar o tesouro pulsante que ele encerrava.*

*O ritual de sacrifício é descrito como rápido, com um mínimo de tortura, e isso propõe um dilema. Sei como é difícil rachar um osso esterno e separar o osso peitoral, que protege o coração como um escudo. Os cirurgiões cardíacos fazem uma incisão vertical pelo centro do peito e partem o esterno em dois com uma serra. Eles têm assistentes que os ajudam a separar as metades ósseas, usam uma variedade de instrumentos sofisticados para alargar o campo, cada ferramenta feita em aço inoxidável.*

*Um sacerdote asteca, munido apenas de uma faca de pederneira, teria problemas ao usar essa abordagem. Ele precisaria golpear o osso peitoral com um cinzel para parti-lo no centro, e isso induziria a vítima a se debater e gritar muito.*

*Não, o coração precisava ser retirado mediante uma abordagem diferente.*

*Um corte horizontal correndo entre duas costelas, ao longo da lateral? Isso também apresentaria problemas. O esqueleto humano é uma estrutura robusta, e para afastar duas costelas o bastante para inserir uma mão é preciso força e, especialmente, ferramentas. Será que uma abordagem por baixo faria mais sentido? Um corte rápido descendo pela barriga abriria o abdômen, e tudo que o sacerdote teria de fazer seria cortar o diafragma e estender o braço até alcançar o coração. Ah, mas essa opção causaria uma lambança infernal, com intestinos jorrando do altar. Em nenhum desenho asteca as vítimas são representadas com dobras intestinais saindo de suas barrigas.*

*Livros são coisas maravilhosas; eles podem dizer tudo a você. Até como retirar um coração usando uma faca de pedra, quase sem fazer sujeira. Encontrei minha resposta no livro* Sacrifício humano e armas, *escrito por um acadêmico (puxa, as universidades são lugares tão interessantes hoje em dia!), um homem chamado Sherwood Clarke, a quem eu gostaria muito de conhecer algum dia.*

*Acho que teríamos muita coisa para ensinar um ao outro.*

*Segundo o Sr. Clarke, os astecas usavam uma toracotomia transversa para extirpar o coração. O corte é feito sobre a frente do peito, começando entre a segunda e a terceira costela, num lado do osso esterno, e se estendendo sobre o osso peitoral até o lado oposto. O osso é partido transversalmente, talvez com um golpe forte e um cinzel. O resultado é um buraco grande. Os pulmões, expostos ao ar externo, murcham instantaneamente. A vítima perde a consciência. E enquanto o coração ainda bate o sacerdote enfia a mão no peito aberto e corta as artérias e veias. Ainda pulsando, o órgão é retirado de seu berço ensangüentado e levantado ao céu.*

*E assim era descrito no* Codex Florentio, A História Geral da Nova Espanha, *de Bernardino de Sahagan:*

*"Um sacerdote enfia o bastão da águia no peito do prisioneiro, no local que antes abrigara o coração, manchando-o com sangue, na verdade submergindo-o em sangue.*

*Em seguida levanta o bastão em oferenda ao sol.*

*Ele diz: 'assim ele deu de beber ao sol.'*

*E o captor verte o sangue do cativo numa bacia verde adornada com penas.*

*Em seguida, coloca na bacia o bastão, também emplumado.*
*E se retira para alimentar os demônios."*

*Alimento para os demônios.*
*Como é poderoso o significado do sangue!*
*Penso nisso enquanto observo um fio de sangue sendo aspirado para uma pipeta fina como uma agulha. Ao meu redor há suportes de tubos de ensaio, e o ar zumbe como som de máquinas. Os antigos consideravam o sangue uma substância sagrada, sustentadora da vida, alimento para monstros, e eu compartilho o fascínio, embora entenda que ele é meramente um fluido biológico, uma suspensão de células em plasma. O material com que trabalho todos os dias.*

*Um corpo humano médio, com setenta quilos, possui apenas cinco litros de sangue. Desses, 45 por cento são células e o restante é plasma, uma sopa química composta de 95 por cento de água, e o resto de proteínas, eletrólitos e nutrientes. Alguns diriam que reduzi-lo aos seus elementos mais simples é privá-lo de sua natureza divina. Discordo. É olhando seus elementos mais simples que reconhecemos as propriedades miraculosas desse líquido.*

*A máquina bipa, um sinal de que a análise está completa, e um laudo é emitido pela impressora. Rasgo o formulário contínuo e estudo os resultados.*

*Com um único olhar aprendo muitas coisas sobre a Srta. Susan Carmichael, com quem jamais me encontrei. Seu hematócrito é baixo... apenas 28, quando deveria ser 40. Ela é anêmica, carecendo de um suprimento normal de células sangüíneas vermelhas, que são as portadoras do oxigênio. É a proteína hemoglobina, alocada dentro dessas células discóides, que torna o nosso sangue vermelho, concede um tom rosado à carne por baixo das unhas e cora as faces de uma mocinha. A carne por baixo das unhas da Srta. Carmichael é amarelada, e levantando sua pálpebra se verá que sua conjuntiva é rosa-clara. Como é anêmica, seu coração deve trabalhar mais rápido para bombear sangue diluído através das artérias, de modo que sempre pára no meio de uma escadaria para* recuperar o fôlego, mão na garganta, peito subindo e descendo. Qualquer pessoa que cruze com ela numa escada pode ver que não está passando bem.

Eu posso ver isso apenas olhando esta folha de papel.

Há mais. No céu de sua boca há pintas vermelhas... petéquias, pontos onde o sangue vazou dos capilares e se alojou na membrana mucosa. Talvez nem tenha conhecimento dessas hemorragias minúsculas. Talvez as tenha notado em outros locais do corpo, entre as unhas, ou nas canelas. Talvez encontre ferimentos que não compreende, ilhas azuis nos braços ou nas coxas, e pense que se machucou batendo em alguma coisa. Teria sido a porta de um carro? A criança que se agarrou em sua perna com punhos cerrados? Ela procura razões externas, quando a verdadeira causa espreita em sua corrente sangüínea.

Sua contagem de plaquetas é de vinte mil; devia ser dez vezes maior. Sem plaquetas, as celulazinhas que ajudam a formar coágulos, a menor batida pode deixar um machucado.

Há mais coisas a aprender nesta folhinha de papel.

Olho para seu diferencial de células sangüíneas e vejo a explicação para os seus males. A máquina detectou a presença de mieloblastos, primitivas células precursoras brancas que não pertencem à corrente sangüínea. Susan Carmichael possui leucemia mieloblástica aguda.

Visualizo como será sua vida nos meses por vir. Eu a vejo deitada de bruços numa mesa de tratamento, olhos fechados de dor enquanto a agulha penetra seu quadril para alcançar a medula óssea.

Vejo seu cabelo caindo em mechas, até ela se render ao inevitável, e ao barbeador elétrico.

Vejo manhãs com ela agachada diante da privada do toalete, e longos dias olhando o teto, seu universo encolhido às quatro paredes de seu quarto.

O sangue é o doador da vida, o fluido mágico que nos sustenta. Mas o sangue de Susan Carmichael se virou contra ela. Ele flui em suas veias como veneno.

Todos são detalhes íntimos que conheço sobre ela, sem que nunca tenhamos nos conhecido.

252 TESS GERRITSEN

Transmito resultados urgentes por fax ao seu médico, ponho o laudo na cesta de saída para entrega posterior e pego o espécime seguinte. Outro paciente, outro tubo de sangue.

A conexão entre sangue e vida é conhecida desde a aurora do homem. Os antigos não sabiam que o sangue é feito na medula, ou que a maior parte dele é mera água, mas apreciavam seu poder em rituais e sacrifícios. Os astecas usaram perfuradores ósseos e agulhas de talos de plantas para furar sua própria pele e extrair sangue. Eles abriam buracos em seus lábios e línguas, ou na carne de seus peitos, e o sangue que resultava era sua oferenda pessoal aos deuses. Hoje essa forma de automutilação seria considerada doentia e grotesca, e um indício de insanidade.

Bem que gostaria de saber o que os astecas pensariam da gente.

Aqui estou, neste ambiente estéril, com minhas roupas brancas, minhas mãos enluvadas para protegê-las de um derramamento acidental. Até que ponto nos afastamos de nossas naturezas essenciais. Alguns homens desmaiam ao ver sangue, e as pessoas se apressam em esconder tais horrores da vista do público, lavando calçadas nas quais sangue foi espalhado ou cobrindo os olhos das crianças quando a violência explode na televisão. Os seres humanos perderam o contato com aqueles, e aquilo, que eles verdadeiramente são.

Mas alguns de nós não perderam.

Caminhamos entre os outros, normais em cada aspecto; talvez mais normais porque não nos permitimos ser embrulhados e mumificados nas bandagens estéreis da civilização. Vemos sangue, e não desviamos o olhar. Reconhecemos sua beleza lustrosa; sentimos sua atração primitiva.

Todos que passam por um acidente e não conseguem resistir a olhar para o sangue compreendem isso. Por trás da repulsa, do impulso em olhar para outro lado, lateja uma força maior. Atração.

Todos queremos olhar. Mas nenhum de nós admite isso.

Caminhar entre os anestesiados é uma peregrinação solitária. À tarde, vagueio pela cidade e respiro ar tão denso que quase consigo enxergá-lo. Aquece meus pulmões como xarope fervido. Vasculho os rostos das pessoas nas ruas e me pergunto qual dentre elas é o meu querido irmão de sangue, como você foi. Existe mais alguém que não perdeu o contato com a força antiga que flui através de todos nós? Eu me pergunto se poderíamos reconhecer um ao outro, caso nos encontrássemos. Temo que não, porque nos escondemos muito fundo abaixo da superfície que passa por normalidade.

Assim, caminho só. E penso em você, o único que me entendeu.

# 17

Como médica, Catherine vira a morte tantas vezes que sua aparência era-lhe familiar. Fitara os rostos de pacientes e observara a vida escoar de seus olhos, deixando-os vazios e vítreos. Vira peles empalidecerem e almas abandonarem corpos com o sangue. A prática da medicina diz tanto respeito à morte quanto à vida, e Catherine já vira a morte muitas vezes entre os restos frios de um paciente. Não temia cadáveres.

Ainda assim, quando Moore virou na Albany Street e ela viu o edifício do instituto médico legal, suas mãos começaram a suar frio.

Moore estacionou atrás do edifício, ao lado de um furgão com as palavras "Instituto Médico Legal do Condado de Massachusetts" impressas na lateral. Só depois que Moore contornou o veículo para abrir sua porta foi que Catherine teve coragem de saltar.

— Está preparada para isto? — perguntou ele.

— Não estou louca de vontade — admitiu Catherine. — Mas vamos acabar logo com isso.

Embora tivesse assistido a dúzias de autópsias, Catherine não estava preparada para o cheiro de sangue e intestinos rompidos que a assaltou quando eles caminharam até o laboratório. Pela primeira vez em sua carreira médica, Catherine teve medo de vomitar ao ver um cadáver.

Um senhor idoso, olhos protegidos por óculos plásticos, virou-se para saudá-los. Era o Dr. Ashford Tierney, o legista que Catherine conhecera numa conferência de patologia seis meses antes. Os fracassos de uma cirurgiã de traumatismos muitas vezes eram os espécimes que acabavam na mesa de autópsias do Dr. Tierney, e a última vez que falara com ele fora há um mês, a respeito das circunstâncias perturbadoras da morte de uma criança devido a uma perfuração no baço.

O sorriso gentil do Dr. Tierney contrastou com as luvas manchadas de sangue que estava usando.

— Doutora Cordell, é um prazer vê-la novamente. — Fez uma pausa, dando-se conta da ironia da declaração. — Embora preferisse que fosse sob circunstâncias mais agradáveis.

— O senhor já começou a cortar — comentou Moore, decepcionado.

— O Tenente Marquette quer respostas imediatas — explicou Tierney. — Ele sofre uma pressão terrível quando um policial mata em serviço.

— Mas eu telefonei antes para providenciar esta demonstração.

— A Doutora Cordell já viu autópsias antes. Isto não é novidade para ela. Deixem-me terminar esta excisão, e ela poderá dar uma olhada no rosto.

Tierney voltou sua atenção para o abdômen. Com o bisturi, terminou de soltar o intestino delgado, puxou suas alças e deixou-as cair numa bacia de aço. Depois deu um passo para trás e meneou com a cabeça para Moore.

— Pode prosseguir.

Moore tocou o braço de Catherine, que, relutante, aproximou-se do cadáver. No começo ela se concentrou na incisão aberta. Um abdômen aberto era território familiar, os órgãos eram marcos territoriais impessoais, nacos de tecido que podiam pertencer a qualquer estranho. Órgãos não possuíam qualquer significado emocional, não portavam nenhum sinal de identidade. Ela podia estudá-los com o olhar frio de uma profissional, e o fez, notando que o estômago, o pâncreas e o fígado ainda estavam em seus locais, aguardando para serem removidos num único bloco. A incisão em Y, estendendo-se do pescoço ao púbis, revelava tanto o peito quanto a cavidade abdominal. O coração e os pulmões já tinham sido extraídos, deixando o tórax como uma bacia vazia. Visíveis na parede torácica estavam os dois ferimentos de bala, uma logo acima do mamilo esquerdo, o outro algumas costelas abaixo. Ambas as balas tinham entrado no tórax, perfurando coração ou pulmão. No abdômen superior esquerdo havia um terceiro ferimento, e por ele a bala teria ido direto para o baço. Outro ferimento catastrófico. Quem atirara em Karl Pacheco definitivamente tencionara matá-lo.

— Catherine? — disse Moore, e ela percebeu que estava em silêncio há muito tempo.

Catherine respirou fundo, inalando o odor de sangue e carne fria. A esta altura ela estava bem familiarizada com a patologia interna de Karl Pacheco. Era hora de confrontar seu rosto.

Viu o cabelo negro. Rosto estreito, nariz afiado como uma lâmina. Músculos de queixo flácidos, boca aberta. Dentes retos. Por fim, focou nos olhos. Moore não lhe dissera praticamente nada sobre aquele homem, apenas seu nome e o fato de que fora morto pela polícia enquanto resistia à prisão. *Você é o* Cirurgião?

Os olhos, córneas anuviadas pela morte, não a fizeram lembrar de nada. Ela estudou seu rosto, tentando sentir algum traço de maldade ainda pairando no cadáver de Karl Pacheco, mas não sentiu nada. Esta casca mortal estava vazia, e não restava nenhum resíduo de seu habitante prévio.

— Não conheço este homem — disse Catherine.

E saiu da sala.

Catherine já estava esperando do lado de fora, junto ao carro dele, quando Moore saiu do prédio. Enjoada pelo fedor da sala de autópsia, arfava aspirando grandes porções de ar quente, como para purificar-se da contaminação. Embora estivesse suando, o frio do ar condicionado daquele prédio havia entranhado em seus ossos até a medula.

— Quem era Karl Pacheco? — indagou Catherine.

Ele olhou na direção do Pilgrim Hospital, ouvindo o uivo crescente de uma ambulância.

— Um predador sexual. Um homem que caçava mulheres.

— Ele era o *Cirurgião*?

Moore suspirou.

— Aparentemente, não.

— Mas você achou que poderia ser.

— O DNA dele o liga a Nina Peyton. Há dois meses, ele a atacou sexualmente. Mas não temos qualquer prova que o conecte a Elena Ortiz ou a Diana Sterling. Nada que o encaixe nas vidas dessas mulheres.

— Ou na minha.

— Tem certeza que de nunca o viu?

— Tenho certeza de que não me lembro dele.

Tendo ficado ao sol, o carro estava um forno. Os dois ficaram em pé diante do carro com as portas abertas, esperando que o interior esfriasse. Olhando sobre o teto do carro para Moore, Catherine viu o quanto ele estava cansado. Sua camisa já estava manchada de suor. Uma bela maneira de passar sua tarde de sábado: levando uma testemunha até o necrotério. Sob muitos aspectos, policiais e médicos levavam vidas semelhantes. Caminhavam longas horas, em trabalhos nos quais não havia o apito das cinco. Viam a humanidade sob seus piores ângulos durante muitas horas dolorosas. Testemunhavam pesadelos e aprendiam a viver com as imagens.

E com que imagens ele tinha de viver?, perguntou-se Catherine enquanto Moore a levava até sua casa. Quantos rostos de vítimas, quantas cenas de assassinatos, estavam guardados como fotografias em sua mente? Catherine era apenas um elemento deste caso e se perguntava sobre todas as outras mulheres, vivas e mortas, que tinham merecido sua atenção.

O CIRURGIÃO 259

Moore parou diante do prédio de Catherine e desligou o motor. Ela olhou para a janela de seu apartamento e relutou em descer do carro. Deixar sua companhia. Eles tinham estado tanto tempo juntos nos últimos dias que ela passara a contar com sua força e gentileza. Caso tivessem se conhecido sob circunstâncias mais felizes, apenas a boa aparência de Moore já teria chamado a sua atenção. Agora o que mais importava não era sua atratividade, nem mesmo sua inteligência, mas o que repousava em seu coração. Este era um homem em quem Catherine podia confiar.

Ela estudou suas próximas palavras e aonde elas poderiam conduzir. E decidiu que estava se lixando para as conseqüências.

Perguntou, voz macia:

— Quer subir para beber alguma coisa?

Ele não respondeu imediatamente, e ela sentiu seu rosto corar enquanto o silêncio assumia um significado profundo. Moore estava se esforçando por tomar uma decisão. Ele também sabia o que estava acontecendo entre eles e se sentia inseguro sobre o que fazer quanto a isso.

Quando finalmente olhou para Catherine, disse:

— Sim, eu gostaria de entrar.

Ambos sabiam que o outro estava pensando em algo mais do que uma bebida.

Caminharam até a porta do saguão e Moore a envolveu com um braço. Era um pouco mais do que um gesto protetor, sua mão repousando casualmente no ombro de Catherine, mas o calor do toque, e sua resposta a ele, a fez atrapalhar-se com o teclado de segurança. A antecipação deixou Catherine lenta e desajeitada. No andar de cima, ela destrancou a porta de seu apartamento com mãos trêmulas, e eles entraram para a frieza deliciosa de seu apartamento. Moore fez uma pausa apenas por tempo suficiente para fechar a porta e passar as travas.

E então ele a tomou nos braços.

Fazia muito tempo que Catherine não era abraçada. Houve uma época em que pensar em mãos de homem no corpo a teria levado ao pânico. Mas, ao ser abraçada por Moore, pânico foi a última coisa que lhe veio à mente. Catherine respondeu aos beijos com uma necessidade que surpreendeu a ambos. Ela fora privada de amor por tanto tempo que perdera todo o apetite sexual. Apenas agora, com cada parte de seu corpo voltando à vida, lembrou como era o desejo, e seus lábios buscaram os dele com a avidez de uma mulher faminta. Foi ela quem o empurrou pelo corredor na direção da cama, beijando-o durante todo o percurso. Foi ela quem desabotoou a camisa e desafivelou o cinto de Moore. Moore sabia, de algum modo, que qualquer sinal de agressividade poderia assustá-la. Que naquela vez, que era a primeira do casal, ela deveria liderar. Mas ele não conseguiu esconder sua excitação, e ela a sentiu ao abrir o zíper, quando as calças de Moore caíram no chão.

Moore levou a mão até os botões da blusa de Catherine e parou, seu olhar procurando o dela. O olhar que Catherine lhe dirigiu, o som de sua respiração acelerada, não deixou dúvidas de que era isso que ela queria. A blusa se abriu lentamente e deslizou de seus ombros. O sutiã farfalhou ao chão. Moore fez isso com toda a gentileza possível, não um abate das últimas defesas de Catherine, mas uma bem-vinda liberação. Ela fechou os olhos e suspirou de prazer enquanto ele se curvava para beijar seus seios. Não um ataque, mas um ato de reverência.

E assim, pela primeira vez em dois anos, Catherine permitiu que um homem fizesse amor com ela. Nenhum lampejo de Andrew Capra invadiu sua mente enquanto ela e Moore estavam deitados juntos na cama. Nenhum surto de pânico, nenhuma memória assustadora, retornou enquanto eles despiam o restante de suas roupas, enquanto o peso de Moore a pressionou para o colchão. O que outro homem fizera com Catherine fora um ato tão brutal que não possuía nenhuma conexão com este momento, com este corpo que ela habitava. Violência não é sexo, e sexo não é amor. Amor era o que ela sentiu enquanto Moore a penetrava, mãos em concha em seu rosto, olhar fixo no dela. Ela tinha esquecido que prazer um homem podia ofere-

O CIRURGIÃO 261

cer, e ela se perdeu no momento, vivenciando o prazer como se fosse sua primeira vez.

Estava escuro quando ela acordou em seus braços. Ela o sentiu tremer e o ouviu perguntar:

— Que horas são?

— Oito e quinze.

— Caramba! — Com uma gargalhada, Moore rolou na cama para se deitar de costas. — Nem consigo acreditar que dormimos a tarde toda. Acho que você acabou comigo.

— Além disso, você não tem dormido muito.

— Quem precisa dormir?

— Está falando como um médico.

— É uma coisa que temos em comum — disse ele, a mão desenhando lentamente um traço pelo corpo de Catherine. — Há muito tempo nós dois não...

Ficaram calados por um momento. Então ele perguntou, baixinho:

— Como foi?

— Está me perguntando se você é um bom amante?

— Não. Quero saber como foi para *você*. Ser tocada por mim.

Ela sorriu.

— Foi bom.

— Não fiz nada errado? Não assustei você?

— Você faz com que me sinta segura. É disso que preciso, mais do que qualquer coisa. Sentir-me segura. Acho que você é o único homem que entendeu isso. O único homem em quem consegui confiar.

— Alguns homens são merecedores de confiança.

— Sim, mas eu nunca sei quais.

— Só tem como saber no tempo das vacas magras. O merecedor de confiança é aquele que ficar ao seu lado.

— Então acho que nunca encontrei um. Já ouvi outras mulheres falarem que assim que contam a um homem o que aconteceu, assim que usam a palavra *estupro*, eles se afastam. Como se fôssemos comida estragada. Homens não gostam desse assunto. Preferem silêncio a confissão. Mas o silêncio se espalha. O silêncio ocupa tudo, até que você não pode falar sobre nada. Toda a vida se torna um assunto proibido.

— Ninguém pode viver dessa maneira.

— É a única forma que outras pessoas conseguem suportar estar conosco. Se mantivermos nosso silêncio. Mas mesmo quando não falo a respeito o assunto está presente.

Moore beijou Catherine, uma ação que foi mais íntima do que qualquer ato de amor, porque selou uma confissão.

— Vai passar a noite comigo? — sussurrou Catherine.

A respiração de Moore aqueceu o cabelo de Catherine.

— Se me deixar levá-la para jantar.

— Puxa vida. Eu tinha até esquecido de comer.

— Essa é a diferença entre homens e mulheres. Um homem nunca esquece de comer.

Sorrindo, ela se sentou na cama.

— Vamos fazer o seguinte. Você prepara uns drinques. Depois eu te alimento.

Moore preparou dois martínis, que eles bebericaram enquanto Catherine montava uma salada e punha filés na grelha. Comida masculina, pensou Catherine, achando graça. Carne vermelha para o novo homem em sua vida. Jantar com alguém nunca foi tão agradável, com Moore sorrindo enquanto lhe passava o saleiro e o pimenteiro, e sua cabeça tonta com o gim. Catherine não se lembrava da última vez que achou a comida tão apetitosa. Era como se tivesse acabado de emergir de uma garrafa lacrada e estivesse experimentando toda a gama de sabores e aromas pela primeira vez.

Comeram à mesa da cozinha, bebendo vinho. A cozinha, com seus azulejos e armários brancos, de repente pareceu cheia de cor. O vinho rubi, a alface verde, os guardanapos de papel azul. E Moore sentado diante dela. Ela já havia considerado Moore incolor, como todos os outros homens sem rosto que passam por você na rua, contornos rabiscados em tela. Apenas agora estava vendo-o realmente, o tom avermelhado de sua pele, as rugas nos cantos dos olhos quando ria. Todas as imperfeições charmosas de um rosto bem vivido.

Nós temos a noite inteira, pensou Catherine, e a perspectiva do que os aguardava trouxe um sorriso aos seus lábios. Ela se levantou e estendeu a mão para ele.

Dr. Zucker parou a fita de vídeo da sessão do Dr. Polochek e se virou para Moore e Marquette.

— Pode ser uma memória falsa. Cordell conjurou uma segunda voz que não existiu. Vejam, este é o problema com a hipnose. A memória é fluida. Ela pode ser alterada, reescrita para atender a expectativas. Ela foi àquela sessão *acreditando* que Capra tinha um parceiro. E pimba, a memória está ali! Uma segunda voz. Um segundo homem na casa. — Zucker balançou a cabeça. — Não é confiável.

— Não é apenas a memória dela que sustenta a teoria de um segundo criminoso — disse Moore. — O assassino enviou fios de cabelos que só poderiam ter sido cortados em Savannah.

— Ela *diz* que teve o cabelo cortado em Savannah — frisou Marquette.

— Você não acredita nisso?

— O tenente acaba de levantar um ponto válido — disse Zucker. — Estamos lidando com uma mulher emocionalmente frágil. Mesmo dois anos depois do ataque, ela pode não estar inteiramente estável.

— Ela é uma cirurgiã de traumatismos.

— Sim, e ela funciona perfeitamente bem no ambiente de trabalho. Mas está abalada. Você sabe disso. O ataque deixou uma marca.

Moore ficou calado, lembrando do dia em que conhecera Catherine. Como seus movimentos eram precisos, controlados. Uma pessoa diferente da menina despreocupada que aparecera durante a sessão de hipnose, a jovem Catherine banhando-se ao sol no cais de seus avós. E na noite passada aquela Catherine jovem e alegre havia reaparecido em seus braços. Estivera ali todo o tempo, trancada dentro daquela concha, esperando para ser libertada.

— Então, o que podemos extrair dessa sessão de hipnose? — indagou Marquette.

— Não estou dizendo que ela não acredita nisso — respondeu Zucker. — Ela não lembra vividamente. É como dizer a uma criança que tem um elefante no jardim. Depois de algum tempo, a criança acredita tão fortemente que pode descrever a tromba do elefante, sua presa quebrada. A memória se torna realidade. Mesmo quando aquilo nunca aconteceu.

— Não podemos ignorar completamente a memória — disse Moore. — Você pode não acreditar que Cordell é confiável, mas ela *é* o foco de interesse do assassino. O que Capra começou... a perseguição, os assassinatos... não parou. Aquilo tudo seguiu Cordell até aqui.

— Um assassino imitador? — sugeriu Marquette.

— Ou um parceiro — disse Moore. — Há precedentes.

Zucker fez que sim.

— Parceiros em crimes não são incomuns. Pensamos nos assassinos seriais como lobos solitários, mas até um quarto dos assassinatos seriais são feitos por parceiros. Henry Lee Lucas tinha um. Kenneth Bianchi tinha um. Isso facilita as coisas para eles. Seqüestro, controle. É como caçada cooperativa, para garantir o sucesso.

— Lobos caçam em bando — disse Moore. — Talvez Capra também.

Marquette pegou o controle do vídeo, apertou Rewind e depois Play. Na tela do televisor, Catherine estava sentada de olhos fechados, braços pendendo ao longo do corpo.

*Quem falou aquelas palavras, Catherine? Quem disse: "É a minha vez, Capra"?*

*Eu não sei. Eu não conheço a voz dele.*

Marquette apertou Pause e o rosto de Catherine congelou na tela. Ele olhou para Moore.

— Já se vão dois anos desde que ela foi atacada em Savannah. Se ele era o parceiro de Capra, por que esperou tanto para vir atrás dela? Por que está acontecendo agora?

Moore meneou a cabeça.

— Também me perguntei a mesma coisa. Acho que sei a resposta. — Ele abriu a pasta que trouxera para a reunião e tirou o recorte do *Boston Globe*. — Isto foi publicado dezessete dias antes do assassinato de Elena Ortiz. É um artigo sobre mulheres cirurgiãs de Boston. Um terço dele é dedicado a Cordell. Ao seu sucesso. Às suas conquistas. Além disso, há uma foto colorida dela.

Ele passou o material para Zucker.

— Ora, isto é interessante — disse Zucker. — O que você vê quando olha para esta foto, detetive Moore?

— Uma mulher atraente.

— Além disso? O que ela lhe transmite com sua postura, sua expressão?

— Confiança. — Moore se calou por um instante. — Distanciamento.

— É o que vejo também. Uma mulher que está dando as cartas. Uma mulher que é intocável. Braços cruzados, queixo erguido. Fora do alcance dos mortais.

— E daí? — perguntou Marquette.

— Pense no que excita o criminoso. Mulheres abaladas, contaminadas por estupros. Mulheres que foram destruídas simbolicamente. E aqui está Catherine Cordell, a mulher que matou seu parceiro, Andrew Capra. Ela não parece abalada. Não parece uma vítima. Não, nesta foto ela parece uma conquistadora. — Zucker olhou para Moore. — O que você acha que ele sentiu quando viu isto?

— Raiva.

— Não apenas raiva, detetive. Fúria. Fúria incontrolável. Depois que Cordell saiu de Savannah, o assassino a seguiu até Boston, mas não conseguiu alcançá-la porque ela se protegeu. Assim, ocupou seu tempo matando outros alvos. Provavelmente imaginava Cordell como uma mulher traumatizada. Uma criatura subumana, apenas esperando o momento de ser colhida como uma vítima. Então um dia abriu o jornal e se viu cara a cara não com a vítima, mas com esta *vitoriosa*. — Zucker devolveu o artigo a Moore. — O nosso menino está tentando abater o espírito de Cordell. Está usando o terror para conseguir isso.

— Qual seria seu objetivo final? — perguntou Marquette.

— Reduzi-la a um nível com que possa lidar com ela novamente. Ele ataca apenas mulheres que agem como vítimas. Mulheres muito abaladas e humilhadas não são ameaça para ele. E se realmente Andrew Capra *era* seu parceiro, então nosso assassino tem outra motivação. Por exemplo, vingança por algo que ela destruiu.

Marquette acrescentou:

— Onde iremos parar com essa teoria do parceiro misterioso?

— Se Capra tinha um parceiro — prosseguiu Moore —, então ele nos leva de volta a Savannah. Estamos de mãos vazias. Realizamos quase mil interrogatórios até agora e não temos suspeitos viáveis. Acho que é hora de darmos uma olhada em todos os indivíduos associados a Andrew Capra. Ver se um desses nomes apareceu aqui em Boston. Frost já falou por telefone com o detetive Singer, que foi encarregado do caso em Savannah. Ele pode voar até lá e revisar as provas.

— Por que Frost?

— Por que não?

Marquette olhou para Zucker.

— Estamos procurando uma agulha num palheiro.

— Às vezes, você *acha* a agulha.

Marquette fez que sim com a cabeça.

— Certo. Vamos investigar Savannah.

Moore se levantou para sair quando Marquette disse:

— Pode ficar um minuto? Preciso conversar com você. — Depois que Zucker saiu do escritório, Marquette fechou a porta. — Não quero que o detetive Frost vá — disse.

— Posso perguntar por quê?

O CIRURGIÃO

— Porque quero que *você* vá para Savannah.

— Frost está preparado para ir. Ele já cuidou de todos os preparativos.

— Isto não diz respeito a Frost. Diz respeito a você, você precisa de uma separação deste caso.

Moore se calou. Ele já sabia aonde essa conversa ia chegar.

— Você tem passado tempo demais com Catherine Cordell — disse Marquette.

— Ela é muito importante nesta investigação.

— Tem passado noites demais na companhia dela. Você esteve com ela à meia-noite na terça-feira.

*Rizzoli. Rizzoli sabia disso.*

— E no sábado vocês dois passaram a noite inteira juntos. O que está acontecendo entre vocês?

Moore não disse nada. O que poderia dizer? *Sim, eu cruzei a linha. Sinto muito, mas não consegui me controlar.*

Marquette afundou em sua cadeira com uma expressão decepcionada.

— Não consigo acreditar que estou tendo esta conversa com você. Logo você. — Suspirou. — É hora de se afastar, Moore. Vamos colocar outra pessoa com Cordell.

— Mas ela confia em mim.

— É só isso que há entre vocês, *confiança*? Ouvi uma história bem diferente. Não preciso nem lhe dizer o quanto isto é inadequado. Nós dois já vimos isto acontecer com outros policiais. Nunca dá certo. Também não vai dar certo desta vez. Neste momento ela precisa de um ombro forte, e por acaso você está por perto. Vão ficar cheios de tesão um pelo outro durante algumas semanas, um mês. E numa bela manhã vocês acordam e... *puf*! Acabou. Um dos dois sai magoado. E todo mundo se arrepende por isso ter acontecido.

Marquette se calou, esperando por uma resposta. Moore não tinha nenhuma.

— Fora as questões pessoais, isto complica a investigação — prosseguiu Marquette. — E é muito constrangedor para a delegacia inteira. — Ele fez um gesto brusco em direção à porta. — Vá pra Savannah. E fique bem longe de Cordell.

— Preciso explicar a ela...

— Não telefone para ela. Nós mesmos comunicaremos a mudança. Vou designar Crowe em seu lugar.

— Crowe, *não* — asseverou Moore.

— Então, quem?

— Frost. — Moore suspirou. — Ponha Frost.

— Certo, Frost. Agora vá pegar um avião. Sair da cidade é exatamente o que você está precisando. Provavelmente está chateado comigo agora. Mas sabe que só estou te pedindo para fazer a coisa certa.

Moore sabia disso, e era doloroso ter alguém segurando um espelho para lhe mostrar seu comportamento. O que viu nesse espelho foi que Thomas Moore, o "Santinho" da delegacia, tinha caído em pecado. E a verdade deixou-o furioso, porque não podia negá-la. Moore conseguiu manter seu silêncio até sair do escritório de Marquette, mas não conseguiu conter sua fúria quando viu Rizzoli sentada à sua mesa de trabalho.

— Parabéns — disse ele a Rizzoli. — Você se vingou de mim. Está se sentindo bem com isso?

— Me vinguei?

— Você contou a Marquette.

— Bem, se eu fiz isso, não fui o primeiro policial que sacaneou o parceiro.

Se a intenção de Rizzoli era feri-lo com essa resposta, conseguiu. Em silêncio, Moore deu as costas e foi embora.

Saindo do prédio, parou na calçada, desolado com o pensamento de que não veria Catherine à noite. Mesmo assim, sabia que Marquette tinha razão. Era assim que devia ser. Como devia ter sido desde o começo, uma separação cuidadosa entre eles dois, as forças da atração ignoradas. Mas Catherine se encontrava num estado altamente vulnerável, e de alguma forma ele tinha se sentido atraído por isso. Depois de anos andando na linha, agora se descobria em território

O CIRURGIÃO

desconhecido, um lugar perturbador, regido não pela lógica, mas pela paixão. Moore não se sentia confortável neste novo mundo. E não sabia como encontrar o caminho para fora dele.

Sentada em seu carro, Catherine reunia coragem para entrar no número um da Schroeder Plaza. Passara a tarde inteira atendendo pacientes, dirigindo-lhes os cumprimentos usuais aos funcionários, consultando colegas e lidando com os pequenos aborrecimentos que sempre ocorriam no curso de um dia de trabalho. Mas seus sorrisos tinham sido falsos, e por baixo de sua máscara de cordialidade seu rosto gritava em desespero. Moore não estava respondendo aos seus telefonemas, e ela não sabia por quê. Depois de apenas uma noite juntos, alguma coisa errada já havia acontecido entre eles.

Finalmente ela saltou do carro e entrou na sede do Departamento de Polícia de Boston.

Embora já houvesse estado ali antes, para a sessão de hipnotismo com o Dr. Polochek, o prédio ainda lhe parecia uma fortaleza cuja entrada era-lhe proibida. Essa impressão foi reforçada pelo oficial uniformizado que a fitou de trás da mesa de recepção.

— Em que posso ser útil? — perguntou com indiferença.

— Quero falar com o detetive Thomas Moore, da Delegacia de Homicídios.

— Vou ligar lá pra cima. Seu nome, por favor?

— Catherine Cordell.

Enquanto o policial telefonava, Catherine aguardou no salão, sentindo-se sufocada pelo granito polido e por todos aqueles homens — uniformizados e à paisana — que passavam por ela, lançando-lhe olhares curiosos. Este era o universo de Moore, e Catherine era uma estranha aqui. Uma invasora num lugar onde brutos passeavam com armas reluzindo em seus coldres. Subitamente concluiu que ir ali tinha sido um erro. Catherine começou a se encaminhar para a saída. No instante em que alcançou a porta, uma voz a chamou.

— Doutora Cordell?

270 TESS GERRITSEN

Girando nos calcanhares, Catherine reconheceu o homem louro de rosto calmo e agradável que acabara de sair do elevador. Detetive Frost.

— Por que não subimos? — convidou.

— Vim ver Moore.

— Sim, eu sei. Desci para pegar você. — Fez um gesto para o elevador. — Vamos?

No segundo piso, Frost a conduziu pelo corredor até a Delegacia de Homicídios. Catherine não estivera naquela área antes e ficou surpresa em ver como parecia com qualquer escritório comercial, com seus terminais de computadores e mesas agrupados em baias. Frost conduziu-a até uma cadeira e a convidou a se sentar. Seus modos eram gentis. Sentindo que Catherine não estava à vontade no palácio alienígena, dispensou-lhe toda a hospitalidade que podia.

— Toma um cafezinho? — indagou.

— Não, obrigada.

— Posso lhe servir alguma coisa? Refrigerante? Um copo d'água?

— Não, estou bem.

Frost também se sentou.

— E então, sobre o que precisa falar, Doutora Cordell?

— Estava esperando encontrar o detetive Moore. Passei a manhã inteira na cirurgia e achei que ele talvez tenha tentado entrar em contato comigo.

— Na verdade, doutora... — Frost fez uma pausa, um desconforto estampado nos olhos. — Deixei uma mensagem com sua secretária por volta do meio-dia. De agora em diante, sempre que precisar de alguma coisa deve contatar a mim. Não ao detetive Moore.

— Sim, recebi a mensagem. Só quero saber... — Ela conteve as lágrimas. — Quero saber por que as coisas mudaram.

— Bem... para favorecer a investigação.

— O que isso significa?

— Precisamos que Moore se concentre em outros aspectos do caso.

— Quem decidiu isso?

Frost estava parecendo cada vez mais infeliz.

— Realmente não sei, Doutora Cordell.

— Foi Moore?

Outra pausa.

— Não.

— Então não é que ele não quer me ver.

— Tenho certeza de que não é esse o caso.

Catherine não sabia se Frost estava lhe dizendo a verdade ou simplesmente tentando acalmá-la. Notando que dois detetives em outra repartição olhavam na direção deles, ficou vermelha de raiva. Será que todo mundo sabia a verdade, menos ela? O que estava vendo nos olhos daqueles detetives era piedade? Durante a manhã inteira Catherine saboreara as lembranças da noite anterior. Esperara que Moore telefonasse, ansiara por ouvir sua voz e saber que estava pensando nela. Mas Moore não telefonara.

E ao meio-dia ela recebera o recado de Frost. A mensagem dizia que no futuro Catherine deveria dirigir todas as suas preocupações a ele.

Tudo que podia fazer agora era manter o queixo erguido e controlar as lágrimas ao perguntar:

— Há algum motivo para eu não poder falar com ele?

— Temo que Moore não esteja na cidade neste momento. Ele partiu esta tarde.

— Entendo.

Catherine entendeu, sem que lhe fosse dito, que isto era tudo que ele iria revelar. Não perguntou para onde Moore tinha ido, nem como entrar em contato com ele. Já passara constrangimento demais ali, e agora seu orgulho retornou. Durante os últimos dois anos, o orgulho tinha sido sua única fonte de força. Graças ao orgulho, Catherine marchara em frente, dia após dia, recusando o manto de vítima. As pessoas que a olhavam viam apenas competência fria e distanciamento emocional, porque isso era tudo que ela permitia que vissem.

*Só Moore me viu como realmente sou. Abalada, vulnerável. E este é o resultado. É por isso que jamais poderei ser fraca novamente.*

Quando se levantou, sua coluna estava reta, seu olhar firme. Ao sair da repartição, passou pela mesa de Moore. Soube que era a mesa dele por causa da placa com seu nome. Parou apenas o suficiente para olhar para a fotografia no porta-retratos. Uma mulher sorridente, com o sol batendo em seu cabelo.

Catherine saiu, deixando o mundo de Moore e retornando para o seu.

# 18

Moore, que já considerava o calor em Boston insuportável, não estava preparado para Savannah. Quando saiu do aeroporto, teve a impressão de submergir numa banheira. Era como se caminhasse através de líquido, pernas avançando lentamente em direção ao estacionamento da locadora de carros. Quando chegou ao hotel e se instalou em seu quarto, estava com a camisa empapada em suor. Tirou as roupas, ligou o ar-condicionado no máximo e deitou na cama para descansar apenas alguns minutos. E acabou dormindo a tarde inteira.

Quando acordou, estava escuro, e tremia no quarto excessivamente frio. Sentou-se na beira da cama, coração acelerado.

Pegou uma camisa limpa na mala, vestiu-se e saiu do hotel.

Mesmo à noite o ar estava quente, mas ele dirigiu com a janela aberta, inalando os aromas úmidos do sul. Embora fosse sua primeira vez em Savannah, já ouvira falar de seus encantos, as belas casas antigas, os bancos de ferro fundido e *Meia-noite no Jardim do Bem e do Mal.* Mas esta noite não procurava por pontos turísticos. Estava dirigindo até um endereço específico no nordeste da cidade. Era uma vizinhança agradável, com casas pequenas mas bonitas, com suas varandas, jardins cercados por ripas de madeira e árvores com galhos compridos. Encontrou a Ronda Street e parou diante da casa.

Lá dentro as luzes estavam acesas, e ele via o brilho azul de uma tevê.

Perguntou-se quem moraria ali agora e se os novos ocupantes conheciam a história de sua casa. Quando desligavam as luzes à noite e iam para a cama, pensariam no que havia acontecido no quarto onde dormiam? Deitados na escuridão, escutariam os ecos de terror ainda reverberando entre as paredes?

Uma silhueta passou diante da janela... uma silhueta de mulher, magra e com cabelos longos. Muito parecida com Catherine.

Ele a viu agora, em sua mente. O jovem na varanda batendo na porta da frente. A porta abrindo, espalhando luz dourada na escuridão. Catherine ali em pé, um halo de luz na cabeça, convidando o jovem colega a entrar, alheia aos horrores que ele planejava para ela.

*E a segunda voz, o segundo homem... onde ele se encaixa?*

Moore ficou sentado ali por um longo tempo, estudando a casa, notando as janelas e os arbustos. Saltou do carro e caminhou ao longo da calçada, para ver a lateral da casa. Os arbustos eram maduros e densos, e ele não podia enxergar o jardim dos fundos através deles.

Do outro lado da rua, uma luz de varanda acendeu.

Moore girou nos calcanhares e viu uma mulher gorda parada em sua janela, olhando para ele. Falando ao telefone com alguém.

Voltou para o carro e se afastou. Havia mais um endereço que queria ver. Ficava perto do State College, vários quilômetros ao norte. Perguntou-se quantas vezes Catherine dirigira por esta mesma estrada, se aquela pequena pizzaria à esquerda ou a lavanderia à direita eram lugares que freqüentara. Para toda parte que olhava via seu rosto, e isso o perturbava. Significava que permitira que suas emoções se emaranhassem com a investigação, e isso não iria ajudá-lo em nada.

Chegou à rua pela qual estivera procurando. Depois de alguns quarteirões, parou onde devia ter sido o endereço. O que encontrou foi apenas um terreno vazio, coberto por mato. Esperara achar um prédio ali, de propriedade da Sra. Stella Poole, uma viúva de cinqüenta e oito anos. Três anos atrás, a Sra. Poole alugara seu apartamento de segundo andar a um médico residente chamado Andrew Capra, um rapaz discreto que sempre mantinha seu aluguel em dia.

Saltou do carro e pisou na calçada na qual Andrew Capra certamente havia caminhado. Olhou nas duas direções para a rua. Ficava a poucos quarteirões do State College. Moore deduziu que muitas das casas naquela rua eram alugadas a estudantes — inquilinos de curto prazo que talvez não conhecessem a história de seu vizinho infame.

Um vento agitou o ar úmido, e Moore não gostou do cheiro que levantou. Odor de decomposição. Levantou os olhos para uma árvore onde tinha sido o jardim da casa e viu um amontoado de musgo aromático pendendo do galho. Estremeceu, lembrando de um Dia das Bruxas grotesco de sua infância, quando um vizinho, decidido a assustar as crianças que fossem pedir-lhe doces, amarrara uma corda em torno do pescoço de um espantalho e o pendurara numa árvore. Furioso, o pai de Moore invadiu o quintal do vizinho e, ignorando seus protestos, cortou a corda e retirou o espantalho.

Moore sentiu agora o mesmo impulso: escalar a árvore e arrancar aquele limo pendente.

Em vez disso, voltou para o carro e dirigiu de volta ao hotel.

O detetive Mark Singer colocou uma caixa de papelão na mesa e bateu palmas para limpar o pó das mãos.

— Esta é a última. A gente passou o fim de semana procurando pelas caixas, mas estão todas aqui.

Moore olhou para as caixas de provas alinhadas na mesa.

— Devia ter trazido um saco de dormir e me mudado para cá.

Singer soltou uma gargalhada.

— Devia mesmo, se você espera examinar cada folha de papel nessas caixas. Nada disto sai do prédio, certo? A xerox fica no fim do corredor. Peça as cópias em seu nome e de seu departamento. O banheiro é naquela direção. Quase sempre tem bolinhos de creme e café na sala dos policiais. Se pegar algum bolinho, os rapazes vão gostar se deixar uns trocados no vidro.

Embora tudo isso tenha sido dito com um sorriso, Moore ouviu a mensagem subliminar naquele sotaque do Sul: *Nós temos as nossas regras, e vocês figurões de Boston precisam segui-las.*

Catherine não simpatizara com este policial, e Moore entendia por quê. Singer era mais jovem do que ele havia esperado. Ainda na casa dos trinta, e muito musculoso, era um tipo temperamental que não sabia ouvir críticas. Só podia haver um cão alfa na matilha, e por enquanto Moore deixaria que fosse Singer.

— Nestas quatro caixas estão os arquivos de controle de investigação — disse Singer. — Talvez seja bom começar por elas. Os arquivos de informações cruzadas estão naquela caixa. Os arquivos de ações estão nesta aqui. — Caminhou ao longo da mesa, dando pancadinhas nas caixas enquanto falava. — E esta tem arquivos de Atlanta sobre Dora Ciccone. São apenas fotocópias.

— Os originais estão com o Departamento de Polícia de Atlanta?

Singer fez que sim com a cabeça.

— A primeira vítima foi em Atlanta. Só matou uma lá.

— Como são fotocópias, posso levar esta caixa comigo? Para ler esses documentos no meu hotel?

— Contanto que os devolva. — Singer suspirou, olhando para as caixas. — Sabe, não tenho certeza sobre o que você pensa que está procurando. Nunca vi um caso mais fechado. Em cada uma das vítimas havia DNA de Capra. Tivemos identificações de fibras. A seqüência de acontecimentos não tem furos. Capra mora em Atlanta, Dora Ciccone é morta em Atlanta. Capra se muda para Savannah, nossas mulheres começam a aparecer mortas. Ele estava sempre no lugar certo, na hora certa.

— Não questiono nem por um minuto que Capra era o homem que vocês estavam procurando.

— Então por que está cavando isto agora? Algumas dessas coisas têm três, quatro anos de idade.

Moore identificou um tom defensivo na voz de Singer e concluiu que sua melhor arma seria a diplomacia. Se Moore insinuasse que

Singer cometera erros durante a investigação de Capra, que deixara passar o detalhe vital de que Capra tinha um parceiro, poderia esquecer suas esperanças de que a polícia de Savannah cooperasse com ele.

Moore escolheu uma resposta que não representaria qualquer ameaça a Singer.

— Nossa teoria é que estamos enfrentando um assassino imitador — disse ele. — O homem que estamos procurando em Boston parece ser um admirador de Capra. Está reproduzindo seus crimes nos mínimos detalhes.

— Como ele conhece os detalhes?

— Eles podem ter se correspondido quando Capra ainda estava vivo.

Singer pareceu relaxar. Até riu.

— Um fã, é?

— Como o criminoso que procuramos é intimamente familiarizado com o trabalho de Capra, eu também preciso ser.

Singer gesticulou em direção à mesa.

— Então fique à vontade.

Depois que Singer tinha saído da sala, Moore correu os olhos pelos rótulos nas caixas de provas. Ele abriu uma marcado *AC#1*. Os Arquivos de Controle da Investigação de Savannah. Dentro estavam três pastas de arquivo estilo sanfona, cada compartimento abarrotado. E isso era apenas uma das coisas de Controle de Investigação. A primeira pasta sanfona continha os relatórios de ocorrência dos três ataques de Savannah, depoimentos de testemunhas e buscas executadas. A segunda pasta sanfona guardava perfis de suspeitos, fichas criminais e laudos de laboratório. Apenas na primeira caixa já havia o suficiente para mantê-lo ocupado lendo o dia inteiro.

E havia mais onze caixas.

Começou lendo o resumo final de Singer. Mais uma vez ficou impressionado com o quanto as evidências contra Andrew Capra eram fortes. Havia um total de cinco ataques registrados, quatro deles fatais. A primeira vítima tinha sido Dora Ciccone, morta em Atlanta.

Um ano depois, os assassinatos começaram em Savannah. Três mulheres em um ano: Lisa Fox, Ruth Voorhees e Jennifer Torregrossa.

Os assassinatos terminaram quando Capra foi morto por um tiro no quarto de Catherine Cordell.

Em cada um dos casos foi achado esperma no canal vaginal e o DNA batia com o de Capra. Fios de cabelo deixados nas cenas de crime de Fox e Torregrossa combinavam com o de Capra. A primeira vítima, Ciccone, foi morta em Atlanta no mesmo ano em que Capra estava terminando seu ano final na Faculdade de Medicina da Emory University de Atlanta.

Os assassinatos seguiram Capra até Savannah.

Cada prova era fiada numa trama perfeita, e o tecido parecia indestrutível. Contudo Moore percebeu que estava lendo apenas um resumo de caso, que reunia os elementos em favor das conclusões de Singer. Os detalhes contraditórios deviam ter sido deixados de fora. Eram esses próprios detalhes, as inconsistências pequenas mas significativas, que esperava encontrar nessas caixas de provas. Em algum lugar aqui, pensou Moore, o *Cirurgião* deixara suas pegadas.

Abriu a primeira pasta sanfona e começou a ler.

Três horas depois, quando afinal se levantou da cadeira e endireitou a coluna, já era meio-dia e ele mal começara a escalar a montanha de papel. Ainda não havia farejado o *Cirurgião*. Contornou a mesa, olhando para os rótulos nas caixas que ainda não tinham sido abertas, e viu uma que dizia: "#12 Fox/Torregrossa/Voorhees/Cordell. Recortes de jornais/vídeos/miscelânea".

Abiu a caixa e achou uma dúzia de fitas de vídeo em cima de uma pilha grossa de pastas. Tirou a fita de vídeo rotulada *Residência de Capra*. Estava datada 16 de junho. O dia depois do ataque a Catherine.

Encontrou Singer à sua mesa, comendo um sanduíche de rosbife, muito rosbife. A mesa falava muito a respeito de Singer. Ele era altamente organizado. Seus papéis ficavam empilhados com as bordas alinhadas. Um policial altamente detalhista que provavelmente era um pé-no-saco como colega de trabalho.

— Tem algum vídeo que eu possa usar? — perguntou Moore.

— Mantemos ele trancado a chave.

Moore esperou, seu pedido seguinte tão óbvio que não quis se dar ao trabalho de colocá-lo em palavras. Com um suspiro dramático, Singer abriu a gaveta, pegou as chaves e se levantou.

— Aposto que você quer ele agora mesmo.

Singer retirou do almoxarifado o carrinho com o vídeo e o televisor, e empurrou-o até o quarto onde Moore estivera trabalhando. Conectou os cabos, apertou o botão de ligar e grunhiu de satisfação quando tudo funcionou.

— Obrigado — disse Moore. — Devo precisar dele durante alguns dias.

— Já esbarrou com alguma grande revelação? — O tom de sarcasmo em sua voz era evidente.

— Ainda estou no começo.

— Vejo que pegou o vídeo do Capra. — Singer meneou a cabeça. — Cara, que lugar mais estranho aquela casa.

— Passei diante do endereço dele ontem à noite. Agora só tem um terreno baldio lá.

— O prédio pegou fogo há mais ou menos um ano. Depois de Capra, a dona não conseguia alugar o apartamento de cima. Assim, começou a alugá-lo por temporadas, e acredite ou não, arrumou um monte de inquilinos. Fanáticos por assassinos seriais que vinham adorar o esconderijo do monstro. Caramba, a própria dona era esquisita!

— Precisarei falar com ela.

— Não dá. A não ser que você fale com os mortos.

— O incêndio?

— Fumante inveterada. — Singer gargalhou. — Fumar faz mal para a saúde, principalmente quando um cigarro bota fogo na sua casa.

Moore esperou até que Singer saísse para colocar a fita rotulada *Residência de Capra* no vídeo.

As primeiras imagens eram externas, luz diurna. Tomadas da frente da casa na qual Capra vivera. Moore reconhece as árvores no jardim da frente com o musgo-aromático. A casa era feia, uma caixa de dois andares com a pintura descascada. Em *off*, o operador de câmera disse a data, hora e local. Identificou-se como o detetive Spiro Pataki de Savannah. A julgar pela qualidade da luz, Moore deduziu que o vídeo fora realizado no começo da manhã. A câmera fez uma panorâmica pela rua. Um homem fazendo seu cooper matinal virou o rosto para fitar a câmera. O tráfego estava pesado (a hora do percurso para o trabalho?) e alguns curiosos estavam na calçada.

Agora a imagem recuou para a casa e se aproximou da porta da frente. Depois de entrar, o detetive Pataki fez uma rápida panorâmica do primeiro andar, onde morava a proprietária, a Sra. Poole. Moore vislumbrou tapete descorados, mobília escura, um cinzeiro entupido com baganas de cigarro. O hábito fatal de uma mulher que acabaria incendiando a própria casa. A câmera subiu por uma escadaria estreita, atravessou uma porta com um ferrolho pesado e entrou no apartamento de Andrew Capra.

Moore sentiu claustrofobia só de olhar para o apartamento. O segundo andar tinha sido dividido em pequenos quartos, e quem fizera a "reforma" devia ter um acordo com uma madeireira. Cada parede era coberta em madeira escura envernizada. A câmera seguiu por um corredor tão estreito que parecia estar cavando um túnel.

— Quarto à direita — disse Pataki na câmera, movendo as lentes através do pórtico para pegar uma vista de uma cama de casal, bem-arrumada, uma mesinha-de-cabeceira, uma penteadeira. Toda a mobília que caberia naquela caverninha escura.

— Seguindo para a sala de estar — disse Pataki, enquanto a câmera balançava novamente pelo túnel.

Emergiu num cômodo mais amplo. Ali estavam outras pessoas, todas com expressões muito sérias. Moore viu Singer ao lado da porta de um armário. Era aqui que a ação estava.

A câmera focou em Singer.

— Esta porta estava trancada a cadeado — disse Singer. — Tivemos de arrombá-la. Lá dentro encontramos isto.

O CIRURGIÃO

Singer abriu a porta do armário e ligou a lâmpada interna.

A câmera perdeu o foco e se corrigiu abruptamente, a imagem enchendo a tela com nitidez intensa. Era uma fotografia em preto-e-branco do rosto de uma mulher, olhos arregalados e sem vida, o pescoço cortado tão profundamente que a cartilagem traqueal estava exposta.

— Creio que seja Dora Ciccone — disse Singer. — Certo, vamos focar nesta agora.

A câmera se moveu para a direita. Outra fotografia, outra mulher.

— Estas parecem ser fotos póstumas, tiradas de quatro vítimas diferentes. Creio que estamos olhando para fotos dos cadáveres de Dora Ciccone, Lisa Fox, Ruth Voorhees e Jennifer Torregrossa.

Era a galeria particular de fotos de Andrew Capra. Um retiro no qual ele poderia reviver o prazer de suas chacinas. O que Moore considerou ainda mais perturbador do que as fotos foi o fato de que todas estavam coladas muito próximas umas das outras, deixando bastante espaço para novas.

A câmera se afastou do armário e mais uma vez estava enquadrando na sala. Pataki girou lentamente o tronco, capturando na câmera sofá, televisor, mesa, telefone. Estantes cheias de livros didáticos de medicina. A câmera continuou seu movimento até chegar na área da cozinha. E focou na geladeira.

Moore aproximou-se mais, garganta repentinamente seca. Sabia o que aquela geladeira continha, mas ainda assim sentiu a pulsação acelerar, o estômago revirar, enquanto viu Singer caminhar até a geladeira. O detetive parou e olhou para a câmera.

— Foi isto o que achamos dentro — disse Singer, e abriu a porta.

# 19

Moore fez uma caminhada em torno do quarteirão. Apesar do calor intenso, seu corpo inteiro tremia devido às imagens que ainda lhe assombravam a mente. Sentia-se aliviado por ter saído da sala de reuniões, que agora ele associava a horror. A própria Savannah, com seu ar quente e suas ruas arborizadas deixava-o inquieto. A cidade de Boston, com suas estruturas de concreto e pessoas barulhentas e mal-humoradas, parecia muito mais viva do que este lugar. Aqui tudo parecia fora de foco. Moore enxergava Savannah como por trás de uma gaze, uma cidade de sorrisos gentis e vozes sonolentas. Ele se perguntava que coisas terríveis eram mantidas ocultas.

Quando voltou para a sala dos policiais, encontrou Singer digitando num laptop.

— Espere um pouco — disse Singer, e apertou o botão de correção ortográfica. Erros de datilografia em seus relatórios? Nem pensar! Satisfeito, olhou para Moore. — Que é?

— Você achou a agenda de telefones de Andrew Capra?

— Que agenda?

— A maioria das pessoas deixa uma agenda ao lado do telefone. Não vi nenhuma no vídeo do apartamento, nem encontrei nada assim na lista de pertences.

284 TESS GERRITSEN

— Está falando sobre uma coisa que aconteceu há dois anos. Se não está na lista é porque ele não tinha uma.

— Ou porque foi removida do apartamento antes de vocês chegarem.

— O que está procurando? Pensei que tinha vindo para cá estudar a técnica de Capra, não resolver o caso de novo.

— Estou interessado nos amigos de Capra. Em qualquer um que o conhecesse bem.

— Ninguém o conhecia bem. Interrogamos os médicos e as enfermeiras com quem ele trabalhou. A proprietária do apartamento, os vizinhos. Fui até Atlanta conversar com a tia dele. A única parente viva de Capra.

— Sim, eu li os interrogatórios.

— Então sabe que todos eles foram enganados. Eu ouvia sempre os mesmos comentários: "Médico bondoso! Um jovem tão *educado!*"
— Singer grunhiu de desprezo.

— Eles não tinham a menor idéia de quem era Capra.

Singer girou sua cadeira de volta para o laptop.

— É sempre a mesma merda. Ninguém sabe quem são os monstros.

Hora de ver a última fita de vídeo. Moore deixara aquela para o fim, porque ainda não se sentia preparado para lidar com suas imagens. Conseguira observar as outras com distanciamento, fazendo anotações enquanto estudava os quartos de Lisa Fox, Jennifer Torregrossa e Ruth Voorhees. Ele vira, repetidas vezes, o padrão de espirros de sangue, os nós nas cordas de náilon em torno dos pulsos das vítimas, seus olhos vidrados. Moore pudera olhar essas fitas com um mínimo de emoção porque não conhecera essas mulheres e não tinha o eco de suas vozes na memória. Concentrara-se não nas vítimas, mas na presença malévola que passara por esses quartos. Moore ejetou a fita da cena do crime de Voorhees e colocou-a na mesa. Relutantemente, pegou a fita remanescente. No rótulo estava a data, o número do caso e as palavras: "Residência de Catherine Cordell".

O CIRURGIÃO

Pensou em postergar isso para a manhã seguinte, quando estaria descansado. Agora eram nove horas, e ele estivera naquele quarto o dia inteiro. Segurou a fita, tentando decidir o que fazer.

Isso foi um momento antes de perceber que Singer estava de pé no vão da porta, observando-o.

— Cara, você ainda está aqui — disse Singer.

— Tenho muita coisa para fazer.

— Você viu todas as fitas?

— Todas, exceto uma.

Singer olhou o rótulo.

— Cordell.

— Sim.

— Vamos, bota a fita para rodar. Talvez eu possa te dar mais alguns detalhes.

Moore inseriu a fita no aparelho e pressionou Play.

Estavam olhando para a fachada da casa de Catherine. Noite. A varanda estava iluminada, e todas as luzes da casa estavam acesas. No áudio, escutou o operador de câmera dizer a data, a hora — duas da manhã — e seu nome. Mais uma vez era Spiro Pataki, que parecia o câmera favorito da delegacia. Moore ouviu muito ruído de fundo — vozes, uma sirene ao longe. Pataki fez sua panorâmica de praxe, cobrindo todo o ambiente, e Moore viu um aglomerado de vizinhos observando por cima da fita da cena do crime, rostos iluminados pelas luzes de vários carros de patrulha estacionados na rua. Isso o surpreendeu, sabendo que era tarde da noite. Devia ter sido um distúrbio considerável para acordar tantos vizinhos.

Pataki voltou para a casa e se aproximou da porta da frente.

— Tiros — disse Singer. — Esse é o relatório inicial que recebemos. A mulher do outro lado da rua escutou o primeiro tiro, depois uma longa pausa, e então um segundo tiro. Ela telefonou para a polícia. O primeiro policial chegou à cena em sete minutos. A ambulância foi chamada dois minutos depois.

Moore lembrou-se da gorda do outro lado da rua, olhando para ele pela janela.

— Li o depoimento da vizinha — disse Moore. — Ela disse que não viu ninguém sair pela porta da frente.

— Isso mesmo. Só ouviu os dois tiros. Ela saiu da cama depois do primeiro, olhou pela janela. Então, talvez cinco minutos depois, ela ouviu o segundo tiro.

Cinco minutos, pensou Moore. O que aconteceu durante esse intervalo?

Na tela, a câmera entrou pela porta da frente e agora estava dentro da casa. Moore viu um armário, a porta se abriu para revelar alguns casacos em cabides, um guarda-chuva, um aspirador de pó. Então o operador moveu a câmera até enquadrar a sala de estar. Na mesinha de café ao lado do sofá havia dois copos, um deles ainda contendo o que parecia cerveja.

— Cordell convidou Capra para entrar — disse Singer. — Eles beberam um pouco. Ela foi até o banheiro, voltou, terminou de tomar a cerveja. Uma hora depois o Rohypnol fez efeito.

O sofá era cor de pêssego, com um detalhe floral sutil bordado no tecido. Moore não via Catherine como o tipo de mulher de tecido floral, mas ali estava. Flores nas cortinas e nas almofadas da poltrona de canto. Cor. Em Savannah, Catherine vivera com muita cor. Moore imaginou-a sentada naquele sofá com Andrew Capra, ouvindo com simpatia sua preocupação com a carreira, enquanto o Rohypnol lentamente passava do estômago para a corrente sangüínea. À medida que as moléculas da droga viajavam rumo ao cérebro. À medida que a voz de Capra começava a sumir.

Agora estavam entrando na cozinha, a câmera fazendo uma varredura da casa, gravando cada cômodo como fora encontrado às duas da manhã daquele sábado. Na pia da cozinha havia um único copo de água.

Subitamente Moore inclinou-se para a frente.

— Aquele copo... Você mandou fazer a análise de DNA da saliva?

O CIRURGIÃO

— Por que teria mandado?

— Não sabe quem bebeu nele?

— Havia apenas duas pessoas na casa quando o primeiro policial respondeu ao chamado. Capra e Cordell.

— Dois copos na mesa de café. Quem bebeu no terceiro copo?

— Ele podia estar aí na pia da cozinha o dia todo. Isso não era relevante para a situação que encontramos.

A câmera terminou sua varredura da cozinha e agora se virou para o corredor.

Moore pegou o controle remoto e apertou Rewind. Recuou a fita até o começo do segmento da cozinha.

— O quê? — disse Singer.

Moore não respondeu. Ele se inclinou para mais perto, tornando a assistir às imagens na tela. A geladeira, salpicada com ímãs coloridos em forma de frutas. As latas de farinha e açúcar no balcão da cozinha. A pia, com o copo de água solitário. Então a câmera passou pela porta da cozinha, em direção ao corredor.

Moore apertou Rewind de novo.

— O que está procurando? — indagou Singer.

A fita estava de volta no ponto em que o copo aparecia. A câmera começou sua panorâmica rumo ao corredor. Moore apertou Pause.

— Aqui está — disse ele. — A porta da cozinha. Onde ela vai dar?

— Bem... no jardim dos fundos. Num gramado.

— E o que tem depois desse jardim?

— Um jardim adjacente. Outra fileira de casas.

— Você falou com o dono da casa ao lado? Ele ouviu os tiros?

— Que diferença isso faz?

Moore se levantou e caminhou até o televisor.

— A porta da cozinha — disse ele, cutucando a tela. — Tem uma corrente. Não foi fechada.

Singer parou para refletir antes de dizer:

— Mas a porta está trancada. Está vendo a posição do botão da maçaneta?

— Certo. É o tipo de botão que você aperta enquanto sai, trancando a porta atrás de você.

— Onde quer chegar?

— Por que ela apertaria o botão mas não passaria a corrente? Quando uma pessoa fecha a porta para dormir, faz tudo isso ao mesmo tempo. Aperta o botão e passa a corrente. Ela não fez esse segundo procedimento.

— Talvez tenha esquecido.

— Três mulheres tinham sido assassinadas em Savannah. Ela estava preocupada o bastante para manter um revólver debaixo da cama. Não acho que teria esquecido de passar a corrente. — Olhou para Singer. — Talvez alguém tenha *saído* pela porta da cozinha.

— Só havia duas pessoas na casa. Cordell e Capra.

Moore considerou o que deveria dizer em seguida. Se teria mais a ganhar ou a perder sendo franco.

Mas a esta altura Singer já sabia para onde a conversa estava indo.

— Você acha que Capra tinha um parceiro.

— Acho.

— Não acha um pouco de exagero deduzir isso apenas a partir de uma corrente solta na porta?

Moore respirou fundo.

— Há mais. Na noite em que foi atacada, Cordell ouviu outra voz na casa. Um homem, falando com Capra.

— Ela nunca me disse isso.

— Descobrimos durante uma sessão de hipnose forense.

Singer caiu na gargalhada.

— Você chamou uma vidente para confirmar isso? Porque aí eu ficaria realmente convencido.

— Isso explica como o *Cirurgião* conhece tão bem a técnica de Capra. Os dois homens eram parceiros. E o *Cirurgião* está continuando a obra de Capra. Está até perseguindo sua única vítima sobrevivente.

— O mundo está cheio de mulheres. Por que se concentrar nela?

— Serviço inacabado.

O Cirurgião

289

— Bem, eu tenho uma teoria melhor. — Singer levantou-se da cadeira. — Cordell esqueceu de passar a corrente na porta da cozinha. O seu menino em Boston está copiando o que leu nos jornais. E o seu hipnotizador forense puxou uma memória falsa. — Balançando a cabeça, Singer caminhou até a porta, fazendo um último comentário sarcástico antes de sair: — Me avisa quando pegar o *verdadeiro* assassino.

Moore permitiu que o comentário o incomodasse apenas por um instante. Ele sabia que Singer estava defendendo seu próprio trabalho no caso e não podia culpá-lo por ser cético. Ele próprio estava começando a questionar seus instintos. Ele tinha vindo até Savannah para provar ou derrubar a teoria do parceiro, e até agora não tinha nenhuma prova concreta.

Focou sua atenção na tela de TV e apertou o botão Play.

A câmera deixou a cozinha, avançando pelo corredor. Fez uma pequena pausa e virou-se para o banheiro, toalhas cor-de-rosa e uma cortina de boxe estampada com peixes coloridos. As mãos de Moore suavam. O detetive se apavorou com a cena seguinte, mas não conseguia desgrudar os olhos da tela. A câmera saía do banheiro e continuava pelo corredor, enquadrando uma aquarela de peônias vermelhas pendurada na parede. No piso de madeira, vestígios de pegadas de sangue, já borradas pelo vaivém de policiais e paramédicos. Tudo se resumia a manchas abstratas vermelhas. Uma porta aparecia bem à frente, e a imagem tremia com a trepidação da câmera.

Moore sentiu o estômago revirar, não porque estava olhando para alguma coisa mais chocante que as outras cenas de crime que já tinha visto. Não. Este horror era profundamente visceral porque ele conhecia, e amava, a mulher que havia sofrido ali. Moore havia estudado as fotografias do quarto de Catherine, mas elas não tinham o mesmo realismo que o vídeo. Embora Catherine não aparecesse na gravação — a esta altura já tinha sido levada até o hospital —, a evidência de seu tormento gritava para ele da tela de TV. Viu a corda de náilon, que prendera seus pulsos e tornozelos, ainda amarrada às colunas da cama. Viu instrumentos cirúrgicos — bisturi e afastadores — largados na mesinha-de-cabeceira . Viu tudo isso e o impacto foi tão poderoso que chegou a cambalear em sua cadeira, como se tivesse sido atingido por um murro.

Quando as lentes da câmera finalmente focaram no corpo de Andrew Capra, caído no chão, Moore não sentiu nem uma pontada de emoção; já estava entorpecido pelo que vira segundos antes. O ferimento abdominal de Capra sangrara profusamente, e uma poça de sangue acumulara-se abaixo de seu torso. A segunda bala, em seu olho, infligira o ferimento fatal. Moore lembrou da lacuna de cinco minutos entre os dois disparos. A imagem que viu confirmou esse lapso de tempo. A julgar pela quantidade de sangue na poça, Capra ficara caído, vivo, pelo menos durante alguns minutos.

A fita de vídeo chegou ao fim.

Moore ficou olhando para a tela vazia. Quando despertou de sua paralisia, desligou o vídeo. Sentia-se cansado demais para se levantar da cadeira. Quando finalmente o fez, foi apenas para escapar daquele lugar. Pegou a caixa que continha as fotocópias dos documentos da investigação de Atlanta. Como esses papéis não eram originais, mas cópias de documentos arquivados em Atlanta, ele poderia lê-los em qualquer lugar.

De volta ao hotel tomou banho e comeu um hambúrguer com fritas solicitado pelo serviço de quarto. Para relaxar, deu-se ao luxo de assistir televisão por uma hora. Mas durante o tempo inteiro em que estava zapeando, o que sua mão realmente queria era acariciar Catherine. Assistir ao último vídeo de cena de crime fizera-o compreender exatamente que tipo de monstro a estava assediando, e com isso em mente ele não podia descansar.

Duas vezes ele pegou o telefone e o largou novamente. Pegou-o mais uma vez, e agora os dedos moveram-se por conta própria, digitando um número que ele conhecia bem. Quatro toques, e ele caiu na secretária eletrônica de Catherine.

Desligou sem deixar recado.

Ficou olhando para o telefone, envergonhado com a facilidade com que sua força de vontade havia desmoronado. Prometera a si mesmo manter-se afastado de Catherine. Concordara com a exigência de Marquette de não falar com ela até que a investigação terminasse. *Quando tudo isto acabar, encontrarei uma forma de acertar os ponteiros entre nós.*

Olhou para a pilha de documentos de Atlanta na mesa. Era meia-noite, e ele ainda não começara. Com um suspiro, abriu a primeira pasta da caixa de Atlanta.

O caso de Dora Ciccone, a primeira vítima de Andrew Capra, não foi uma leitura agradável. Moore já conhecia os detalhes gerais; eles tinham sido resumidos no relatório final de Singer. Mas Moore não lera os relatórios originais de Atlanta, e agora tinha voltado no tempo, e estava examinando o trabalho anterior de Andrew Capra. Tinha sido aqui em que tudo começara. Em Atlanta.

Leu o relatório de crime inicial, progredindo pelos arquivos de entrevistas. Leu declarações dos vizinhos de Ciccone, do barman do clube onde fora vista pela última vez, e da amiga que descobrira o cadáver. Também havia uma pasta com uma lista de suspeitos e suas fotografias; Capra não estava entre eles.

Dora Ciccone era uma universitária de 22 anos em Emory. Na noite de sua morte, tinha sido vista pela última vez à meia-noite, bebericando uma Marguerita no La Cantina. Quarenta horas depois, seu corpo foi descoberto em sua casa, nu e amarrado à cama com corda de náilon. Seu útero fora removido e seu pescoço cortado.

Moore encontrou a lista de eventos da polícia. Era apenas um esboço numa letra quase ilegível, como se o detetive de Atlanta a tivesse feito apenas para satisfazer algum regulamento interno. Ele quase podia sentir o cheiro de fracasso nessas páginas, na caligrafia deprimente do detetive. Ele próprio experimentara o sentimento pesado que cresce no peito quando passam vinte e quatro horas do seu prazo, depois uma semana, depois um mês, e você ainda não encontrou nenhuma pista concreta. Era isso que o detetive de

Atlanta tinha: nada. O assassino de Dora Ciccone permanecia um indivíduo desconhecido.

Moore abriu o laudo da autópsia.

A chacina de Dora Ciccone não tinha sido nem rápida nem habilidosa como os assassinatos posteriores de Capra. Incisões tremidas indicavam que Capra carecia de confiança para fazer um corte único e limpo ao longo da parte inferior do abdômen. Em vez disso, ele havia hesitado e sua lâmina escorregado, macerando a pele. Depois que ele levantou a camada de pele, o procedimento degenerou para uma carnificina amadora, com a lâmina cortando tanto a bexiga quanto o intestino enquanto ele escavava seu prêmio. Nesta que foi a primeira vítima, nenhuma sutura foi usada para amarrar artérias. O sangramento foi profuso, e Capra teve de trabalhar às cegas, com todo o campo cirúrgico submerso numa poça escarlate crescente.

Apenas o golpe de misericórdia foi executado com alguma habilidade. Foi feito com um único corte, da esquerda para a direita, como se, tendo saciado seu impulso assassino, finalmente estava com autocontrole suficiente para terminar o trabalho com eficiência fria.

Moore colocou de lado o laudo da autópsia e olhou para os restos de seu jantar, numa bandeja ao seu lado. Enjoado, levou a bandeja até a porta e a pousou no chão do corredor. Voltou para a mesa e abriu a pasta seguinte, que continha os laudos laboratoriais.

O primeiro laudo era do exame de microscopia: *Spermatozoa identificado em amostra do canal vaginal da vítima.*

Moore sabia que a análise de DNA desse esperma mais tarde confirmaria que ele era de Capra. Antes de assassinar Dora Ciccone, ele a havia estuprado.

Moore virou a página e encontrou uma pilha de laudos da Cabelos e Fibras. O púbis da vítima tinha sido penteado e seus cabelos analisados. Entre as amostras havia um cabelo público marrom avermelhado que combinava com o de Capra. Ele folheou as páginas seguintes de relatórios da Cabelos e Fibras, que examinavam vários pêlos encontrados na cena do crime. A maioria das amostras eram da própria vítima, cabelos do púbis ou da cabeça. Havia também um fio curto, louro, colhido do lençol, mais tarde identificado como não-humano, baseado no padrão estrutural complexo da medula. Um adendo escrito à mão dizia: "Golden Retriever da mãe da vítima. Pêlos similares encontrados no banco traseiro do carro da vítima."

Ele virou para a última página do laudo da Cabelos e Fibras. Era uma análise de mais um cabelo, este humano, mas não identificado. Fora encontrado no travesseiro. Em qualquer casa, uma variedade de cabelos pode ser achada. Humanos perdem dúzias de cabelos diariamente e, dependendo do quanto você é preguiçoso ao limpar sua casa, e a freqüência com que passa o aspirador de pó, os cobertores, tapetes e sofás acumulam um registro microscópico de cada visitante que já tenha passado uma quantidade de tempo significativa em sua casa. Este fio de cabelo, achado no travesseiro, poderia ter vindo de um amante, um convidado, um parente. Não era de Andrew Capra.

*Um fio de cabelo humano, marrom-claro. A-0 (curvo). Comprimento: 5 centímetros. Fase telogen. Trichorrhexis invaginata notado. Origem não identificada.*

*Trichorrhexis invaginata.* Cabelo em bambu.

O *Cirurgião* esteve aqui.

Estarrecido, Moore recostou-se na cadeira. No começo daquele dia ele lera os laudos de Savannah para Fox, Voorhees, Torregrossa e Cordell. Em nenhuma dessas cenas de crime um cabelo com *Trichorrhexis invaginata* fora encontrado.

Mas o parceiro de Capra estivera lá o tempo todo. Invisível. Não deixara sêmen e DNA para trás. A única evidência de sua presença era este único fio de cabelo, e sua voz, enterrada na memória de Catherine.

*A parceria deles começou com o primeiríssimo crime. Em Atlanta.*

# 20

Peter Falco estava com os braços mergulhados até os cotovelos em sangue. Levantou os olhos da mesa quando Catherine entrou na Sala de Traumatismos. A tensão que surgira entre eles e o incômodo que Catherine sentia na presença de Peter, qualquer que fosse sua natureza, dissipou no ar. Eles assumiram os papéis de dois profissionais, trabalhando juntos no calor da batalha.

— Tem outro chegando! — avisou Peter. — Com isso são quatro. Ainda estão retirando ele do carro.

Sangue jorrou da incisão. Peter pegou um grampo na bandeja e o enfiou no abdômen aberto.

— Eu vou assistir — disse Catherine, e rasgou o selo de um avental cirúrgico esterilizado.

— Não, eu posso lidar com isto. Kimball precisa de você na Sala Dois.

Como para enfatizar sua declaração, uma sirene de ambulância chegou aos seus ouvidos.

— Essa aí é sua — disse Falco. — Divirta-se.

Catherine correu até a sala de desembarque da ambulância. O Dr. Kimball e duas enfermeiras já estavam esperando no lado de fora quando o veículo aproximou-se em marcha à ré. Mesmo antes de Kimball abrir a porta da ambulância, eles podiam ouvir o paciente gritando.

Era um rapaz, tatuagens mapeando seus braços e ombros. Ele se debateu e xingou enquanto a equipe retirava a maca de rodas. Catherine viu de relance o lençol empapado de sangue que cobria suas extremidades inferiores e compreendeu o motivo dos gritos.

— Demos a ele uma tonelada de morfina na cena do acidente — garantiu o paramédico enquanto a maca era empurrada até a Traumatismo Dois. — Parece que não surtiu efeito nele.

— Quanto? — perguntou Catherine.

— Quarenta, quarenta e cinco miligramas por via intravenosa. Paramos quando a pressão arterial dele começou a cair.

— Atenção, transferência em três — disse uma enfermeira. — Um, dois, três!

— PUTA QUE PARIU! DÓI! DÓI!

— Eu sei, querido. Eu sei.

— Tu não sabe PORRA NENHUMA!

— Vai se sentir bem num minuto. Qual é o seu nome, filho?

— Rick... Ai, caralho, minha perna...

— Rick de quê?

— Roland!

— Tem alergia a alguma coisa, Rick?

— Qual é o problema com vocês, *SEUS BABACAS?*

— Temos dados vitais? — perguntou Catherine enquanto calçava as luvas.

— Pressão 102 por 60. Pulso cento e trinta.

— Dez miligramas de morfina, aplicação intravenosa — instruiu Kimball.

— *MERDA! ME DÁ CEM!*

Enquanto o resto da equipe corria de um lado para outro tirando amostras de sangue e pendurando garrafas de soro, Catherine levantou o lençol empapado em sangue e arfou quando viu o torniquete de emergência amarrado em torno do que mal era reconhecido como membro.

— Dê trinta para ele — disse ela.

A parte inferior da perna direita estava ligada apenas por alguns farrapos de pele. O membro quase cortado era uma massa vermelha, o pé praticamente virado para trás.

Ela tocou os dedos e viu que estavam frios como pedra; obviamente não haveria pulsação neles.

— Disseram que a artéria estava vazando — disse o paramédico.

— O primeiro policial na cena colocou o torniquete.

— Esse policial salvou a vida dele.

— Morfina entrando.

Catherine dirigiu a luz para o ferimento.

— Parece que tanto o nervo poplíteo quanto a artéria foram cortados. Ele perdeu o suprimento vascular para esta perna.

Ela olhou para Kimball, e ambos entenderam o que precisava ser feito.

— Vamos levá-lo para a sala de cirurgia — disse Catherine. — Ele está suficientemente estável para ser removido. Isso vai liberar esta sala de traumatismos.

— Bem a tempo — disse Kimball quando eles ouviram outra sirene de ambulância. Ele se virou para sair.

— Ei. *Ei!* — O paciente agarrou o braço de Kimball. — Você não é o doutor? Tá doendo pra cacete! Manda essas piranhas fazerem alguma coisa!

Kimball lançou um olhar seco para Catherine. Então disse:

— É melhor você ser gentil com elas, rapaz. Essas piranhas estão conduzindo o espetáculo.

Amputação jamais era a primeira escolha de Catherine. Se um membro podia ser salvo, ela faria tudo em seu poder para religá-lo. Porém, meia hora depois, de pé na sala de cirurgia, bisturi na mão, Catherine olhou para o que restava da perna direita do paciente e a escolha pareceu-lhe óbvia. A panturrilha fora macerada e tanto a tíbia quanto a fíbula reduzidas a farpas. A julgar pela perna esquerda, não ferida, seu membro direito já tinha sido bem-torneado e musculoso, uma perna fortemente bronzeada de sol. O pé nu — estranhamente intacto a despeito do ângulo chocante no qual apontava — tinha marcas de correias de sandália e areia debaixo das unhas. Catherine não gostava daquele paciente e não apreciara seus xingamentos nem os insultos a ela e às outras mulheres da equipe, mas enquanto seu bisturi cortava a pele, formando uma aba posterior, enquanto serrava as pontas afiadas da tíbia e fíbula, a médica trabalhou com o peito carregado de tristeza.

A enfermeira da sala de cirurgia removeu a perna cortada da mesa e a embrulhou em plástico. Um pé que já saboreara o calor da areia de uma praia logo seria reduzido a pó, cremado com todos os outros órgãos e membros sacrificados que chegavam ao Departamento de Patologia do hospital.

A operação deixou Catherine deprimida e cansada. Quando finalmente despiu as luvas e o avental cirúrgico, e saiu da sala de cirurgia, não estava com nenhum humor para encontrar Jane Rizzoli à sua espera.

Ela foi até a pia lavar o cheiro de talco e látex de suas mãos.

— É meia-noite, detetive. Nunca dorme?

— Provavelmente tanto quanto você. Tenho algumas perguntas a lhe fazer.

— Achei que você não estava mais no caso.

— Jamais estarei fora deste caso. Não importa o que os outros disserem.

Catherine enxugou as mãos e se virou para olhar para Rizzoli.

— Você não gosta muito de mim, gosta?

— Se gosto ou não, isso não é importante.

— Foi alguma coisa que eu disse a você? Alguma coisa que fiz?

— Olhe, você já terminou seu trabalho por hoje?

— É por causa de Moore, não é? É por causa disso que você não vai com a minha cara.

Rizzoli empinou o queixo.

— A vida pessoal do detetive Moore não é da minha conta.

— Mas você não aprova.

— Ele nunca perguntou minha opinião.

— Ela é bastante clara.

Rizzoli fitou-a com raiva não disfarçada.

— Eu admirava Moore. Achei que ele era muito especial. Um policial que nunca saía da linha. No fim das contas, ele não é melhor do que ninguém. O que eu não consigo acreditar é que ele tenha saído da linha por causa de uma mulher.

Catherine tirou sua touca e largou-a na lata de lixo.

— Ele sabe que foi um erro — disse ela, e saiu da ala de cirurgia para o corredor.

Rizzoli a seguiu.

— Desde quando?

— Desde que ele saiu da cidade sem dizer uma palavra. Acho que fui apenas um lapso de julgamento temporário.

— É isso que ele era para você? Um lapso no seu julgamento?

Catherine parou no corredor, piscando para afastar as lágrimas. *Eu não sei. Eu não sei o que pensar.*

— Você parece estar no centro de tudo, Doutora Cordell. Você está lá em cima no palco, o foco da atenção de todos. De Moore. Do *Cirurgião.*

Catherine virou-se furiosa para Rizzoli.

— Você acha que eu quero essa atenção? Nunca pedi para ser uma vítima!

— Mas vive acontecendo com você, não é mesmo? Sempre há algum tipo de ligação estranha entre você e o *Cirurgião.* Eu não percebi no começo. Achei que ele tinha matado aquelas outras vítimas para realizar suas fantasias doentias. Agora eu acho que tudo orbitou em torno de você. Ele é como um gato, matando pássaros e os levando para casa para mostrar à sua ama, para provar seu valor como caçador. Aquelas vítimas foram oferendas para impressionar você. Quanto mais assustada você fica, mais bem-sucedido ele se sente. Foi por isso que ele esperou para matar Nina Peyton até que ela estivesse neste hospital, sob os seus cuidados. Ele queria que você testemunhasse sua habilidade em primeira mão. Você é a obsessão dele. Eu quero saber por quê.

— Ele é o único que pode responder a isso.

— Você não tem idéia?

— Como poderia? Nem sei quem ele é.

— Ele estava na sua casa com Andrew Capra. Se o que você disse sob hipnose é verdade.

— Andrew foi a única pessoa que eu vi naquela noite. Andrew foi o único que... — Ela se calou. — Talvez *eu* não seja sua verdadeira obsessão, detetive. Já pensou nisso? Talvez seja *Andrew*.

Esse comentário atingiu Rizzoli com a força de um murro. Catherine subitamente percebeu que ela havia atingido a verdade. O centro do universo do *Cirurgião* não era ela, mas Andrew Capra. O homem que ele copiava, talvez até adorava. O parceiro que Catherine lhe tomara.

Catherine olhou para cima quando seu nome foi proferido pelo sistema de som do hospital.

— Doutora Cordell, apresente-se imediatamente na Emergência. Doutora Cordell, imediatamente, Emergência.

*Deus, será que nunca vão me deixar em paz?*

Ela apertou o botão de descer do elevador.

— Doutora Cordell?

— Não tenho tempo para nenhuma das suas perguntas. Tenho pacientes para ver.

— Quando terá tempo?

A porta abriu e Catherine entrou, o soldado cansado chamado de volta para a frente de batalha.

— A minha noite está apenas começando.

*Por seu sangue eu irei conhecê-los.*

*Corro os olhos pelos suportes de tubos de ensaio da forma como uma criança deseja bombons numa caixa, perguntando qual será o mais saboroso. Nosso sangue é tão único quanto nós, e meu olho nu discerne tonalidades variadas de vermelho, de melancia a cereja. Eu sei o que nos* confere esta ampla palheta de cores. Eu sei que o vermelho é das hemoglobinas, em estados variados de oxigenação. É química, nada mais. Mas... Ah, que química é essa que tem o poder de chocar, de horrorizar! Todos nós somos comovidos pela visão do sangue.

Mesmo vendo-o todos os dias, ele nunca deixa de me empolgar.

Fito os suportes com um olhar faminto. Os tubos chegam de toda a grande Boston, remetidos de consultórios médicos, clínicas e o hospital ao lado. Somos o maior laboratório de diagnósticos da cidade. Se você estende o braço para a agulha de um flebotomista em qualquer parte de Boston, as chances são de que seu sangue virá para cá. Para mim.

Registro o primeiro suporte de espécimes. Em cada tubo há um rótulo com o nome do paciente, o nome do médico, e a data. Ao lado do suporte há a pilha de formulários de requisição que o acompanha. São os formulários que eu pego. Eu os folheio e leio os nomes.

No meio da pilha, eu paro. Estou olhando para uma requisição para Karen Sobel, 25 anos, que mora no 7536 da Clark Road, em Brookline. Ela é branca e solteira. Isto eu sei porque é o que aparece no formulário, juntamente com o seu número do Seguro Social, o nome de seu empregador, e seu plano de saúde.

O médico requisitou dois exames de sangue: um teste de HIV e um de VDRL, por sífilis.

Na linha do diagnóstico, o doutor escreveu: "Violência sexual".

No suporte, encontro o tubo que contém o sangue de Karen Sobel. É um vermelho escuro, o sangue de uma fera ferida. Eu o seguro em minha mão, e ele esquenta ao meu toque. Eu vejo, eu sinto, esta mulher chamada Karen. Frágil e abatida, esperando ser colhida.

Então me assusto ao ouvir uma voz. Olho em sua direção.

Catherine Cordell acaba de entrar no meu laboratório.

Ela está parada tão perto de mim que quase posso esticar a mão para tocá-la. Estou impressionado por vê-la aqui, especialmente a esta hora remota, entre o anoitecer e a alvorada. É muito raro um médico aventurar-se ao nosso mundo subterrâneo, e vê-la aqui agora é uma emoção inesperada, tão fascinante quanto a visão de Perséfone descendo ao Hades.

302 TESS GERRITSEN

*Pergunto-me o que a trouxe aqui. Então vejo que está entregando vários tubos de sangue cor-de-palha ao técnico na bancada ao lado, e escuto as palavras "efusão pleural". Agora eu sei por que ela se dignou a vir visitar-nos. Como muitos médicos, ela não confia nos assistentes do hospital para entregar certos fluidos corporais valiosos, e ela trouxe pessoalmente os tubos pelo túnel que liga o Pilgrim Hospital ao prédio do Interpath Labs.*

*Eu a vejo se afastar. Ela passa bem perto da minha bancada. Ombros curvados, pernas bambas, ela parece caminhar através de lama profunda. A fadiga e as luzes fluorescentes deixam sua pele parecendo pouco mais do que uma película leitosa sobre os elegantes ossos de seu rosto. Ela desaparece pela porta, sem jamais saber que eu a estive observando.*

*Baixo os olhos para o tubo de Karen Sobel, que ainda tenho em minhas mãos, e subitamente o sangue parece fosco e sem vida. Uma presa que nem vale a caçada. Não em comparação com o que acaba de passar por mim.*

*Ainda sinto o cheiro de Catherine.*

*Entro no computador, e sob a lacuna "nome do médico", digito: "C. Cordell". Na tela aparecem todos os exames laboratoriais que ela pediu nas últimas vinte e quatro horas. Vejo que ela está no hospital desde as dez da noite. Agora são cinco e meia da manhã, uma sexta-feira. Um dia inteiro na clínica ainda a aguarda.*

*Meu dia de trabalho agora está chegando ao fim.*

*Quando saio do prédio, são sete da manhã, e o sol matutino bate direto em meus olhos. O dia já está quente. Caminho até o estacionamento do centro médico, pego o elevador até o quinto andar e caminho pela fileira de carros até a vaga # 541, onde o carro de Catherine está estacionado. É uma Mercedes amarelo-limão, modelo do ano. Ela a mantém impecavelmente limpa.*

*Pego o chaveiro no meu bolso, o chaveiro que venho guardando há duas semanas, e enfio uma das chaves na fechadura de seu bagageiro.*

*O bagageiro se abre.*

O CIRURGIÃO 303

*Olho para dentro e localizo a alavanca de liberação do passageiro, um excelente recurso de segurança para impedir que crianças fiquem trancadas acidentalmente em seu interior.*

*Outro carro sobe pela rampa da garagem. Rapidamente fecho o bagageiro da Mercedes e me afasto.*

*Durante dez anos brutais, a Guerra de Tróia prosseguiu. O sangue virgem de Ifigênia, que foi derramado no altar em Aulis, tinha impulsionado os mil navios gregos rumo a Tróia, mas uma vitória rápida não aguardava os gregos, porque no Olimpo os deuses estavam divididos. No lado de Tróia estavam Afrodite, Ares, Apolo e Ártemis. No lado grego estavam Hera, Atena e Poseidon. Fútil como a brisa, a vitória flutuava de um lado para o outro, e o poeta Virgílio diz que a terra foi pintada em sangue.*

*No fim, não foi força, mas astúcia, que derrotou Tróia. Na alvorada do último dia de Tróia, seus soldados acordaram com a visão de um grande cavalo de madeira, abandonado diante de seus portões.*

*Quando penso no Cavalo de Tróia, fico intrigado com a estupidez dos soldados troianos. Enquanto empurravam o monstro para dentro da cidade, como não adivinharam que o inimigo estava escondido em seu interior? Por que o levaram para dentro dos muros da cidade? Por que passaram aquela noite festejando a vitória, entorpecendo suas mentes com bebida? Gosto de pensar que eu não teria cometido esse erro.*

*Talvez tenha sido seus muros intransponíveis que os tenha atraído à complacência. Depois que os muros eram fechados, como o inimigo poderia atacar? Os troianos estão separados de seu inimigo por muros poderosos.*

*Ninguém considera a possibilidade de que o inimigo já esteja dentro dos muros. Que ele esteja ali, ao seu lado.*

*Penso no cavalo de madeira enquanto mexo creme e açúcar em meu café.*

*Pego o telefone.*

*— Escritório do Centro Cirúrgico. Fala Helen — responde a recepcionista.*

304    TESS GERRITSEN

— *Posso ver a Doutora Cordell esta tarde?* — pergunto.

— *É uma emergência?*

— *Na verdade, não. Estou com um caroço nas costas. Não dói, mas gostaria que ela desse uma olhada.*

— *Posso encaixar o senhor na agenda dela dentro de duas semanas.*

— *Não posso vê-la esta tarde? Depois de sua última consulta.*

— *Sinto muito, senhor... qual é o seu nome, por favor?*

— *Senhor Troy.*

— *Senhor Troy. A Doutora Cordell estará ocupada até as cinco da tarde e irá para casa logo depois disso. Duas semanas é o máximo que posso fazer pelo senhor.*

— *Então deixe pra lá. Vou tentar outro médico.*

*Desligo. Agora eu sei que em algum momento depois das cinco tarde ela sairá de seu consultório. Ela está exausta; certamente irá direto para casa.*

*Agora são nove da manhã. Este será um dia de espera, de antecipação.*

*Durante dez anos os gregos cercaram Tróia. Durante dez anos eles perseveraram, arremetendo-se contra os muros do inimigo, enquanto sua sorte subia e descia, de acordo com a vontade dos deuses.*

*Estou esperando há apenas dois anos para reclamar meu troféu.*

*Já foi tempo suficiente.*

# 21

A funcionária da Secretaria de Alunos da Faculdade de Medicina da Emory University era uma sósia de Doris Day, uma loura bronzeada que amadurece uma graciosa matrona sulista. Winnie Bliss mantinha uma garrafa térmica com café ao lado das caixas postais dos alunos e uma jarra de cristal cheia de doces em sua mesa. Moore podia imaginar que um estudante de medicina exausto achava esta sala um retiro maravilhoso.

Winnie trabalhava naquele escritório havia vinte anos e, como não tivera filhos, concentrava seus impulsos maternais nos estudantes que visitavam o escritório todos os dias para pegar suas cartas. Alimentava-os com biscoitos, passava-lhes dicas sobre vagas em apartamentos, aconselhava-os sobre namoros ruins e notas baixas. E todos os anos, na formatura, derramava lágrimas porque cento e dez de seus filhos a estavam abandonando. Tudo isso Winnie contou a Moore num agradável sotaque georgiano enquanto entupia-o com biscoitos e servia-lhe café. Moore acreditou nela. Winnie Bliss era um amor de pessoa.

— Não consegui acreditar quando a polícia de Savannah telefonou para mim, há dois anos — disse ela, sentada graciosamente em sua cadeira. — Disse a eles que devia ser um erro. Vi Andrew entrar neste escritório todos os dias para pegar as cartas dele, e ele era o jovem mais gentil que você pode imaginar. Muito educado. Nunca ouvi uma palavra feia sair de sua boca. Sempre faço questão de falar com as pessoas olhando em seus olhos, para que elas saibam que eu realmente as estou *vendo*. E nos olhos de Andrew eu via um bom menino.

Um testemunho do quão facilmente podemos ser enganados pelo mal, pensou Moore.

— Lembra se Capra tinha amigos íntimos durante os quatro anos em que estudou aqui? — indagou Moore.

— Quer dizer, como uma namorada?

— Estou mais interessado em seus amigos homens. Falei com a ex-senhoria dele de Atlanta. Ela disse que havia um rapaz que visitava ocasionalmente Capra. Ela achava que ele era outro estudante de medicina.

Winnie se levantou e caminhou até o armário de arquivo, de onde retirou uma impressão de computador.

— Esta é a lista de alunos do ano de Andrew. Havia cento e dez alunos em sua turma no primeiro ano. Metade deles eram homens.

— Capra tinha amigos íntimos entre eles?

Winnie correu os olhos pelas três páginas de nomes e meneou a cabeça.

— Sinto muito. Não consigo me lembrar de ninguém nesta lista que fosse particularmente íntimo dele.

— Está dizendo que ele não tinha amigos?

— Estou dizendo que eu não *sei* de nenhum amigo.

— Posso ver a lista?

Winnie deu a lista a Moore. Ele leu a página mas não viu nenhum nome, exceto o de Capra, que lhe parecesse familiar.

— Sabe onde todos esses estudantes estão vivendo agora?

— Sim. Eu atualizo seus endereços de correspondência para o informativo de ex-alunos.

— Algum deles mora na área de Boston?

— Deixe-me checar.

Ela girou a cadeira para olhar o computador, e suas unhas cor-de-rosa bem polidas clicaram as teclas. A inocência de Winnie Bliss

O Cirurgião 307

fazia-a parecer uma mulher de uma época mais antiga, mais graciosa, e Moore ficou surpreso ao vê-la navegando nos arquivos de seu computador com grande perícia.

— Há um em Newton, Massachusetts — informou Winnie. — Fica perto de Boston?

— Fica, sim. — Moore inclinou-se para a frente, sua pulsação acelerando rapidamente. — Qual é o nome dele?

— Dela. Latisha Green. Menina muito agradável. Costumava me trazer uns sacos enormes de nozes pecan. Claro que isso era uma crueldade dela, porque sabia que eu vivo lutando para não engordar. Mas acho que ela gostava de alimentar as pessoas. Era apenas o jeito dela.

— Ela era casada? Tinha um namorado?

— Ora, ela tem um marido *maravilhoso*! O maior homem que eu já vi. Um metro e noventa e quatro centímetros de altura, com uma pele negra lindíssima.

— Pele negra — repetiu Moore.

— Sim. Bonita como couro de bolsa.

Moore suspirou e olhou novamente para a lista.

— E não há mais ninguém da turma de Capra vivendo perto de Boston, até onde a senhora saiba?

— Não segundo a minha lista. — Ela se virou para ele. — Ora, você parece desapontado. — Ela disse isso com a voz carregada de tristeza, como se sentisse pessoalmente responsável pelo fracasso de Moore.

— Estou batendo com a cara na parede hoje — admitiu Moore.

— Coma um doce.

— Obrigado, mas não.

— Também tem problemas de peso?

— Apenas não tenho paladar para coisas doces.

— Então você certamente *não* é um sulista, detetive.

Moore não conseguiu conter o riso. Winnie Bliss, com seus olhos arregalados e voz macia, havia-o encantado, assim como certamente encantava cada aluno, homem ou mulher, que entrava em seu escritório. Moore voltou seu olhar para a parede atrás dela, na qual havia uma série de fotografias de grupo penduradas.

— Essas são as turmas da faculdade de medicina?

Ela se virou para olhar a parede.

— Faço o meu marido tirar uma foto em cada formatura. Não é nada fácil juntar todos esses alunos. O meu marido diz que é como pastorear gatos. Mas eu quero essa foto, e eu *faço* eles posarem para elas.

— Qual é a turma de formatura de Andrew Capra?

— Vou mostrar o anuário a você. Há o nome de cada um ao lado da fotografia. — Ela se levantou e foi até uma estante fechada por portas de vidro. Reverentemente, removeu um volume fino da prateleira e correu a mão pela capa, como para limpar a poeira. — Este é o ano em que Andrew se formou. Tem fotos de todos os seus colegas e diz onde eles foram aceitos para residência. — Ela hesitou por um instante, e então estendeu o livro para ele. — Esse é o meu único exemplar. Será que poderia olhá-lo aqui mesmo e não levá-lo?

— Vou ficar sentado ali no canto para não atrapalhar a senhora. Ali a senhora poderá ficar de olho em mim. Que tal assim?

— Ora, não estou dizendo que não confio em você!

— Bem, a senhora não deveria — disse ele, e piscou. Ela corou como uma menininha.

Moore levou o livro até o canto da sala, onde a garrafa térmica e um prato de biscoitos estavam dispostos na pequena área de espera. Ele afundou numa poltrona de couro puído e abriu o anuário de alunos da Faculdade de Medicina da Emory University. A hora do almoço chegara, e um desfile de estudantes recém-saídos da adolescência em jalecos brancos começou a entrar para ver suas caixas postais. Desde quando crianças tornavam-se médicos? Ele não podia imaginar submeter seu corpo de meia-idade aos cuidados desses jovens. Ele viu seus olhares curiosos, ouviu Winnie Bliss sussurrar:

— Ele é um detetive de *homicídios*, lá de Boston.

Sim, aquele velho decrépito lá no canto.

Moore afundou mais em sua poltrona e se concentrou nas fotos. Ao lado de cada uma havia o nome do aluno, cidade natal, e a residência à qual ele ou ela fora aceito. Quando chegou à foto de Capra, ele parou. Capra olhava diretamente para a câmera, um jovem sorridente com um olhar honesto, de quem não escondia nada. Era isso o que Moore achava mais assustador: os predadores andavam entre as presas sem serem reconhecidos.

Ao lado da foto de Capra estava o nome de seu programa de residência. *Cirurgia, Riverland Medical Center, Savannah, Georgia.*

Ele se perguntou quem mais da turma de Capra tinha ido fazer residência em Savannah, quem mais vivia naquela cidade na qual Capra estava trucidando mulheres. Folheou as páginas, correndo os olhos pelas listas, e descobriu que três outros estudantes de medicina tinham sido aceitos em programas na área de Savannah. Dois deles eram mulheres; o terceiro era um asiático.

Mais um beco sem saída.

Ele se recostou na poltrona, desencorajado. O livro caiu aberto em seu colo, e ele viu a fotografia do reitor da escola sorrindo para ele. Abaixo da fotografia estava impressa sua mensagem aos formandos, intitulada "Para curar o mundo".

*Hoje, 108 jovens estão fazendo o juramento solene que completa uma jornada longa e difícil. Este juramento, como médico e curador, não deve ser feito levianamente, porque seu significado deve durar toda uma vida...*

Moore sentou-se reto e releu o discurso do reitor.

*Hoje, 108 jovens...*

Ele se levantou e caminhou até a mesa de Winnie.

— Senhora Bliss?

— Sim, detetive?

— A senhora disse que havia cento e dez calouros na turma de Andrew.

— Nós admitimos cento e dez alunos todos os anos.

— Aqui, no discurso do reitor, ele diz que cento e oito se formaram. O que aconteceu aos outros dois?

Winnie balançou a cabeça com tristeza.

— Eu ainda não me recuperei sobre o que aconteceu com aquela pobre garota.

— Que garota?

— Laura Hutchinson. Ela estava trabalhando numa clínica lá no Haiti. Um dos nossos cursos eletivos. Ouvi dizer que as estradas lá são horríveis. O caminhão entrou numa vala e capotou bem por cima dela.

— Então foi um acidente.

— Ela estava viajando na carroceria do caminhão. Eles levaram dez horas para retirar seu corpo.

— E quanto ao outro aluno? Há mais um que não se formou com a turma.

Winnie baixou os olhos para a mesa, e Moore pôde ver que ela não estava ansiosa por falar sobre este tópico em particular.

— Senhora Bliss?

— Acontece de vez em quando — disse ela. — Um estudante desiste. Nós tentamos ajudá-los a permanecer no programa, mas você sabe como é, alguns deles *têm* problemas com o material.

— Então esse aluno... qual era o nome dele?

— Warren Hoyt.

— Ele desistiu do curso?

— Sim, pode-se dizer que sim.

— Foi algum problema acadêmico?

— Bem... — Ela olhou em torno, como se estivesse procurando por ajuda, mas não encontrando nenhuma. — Talvez você deva perguntar a um dos nossos professores, o Doutor Kahn. Ele vai poder responder às suas perguntas.

— A senhora não sabe a resposta?

— É uma espécie de... assunto privado. É mais apropriado que o Doutor Kahn fale com você.

Moore olhou seu relógio. Ele tinha pensado em pegar um avião de volta para Savannah naquela noite, mas aparentemente não ia conseguir.

— Onde encontro o Doutor Kahn?

— No Laboratório de Anatomia.

Já do corredor Moore podia sentir o cheiro de formalina. Moore parou diante da porta na qual estava escrito ANATOMIA, preparando-se para o que viria em seguida. Embora achasse que estava preparado, quando passou pela porta ficou momentaneamente estarrecido com o que viu. Vinte e oito mesas, dispostas em quatro fileiras, estendiam-se pelo comprimento do cômodo. Nas mesas havia cadáveres em estados avançados de dissecação. Ao contrário dos cadáveres que Moore estava acostumado a ver no instituto médico legal, aqueles pareciam artificiais, a pele dura como vinil, as veias expostas embalsamadas em tons berrantes de vermelho e azul. Os alunos estavam se concentrando nas cabeças, descamando os músculos da face. Havia quatro alunos designados para cada corpo, e a sala estava muito barulhenta, com alunos lendo textos de livros didáticos em voz alta uns para os outros, fazendo perguntas, oferecendo conselhos. Se não fossem os objetos funestos nas mesas, estudantes pareceriam operários de fábrica, montando peças mecânicas.

Uma mocinha levantou os olhos do que estava fazendo para o estranho vestido de terno e gravata que acabara de entrar em sua sala.

— Está procurando por alguém? — perguntou, bisturi preparado para cortar a face de um cadáver.

— Doutor Kahn.

— Ele está no fundo da sala. Está vendo o sujeito grandão de barba branca?

— Estou sim, muito obrigado.

Moore caminhou ao longo da sala, seu olhar inexoravelmente atraído para cada cadáver à medida que passava. A mulher com membros descarnados até os ossos na mesa de metal. O homem negro, pele aberta para revelar os músculos grossos de sua coxa. No fundo da fileira, um grupo de alunos ouvia atentamente a um sujeito parecido com Papai Noel, mão apontando para fibras delicadas do nervo facial de um dos cadáveres.

— Doutor Kahn? — disse Moore.

Kahn olhou para ele, e toda a semelhança com Papai Noel desapareceu. Aquele homem tinha olhos negros e intensos, sem o menor vestígio de humor.

— Sim?

— Sou o detetive Moore. A senhora Bliss da Secretaria de Alunos me mandou falar com o senhor.

Kahn empertigou-se, e subitamente Moore estava olhando para uma montanha de homem. O bisturi parecia incongruentemente delicado em sua mão imensa. Kahn pousou o instrumento, despiu suas luvas. Enquanto virava-se para lavar as mãos numa pia, Moore viu que os cabelos brancos de Kahn estavam amarrados atrás da cabeça num rabo-de-cavalo.

— E então, de que se trata? — indagou Kahn, pegando uma toalha de papel.

— Tenho algumas perguntas a fazer sobre um calouro de medicina a quem o senhor deu aula há sete anos. Warren Hoyt.

Kahn estava de costas para Moore, mas ele pôde ver o braço imenso paralisar-se sobre a pia, pingando água. Então Kahn arrancou a toalha de papel do dispensador e silenciosamente enxugou as mãos.

— O senhor lembra-se dele? — indagou Moore.

— Lembro.

— Lembra bem?

— Ele foi um aluno inesquecível.

— Pode me contar mais?

— Na verdade, não. — Kahn jogou a bola de papel amassado na cesta de lixo.

O CIRURGIÃO

— Isto é uma investigação criminal, Doutor Kahn.

Agora vários alunos estavam olhando para eles. A palavra *criminal* atraíra sua atenção.

— Vamos conversar na minha sala.

Moore seguiu-o até a sala adjacente. Através de uma divisória de vidro, eles tinham uma vista do laboratório com suas 28 mesas. Uma aldeia de cadáveres.

Kahn fechou a porta e se virou para ele.

— Por que está perguntando sobre Warren? O que ele fez?

— Até onde sabemos, nada. Só preciso saber sobre seu relacionamento com Andrew Capra.

— Andrew Capra? — Kahn resfolegou. — Nosso ex-aluno mais famoso. Aí está uma coisa pela qual uma faculdade de medicina adora ser conhecida. Ensinar psicopatas a cortar as pessoas.

— O senhor acha que Capra era louco?

— Não estou certo se existe um diagnóstico psiquiátrico para homens como Capra.

— Qual era a sua impressão dele?

— Nunca vi nada fora do normal. Andrew me parecia um rapaz absolutamente comum.

— E quanto a Warren Hoyt?

— Por que está perguntando sobre Warren?

— Preciso saber se ele e Capra eram amigos.

Kahn pensou bastante antes de responder.

— Eu não sei. Não posso lhe dizer o que acontece fora deste laboratório. Só vejo o que acontece naquela sala. Estudantes lutando para enfiar uma quantidade imensa de informação em seus cérebros. Nem todos eles são capazes de lidar com o estresse.

— Foi isso que aconteceu com Warren? Foi por causa disso que ele saiu da faculdade de medicina?

Kahn virou-se para a divisória de vidro e olhou para o laboratório de anatomia.

— Já se perguntou de onde vêm aqueles cadáveres?

314 TESS GERRITSEN

— Perdão?

— Como as faculdades de medicina os conseguem? Como eles acabam naquelas mesas ali, para serem abertos?

— Presumo que as pessoas doem seus próprios corpos à escola.

— Exatamente. Cada um daqueles cadáveres foi um ser humano que tomou uma decisão profundamente generosa. Eles doaram seus corpos para nós. Em vez de passar a eternidade em algum caixão de madeira, escolheram fazer alguma coisa útil com seus restos. Eles estão ensinando nossa próxima geração de médicos. Isso não pode ser feito sem cadáveres de verdade. Os estudantes precisam ver, em três dimensões, todas as variações do corpo humano. Precisam explorar, com um bisturi, as ramificações da artéria carótida, os músculos do rosto. Sim, você pode aprender um pouco disso num computador, mas não é a mesma coisa que realmente cortar a pele. Extirpar um nervo delicado. Para isso, você precisa de um ser humano. Precisa de pessoas com a generosidade e a graça de doar a parte mais pessoal de si mesmas: seus corpos. Eu considero que cada um daqueles cadáveres foi uma pessoa extraordinária. Eu os trato como tais, e espero que meus alunos também os honrem. Não permito palhaçadas naquela sala. Eles devem tratar os corpos, e todas as partes corporais, com respeito. Quando a dissecação é terminada, os restos são cremados e dispostos com dignidade. — Ele se virou para olhar para Moore. — Essa é a lei no meu laboratório.

— O que isso tem a ver com Warren Hoyt?

— Tem tudo a ver com ele.

— O motivo que o fez abandonar o curso?

— Sim. — Ele se virou de novo para a janela.

Moore esperou, seu olhar fixo nas costas largas do professor, dando-lhe tempo para formar as palavras certas.

— Dissecação é um processo demorado — disse Kahn. — Alguns estudantes não conseguem completar os trabalhos durante o horário das aulas. Alguns deles precisam de horas extras para revisar partes complicadas da anatomia. Assim, eu lhes permito acesso ao

O CIRURGIÃO                                                    315

laboratório a qualquer hora do dia ou da noite. Cada um deles tem uma chave para este prédio e podem entrar e trabalhar no meio da noite, se quiserem. Alguns deles fazem isso.

— Warren fazia?

Uma pausa.

— Sim.

Uma suspeita horrível começava a arrepiar os pêlos do pescoço de Moore.

Kahn foi até o arquivo, abriu a gaveta e começou a remexer em seu conteúdo.

— Foi num domingo. Eu tinha passado o fim de semana fora da cidade e precisava voltar naquela noite para preparar um espécime para a aula de segunda. Sabe como são esses garotos, muitos deles são desajeitados e estraçalham seus espécimes. Assim eu tento ter uma boa dissecação à mostra, para que eles vejam a anatomia que podem ter danificado em seus próprios cadáveres, estávamos trabalhando no sistema reprodutor, e eles já tinham começado a dissecar os órgãos. Lembro que eu estava dirigindo para o campus bem tarde. Devia passar da meia-noite. Vi luzes nas janelas do laboratório e pensei que devia ser algum estudante compulsivo que tinha vindo adiantar-se de seus colegas de classe. Entrei no prédio. Cruzei o corredor. Abri a porta.

— Warren Hoyt estava aqui — aventurou-se Moore.

— Sim, estava.

Kahn achou o que estava procurando na gaveta do arquivo. Tirou a pasta e se virou para Moore.

— Quando vi o que ele estava fazendo, eu... bem... eu perdi o controle. Eu o peguei pela camisa e o empurrei contra a pia. Não fui gentil, admito, mas estava tão zangado que não pude me conter. Ainda fico zangado, só de pensar. — Ele soltou um suspiro profundo, mas mesmo agora, sete anos depois, ele não podia se acalmar. — Depois... depois que eu acabei de gritar com ele, eu o arrastei até aqui, para a minha sala. Eu o fiz sentar-se e assinar uma declaração de que iria retirar-se desta faculdade às oito da manhã do dia seguinte. Não exigi que ele apresentasse um motivo para isso, mas teria de se retirar, senão eu emitiria meu relatório por escrito sobre o que vi neste laboratório. Concordou, é claro. Não tinha escolha. Sabe, ele nem pareceu muito perturbado com a situação. Era isso que me parecia mais estranho nele: nada o perturbava. Ele aceitava tudo com calma e racionalidade. Warren era assim. Muito racional. Jamais se aborrecia com nada. Era quase... — Kahn fez uma pausa. — Mecânico.

— O que foi que o senhor viu? O que ele estava fazendo no laboratório?

Kahn entregou a pasta a Moore.

— Está tudo escrito aí. Mantive isso arquivado durante todos esses anos, apenas para o caso de algum dia haver alguma ação jurídica da parte de Warren. Sabe como é, hoje em dia os estudantes podem processar você por quase tudo. Se um dia ele tentasse ser readmitido nesta faculdade, eu queria ter uma resposta preparada.

Moore pegou a pasta de cartolina. Estava rotulada simplesmente: *Hoyt, Warren*. Dentro havia três páginas datilografadas.

— Warren foi designado para um cadáver fêmea — disse Kahn. — Ele e seus parceiros de laboratório tinham iniciado a dissecação pélvica, expondo a bexiga e o útero. Os órgãos não foram removidos, apenas desnudados. Naquela noite de domingo, Warren veio completar o trabalho. Mas o que deveria ter sido uma dissecação cuidadosa tornou-se uma mutilação. Como se ele tivesse segurado o bisturi e perdido o controle. Ele não expôs simplesmente os órgãos. Ele os escavou para fora do corpo. Primeiro ele cortou a bexiga e deixou-a pendente entre as pernas do cadáver. Depois ele arrancou o útero. Fez isso sem luvas, como se quisesse *sentir* os órgãos contra sua própria pele. E foi assim que eu o encontrei. Com uma das mãos, ele estava segurando o órgão ensangüentado. Com a outra... — A voz de Kahn morreu na garganta.

O que Kahn não conseguiu pronunciar estava impresso na página que Moore agora estava lendo. Moore terminou a frase para ele.

— Estava se masturbando.

O CIRURGIÃO 317

Kahn voltou para sua mesa e se deixou cair na cadeira.

— Foi por causa disso que não pude deixar que se formasse. Meu Deus, que tipo de médico ele ia ser? Se fez aquilo com um cadáver, o que faria com um paciente vivo?

*Eu sei o que ele faz. Eu vi sua obra com meus próprios olhos.*

Moore virou a terceira página da pasta de Hoyt e leu o parágrafo final do Dr. Kahn.

*O Sr. Hoyt concorda em retirar-se voluntariamente da faculdade, a partir das 8:00 de amanhã. Em troca, manterei este incidente em segredo. Devido ao dano ao cadáver, seus parceiros de laboratório na mesa 19 serão designados para outras equipes para esse estágio da dissecação.*

Parceiros de laboratório.

Moore olhou para Kahn.

— Quantos parceiros de laboratório Warren tinha?

— São quatro alunos por mesa.

— Quem eram os outros três estudantes?

Kanh franziu a testa enquanto pensava.

— Não me lembro. Isso foi há sete anos.

— O senhor não guarda registros sobre esses trabalhos?

— Não. Mas me lembro de uma de suas parceiras. Uma jovem.

Ele deslizou sua cadeira até o computador e acessou os arquivos de matrícula dos estudantes de medicina. A lista da turma de primeiro ano de Warren Hoyt apareceu na tela. Kahn levou um momento para correr os olhos pelos nomes; então ele disse:

— Aqui está ela. Emily Johnstone. Lembro-me dela.

— Por quê?

— Bem, primeiro porque ela era realmente linda. A cara da Meg Ryan. Em segundo porque, depois que Warren se retirou, ela quis saber o motivo. Eu me recusei a dizer. Então ela perguntou se tinha alguma coisa a ver com mulheres. Parece que Warren costumava seguir

Emily pelo campus, e isso estava começando a dar nos nervos dela. Nem é preciso dizer que ela ficou aliviada quando ele saiu do curso.

— Acha que ela lembra quem eram os dois outros parceiros de laboratório?

— Há uma boa chance. — Kahn pegou o telefone e discou o ramal da Secretaria de Alunos. — Ei, Winnie? Você tem o telefone de contato atual da Emily Johnstone? — Ele pegou uma caneta e rabiscou o número, depois desligou. — Ela está num consultório particular em Houston — disse ele, discando de novo. — São onze da manhã no horário dela, de modo que ela deve estar trabalhando... Alô, Emily? Aqui é uma voz do seu passado. Doutor Kahn, de Emory... Certo, Laboratório de Anatomia. História antiga, hein?

Moore inclinou-se para a frente, a pulsação acelerando.

Quando Kahn finalmente desligou e olhou para ele, Moore viu a resposta em seus olhos.

— Ela lembra quem eram os outros dois parceiros de anatomia — disse Kahn. — Uma era uma mulher chamada Barb Lippman. E o outro?

— Capra?

Kahn fez que sim com a cabeça.

— O quarto parceiro era Andrew Capra.

# 22

Catherine parou na porta da sala de Peter. Ele estava sentado à sua mesa, sem saber que ela o observava, sua caneta rabiscando num prontuário. Ela nunca tinha parado para observá-lo antes, e o que viu agora colocou um leve sorriso em seus lábios. Ele trabalhava com muita concentração, o retrato do médico dedicado, exceto por um toque infantil: a gaivota de papel caída no chão. Peter e suas tolas máquinas de voar.

Ela bateu no marco da porta. Ele a olhou por cima dos óculos, surpreso em vê-la ali.

— Posso falar com você? — perguntou Catherine.

— Mas é claro. Entre.

Ela se sentou na cadeira de frente para a mesa dele. Ele não disse nada; apenas ficou esperando pacientemente que ela falasse. Ela tinha a impressão de que, por mais que demorasse, ele continuaria ali, esperando por ela.

— As coisas têm andado... tensas entre nós — disse ela.

Ele fez que sim.

— Sei que isso incomoda você tanto quanto incomoda a mim. E me incomoda muito. Porque eu sempre gostei de você, Peter. Pode não parecer, mas eu gosto. — Ela respirou fundo, esforçando-se por encontrar as palavras certas. — Os problemas entre nós, bem, eles não têm nenhuma relação com você, só comigo. Tem muita coisa acontecendo na minha vida agora. É difícil para eu explicar.

— Você não precisa.

— O problema é que estou vendo que estamos nos distanciando. Não apenas em termos profissionais, mas afetivos também. É engraçado como eu nunca percebi que havia uma grande ligação entre nós. Eu não percebi o quanto ela significava para mim até que a vi desmoronando. — Ela se levantou. — Em todo caso, me desculpe. Foi isso que vim dizer.

Ela começou a caminhar até a porta.

— Catherine, eu sei a respeito de Savannah — disse baixinho.

Ela se virou para ele. Peter fitava-a com uma expressão serena.

— O detetive Crowe me contou — disse ele.

— Quando?

— Há alguns dias, quando conversei com ele sobre o arrombamento que nós sofremos. Ele presumiu que eu já sabia.

— Você não disse nada.

— Não cabia a mim aventar isso. Eu queria que você se sentisse preparada para me contar. Eu sabia que você precisava de tempo, e estava disposta a esperar todo o tempo que fosse necessário para você confiar em mim.

Ela exalou um suspiro.

— Bem, então agora você sabe o pior a meu respeito.

— Não, Catherine. — Ele se levantou para fitá-la. — Eu sei o *melhor* a seu respeito! Sei o quanto você é forte, o quanto é corajosa. Durante esse tempo todo eu não fazia idéia daquilo com que você estava lidando. Você poderia ter me contado. Poderia ter confiado em mim.

— Achei que isso ia mudar tudo entre nós.

— Como poderia?

— Não queria que você sentisse pena de mim. Odeio que sintam pena de mim.

— Pena de quê? De você ter resistido? De ter saído viva contra possibilidades impossíveis? Por que eu haveria de ter pena de você?

Ela piscou para afugentar as lágrimas.

— Outros homens sentiriam.

— Então eles não conhecem você realmente. Não da forma que eu conheço. — Ele contornou a mesa, de modo que ela não mais estava entre eles. — Lembra-se do dia em que nos conhecemos?

— Quando eu vim para a entrevista.

— O que você lembra?

Ela balançou a cabeça, aturdida.

— Conversamos sobre o trabalho na clínica. Como eu poderia me encaixar aqui.

— Então você lembra apenas como um encontro comercial.

— Foi isso que foi.

— Engraçado. Eu me lembro de forma completamente diferente. Mal me lembro das perguntas que fiz a você, ou do que você me perguntou. O que me lembro é de ter levantado os olhos da minha mesa e visto você entrar no meu escritório. E fiquei de quatro. Eu não podia pensar em nada para dizer que não soasse ridículo ou banal. Eu não queria ser banal, não para você. Eu pensei: aqui está uma mulher que tem tudo. Ela é inteligente, ela é bonita. E ela está sentada bem na minha frente.

— Deus, como você estava errado. Eu não tinha tudo. — Ela estava quase chorando. — Nunca tive. Eu mal conseguia me manter em pé.

Sem dizer uma palavra ele a abraçou. Tudo aconteceu com naturalidade, com facilidade, sem o constrangimento que costuma acompanhar um primeiro abraço. Ele estava simplesmente abraçando-a, sem fazer exigências. Um amigo confortando uma amiga.

— Diga-me o que posso fazer para ajudar — disse ele. — Qualquer coisa.

Ela suspirou.

— Estou tão cansada, Peter. Pode me acompanhar até meu carro?

— Só isso?

— É disso que eu realmente preciso neste momento. Alguém em quem eu possa confiar para caminhar comigo.

322     TESS GERRITSEN

Ele recuou um passo e sorriu para ela.

— Então eu sou definitivamente o seu homem.

O quinto andar da garagem do hospital estava deserto, e seus passos ecoavam pelo concreto. Caso estivesse sozinha, Catherine ficaria olhando sobre o ombro o tempo inteiro. Mas Peter estava ao seu lado, e ela não sentia medo. Ele a acompanhou até sua Mercedes. Esperou enquanto ela se sentava atrás do volante. Então fechou a porta e apontou para a trava.

Assentindo positivamente, ela apertou um botão e ouviu o clique confortador enquanto todas as portas eram trancadas.

— Ligo para você depois — disse ele.

Enquanto saía com o carro, Catherine o viu pelo retrovisor, mão levantada num aceno. Então ele sumiu de vista quando ela entrou na rampa.

Ela se flagrou sorrindo enquanto dirigia de volta para casa em Back Bay.

*Alguns homens são dignos de confiança,* dissera-lhe Moore.

*O problema é que nunca sei quais.*

*Você só sabe quando passa por dificuldades. Aquele que fica ao seu lado é digno de confiança.*

Fosse como amigo ou amante, Peter ia ser um desses homens.

Reduzindo na Commonwealth Avenue, ela entrou no caminho de acesso para o seu prédio e apertou o botão do controle remoto da garagem. O portão de segurança abriu e ela entrou na garagem. Pelo retrovisor Catherine viu o portão fechar-se atrás dela. Apenas então ela seguiu para sua vaga. Para Catherine o seguro morrera de velho, e havia rituais que ela nunca deixava de executar. Checou o elevador antes de entrar. Correu os olhos pelo corredor antes de saltar. Trancou todas as fechaduras assim que entrou no apartamento. Sua fortaleza segura. Apenas então permitiu que o resto de sua tensão escoasse.

Em pé diante da janela, agradecendo a Deus pelo ar-condicionado de seu apartamento, Catherine bebericou um copo de chá gelado enquanto olhava para as pessoas caminhando na rua, suor reluzindo em suas testas. Dormira apenas três horas nas últimas trinta e seis horas. Mereço este momento de conforto, pensou enquanto pressionava o vidro gelado contra o rosto. Mereço dormir mais cedo e passar um fim de semana sem fazer nada. Ela não pensaria em Moore. Ela não se permitiria sentir a dor. Ainda não.

Ela bebeu o chá até o fim. Tinha acabado de pousar o copo no balcão da cozinha quando seu bipe tocou. Uma mensagem do hospital era a última coisa com que ela queria lidar. Quando ligou para a telefonista do Pilgrim Hospital, não conseguiu esconder a irritação de sua voz.

— Aqui é a Doutora Cordell. Sei que você acaba de bipar para mim, mas não estou de plantão esta noite. Na verdade, estou desligando o meu bipe agora.

— Sinto muito incomodá-la, Doutora Cordell, mas recebemos um telefonema do filho de um tal Herman Gwadowski. Ele insiste em ter uma reunião com a senhora hoje à tarde.

— Impossível. Já estou em casa.

— Sim, eu disse que a senhora estaria de folga durante o fim de semana. Mas ele disse que este é o último dia em que ele estará na cidade. Ele quer falar com a senhora antes de visitar seu advogado.

*Um advogado?*

Catherine se debruçou no balcão da cozinha. Deus, ela não tinha forças para lidar com isso. Não agora. Não quando estava tão cansada que mal podia pensar direito.

— Doutora Cordell?

— O senhor Gwadowski disse quando ele deseja se encontrar comigo?

— Ele disse que esperará na lanchonete do hospital até as seis.

— Obrigada.

Catherine desligou e ficou olhando entorpecida para os azulejos da cozinha. Como ela era meticulosa na limpeza desses azulejos! Mas, por mais que esfregasse seus azulejos ou tentasse organizar cada aspecto de sua vida, ela não podia antecipar os Ivan Gwadowski do mundo.

Pegou a bolsa e as chaves do carro e mais uma vez deixou o santuário de seu apartamento.

No elevador ela olhou as horas e ficou alarmada ao ver que já eram 17:45. Ela não conseguiria chegar ao hospital a tempo, e o senhor Gwadowski consideraria que ela havia lhe dado um bolo.

No instante em que entrou na Mercedes, pegou o telefone do carro e discou o número da telefonista do Pilgrim.

— Aqui é a Doutora Cordell novamente. Preciso falar com o senhor Gwadowski para dizer a ele que vou me atrasar. Sabe de que extensão ele ligou?

— Um segundo que vou verificar a lista de ligações... Aqui está. Não era uma extensão do hospital.

— Um celular, então?

Do outro lado da linha, a mulher se calou por um instante.

— Bem, isto é estranho.

— O que foi?

— Ele ligou do número que a senhora está usando agora.

Catherine ficou imóvel, sentindo-se como se um vento frio subisse por sua espinha. *Meu carro. O telefonema foi feito do meu carro.*

— Doutora Cordell?

Então ela viu, levantando-se como uma cobra no espelho retrovisor. Ela tomou ar para gritar, e sua garganta queimou com clorofórmio.

O telefone caiu de sua mão.

Jerry Sleeper esperava por ele diante do aeroporto, estacionado no meio-fio da calçada. Moore jogou sua bagagem de mão no banco traseiro, entrou no carro e bateu a porta com força.

— Vocês a acharam? — foi a primeira pergunta de Moore.

— Ainda não — disse Sleeper enquanto se afastava do meio-fio. — A Mercedes dela sumiu, e não há nenhuma evidência de invasão no apartamento. Não sabemos o que aconteceu, mas foi rápido e dentro ou próximo ao veículo. Peter Falco foi o último que a viu, por volta

O CIRURGIÃO

das cinco e quinze na garagem do hospital. Cerca de meia hora depois, a telefonista do Pilgrim ligou para a casa de Cordell. Cordell ligou de volta para ela de seu carro. Essa conversa foi interrompida abruptamente. A telefonista afirma que telefonou para Cordell para passar um recado do filho de Herman Gwadowski.

— Confirmação?

— Ivan Gwadowski estava num avião para a Califórnia ao meiodia. Não foi ele quem telefonou.

Eles não precisavam dizer *quem* havia telefonado. Ambos sabiam. Moore olhou agitado para a fila de lanternas traseiras, enfileiradas como contas vermelhas e brilhantes na noite.

*Ele está com ela desde as seis da tarde. O que ele fez com ela nessas quatro horas?*

— Quero saber onde Warren Hoyt mora — disse Moore.

— Estamos indo para lá. Sabemos que ele terminou seu turno no Interpath Labs por volta das sete da manhã. Às dez da manhã ligou para seu supervisor para dizer que tinha uma emergência familiar e não voltaria para o trabalho pelo menos por uma semana. Ninguém o viu desde então. Nem no seu apartamento nem no seu laboratório.

— E a emergência familiar?

— Ele não tem família. Sua última tia morreu em fevereiro.

A fileira de lanternas traseiras borrou num rastro escarlate. Moore piscou e virou o rosto para que Sleeper não o visse chorando.

Warren Hoyt morava na Zona Norte, um labirinto de ruas estreitas e prédios de tijolos vermelhos que compunham o bairro mais antigo de Boston. Era considerada uma parte segura da cidade, graças aos olhos vigilantes da população italiana local, que possuía grande parte dos negócios. Ali, numa rua onde turistas e moradores caminhavam com pouco medo de crimes, vivia um monstro.

O apartamento de Hoyt ficava no terceiro andar de um prédio sem elevador. Horas antes, a equipe vasculhara o lugar em busca de provas, e quando Moore entrou e viu a mobília esparsa, as prateleiras quase vazias, sentiu que estava numa sala que já tinha sido desnudada de sua alma. Que não encontraria aqui nenhuma pista sobre quem — ou o quê — era Warren Hoyt.

O Dr. Zucker emergiu do quarto e disse a Moore:

— Tem alguma coisa errada aqui.

— Hoyt é o assassino ou não?

— Não sei.

— O que nós temos? — Moore olhou para Crowe, que os recebera na porta.

— Temos uma confirmação do número do sapato. Tamanho quarenta, combinando com as pegadas da cena do crime de Ortiz. Achamos vários fios de cabelo em seu travesseiro... curtos, castanho-claros. Também parece combinar. Além disso, achamos um fio comprido preto no chão do banheiro. De alguém que usa o cabelo até o ombro.

— Houve uma mulher aqui? — indagou Moore, intrigado.

— Talvez uma amiga.

— Ou outra vítima — disse Zucker. — Uma sobre a qual ainda não temos conhecimento.

— Falei com a senhoria, que mora no andar de baixo — disse Crowe. — Ela viu Hoyt pela última vez de manhã, vindo para casa do trabalho. Ela não tem nenhuma idéia sobre onde ele está agora. Mas você pode adivinhar o que ela disse sobre ele. *Bom inquilino. Homem calmo, nunca causa problemas.*

Moore olhou para Zucker.

— Você disse que tem alguma coisa errada aqui?

— Não encontramos nada. Nenhuma ferramenta. O carro dele está estacionado lá fora, e também não tem nenhum estojo lá. — Zucker fez um gesto largo, mostrando a sala de estar quase vazia. — Nem parece que alguém mora neste apartamento. A geladeira está quase vazia. O banheiro só tem sabão, escova de dentes e uma lâmina de barbear. É como um quarto de hotel. Um lugar para dormir, e nada mais. Não é onde ele mantém suas fantasias vivas.

— Aqui é o lugar onde ele vive, sim — afirmou Crowe. — A correspondência dele vem pra cá. Suas roupas estão aqui.

— Mas está faltando a coisa mais importante — disse Zucker. — Seus troféus. Não há troféus aqui neste apartamento.

Um sentimento de terror havia se infiltrado nos ossos de Moore. Zucker tinha razão. O cirurgião extirpava um troféu anatômico de cada uma de suas vítimas. Ele devia manter os troféus por perto para lembrá-lo de suas vitórias. Para satisfazê-lo entre as caçadas.

— Não estamos olhando para o quadro geral — disse Zucker. Ele se virou para Moore. — Preciso ver onde Warren Hoyt trabalhava. Preciso ver o laboratório.

Barry Frost sentou-se diante do teclado do computador e digitou o nome da paciente: *Nina Peyton*. Uma nova tela apareceu, cheia de dados.

— É neste terminal que ele pesca — disse Frost. — É aqui que encontra suas vítimas.

Moore olhou para o monitor, impressionado com o que estava vendo. À sua volta, por todo o laboratório, máquinas zumbiam, telefones tocavam e técnicos de medicina processavam seus barulhentos suportes de tubos de ensaio. Aqui, neste mundo anti-séptico de aço inoxidável e jalecos brancos, um mundo devotado às ciências da cura, o *Cirurgião* caçava silenciosamente suas presas. Naquele terminal de computador, ele podia encontrar os nomes de todas as mulheres cujo sangue ou fluido corporal fora processado na Interpath Labs.

— Este é o principal laboratório de diagnósticos da cidade — explicou Frost. — Faça um exame em qualquer consultório ou clínica de Boston e provavelmente seu sangue será enviado para cá.

*Para as mãos de Warren Hoyt.*

— Hoyt tinha o endereço dela — disse Moore, lendo por alto as informações sobre Nina Peyton. — Seu local de trabalho. Sua idade e estado civil...

328     TESS GERRITSEN

— E seu diagnóstico — disse Zucker, apontando para duas palavras na tela: *violência sexual*. — É exatamente isso que o *Cirurgião* caça. É isso que o excita. Mulheres abaladas emocionalmente. Mulheres marcadas pela violência sexual.

Moore percebeu o tom empolgado na voz de Zucker. No caso de Zucker, o que o excitava era o jogo, o duelo mental. Finalmente ele podia ver os movimentos do seu oponente, podia apreciar a genialidade por trás deles.

— Então ele estava aqui — disse Zucker. — Mexendo com o sangue delas. Conhecendo seus segredos mais vergonhosos. — Ele se empertigou e olhou em torno, como se estivesse vendo o laboratório pela primeira vez. — Já parou para pensar sobre o quanto um laboratório médico sabe sobre você? Todas as informações pessoais que você dá a ele quando abre o braço e deixa que uma agulha seja enfiada em sua veia? Seu sangue revela seus segredos mais íntimos. Está morrendo de leucemia ou aids? Fumou um cigarro ou tomou um copo de vinho nas últimas horas? Está tomando Prozac porque está deprimido ou Viagra porque não consegue uma ereção? Hoyt estava lidando com a *essência* dessas mulheres. Ele podia estudar seu sangue, tocálo, cheirá-lo. E elas não sabiam disso. Não tinham como saber que seu sangue estava sendo acariciado por um estranho.

— As vítimas nunca o conheceram — disse Moore. — Nunca estiveram com ele.

— Mas o *Cirurgião* conhecia *elas*. E da forma mais íntima possível. — Os olhos de Zucker brilhavam. — O *Cirurgião* não caçava como nenhum assassino serial que conheço. Ele é único. Ele fica escondido porque escolhe suas vítimas sem ser visto. — Zucker virou-se para olhar um suporte de tubos de ensaio no balcão. — Este laboratório é seu terreno de caça. É assim que ele as encontra. Por seu sangue. Por sua dor.

Quando Moore saiu do centro médico, o ar noturno estava frio e cortante, como não ficava havia semanas. Por toda a cidade de Boston, poucas janelas estavam abertas, menos mulheres estavam vulneráveis ao ataque.

O CIRURGIÃO       329

*Mas esta noite o* Cirurgião *não irá caçar, esta noite ele estará desfrutando sua presa mais recente.*

Moore parou de repente ao lado de seu carro e ficou ali, paralisado pelo desespero. Naquele exato instante, Warren Hoyt podia estar pegando seu bisturi. Naquele exato instante...

Passos aproximaram-se. Ele reuniu todas as suas forças para levantar a cabeça, para olhar para o homem parado a alguns metros dele, nas sombras.

— Ele está com ela, não está? — indagou Peter Falco.

Moore fez que sim.

— Deus. Oh, Deus. — Angustiado, Falco levantou os olhos para o céu noturno. — Eu acompanhei Catherine até o carro. Ela estava *bem ali* comigo, e eu a deixei ir para casa. Eu a deixei ir embora...

— Estamos fazendo tudo ao nosso alcance para encontrá-la.

Essa era uma frase feita. No instante em que a proferiu, Moore escutou o vazio de suas próprias palavras. Isso é o que você diz quando a situação é muito grave, quando sabe que mesmo seus melhores esforços provavelmente não adiantarão nada.

— O que vocês estão fazendo?

— Nós sabemos quem ele é.

— Mas não sabem para onde ele a levou.

— Levaremos algum tempo para encontrar seu rastro.

— Diga-me o que eu posso fazer. Qualquer coisa.

Moore esforçou-se por manter sua própria voz calma, para ocultar seus próprios temores, seu próprio pavor.

— Sei que é difícil ficar de braços cruzados e deixar que outros ajam. Mas é para isso que somos treinados.

— Ah, claro. *Vocês* são os profissionais! Então o que deu errado?

Moore não tinha resposta para isso.

Agitado, Falco caminhou até Moore e parou debaixo da lâmpada do estacionamento. A luz banhou seu rosto, contorcido pela preocupação.

— Não sei o que aconteceu entre vocês dois — disse Falco. — Mas sei que ela confiava em você. Rogo a Deus que isso signifique alguma coisa para você, rogo a Deus que ela seja mais do que outro caso para você. Mais do que apenas outro nome na sua lista.

— Ela é — disse Moore.

O dois homens fitaram um ao outro, reconhecendo em silêncio o que ambos sabiam. O que ambos sentiam.

— Você não faz idéia do quanto eu me importo com ela — disse Moore.

E Falco disse baixinho:

— Nem você.

# 23

— Ele vai mantê-la viva durante algum tempo — disse o Dr. Zucker. — Do jeito que manteve Nina Peyton viva por um dia inteiro. Ele agora detém controle absoluto da situação. Ele pode levar todo o tempo que quiser.

Um arrepio atravessou Rizzoli enquanto ela considerava o que isso significava. *Todo o tempo que ele quiser.* Pensou em quantos terminais nervosos o corpo humano possuía e se perguntou quanta dor podia ser sentida antes que a morte se apiedasse de você. Ela olhou sobre a mesa de reuniões e viu Moore segurando a cabeça com ambas as mãos. Parecia doente, exausto. Passava da meia-noite, e os rostos que ela via em torno da mesa pareciam macilentos e desencorajados. Rizzoli estava de pé fora do círculo, costas apoiadas na parede. A mulher invisível, aquela a quem ninguém reconhecia, com permissão para ouvir mas não para participar. Restrita a trabalhos administrativos, privada de sua arma de serviço, era agora pouco mais do que uma observadora no caso que ela conhecia melhor do que qualquer um naquela mesa.

O olhar de Moore se levantou em sua direção, mas ele olhou direto através dela, não para ela. Como se não *quisesse* olhar para ela.

O Dr. Zucker resumiu o que eles sabiam sobre Warren Hoyt. O *Cirurgião.*

— Ele vem trabalhando com esse objetivo há muito tempo — disse Zucker. — Agora que ele o alcançou, vai prolongar seu prazer o máximo possível.

— Então Cordell sempre foi seu objetivo? — perguntou Frost.

— As outras vítimas... foram mortas apenas para que ele pudesse praticar?

— Não, elas também lhe deram prazer. Elas o mantiveram controlado, ajudaram-no a liberar a tensão sexual enquanto trabalhava para pegar seu prêmio. Em qualquer caçada, a excitação do predador é mais intensa quando ele procura pelas presas mais difíceis. E Cordell provavelmente era a única mulher que ele não podia pegar facilmente. Ela estava sempre alerta, sempre cuidadosa com a segurança. Ela se protegia por trás de trancas e sistemas de alarme. Ela evitava relacionamentos íntimos. Ela raramente saía à noite, exceto para trabalhar no hospital. Era a presa mais desafiadora, e aquela que ele mais queria. Fez questão de tornar as coisas ainda mais difíceis, fazendo com que Cordell soubesse que estava sendo caçada. Ele usou o terror como parte do jogo. Ele queria que ela sentisse ele se aproximando. As outras mulheres foram apenas a entrada. Cordell era o prato principal.

— *É* — disse Moore, sua voz carregada de ódio. — Ela ainda não está morta.

A sala ficou subitamente silenciosa, todos os olhos tentando evitar Moore.

Sem perder a frieza, Zucker assentiu.

— Obrigado por me corrigir.

— Já leu os arquivos de antecedentes dele? — perguntou Marquette.

— Sim — disse Zucker. — Warren era filho único. Aparentemente uma criança mimada. Nasceu em Houston. O pai era cientista espacial... não estou brincando. A mãe veio de uma família tradicional do ramo de petróleo. Ambos estão mortos agora. Então Warren foi abençoado com genes inteligentes e dinheiro de família. Nunca foi preso nem multado. Nunca fez nada que despertasse suspeitas. Exceto por aquele incidente na faculdade de medicina, no laboratório de anatomia, não encontrei qualquer sinal de alerta. Nenhuma pista que indicasse que ele estava destinado a ser um predador. Segundo todos os relatos, ele era um menino perfeitamente normal. Educado, confiável.

— Médio — sussurrou Moore. — Comum.

Zucker fez que sim com a cabeça.

— Um menino que nunca se sobressaiu, que nunca alarmou ninguém. Este é o assassino mais assustador de todos, porque não há patologia nem diagnóstico psiquiátrico. Ele é como Ted Bundy. Inteligente, organizado e, na superfície, completamente funcional. Mas ele tem um defeito de personalidade: ele gosta de torturar mulheres. Ele é uma pessoa com quem você poderia trabalhar todos os dias. E nunca suspeitar que quando ele olha para você, sorri para você, está pensando numa forma nova e criativa de arrancar as suas vísceras.

A voz sussurrante de Zucker provocou um arrepio em Rizzoli, que olhou à sua volta. *O que ele está dizendo é verdade. Eu vejo Barry Frost todos os dias. Ele parece um cara bacana. Casado e feliz. Nunca fica de mau humor. Mas não faço a menor idéia do que ele está realmente pensando.*

Frost viu que Rizzoli estava olhando para ele, e ruborizou.

Zucker prosseguiu:

— Depois do incidente na faculdade de medicina, ele foi forçado a sair do curso. Ele entrou num programa de treinamento de técnicos de medicina, e acompanhou Andrew Capra até Savannah. Aparentemente, sua parceria durou vários anos. Registros de empresas aéreas e de cartão de crédito indicam que eles viajavam juntos com freqüência. Para a Grécia e para a Itália. Para o México, onde ambos foram voluntários numa clínica rural. Era uma aliança de dois caçadores. Irmãos de sangue que compartilhavam as mesmas fantasias violentas.

— A sutura de catgut — disse Rizzoli.

Zucker dirigiu-lhe um olhar intrigado.

— O quê?

— Nos países do Terceiro Mundo, eles ainda usam catgut em cirurgias. Foi assim que ele conseguiu seu suprimento.

— Ela pode até ter razão — disse Marquette.

Eu sei que tenho, pensou Rizzoli, coração carregado de ressentimento.

Zucker prosseguiu:

— Quando matou Andrew Capra, Cordell destruiu uma equipe de assassinato perfeita. Ela roubou a única pessoa de quem Hoyt se sentia próximo. E foi por causa disso que ela se tornou seu objetivo principal. Sua maior vítima.

— Se Hoyt estava na casa de Cordell na noite em que Capra morreu, por que ele não a matou? — indagou Marquette.

— Não sei. Aconteceu muita coisa naquela noite em Savannah que apenas Warren Hoyt sabe. O que nós sabemos é que ele veio para Boston há dois anos, logo depois de Catherine Cordell. Um ano depois, Diana Sterling estava morta.

Finalmente Moore falou, sua voz assombrada:

— Como podemos encontrá-lo?

— Vocês podem manter seu apartamento sob vigilância, mas não acho que ele voltará tão cedo para lá. Aquele não é o seu esconderijo. Não é o lugar onde ele realiza suas fantasias. — Zucker se recostou, olhos fitando o vazio. Canalizando em imagens e palavras o que ele sabia sobre Warren Hoyt. — Seu verdadeiro esconderijo é um lugar que ele mantém separado de sua vida cotidiana. Um lugar para o qual ele se retire anonimamente. É provável que fique bem longe de seu apartamento. E não deve estar alugado sob seu nome verdadeiro.

— Se você aluga um lugar, você precisa pagar por ele — disse Frost. — Basta seguirmos o dinheiro.

Zucker fez que sim.

— Vocês saberão que é o esconderijo dele quando o encontrarem, porque seus troféus estarão lá. Os suvenires que ele toma de suas vítimas. É possível que ele até tenha preparado esse esconderijo como um lugar para levar suas vítimas. Uma câmara de torturas. É um lugar onde sua privacidade está assegurada, onde ele não pode ser interrompido. Um prédio isolado. Ou um apartamento que conte com bom isolamento de som.

Então ninguém pode ouvir Cordell gritando, pensou Rizzoli.

— Nesse lugar, ele pode se tornar a criatura que ele realmente é. Pode se sentir relaxado e desinibido. Ele nunca deixou sêmen em qualquer uma das cenas do crime, o que me diz que ele pode postergar a satisfação sexual até estar num lugar seguro. Ele provavelmente visita esse lugar ocasionalmente, para reviver a emoção do extermínio. Para se sustentar entre assassinatos. — Zucker correu os olhos pelas pessoas presentes na sala. — É para esse lugar que ele levou Catherine Cordell.

*Os gregos chamavam-na dere, que se refere à frente do pescoço, ou à garganta. Ela é a parte mais bela, mais vulnerável, da anatomia de uma mulher. Na garganta pulsa vida e ar, e sob a pele leitosa de Ifigênia, veias azuis devem ter latejado sob a ponta da faca de seu pai. Enquanto Ifigênia jazia deitada no altar, será que Agamenon parou um instante para admirar as linhas delicadas do pescoço da filha? Será que estudou sua geografia, para escolher o ponto mais eficaz onde sua lâmina deveria perfurar a pele? Ainda que angustiado pelo sacrifício, no instante em que sua faca afundou, será que não sentiu nem mesmo um latejamento suave na virilha, um tremor de prazer sexual ao enfiar a lâmina na carne da filha?*

*Mesmo os antigos gregos, com suas histórias repulsivas de pais devorando filhos e filhos copulando com mães, não mencionam tais detalhes de depravação. Não precisam; essa é uma daquelas verdades secretas que entendemos sem o benefício de palavras. Dentre todos os guerreiros postados com expressões pétreas e corações surdos aos gritos de uma donzela, dentre todos aqueles que viram Ifigênia ser despida, e seu pescoço de cisne exposto à faca, quantos soldados terão sentido um inesperado calor de prazer em suas genitais? Quantos terão ficado de pau duro?*

336          TESS GERRITSEN

Quantos, até o fim de suas vidas, conseguiram ver a garganta de uma mulher e não sentir um impulso de cortá-la?

A garganta de Catherine é alva como a de Ifigênia. Ela se protegeu do sol, como toda ruiva deve fazer, e há apenas algumas sardas maculando a pele branca como marfim. Nesses dois anos, ela manteve o pescoço impecável para mim. Eu lhe sou grato por isso.

Esperei pacientemente que ela recuperasse a consciência. Sei que ela está acordada e ciente da minha presença, porque sua pulsação acelerou. Toco seu pescoço, no oco logo acima do esterno, e ela respira fundo. Não exala enquanto eu acaricio a lateral de seu pescoço, traçando o curso de sua artéria carótida. Sua pulsação lateja, levantando a pele em tremores rítmicos. Sob meu dedo sinto seu suor. Ele aflorou como névoa em sua pele, e seu rosto reluz como uma folha orvalhada. Enquanto subo o dedo pelo ângulo do queixo, ela finalmente exala a respiração. Sai como um choramingo abafado pela fita em sua boca. Choramingar não condiz com minha Catherine. As outras eram gazelas estúpidas, mas Catherine é uma tigresa, a única que resistiu e feriu seu caçador.

Ela abre os olhos e me vê. Percebo que ela entende. Eu finalmente venci. Ela, a mais valiosa de todas, foi conquistada.

Arrumo meus instrumentos. Eles produzem sons agradáveis à medida que os coloco na bandeja de metal ao lado da cama. Sinto ela me observando, e sei que seu olhar é atraído para os reflexos no aço inoxidável. Ela sabe qual é a função de cada instrumento, e certamente os usou muitas vezes. O afastador é para expandir as bordas de uma incisão. O hemóstato é para ligar tecidos e vasos sangüíneos. E o bisturi... bem, todo mundo sabe para que serve um bisturi.

Acomodo a bandeja ao lado da cabeça de Catherine, para que veja, e contemple, o que acontecerá em seguida. Não preciso dizer uma só palavra; o brilho dos instrumentos diz tudo.

Toco sua barriga nua e seus músculos abominais se retesam. É uma barriga virgem, sem estrias maculando a superfície plana. A lâmina partirá a pele como manteiga.

O CIRURGIÃO                                                337

*Pego o bisturi e pressiono a ponta da lâmina contra seu abdômen. Ela arfa e abre os olhos.*

*Certa vez vi uma fotografia de uma zebra no momento em que as presas do leão afundavam em sua garganta, e os olhos da zebra rolavam para trás em terror mortal. É uma imagem que jamais esquecerei. É essa expressão que eu vejo agora, nos olhos de Catherine.*

*Oh, Deus. Oh, Deus. Oh, Deus.*

O ar entrava e saía ruidosamente pelas narinas de Catherine enquanto sentia o bisturi tocar sua pele. Molhada de suor, fechou os olhos, temendo a dor que estava para sentir. Um soluço ficou preso em sua garganta, um grito aos céus por misericórdia, até por uma morte rápida, mas não isto. Não uma incisão em sua carne.

Então o bisturi se levantou.

Abriu os olhos e olhou para o rosto dele. Tão comum, tão esquecível. Um homem que ela podia ter visto uma dúzia de vezes sem jamais registrar. Ainda assim, ele a conhecia muito bem. Ele pairara nas fronteiras do seu mundo, colocara-a no centro brilhante de seu universo, enquanto a orbitava, invisível na escuridão.

*E eu nunca soube que ele estava ali.*

Ele pousou o bisturi na bandeja. E sorrindo, disse:

— Ainda não.

Apenas depois de vê-lo sair do quarto, depois de ter certeza de que seu tormento fora postergado, Catherine suspirou de alívio.

Então este era o jogo. Prolongar o terror, prolongar o prazer. Ele a manteria viva por enquanto, dando-lhe tempo para contemplar o que aconteceria a seguir.

*Cada minuto viva é mais um minuto para escapar.*

O efeito do clorofórmio havia se dissipado, e ela estava completamente alerta, sua mente movida pelo combustível poderoso do pânico. Catherine estava deitada de braços e pernas abertas sobre uma cama de armação de ferro. Suas roupas tinham sido retiradas; seus pulsos e tornozelos presos amarrados à armação da cama com silver tape. Mesmo que puxasse e forçasse as amarras até exaurir as forças de seus músculos, Catherine não conseguiria libertar-se. Dois anos atrás, em Savannah, Capra usara corda de náilon para amarrar Catherine, e ela conseguira fazer um de seus pulsos escorregar pelo nós. O *Cirurgião* não iria repetir esse erro.

Encharcada de suor, cansada demais para resistir, ela se concentrou em examinar o ambiente que a cercava.

Uma única lâmpada nua pendia sobre a cama. O cheiro de terra e pedra úmida disse-lhe que estava num porão. Virando a cabeça, conseguiu divisar, logo depois do círculo de luz, a superfície da fundação, calçada em pedras.

Passos crepitavam lá em cima, e ela escutou pernas de cadeira arranharem no chão. Soalho de madeira. Uma casa velha. Lá em cima havia um televisor ligado. Catherine não se lembrava de ter chegado a este quarto ou quanto tempo o percurso havia demorado. Eles podiam estar a muitos quilômetros de Boston, num lugar onde ninguém pensaria em procurar.

O brilho da bandeja atraiu seu olhar. Catherine fitou os instrumentos, dispostos cuidadosamente na bandeja, que seriam usados na operação. Incontáveis vezes a própria Catherine manejara instrumentos como aqueles. Para ela, esses objetos sempre tinham sido ferramentas de cura. Com bisturis e pinças Catherine extirpara cânceres e balas, detivera a hemorragia de artérias rompidas e drenara cavidades cheias de sangue. Agora fitava as ferramentas que usava para salvar vidas e via os instrumentos de sua própria morte. O *Cirurgião* pusera a bandeja perto da cama, para que ela pudesse contemplar a ponta afiada dos bisturi, os dentes de aço dos hemóstatos.

*Não entre em pânico. Pense.*

Catherine fechou os olhos. O medo era uma coisa viva, envolvendo seu pescoço com seus tentáculos.

*Você derrotou eles antes. Pode derrotá-los de novo.*

Sentiu uma gota de suor escorrer por um seio e cair no colchão empapado em suor. Havia uma saída. Tinha de haver uma saída, uma forma de revidar. A alternativa era terrível demais para contemplar.

Abrindo os olhos, fitou a lâmpada no teto e focou sua mente, afiada como um bisturi, no que haveria de acontecer em seguida. Lembrou-se do que Moore lhe dissera: o *Cirurgião* alimentava-se de terror. Atacava mulheres que estavam abaladas, que eram vítimas. Mulheres a quem se julgavam superiores.

*Ele não vai me matar antes de ter me conquistado.*

Ela respirou fundo, entendendo agora como deveria agir. *Lute contra o medo. Aceite o ódio. Mostre a ele que, não importa o que ele lhe faça, você não será derrotada.*

*Nem mesmo na morte.*

# 24

Acordando num sobressalto, Rizzoli sentiu uma pontada de dor no pescoço. Deus, não mais um músculo estirado, pensou enquanto erguia devagar a cabeça e piscava contra o sol entrando pela janela do escritório. As outras salas estavam vazias; ela era a única sentada a uma mesa. Em algum momento por volta das seis Rizzoli deitara a cabeça na mesa, prometendo a si mesma tirar apenas um cochilo curto. Agora eram nove e meia. A pilha de impressões de computador que ela usara como travesseiro estava encharcada com baba.

Olhou para a mesa de trabalho de Frost e viu seu casaco pendurado nas costas da cadeira. Havia um saquinho de sonhos na mesa de Crowe. Então o resto da equipe tinha vindo para cá enquanto ela dormia e certamente vira-a de boca aberta, babando na mesa. Que visão divertida devia ter sido.

Levantou-se e se espreguiçou, tentando arrumar o jeito que dera no pescoço, mas já sabendo que seria inútil. Ela ia passar o dia inteiro de pescoço duro.

— Então, Rizzoli, tirou um soninho?

Virando-se, ela viu um detetive de uma das outras equipes sorrindo para ela.

— Olha pra minha cara e vê se estou rindo — retrucou. — Cadê todo mundo?

342  TESS GERRITSEN

— A sua equipe está na sala de reuniões desde as oito.

— Quê?

— Acho que a reunião acaba de terminar.

— Ninguém se deu ao trabalho de me chamar!

Rizzoli seguiu pelo corredor, os últimos vestígios de sono soprados por sua raiva. Ah, ela sabia o que estava acontecendo. Era assim que eles expulsavam você, não com uma demissão direta, mas com humilhações em gotas. Deixando você fora das reuniões, cortando o cordão umbilical. Desinformando você.

Ela entrou na sala de reuniões. O único que estava ali era Barry Frost, reunindo seus papéis da mesa. Ele olhou para ela, e um leve rubor se espalhou por suas faces ao vê-la.

— Obrigada por me avisar da reunião — disse Rizzoli.

— Você parecia muito cansada. Achei que poderia informar você sobre o que discutimos depois.

— Quando? Semana que vem?

Frost olhou para baixo, evitando o olhar de Rizzoli. Eles trabalhavam como parceiros há tempo suficiente para que ela reconhecesse culpa em seu rosto.

— Então eu fui deixada de fora — disse ela. — Foi decisão do Marquette?

Frost meneou a cabeça tristemente.

— Eu argumentei contra isso. Disse a ele que precisamos de você, mas ele disse que depois que você acertou um suspeito desarmado...

— O que é que tem?

Relutante, Frost terminou:

— Você não é mais benéfica para a delegacia.

Não era mais benéfica. Tradução: sua carreira estava terminada.

Frost saiu da sala. Subitamente tonta devido à falta de sono e comida, deixou-se cair numa cadeira e ficou sentada ali, olhando para a mesa vazia. Por um instante ela se lembrou de quando tinha nove anos, a irmã desprezada, querendo desesperadamente ser aceita como um dos meninos. Mas os meninos a tinham rejeitado, como sempre faziam. Ela sabia

O CIRURGIÃO

que a morte de Pacheco não era o verdadeiro motivo para sua expulsão. Outros policiais não haviam tido suas carreiras arruinadas por atirar em suspeitos desarmados. Mas quando você era uma mulher e melhor do que todos os outros, e quando tinha a coragem de mostrar isso para eles, um único erro, como Pacheco, era tudo que bastava.

Quando voltou à sua mesa, encontrou a área de trabalho deserta. O casaco de Frost tinha sumido; assim como o saquinho de sonhos de Crowe. Ela também devia ir embora. Na verdade, ela devia limpar sua mesa, porque não tinha mais futuro aqui.

Abriu a gaveta para pegar sua bolsa. Deparou-se com uma foto da autópsia de Elena Ortiz por cima de seus papéis. *Também sou vítima dele*, pensou Rizzoli. Por mais rancor que guardasse contra seus colegas, Rizzoli não esquecia o fato de que o *Cirurgião* era o responsável por sua ruína. O *Cirurgião* tinha sido o homem que a humilhara.

Fechou a gaveta com força. *Ainda não. Ainda não estou pronta para me render.*

Olhou para a mesa de Frost e viu a pilha de papéis que ele tinha recolhido da mesa de reuniões. Olhou em torno para ver se alguém estava olhando. Os poucos detetives estavam em outra repartição, no fundo da sala.

Pegou os papéis de Frost, levou-os para sua mesa e sentou-se para ler.

Eram os registros financeiros de Warren Hoyt. Era a isto que o caso havia se reduzido: uma caçada de papel. Siga o dinheiro, encontre Hoyt. Ela viu extratos de cartões de crédito, cheques de bancos, recibos de depósitos e retiradas. Muito dinheiro. A herança dos pais deixara Hoyt rico, e ele gastava seu dinheiro viajando a cada inverno para o Caribe e o México. Rizzoli não encontrou nenhum indício de outra residência, nenhum cheque de aluguel, nenhum pagamento mensal fixo.

Claro que não. Ele não era idiota. Se mantinha um esconderijo, pagava por ele em dinheiro vivo.

Dinheiro vivo. Você nunca sabe quando vai ficar sem grana no bolso. Retiradas em caixas automáticos, freqüentemente eram transações não planejadas ou espontâneas.

344 TESS GERRITSEN

Ela folheou os registros do banco, procurando por cada uso de caixa eletrônico, e anotou-os num pedaço de papel separado. A maioria era retiradas de dinheiro de locais próximos à residência de Hoyt ou ao centro médico, áreas dentro de seu campo de atividade normal. Era o incomum que ela estava procurando, as transações que não se encaixavam no seu padrão.

Rizzoli encontrou duas em um banco de Nashua, New Hampshire, em 26 de junho. A outra num caixa eletrônico no Hobb's FoodMart em Lithia, Massachusetts, em 13 de maio.

Recostou na cadeira, perguntando-se se Moore já estava pesquisando essas duas transações. Com tantos outros detalhes para dar prosseguimento e todos os interrogatórios aos colegas de Hoyt no laboratório, um par de retiradas em caixas eletrônicos estaria no fim da lista de prioridades da equipe.

Ouviu passos e se virou abruptamente, com medo de ter sido flagrada lendo os papéis de Frost. Porém era apenas um funcionário do laboratório entrando na repartição. O funcionário sorriu para Rizzoli, colocou uma pasta na mesa de Moore e se retirou novamente.

Rizzoli esperou um pouco, e então levantou da cadeira e foi até a mesa de Moore bisbilhotar a pasta. A primeira página era um laudo da Cabelos e Fibras, uma análise dos fios castanho-claros encontrados no travesseiro de Warren Hoyt.

*Trichorrhexis invaginata, compatível com fio de cabelo encontrado na margem do ferimento da vítima Elena Ortiz.* Bingo! A confirmação de que Hoyt era o *Cirurgião*.

Ela olhou a página seguinte, também um laudo da Cabelos e Fibras, sobre um fio achado no chão do banheiro de Hoyt. Este não fazia sentido. Este não se encaixava.

Fechou a pasta e andou até o laboratório.

Erin Volchko estava sentada diante do computador, trabalhando diante do ampliador de imagem, vendo uma série de microfotografias.

O Cirurgião 345

Quando Rizzoli entrou no laboratório, Erin mostrou-lhe uma foto e a desafiou:

— Rápido! O que é isto?

Rizzoli franziu a testa enquanto examinava a imagem em preto-e-branco de uma faixa escamosa.

— É feio.

— Sim, mas o que é?

— Provavelmente alguma coisa nojenta. Como uma perna de barata.

— É um pêlo de veado. Bacana, né? Não parece nem um pouco com cabelo humano.

— Por falar em cabelo humano... — Rizzoli deu-lhe o relatório que havia acabado de ler. — Pode me dizer mais sobre isto?

— Do apartamento de Warren Hoyt?

— É.

— Os cabelos curtos castanhos no travesseiro de Hoyt apresentam *Trichorrhexis invaginata*. Ao que parece, ele é o homem que vocês procuram.

— Não, o outro cabelo. O fio preto do chão do banheiro.

— Vou te mostrar a foto. — Erin pegou um bolinho de microfotografias. Folheou-as como cartas e tirou uma do baralho. — Este é o cabelo do banheiro. Está vendo as marcações numéricas aí?

Rizzoli olhou a caligrafia caprichada de Erin. *A00-B00-C05-D33*.

— Estou vendo, mas não faço a menor idéia do que significa.

— Os primeiros dois códigos, A00 e B00, dizem que o fio é reto e preto. Sob o microscópio você pode ver detalhes adicionais. — Ela deu a foto a Rizzoli. — Preste atenção no caule. No lado grosso. Note que seu formato é quase arredondado.

— Significando...?

— É um aspecto que nos ajuda a distinguir entre raças. Por exemplo, o caule de um cabelo de um indivíduo da raça negra é quase achatado, como um laço. Agora olhe para a pigmentação, e você vai notar que é muito densa. Está vendo a cutícula grossa? Todas essas coisas apontam para a mesma conclusão. — Erin olhou para ela. — Este cabelo é característico de herança do Leste Asiático.

— Como assim?

— Chinês ou japonês. Indiano. Talvez índio norte-americano.

— Isso pode ser confirmado? Esse fio tem raiz suficiente para testes de DNA?

— Infelizmente, não. Parece ter sido cortado, e não caído naturalmente. Não há tecido folicular neste fio. Mas tenho certeza de que esse cabelo vem de alguém de ascendência não-africana e não-européia.

Uma mulher asiática, pensou Rizzoli enquanto voltava para a unidade de homicídios. Como isso se encaixava no caso? No corredor de paredes de vidro que conduzia à ala norte, Rizzoli parou. Franzindo os olhos cansados para se proteger da luz do sol, Rizzoli olhou para a vizinhança de Roxbury. Haveria uma vítima cujo corpo ainda não tinha sido encontrado? Teria Hoyt cortado seu cabelo como um suvenir, da forma como cortara o de Catherine Cordell?

Virou-se e tomou um susto ao ver Moore passar por ela apressado, a caminho da ala sul. Moore nem teria reconhecido a presença de Rizzoli se ela não chamasse seu nome.

Moore parou e se virou para ela.

— Aquele fio preto comprido no banheiro de Hoyt — disse Rizzoli. — O laboratório disse que é do leste asiático. Pode ser uma vítima que desconhecemos.

— Nós discutimos essa possibilidade.

— Quando?

— De manhã, na reunião.

— Mas que merda, Moore! Não me deixe fora da investigação!

O silêncio frio de Moore serviu apenas para amplificar o eco do grito de Rizzoli.

— Eu também quero ele — disse ela. Lenta, inexoravelmente, ela se aproximou de Moore até estar com o rosto bem próximo do dele. — Eu quero ele tanto quanto você. Deixa eu voltar.

— A decisão não é minha. É de Marquette.

Ele se virou para ir embora.

— Moore?

Relutante, ele parou.

— Não posso agüentar isso — disse ela. — Esse desentendimento entre nós.

— Não é hora de falarmos sobre isto.

— Olha, eu sinto muito. Sinto *mesmo*. Estava chateada com você por causa do Pacheco. Sei que é uma desculpa barata para o que eu fiz. Por contar a Marquette sobre você e Cordell.

Ele se virou para ela.

— Por que você fez aquilo?

— Acabo de te dizer. Estava chateada...

— Não. Não foi apenas por causa do Pacheco. Foi por causa da Catherine, não foi? Você não foi com a cara dela desde o primeiro dia. Você não conseguia suportar o fato de que...

— De que você estava se apaixonando por ela?

Um longo silêncio se passou.

Quando Rizzoli falou, não conseguiu afastar o sarcasmo de sua voz.

— Moore, apesar de toda a sua conversa fiada sobre respeitar as *mentes* das mulheres, admirar as *habilidades* das mulheres, você ainda se derrete pelas mesmas coisas que todos os outros homens. Peitos e bunda.

Moore ficou vermelho de raiva.

— Então você odeia Catherine pela aparência dela. E está chateada comigo por me derreter por ela. Mas sabe de uma coisa, Rizzoli? Que homem vai se derreter por você, quando nem você gosta de si mesma?

Ela ficou calada, engolindo seu rancor, enquanto ele se afastava. Há poucas semanas, ela pensava que Moore era a última pessoa na Terra capaz de dizer uma coisa tão cruel. Suas palavras doeram mais em Rizzoli do que se tivessem vindo de qualquer outra pessoa.

O fato de que talvez tivesse dito a verdade era uma coisa que ela se recusava a considerar.

Lá embaixo, passando pelo saguão, ela parou no memorial para os mortos em serviço do Departamento de Polícia de Boston. Os nomes dos mortos estavam gravados na parede em ordem cronológica, começando com Ezekiel Hodson em 1854. Um vaso de flores sobre o soalho de granito prestava tributo a esses homens. Seja morto no cumprimento do dever, e você é um herói. Como é simples, como é permanente. Ela não sabia nada sobre esses homens cujos nomes agora estavam imortalizados. Até onde ela sabia, alguns deles podiam ter sido policiais corruptos, mas a morte tornara intocáveis seus nomes e reputações. De pé ali, diante daquela parede, Rizzoli quase os invejou.

Saiu e caminhou até seu carro. Remexendo no porta-luvas, encontrou um mapa da Nova Inglaterra. Desdobrou-o no banco e olhou suas duas escolhas: Nashua, New Hampshire, ou Lithia, em Massachusetts ocidental. Warren Hoyt usara caixas eletrônicos nesses dois lugares. Agora era uma questão de adivinhar. De tirar no cara ou coroa.

Ligou o carro. Eram dez e meia; ela não chegaria à cidade de Lithia antes do meio-dia.

Água. Era tudo em que Catherine conseguia pensar, o gosto limpo e refrescante de água em sua boca. Pensou em todos os bebedouros dos quais tinha bebido, os oásis de aço inoxidável nos corredores do hospital jorrando água gelada em seus lábios e queixo. Pensou em gelo triturado e na forma como os pacientes pós-operatórios esticavam os pescoços e afastavam os lábios rachados para, como passarinhos, receberem lascas preciosas.

E pensou em Nina Peyton, presa num quarto, sabendo que estava condenada a morrer, e mesmo assim pensando apenas em sua sede terrível.

*É assim que ele nos tortura. Como ele nos abate. Ele nos quer implorando por água, implorando por nossas vidas. Ele quer controle completo. Ele nos quer reconhecendo seu poder.*

Catherine passara a noite inteira fitando a lâmpada solitária no teto. Várias vezes ela havia cochilado, apenas para acordar assustada, o estômago ardendo em pânico. Mas pânico não pode ser sustentado, e à medida que as horas passavam e seus esforços não afrouxavam as amarras, seu corpo parecia fechar-se num estado de animação suspensa. Ela ficava flutuando na região de pesadelo entre a negação e a realidade, mente focada apenas em seu desejo por água.

Madeira rangendo sob pés. Uma porta sendo aberta.

Acordou completamente. Seu coração subitamente estava batendo como um animal tentando escapar de seu peito. Aspirou ar úmido, ar frio de porão que fedia a terra e limo de pedra. Arfantes, seus seios subiam e desciam enquanto passos soavam na escadaria de madeira. De repente *ele* estava aqui, de pé diante dela. A luz da lâmpada solitária deitava sombras em seu rosto, tornando-o uma caveira sorridente com buracos no lugar de olhos.

— Você está com sede, não está? — disse ele. Com uma voz calma, com uma voz sã.

— Veja só o que tenho aqui, Catherine — disse, levantando um copo. Ela ouviu o ruído delicioso de cubos de gelo batendo uns nos outros e viu gotas de água suando pela superfície frio do vidro. — Não quer tomar um gole?

Ela fez que sim com a cabeça, seu olhar não nele, mas no copo. A sede estava deixando-a louca, mas ela já estava pensando adiante, adiante daquele primeiro gole glorioso de água. Estava tramando suas ações, pesando suas chances.

Ele balançou o copo, e o gelo bateu no copo como um repicar de sinos.

— Apenas se você se comportar.

*Eu vou*, prometeram seus olhos.

A fita adesiva machucou sua pele quando foi puxada. Permaneceu completamente passiva, deixou que ele colocasse um canudo em sua boca. Sorveu com sofreguidão, mas a água mal conseguiu apagar o fogo de sua sede. Bebeu de novo e mais uma vez começou a tossir, água preciosa escorrendo de sua boca.

— Não... não consigo beber deitada. Por favor, deixe-me sentar. Por favor.

O *Cirurgião* pousou o copo e a estudou, seus olhos, poços de escuridão. Ele viu uma mulher prestes a desmaiar. Uma mulher que precisaria ser revivida para que ele desfrutasse da plenitude de seu horror.

Começou a cortar a fita que prendia seu pulso direito à armação da cama.

O coração de Catherine estava acelerado, e ela pensou que ele certamente conseguia vê-lo batendo contra seu osso esterno. A amarra direita foi cortada, e sua mão caiu flácida. Ela não se moveu, ela não retesou um único músculo.

Houve um silêncio infinito. *Vamos. Corte a outra amarra. Solte minha mão esquerda!*

Tarde demais ela percebeu que estivera segurando a respiração e que ele notara. Em desespero ouviu o som de fita adesiva sendo desenrolada.

*É agora ou nunca.*

Ela esticou o braço em direção à bandeja de instrumentos, e o copo de água saiu voando, cubos de gelo espalhando-se pelo chão. Os dedos de Catherine fecharam em torno do aço. O bisturi!

No instante em que ele avançou contra Catherine, ela brandiu o bisturi e sentiu a lâmina atingir carne.

Uivando de dor, o *Cirurgião* recuou, segurando sua mão.

Catherine se contorceu para o lado, passou o bisturi pela fita que prendia seu pulso esquerdo. Outra mão livre!

Sentou reta na cama, e sua visão subitamente escureceu. Um dia sem água deixara-a enfraquecida, e ela lutou para focar, para direcionar a lâmina para a fita que prendia o calcanhar direito. Desferiu uma facada às cegas e sentiu uma pontada de dor quando cortou a si mesma. Bastou um chute forte e seu calcanhar estava livre.

Estendeu o braço até a última amarra.

O retrator pesado bateu contra sua têmpora, um golpe tão brutal que ela viu pontinhos de luz.

O segundo golpe pegou-a no rosto, e ela ouviu osso rachar.

Depois não lembraria de ter largado o bisturi.

Quando aflorou de volta à consciência, seu rosto latejava e não conseguia enxergar pelo olho direito. Tentou mover braços e pernas e descobriu seus pulsos e calcanhares novamente amarrados à armação da cama. Mas ele não tampara sua boca; ele ainda não a havia silenciado.

Estava em pé diante dela. Ela viu as manchas em sua camisa. Sangue *dele*, percebeu com uma satisfação selvagem. A caça resistira e ferira o caçador. *Não vou ser conquistada facilmente. Ele se alimenta de medo. Não vou mostrar nenhum a ele.*

Pegou um bisturi na bandeja e começou a se aproximar dela. Embora seu coração batesse contra o peito, Catherine permaneceu absolutamente imóvel, olhar fixo no dele. Provocando-o, desafiando-o. Agora sabia que a morte era inevitável, e aceitando isso libertou-se do medo. A coragem de uma condenada. Por dois anos ficara acuada como um animal ferido. Por dois ela deixara o fantasma de Andrew Capra governar sua vida. Nunca mais.

*Vamos lá, me corta. Mas não vai vencer, não vai me ver morrer derrotada.*

Encostou a lâmina no abdômen de Catherine. Involuntariamente, seus músculos estremeceram. Estava esperando para ver medo em seu rosto.

Catherine só lhe mostrou desafio.

— Não consegue fazer sem Andrew, consegue? — disse Catherine. — Você nem consegue ficar de pau duro. Era Andrew quem fodia. Tudo que você conseguia fazer era ficar olhando.

Pressionou a lâmina, espetando Catherine. Apesar da dor, apesar de sentir as primeiras gotas de sangue escorrerem por sua pele, Catherine manteve o olhar fixo no dele, não demonstrando medo, negando-lhe qualquer satisfação.

— Você nem consegue comer uma mulher, consegue? Não, o seu herói Andrew era quem tinha de fazer isso. E ele também não era de nada.

O bisturi hesitou. Levantou. Ela o viu pairando ali, à luz difusa. *Andrew. O homem que ele venera. Seu deus. Andrew é a chave.*

— Ele não era de nada — repetiu Catherine. — Andrew era um babaca. Você sabe o que ele foi fazer lá em casa naquela noite? Foi me implorar pela carreira dele.

— Não. — A palavra saiu num sussurro.

— Ele me pediu que eu não o demitisse. Praticamente implorou de joelhos. — Ela riu, um som rouco e surpreendente naquele local de morte. — Patético. Esse era o seu herói. Implorando ajuda a *mim*.

A mão apertou com mais força o bisturi. A lâmina pressionou a barriga de Catherine novamente, e sangue fresco saiu dela e correu pelo seu flanco até o colchão da cama. Catherine conteve o instinto de se contorcer, de gritar. Em vez disso continuou falando, sua voz forte e confiante, como se *ela* segurasse o bisturi.

— Ele me contou a seu respeito. Não sabia disso, sabia? Ele disse que você nem conseguia *falar* com uma mulher. Que você era um covarde. Era *ele* quem tinha de encontrar as mulheres para você.

— Mentirosa.

— Você não significava nada para ele. Era apenas um parasita. Um verme.

A lâmina afundou em sua pele, e embora Catherine tenha lutado contra isso, uma arfada escapou de sua garganta. *Você não vai vencer, desgraçado, porque não sinto mais medo de você. Não sinto mais medo de nada.*

Catherine continuou fitando-o, olhos ardendo com a petulância dos condenados, enquanto ele fazia a incisão seguinte.

# 25

Olhando estupefata para a prateleira de caixas de bolinhos recheados, Rizzoli perguntou-se quantas estariam infestadas com bichos de farinha. A Hobb's FoodMart era escura e bolorenta, um autêntico negócio familiar, se você considerasse que a família neste caso era um casal de velhos rabugentos capazes de vender leite estragado a meninos de escola. "Papai" era Dean Hobbs, um velho ianque com olhos desconfiados que estudava a nota entregue por uma cliente antes de aceitá-las como pagamento. Resmungando, deu duas moedas de troco e fechou a gaveta da máquina registradora.

— Não fico vendo quem usa aquela porcaria de caixa automático — disse ele a Rizzoli. — O banco botou ela aí como uma conveniência para os meus clientes. Não tenho nada a ver com ela.

— O dinheiro foi sacado em maio passado. Duzentos dólares. Tenho uma foto do homem que...

— Como eu disse para aquele policial estadual, isso aconteceu foi em maio. Estamos em agosto. Acha que me lembro de clientes tão antigos?

— A polícia estadual esteve aqui?

— Hoje de manhã, fazendo as mesmas perguntas. Vocês policiais não conversam uns com os outros?

Então a operação da caixa registradora já tinha sido conferida, não pelo Departamento de Polícia de Boston, mas pelos estaduais. Merda, ela estava perdendo seu tempo aqui.

O olhar do Sr. Hobbs se desviou para um adolescente admirando a prateleira de doces.

— Ei, vai pagar essa barra de chocolate?

— Ah... vou.

— Então por que não tira ela do bolso?

O menino colocou o doce de volta na prateleira e saiu da loja.

— Aquele ali sempre foi encrenqueiro — resmungou Dean Hobbs.

— O senhor conhece aquele garoto? — perguntou Rizzoli.

— Conheço os pais dele.

— E quanto ao resto dos seus clientes? Conhece a maioria deles?

— Você já deu uma olhada na cidade?

— Bem rápida.

— Uma olhada *bem rápida* é tudo que você precisa para ver Lithia. Duzentos habitantes. Não tem muita coisa pra ver.

Rizzoli pegou a foto de Warren Hoyt. Era o melhor que eles tinham conseguido, uma imagem de dois anos de sua carteira de motorista. Ele estava olhando direto para a câmera, um homem de rosto magro com cabelo curto e um sorriso estranhamente genérico. Embora Dean Hobbs já tivesse visto a foto, ela lhe mostrou do mesmo jeito.

— O nome dele é Warren Hoyt.

— Sim, eu vi. A polícia estadual me mostrou essa foto.

— Reconhece ele?

— Não reconheci de manhã. Não reconheço agora.

— Tem certeza?

— Não pareço ter?

Sim, ele parecia ter certeza. Dean Hobbs parecia um homem que jamais mudava de idéia sobre nada.

Sinos tocaram quando a porta se abriu. Duas adolescentes entraram, louras de verão usando shortinhos que expunham as pernas compridas e bronzeadas. Dean Hobbs se distraiu-se por um instante, seguindo-as com os olhos enquanto caminhavam até o fundo escuro da loja.

— Essas duas aí cresceram mesmo — murmurou, maravilhado.

— Senhor Hobbs.

— Hein?

— Se vir o homem na foto, quero que telefone para mim imediatamente. — Ela lhe deu seu cartão. — Vinte e quatro horas por dia. Bipe ou celular.

— Tá bem, tá bem.

As garotas, agora carregando um saco de batatas fritas e uma embalagem de latas de Diet Pepsi, voltaram para a registradora. Ficaram paradas ali, em toda sua glória adolescente, exibindo os mamilos cobertos apenas por camisas de malha sem mangas. Dean Hobbs babando para os peitos das duas, e Rizzoli imaginou que ele já havia esquecido que ela estava lá.

*A história da minha vida. Menina bonita entra; eu fico invisível.*

Rizzoli saiu do mercadinho e voltou direto para seu carro. Apenas aquele tempo curto ao sol transformara o interior do veículo numa verdadeira sauna. Assim, ela abriu a porta e esperou que o carro ventilasse. Na rua principal de Lithia, nada se movia. Ela viu um posto de gasolina, uma loja de ferragens e um café, mas nenhuma alma viva. O calor afugentara todo mundo para dentro de casa, e ela podia ouvir o som dos condicionares de ar funcionando por toda a rua. Mesmo numa cidade pequena dos Estados Unidos ninguém mais ficava sentado na varanda se abanando. O milagre do condicionamento de ar tornara a varanda da frente irrelevante.

Rizzoli ouviu a porta do mercado fechar e viu as duas mocinhas caminhando preguiçosamente ao sol. Enquanto elas subiam a rua, Rizzoli viu uma cortina sendo puxada para o lado numa janela. As pessoas notavam coisas nas cidades pequenas. Elas certamente notavam mulheres jovens e bonitas.

Será que notariam se uma sumisse?

Ela fechou a porta do carro e voltou para o mercadinho.

O Sr. Hobbs estava na prateleira das verduras, espertamente enterrando as alfaces mais verdes no fundo e colocando as murchas na frente.

— Senhor Hobbs?

Ele se virou.

— Você de novo?

— Mais uma pergunta.

— Não significa que eu tenha uma resposta.

— Mora alguma mulher asiática nesta cidade?

Esta tinha sido uma pergunta que ele não havia antecipado.

— O quê? — perguntou, pasmo.

— Uma mulher chinesa ou japonesa. Talvez índia.

— Temos algumas famílias negras — ele ofereceu, como se elas pudessem servir em troca.

— Há uma mulher que pode estar desaparecida. Cabelos pretos longos, muito retos, abaixo dos ombros.

— E você está dizendo que ela é oriental?

— Ou possivelmente índia.

Ele riu.

— Não acho que ela seja qualquer uma dessas coisas.

A atenção de Rizzoli se aguçou. Ele tinha se virado de volta para a prateleira de vegetais e começou a dispor berinjelas velhas por cima da remessa fresca.

— Quem é *ela*, senhor Hobbs?

— Não é oriental, isso posso dizer com certeza. Também não é índia.

— O senhor a conhece.

— Eu a vi aqui, uma ou duas vezes. Está alugando a velha fazenda dos Sturdees durante o verão. Garota alta. Não é muito bonita.

Sim, ele notaria esse último fato.

— Quando foi a última vez que o senhor a viu?

Ele se virou e gritou:

O CIRURGIÃO

— Ei, Margaret!

A porta para um quarto dos fundos abriu e a Sra. Hobbs apareceu.

— Que é?

— Você entregou uma encomenda na fazenda dos Sturdees na semana passada?

— Entreguei.

— A garota que está morando lá parecia estar bem?

— Ela me pagou.

Rizzoli perguntou:

— A senhora a viu desde então, senhora Hobbs?

— Não tive motivo para isso.

— Onde fica a fazenda dos Sturdees?

— Lá em West Fork. A última casa da estrada.

Rizzoli olhou para baixo quando seu bipe tocou.

— Posso usar seu telefone? — perguntou. — A bateria do meu celular acabou.

— Não é interurbano, é?

— Boston.

Ele resmungou e se virou de volta para sua prateleira de berinjelas.

— O telefone público é lá fora.

Xingando baixinho, Rizzoli saiu novamente para o calor, encontrou o telefone público, e enfiou moedas na ranhura.

— Detetive Frost.

— Você acaba de me passar um fax.

— Rizzoli? O que você está fazendo em Massachusetts ocidental?

Para seu desespero, ela percebeu que ele sabia sua localização, graças ao identificador de chamadas.

— Resolvi passear um pouco.

— Você ainda está trabalhando no caso, não está?

— Só fazendo algumas perguntas. Nada de mais.

— Merda, se... — Frost abruptamente abaixou a voz. — Se Marquette descobrir...

— Você não vai contar pra ele, vai?

— De jeito nenhum. Mas volte para cá. Ele está por conta, te procurando.

— Tenho mais um lugar para verificar aqui.

— Escute o que estou dizendo, Rizzoli. Deixa pra lá, ou vai estragar suas chances de ficar na delegacia.

— Você é cego? Já estraguei! Já me ferrei! — Enxugando as lágrimas, ela se virou e olhou amargamente para a rua vazia, onde a poeira soprava como cinza quente. — Ele é tudo que eu tenho agora. O *Cirurgião*. Minha única esperança é pegar ele.

— Os estaduais já estiveram aí. Voltaram de mãos abanando.

— Eu sei.

— Então, o que *você* está fazendo aí?

— Fazendo perguntas que *eles* não fizeram. — Ela desligou.

Então entrou em seu carro e foi procurar a mulher de cabelos pretos.

# 26

A fazenda dos Sturdees era a única casa no final de uma estrada longa e comprida. A tinta branca de suas paredes já descascava há tempos, e sua varanda parecia ameaçada de desabar.

Rizzoli ficou sentada no carro por um momento, cansada demais para sair. E desmoralizada demais pelo ponto ao qual sua carreira, antes promissora, havia descido: sentada sozinha naquela estrada de barro, contemplando a inutilidade de subir aqueles degraus e bater na porta. Conversar com alguma mulher que por acaso tinha cabelos pretos. Lembrou de Ed Geiger, outro policial de Boston que um dia estacionara seu carro no final de uma estrada de barro, e decidira, aos 49 anos, que aquele era *realmente* o fim para ele. Rizzoli tinha sido a primeira detetive a chegar à cena. Enquanto todos os outros policiais tinham ficado parados em torno do carro com o pára-brisas manchado de sangue, balançando as cabeças e murmurando sobre o pobre Ed, Rizzoli sentira pouca simpatia por um policial patético a ponto de estourar os próprios miolos.

*É tão fácil*, ela pensou, subitamente cônscia da arma em sua cintura. Não sua arma de serviço, que entregara a Marquette, mas sua própria, a que guardava em casa. Uma arma podia ser sua melhor amiga ou sua pior inimiga. Às vezes, as duas coisas ao mesmo tempo.

360             TESS GERRITSEN

Mas ela não era como Ed Geiger. Ela não era uma fracassada que ia comer sua própria arma. Rizzoli desligou o motor e relutantemente saltou do carro para fazer seu trabalho.

Rizzoli vivera sua vida inteira na cidade, e o silêncio daquele lugar lhe dava arrepios. Ela subiu os degraus da varanda, e cada crepitar na madeira pareceu amplificado. Moscas zumbiam sobre sua cabeça. Ela bateu na porta, esperou. Girou a maçaneta e constatou que estava trancada. Bateu de novo, depois gritou, sua voz soando extraordinariamente alta:

— Alô?

Agora os mosquitos a encontraram. Ela bateu no rosto e viu uma mancha de sangue escura em sua palma. Ao inferno com a vida no campo; pelo menos na cidade as sanguessugas andavam sobre duas pernas e você podia vê-las chegar.

Ela bateu mais algumas vezes na porta, espantou mais alguns mosquitos, e então desistiu. Parecia que não tinha ninguém em casa.

Contornou a casa até os fundos, procurando por algum sinal de arrombamento, mas todas as janelas estavam fechadas; todas as telas estavam em seus lugares. As janelas eram altas demais para que um intruso passasse por elas sem uma escada, porque a casa tinha sido erguida sobre uma fundação alta de pedra.

Deu as costas para a casa e inspecionou o quintal. Havia um velho celeiro e um laguinho, verde e sujo. Um pato solitário vagava sozinho na água... provavelmente o rejeitado de seu bando. Não havia sinal de qualquer tentativa de um jardim — apenas moitas até a altura dos joelhos, mato e mais mosquitos. Muitos mosquitos.

Marcas de pneu conduziam ao celeiro. Tufos de grama foram achatados pela passagem recente de um carro.

Um último lugar para checar.

Ela caminhou ao longo da trilha de grama amassada até o celeiro e então hesitou. Ela não tinha mandado de busca, mas quem ia ficar sabendo? Ela só ia dar uma espiada se havia algum carro lá dentro.

Segurou os puxadores e abriu as portas pesadas.

O sol entrou, cortando uma fatia de bolo da escuridão do celeiro, e redemoinhos de poeira giraram na perturbação abrupta do ar. Rizzoli ficou boquiaberta ao ver o carro que estava estacionado ali dentro.

Era uma Mercedes amarela.

Suor escorreu por seu rosto. Estava silencioso demais. Exceto por uma mosca zumbindo nas sombras, estava quieto demais.

Rizzoli nem percebeu que tinha desafivelado o coldre e sacado sua arma. Mas subitamente ela estava em sua mão, enquanto se movia até o carro. Olhou rapidamente pela janela do motorista, para confirmar que ele estava desocupado. Então de uma segunda olhar, mais longa, pelo interior. Então viu uma forma escura sobre o banco do carona. Uma peruca.

*De onde vêm os cabelos da maioria das perucas? Do Oriente.*

A mulher de cabelos negros.

Ela lembrou do vídeo da câmera de vigilância do hospital no dia em que Nina Peyton foi morta. Em nenhuma das fitas eles haviam visto Warren Hoyt chegando na Oeste 5.

*Porque ele entrou na ala cirúrgica como uma mulher, e saiu como um homem.*

Um grito.

Girou nos calcanhares para olhar a casa, coração acelerado. *Cordell?*

Saiu do celeiro como uma bala e correu pelo mato alto, direto até a porta dos fundos da casa.

Trancada.

Arfante, Rizzoli recuou e correu os olhos pela porta, pela moldura. Abrir portas na base do chute tinha mais a ver com adrenalina do que com poder muscular. Quando era novata, além de única mulher de sua equipe, Rizzoli recebera a ordem de arrombar com um chute a porta de um suspeito. Era um teste, e os outros policiais esperaram, talvez até torceram, que ela fracassasse. Enquanto eles ficaram parados, esperando que ela se humilhasse, Rizzoli concentrou todo seu ressentimento, toda sua raiva na porta. Com apenas dois chutes, ela tinha estraçalhado a madeira e investido para dentro da casa como o diabo-da-tasmânia.

A mesma adrenalina agora corria por seu corpo quando ela apontou sua arma para a moldura e disparou três tiros. Então chutou a porta. A madeira rachou. Ela chutou de novo. Desta vez a porta se partiu e ela entrou, correndo agachada, olhar e arma varrendo simultaneamente o cômodo. Uma cozinha. As cortinas estavam fechadas, mas entrava luz suficiente para que ela visse que não havia ninguém ali. Pratos sujos na cozinha. Geladeira zumbindo.

*Ele está aqui? Ele está na sala ao lado, esperando por mim?*

Deus, ela devia ter vestido um colete à prova de balas. Mas ela não havia esperado isto.

Suor corria entre seus seios, encharcando seu sutiã. Viu um telefone na parede. Caminhou de lado até ele e tirou o fone do gancho. Mudo. Nenhuma chance de pedir reforços.

Deixou o telefone pendurado e seguiu de lado até o pórtico. Olhou para o cômodo seguinte e viu uma sala de estar, um sofá puído, algumas cadeiras.

Onde estava Hoyt? Onde?

Seguiu para a sala de estar. Na metade do caminho seu bipe vibrou e ela deixou escapar um gritinho de susto. Droga. Desligou o aparelho e continuou até a sala de estar.

No vestíbulo ela parou, observando.

A porta da frente estava escancarada.

*Ele está fora da casa.*

Saiu para a varanda. Enquanto mosquitos zumbiam ao redor de sua cabeça, Rizzoli correu os olhos pelo quintal da frente, olhando para além do caminho de acesso de terra batida, onde seu carro estava estacionado, e focando no mato alto e no bosque com sua beira irregular de árvores menores. Lugares demais para se esconder lá fora. Enquanto Rizzoli invadira como um touro estúpido pela porta dos fundos, ele escapulira pela porta da frente e correra para o bosque.

# O Cirurgião

*Cordell está na casa. Encontre ela.*

Rizzoli voltou para a casa e subiu correndo a escadaria. Estava quente nos andares superiores. Quente e abafado. Rizzoli suava rios enquanto vasculhava os três quartos, o banheiro, os armários. Nada de Cordell.

Deus, ela ia sufocar aqui em cima.

Desceu as escadas, e o silêncio da casa arrepiou os pêlos de sua nuca. Imediatamente soube que Cordell estava morta. Que o grito que ouvira do celeiro fora de agonia, o último som emitido por uma garganta moribunda.

Retornou para a cozinha. Pela janela sobre a pia, ela tinha uma visão desobstruída do celeiro.

*Ele me viu na grama, lá no celeiro. Ele me viu abrir aquelas portas. Ele sabia que eu ia achar a Mercedes. Ele sabia que não tinha mais tempo.*

*Assim ele terminou seu trabalho. E fugiu.*

A geladeira emitiu alguns estalos e ficou silenciosa. Rizzoli ouvia seu próprio coração batendo. Alto como um tambor.

Virando-se, viu a porta para o porão. O único lugar que ela não vasculhara.

Abriu a porta e viu uma escuridão densa. Ela odiava aquilo, caminhar de costas para a luz, descer aqueles degraus até onde ela sabia que haveria uma cena de horror. Ela não queria fazer isso, mas sabia que Cordell estaria lá embaixo.

Rizzoli enfiou a mão no bolso para pegar sua minilanterna. Guiada por seu facho estreito, ela desceu um degrau, e então outro. O ar ali parecia mais frio, mais úmido.

Sentiu cheiro de sangue.

Alguma coisa roçou seu rosto; assustada, recuou um passo. Deixou escapar um suspiro de alívio ao entender que era apenas um interruptor de luz acionado por um fio, balançando sobre a escada. Esticou o braço e puxou o fio. Nada aconteceu.

Teria de se virar com a lanterninha.

Apontou o facho novamente para os degraus, iluminando seu caminho enquanto descia, empunhando a arma perto de seu corpo. Depois do calor de rachar lá em cima, o ar ali embaixo parecia quase glacial, resfriando o suor em sua pele.

Alcançou o sopé da escadaria, seus sapatos pousando em terra batida. Ainda mais frio ali embaixo, e o cheiro de sangue mais forte. O ar espesso e úmido. Silêncio, silêncio profundo, mortal. O som mais alto ali era o de sua própria respiração, chiando para dentro e para fora de seus pulmões.

Moveu o facho de luz em arco, e quase gritou quando seu reflexo jogou luz de volta nela. Ficou parada ali com a arma apontada, coração esmurrando o peito, enquanto via o que tinha refletido a luz.

Jarras de vidro. Imensas jarras de farmácia, enfileiradas numa prateleira. Não precisou olhar os objetos flutuando em seu interior para saber o que eram.

*Os suvenires dele.*

Havia seis jarros, cada um rotulado com um nome. Mais vítimas do que eles imaginavam.

O último estava vazio, mas o nome já estava escrito no rótulo, o receptáculo pronto e esperando pelo seu prêmio. O maior prêmio de todos.

*Catherine Cordell.*

Rizzoli girou seu corpo, o facho de luz ziguezagueando pelo porão, revelando postes enormes e pedras fundamentais, e chegando a uma parada abrupta no canto mais distante. Uma coisa preta manchava a parede.

Sangue.

Moveu o facho, que caiu diretamente no corpo de Cordell, pulsos e calcanhares amarrados à cama com silver tape. Sangue reluzia, fresco e molhado, em seu flanco. Numa coxa branca havia uma única marca de mão escarlate onde o *Cirurgião* pressionara a luva contra a carne da vítima, como para deixar sua marca. A bandeja de instrumentos cirúrgicos ainda estava ao lado da cama, um sortimento de ferramentas de tortura.

*Meu Deus. Estive tão perto de salvar...*

Chorando de ódio, Rizzoli moveu o facho de luz ao longo do torso lavado em sangue de Cordell até parar no pescoço. Não havia ali nenhum ferimento aberto, nenhum golpe de misericórdia.

A luz subitamente estremeceu. Não, a luz não. O peito de Cordell tinha se movido!

*Ainda está respirando.*

Rizzoli arrancou a fita adesiva da boca de Cordell e sentiu a respiração quente contra sua mão. Viu as pálpebras de Cordell estremecerem.

*Isso!*

Sentia-se triunfante, mas ao mesmo tempo com a impressão de que alguma coisa estava muito errada. Mas não havia tempo de pensar nisso. Ela precisava tirar Cordell dali.

Segurando a lanterninha entre os dentes, cortou rapidamente as duas amarras que prendiam os braços de Cordell à cama. Sentiu seu pulso. Encontrou pulsação, fraca... mas definitivamente presente.

Ainda assim, não podia livrar-se da impressão de que alguma coisa estava errada. Enquanto começava a cortar a fita que prendia o tornozelo esquerdo de Cordell, os alarmes soaram em sua cabeça. E finalmente compreendeu.

O grito. Lá do celeiro Rizzoli ouvira o grito de Cordell.

Mas encontrara a boca da médica tampada com fita adesiva.

*Ele tirou a fita. Ele queria que Cordell gritasse. Ele queria que eu ouvisse.*

*Uma armadilha.*

A mão de Rizzoli voou para sua arma, que ela tinha pousado na cama. Nunca a alcançou.

O sarrafo acertou sua têmpora. O golpe foi tão violento que Rizzoli caiu de bruços no chão de terra batida. Fez um esforço descomunal para se levantar.

Mais uma vez o pedaço de madeira desceu sibilante, e se chocou contra o flanco da detetive. Ela ouviu costelas se partindo. A dor foi tão terrível que Rizzoli não conseguiu puxar ar para os pulmões.

366 TESS GERRITSEN

Uma luz acendeu, uma lâmpada nua e solitária lá no alto.

Ele se avultou sobre ela, o rosto uma oval negra debaixo do cone de luz. O *Cirurgião*, admirando seu novo troféu.

Rizzoli rolou sobre seu lado ferido e tentou se levantar.

Chutou o braço de Rizzoli. Desprovida de apoio, ela caiu novamente de costas, o impacto estremecendo suas costelas quebradas. Rizzoli soltou um grito de agonia e não conseguiu se mover. Nem mesmo vendo o *Cirurgião* se aproximar. Nem mesmo vendo o sarrafo pairando sobre sua cabeça.

A bota do assassino desceu sobre o pulso de Rizzoli, esmagando-o ao chão.

Ela gritou.

O *Cirurgião* esticou o braço até a bandeja de instrumentos e pegou um dos bisturis.

*Não. Meu Deus, não.*

Acocorou-se, a bota ainda apertando o pulso da policial. Ergueu o bisturi. A lâmina delineou um arco impiedoso contra a mão aberta de Rizzoli.

Desta vez ela soltou um grito, quando o aço penetrou e trespassou sua carne, fincando-a ao chão de terra batida.

Pegou outro bisturi na bandeja. Agarrou e puxou a mão direita de Rizzoli, estendendo o braço direito da detetive. Posicionou a bota sobre o pulso de Rizzoli, prendendo-o no chão. Mais uma vez ergueu o bisturi. E mais uma vez golpeou com ele, varando carne e terra.

Desta vez o grito de Rizzoli saiu mais fraco. Derrotado.

Ele se levantou. Por um momento ficou parado ali de pé, como um colecionador admirando a nova borboleta que acabou de fincar na madeira.

Caminhou até a bandeja de instrumentos e pegou um terceiro bisturi. Com ambos os braços estendidos e as mãos fincadas no chão, Rizzoli só podia assistir e aguardar o último ato. Contornou a policial, e, posicionando-se atrás dela, agachou-se. Agarrou o cabelo na coroa de sua cabeça e o puxou para trás, com força, esticando-lhe o pescoço. Ela estava olhando direto para cima, para ele, e ainda assim seu rosto era pouco mais do que uma oval escura. Um buraco negro, devorando toda a luz. Rizzoli sentiu suas carótidas latejando na garganta, pulsando a cada batida de seu coração. O sangue era sua própria vida, fluindo através de artérias e veias. Ela se perguntou quanto tempo permaneceria consciente depois que a lâmina fizesse seu trabalho. Se a morte viria depois de um escurecimento gradual ou se tudo se apagaria de repente. A morte parecia-lhe inevitável. Por toda sua vida Rizzoli fora uma lutadora. Por toda sua vida lutara contra o fracasso, mas desta vez fora derrotada. Garganta exposta, pescoço arqueado para trás. Viu o brilho metálico e fechou os olhos enquanto a lâmina tocava sua pele.

*Deus, que seja rápido.*

Ouviu o *Cirurgião* respirar fundo, preparando-se. Sentiu a mão puxar-lhe o cabelo para trás com mais força.

E tomou um susto ao ouvir o estrondo do revólver.

Abriu os olhos. O *Cirurgião* ainda estava acocorado sobre Rizzoli, mas não mais segurava o cabelo da detetive. O bisturi caiu de sua mão. Alguma coisa quente gotejou no rosto de Rizzoli. Sangue.

Não dela. Dele.

Ele cambaleou para trás e desapareceu do campo de visão da detetive.

Rizzoli, que já havia aceitado a morte, agora jazia estarrecida com a perspectiva de que continuaria viva. Esforçou-se para assimilar de uma só vez uma profusão de detalhes. Viu a lâmpada balançando como uma lua presa num barbante. Na parede, sombras se moveram. Virando a cabeça, viu o braço de Catherine Cordell tombar de volta para a cama.

Viu a arma deslizar da mão de Cordell e cair ruidosamente no chão.

Ao longe, o uivo de uma sirene.

# 27

Rizzoli estava sentada na cama do hospital, olhos arregalados para a tevê. Bandagens envolviam suas mãos de tal forma que pareciam luvas de boxe. Uma área grande fora raspada na lateral de sua cabeça, onde os médicos costuraram uma laceração do escalpo. Toda atrapalhada tentando usar o controle remoto, Rizzoli não notou Moore de pé diante do quarto. Ele bateu na porta aberta. Quando ela se virou, Moore viu, apenas por um instante, um lampejo de vulnerabilidade. Então as defesas usuais foram erguidas e ali estava a Rizzoli que ele conhecia, fitando-o cautelosa enquanto entrava no quarto e sentava na cadeira ao lado de sua cama.

O televisor emitia o irritante tema instrumental de uma novela da tarde.

— Pode desligar essa porcaria? — pediu, voz carregada de frustração, apontando para o controle remoto com a mão coberta por ataduras. — Não consigo apertar os botões. Eles esperam que eu use o meu nariz ou algo assim.

Ele pegou o controle e apertou o botão de desligar.

— *Muito* obrigada — bufou Rizzoli. E estremeceu com a dor das três costelas quebradas.

Com o televisor desligado, um longo silêncio se estendeu entre eles. No corredor, o nome de um médico foi chamado pelo sistema

370        TESS GERRITSEN

de alto-falantes e uma enfermeira passou empurrando um carrinho de refeição barulhento.

— Estão cuidando direitinho de você? — perguntou.

— Para um hospital caipira, até que não é nada mal. Devo estar sendo até mais paparicada do que se estivesse na cidade.

Enquanto Catherine e Hoyt, devido à maior gravidade de seus ferimentos, tinham sido levados de helicóptero para Boston e internados no Pilgrim Medical Center, Rizzoli fora levada de ambulância para aquele pequeno hospital regional. A despeito da distância da cidade, praticamente cada detetive da Delegacia de Homicídios de Boston já tinha feito a peregrinação até ali, para visitar Rizzoli.

E eles tinham trazido flores. O buquê de rosas de Moore quase se perdeu em meio aos muitos arranjos dispostos nas mesas e na mesinha-de-cabeceira. Tinha flor até no chão.

— Uau! — exclamou Moore. — Você conquistou um monte de admiradores.

— Sim. Acredita que até o Crowe mandou flores? Aqueles lírios lá no fundo. Acho que ele está tentando me dizer alguma coisa. Não parece uma coroa de funeral? Dá uma olhada naquelas orquídeas. Foi o Frost que trouxe. Eu é que tinha de dar flores a *ele* por ter salvado a minha pele!

Foi Frost quem pediu assistência à polícia estadual. Quando viu que Rizzoli não respondia às mensagens, telefonou para o FoodMart e perguntou a Dean Hobbs sobre o paradeiro de sua colega. Descobriu que Rizzoli tinha ido de carro até a fazenda dos Sturdees para conversar com uma mulher de cabelos pretos.

Rizzoli prosseguiu seu inventário de arranjos florais:

— Aquele vaso imenso com os troços tropicais veio da família de Elena Ortiz. Os cravos são do Marquette, aquele mão-de-vaca. E a mulher do Sleeper trouxe aquele hibisco.

Moore balançou a cabeça, impressionado.

— Você se lembra de tudo isso?

O CIRURGIÃO                                                    371

— Bem, nunca ninguém me mandou flores. Assim estou marcando este momento na minha memória.

Mais uma vez Moore teve um vislumbre da vulnerabilidade de Rizzoli aparecendo através de sua máscara de coragem. E viu uma outra coisa que nunca havia notado antes, uma luminosidade em seus olhos escuros. Ela estava ferida, coberta por curativos, e com uma parte da cabeça raspada. Mas depois que ignorava as falhas do rosto, o queixo quadrado, a fronte larga, você notava que Rizzoli tinha olhos lindos.

— Acabo de falar com Frost. Ele está no Pilgrim — disse Moore.

— Disse que Warren Hoyt vai se recuperar.

Ela não falou nada.

— Removeram o tubo de respiração da garganta de Hoyt hoje de manhã. Ainda está com um tubo no peito, porque um de seus pulmões não está funcionando plenamente. Mas está respirando sozinho.

— Está acordado?

— Está.

— Falando?

— Não com a gente. Com o advogado dele.

— Ah, se eu tivesse tido a chance de acabar com aquele imbecil...

— Você não teria feito.

— Por que acha isso?

— Porque você é uma policial boa demais para cometer o mesmo erro duas vezes.

Rizzoli fitou os olhos de Moore.

— Você nunca vai saber.

*E nem você. A gente nunca sabe o que vai fazer até estar cara a cara com um monstro.*

— Só achei que devia te contar as novidades — disse Moore, e se levantou para sair.

— Ei, Moore.

— Sim?

— Você não disse nada sobre Cordell.

Na verdade, Moore evitara falar em Catherine. Ela tinha sido a principal fonte de conflito entre ele e Rizzoli, o ferimento aberto que aleijara sua parceria.

— Me disseram que ela está bem — comentou Rizzoli.

— Ela resistiu bem à cirurgia.

— Ele... O Hoyt...

— Não. Ele nunca completou a extirpação. Você chegou antes que ele fizesse isso.

Ela se recostou, parecendo aliviada.

— Estou indo agora para o Pilgrim visitar Catherine — disse ele.

— E o que vai acontecer em seguida?

— Vamos te levar de volta para o trabalho e você vai começar a atender seus telefonemas.

— Não. Eu quero dizer, o que vai acontecer entre você e Cordell?

Ele se calou. Olhou para a janela, onde a luz do sol se derramava sobre o vaso de lírios.

— Eu não sei.

— Marquette ainda está pressionando você por causa disso?

— Ele mandou que eu não me envolvesse com ela. E tem razão. Isso não é direito. Mas o que sinto é forte demais para ignorar. Fico até pensando se não devia...

— Então você não é um "Santinho", afinal de contas?

Moore soltou uma gargalhada e fez que não com a cabeça.

— Moore, não tem nada mais chato do que a perfeição.

Ele suspirou.

— Terei escolhas a fazer. Escolhas difíceis.

— As escolhas importantes sempre são difíceis.

Ele meditou sobre isso por um momento.

— Talvez a escolha não seja minha. Talvez seja dela.

Enquanto Moore caminhava até a porta, Rizzoli disse:

— Ei, pode dar um recado pra Cordell?

O CIRURGIÃO

— Que recado?

— Da próxima vez, mire mais alto.

*Não sei o que vai acontecer em seguida.*
Ele dirigiu para leste, de volta para Boston, com as janelas abertas. O ar que soprava para dentro do carro parecia bem mais fresco. Uma frente fria do Canadá chegara durante a noite, e naquela manhã clara a cidade parecia limpa, quase pura. Pensou em Mary, sua doce e adorada Mary, e em todos os laços que o prenderiam para sempre a ela. Vinte anos de casamento, com todas suas incontáveis lembranças. Os sussurros à noite, as piadas íntimas, a história juntos. Sim, a história. Um casamento é composto de coisinhas como jantares queimados e mergulhos na piscina à meia-noite, e são essas coisinhas que unem duas vidas em uma. Eles tinham sido jovens juntos, e juntos tinham amadurecido até a meia-idade. Nenhuma mulher além de Mary poderia possuir o passado de Moore.

Era o seu futuro que permanecia inexplorado.

*Não sei o que vai acontecer em seguida. Mas sei o que me faria feliz. E acho que eu faria ela feliz também. Neste momento de nossas vidas, nós poderíamos pedir alguma benção maior?*

A cada quilômetro percorrido, Moore despia uma camada de incerteza. Quando finalmente saltou de seu carro diante do Pilgrim Hospital, pôde caminhar com o passo seguro de um homem que sabe que tomou a decisão certa.

Subiu de elevador até o quinto andar, registrou-se no posto de enfermagem, e caminhou pelo corredor comprido até o Quarto 523. Bateu suavemente na porta e entrou.

Peter Falco estava sentado ao lado da cama de Catherine.

O quarto, como o de Rizzoli, cheirava a flores. A luz da manhã entrava pela janela de Catherine, banhando a cama e sua ocupante com um brilho dourado. Ela estava acordada. Havia um suporte de soro ao lado de sua cama, e as gotas de solução salina reluziam como diamante líquido ao descer pelo tubo.

Moore se posicionou do outro lado da cama, de frente para Falco, e durante um longo tempo os dois homens não falaram nada.

Falco se inclinou sobre a cama para beijar Catherine na testa. Empertigou-se e seu olhar encontrou o de Moore.

— Cuide bem dela.

— Vou cuidar.

— Se não cuidar, vai se ver comigo — disse Falco, e saiu do quarto.

Moore ocupou seu lugar na cadeira ao lado de Catherine e segurou sua mão. Reverentemente pressionou os lábios contra aquela mão. E mais uma vez disse, baixinho:

— Vou cuidar.

Thomas Moore era um homem que mantinha suas promessas; ele também manteria esta.

# Epílogo

*M*inha cela é fria. *Lá fora sopram os ventos inclementes de fevereiro. Disseram-me que está nevando de novo. Estou sentado no meu beliche, cobertor por cima dos ombros, lembrando do calor delicioso que nos envolvia como um manto enquanto caminhávamos pelas ruas de Livadia. Ao norte dessa cidade grega há duas fontes que eram conhecidas nos tempos antigos como Lethe e Mnemosyne. Esquecimento e Memória. Bebemos de ambas as fontes, você e eu, e então adormecemos à sombra de uma oliveira.*

*Penso nisso agora, porque não gosto do frio. Ele deixa minha pele ressequida e rachada, e nem todo o creme do mundo consegue me proteger dos efeitos do inverno. É apenas a lembrança adorável do calor, de você e eu caminhando em Livadia, das pedras aquecendo nossas sandálias, que me conforta neste momento.*

*Os dias passam devagar aqui. Estou sozinho na minha cela, isolado dos outros hóspedes devido à minha fama. Apenas os psiquiatras falam comigo, e eles estão perdendo o interesse, porque não posso lhes oferecer nenhum sinal de patologia. Quando criança não torturei animais, não queimei nada, e nunca fiz xixi na cama. Freqüentava a igreja. Era bem-educado com os mais velhos.*

*Usava protetor solar.*

*Sou tão são quanto eles, e eles sabem disso.*

*São apenas minhas fantasias que me separam deles. Minhas fantasias que me trouxeram a esta cela fria, a esta cidade fria, onde o vento sopra neve branca.*

*Embrulhado em meu cobertor, sinto dificuldade de acreditar que há lugares neste mundo onde corpos dourados, reluzindo de suor, repousam em areia quente, e guarda-sóis adejam à brisa. Mas esse é exatamente o tipo de lugar para onde ela foi.*

*Levanto a ponta do meu colchão e pego o recorte do jornal de hoje, que o guarda tão gentilmente me traz por um preço.*

*É uma nota de casamento. Às quinze horas de 15 de fevereiro, a Dra. Catherine Cordell casou-se com Thomas Moore.*

*A noiva foi levada ao altar pelo pai, Cel. Robert Cordell. Ela usava um vestido de contas marfim, com um corpete. O noivo trajava um terno preto.*

*Após o casamento foi oferecida uma recepção no Copley Plaza Hotel, em Back Bay. Depois de uma longa lua-de-mel no Caribe o casal residirá em Boston.*

*Dobro o recorte e o guardo debaixo do colchão, onde está seguro.*

*Uma longa lua-de-mel no Caribe.*

*Ela está lá agora.*

*Eu a vejo, deitada de olhos fechados na praia, areia reluzindo na pele. Cabelos parecendo seda vermelha espalhada na toalha. Ela repousa ao sol, braços estendidos e relaxados.*

*E no instante seguinte, ela acorda sobressaltada. Olhos arregalados, coração batendo forte. Suando frio.*

*Ela está pensando em mim. Assim como eu estou pensando nela.*

*Estamos ligados para sempre, íntimos como amantes. Ela sente as amarras de minhas fantasias envolvendo seu ser. Ela jamais conseguirá se soltar das amarras.*

*Na minha cela, as luzes se apagam. A longa noite começa, com seus ecos de homens adormecidos em gaiolas. Seus roncos, tosses, respirações.*

## O Cirurgião 377

*Seus murmúrios enquanto sonham. Mas, enquanto a noite silencia, não é em Catherine Cordell que eu penso, mas em você. Você, que é a fonte de minha mais profunda dor.*

*Eu daria tudo para beber da fonte de Lethe, a fonte do esquecimento, para apagar a memória de nossa última noite em Savannah. A última noite em que eu vi você vivo.*

*As imagens flutuam na minha frente agora, penetrando minhas retinas enquanto fito a escuridão da cela.*

*Estou olhando sobre seus ombros, admirando como sua pele parece tão mais escura em contraste com a de Catherine, como os músculos das suas costas contraem-se enquanto você estaqueia seu membro dentro dela. Assisto você possuí-la naquela noite, assim como assisti você possuir as outras antes dela. E quando termina, quando esparrama sua semente dentro dela, você olha para mim, sorri e diz:*

*— Pronto, aí está. Ela está preparada para você.*

*Mas o efeito da droga ainda não acabou, e quando pressiono a lâmina contra sua barriga, ela mal se mexe.*

*Sem dor, sem prazer.*

*— Temos a noite inteira — diz você. — Vamos esperar.*

*Minha garganta está seca. Assim, vamos até a cozinha, onde encho um copo com água. A noite acaba de começar, e minhas mãos tremem de excitação. O pensamento do que acontecerá em seguida me consome, e enquanto beberico a água, lembro a mim mesmo de prolongar o prazer. Temos a noite toda, e queremos que ela dure.*

*Veja uma vez, faça uma vez, ensine uma vez, você me diz. Esta noite, você prometeu, o bisturi será meu.*

*Mas estou sedento e fico na cozinha enquanto você volta ao quarto para ver se ela já acordou. Ainda estou em pé diante da pia quando escuto o tiro.*

*Aqui o tempo pára. Lembro do silêncio que se seguiu. Do tiquetaque do relógio da cozinha. O som do meu próprio coração martelando em meus ouvidos. Estou prestando atenção, tentando ouvir seus passos. Ten-*

*tando ouvir você me dizer que é hora de irmos embora, e depressa. Mas sinto medo de me mover.*

*Finalmente consigo me forçar a seguir o corredor e entrar no quarto. Paro no vão da porta.*

*Levo um momento para compreender o horror.*

*Ela está deitada com o corpo dobrado sobre a lateral da cama, fazendo força para voltar para o colchão. Uma arma caiu de sua mão. Caminho até a cama, pego um afastador cirúrgico na mesinha-de-cabeceira e acerto a cabeça de Catherine com ele. Ela fica imóvel.*

*Eu me viro e me concentro em você.*

*Você está de olhos abertos, deitado de costas, olhando fixamente para mim. Uma poça de sangue cresce ao seu redor. Seus lábios se movem, mas não consigo ouvir palavras. Você não mexe as pernas, e percebo que a bala danificou sua medula. Mais uma vez você tenta falar, e desta vez compreendo o que está me dizendo:*

Faça. Acabe com isso.

*Você não está falando sobre ela. Está falando sobre si mesmo.*

*Balanço a cabeça, horrorizado com o que você me pede para fazer. Não posso. Por favor, não espere que eu faça isso! Fico preso entre seu pedido desesperado e meu instinto de fugir.*

*Faça agora, seus olhos rogam aos meus. Antes que eles cheguem.*

*Olho para as suas pernas, estendidas, inúteis. Considero os horrores que o aguardam, caso você viva. Posso poupá-lo de tudo isso.*

Por favor.

*Olho para a mulher. Ela não se mexe, não registra a minha presença. Gostaria de puxar seu cabelo para trás, expor seu pescoço e afundar a lâmina em sua garganta, pelo que ela fez a você. Mas eles precisam encontrá-la viva. Só poderei partir, e não ser perseguido, se ela continuar viva.*

*Minhas mãos suam dentro das luvas de látex, e quando pego a arma estranho sentir seu peso mas não sua textura.*

*Com cuidado para não pisar na poça de sangue, olho para você. penso naquela noite mágica, quando passeamos pelo Templo de Ártemis. A neblina era tão forte que quase não conseguíamos ver nada. Tinha ape-*

*nas vislumbres ocasionais de você, caminhando entre as árvores. De repente você parou e sorriu para mim através da névoa. E nossos olhos pareceram se encontrar através da fronteira que separa o mundo dos vivos e o mundo dos mortos.*

*Estou olhando através dessa fronteira agora e sinto que você também está olhando para mim.*

*Isto é por você, Andrew, eu penso. Estou fazendo isto por você.*

*Vejo gratidão em seus olhos. Esse sentimento perdura mesmo quando levanto a arma em minhas mãos trêmulas. Mesmo quando aperto o gatilho.*

*O seu sangue espirra no meu rosto, quente como lágrimas.*

*Volto-me para a mulher, ainda esparramada inconsciente sobre a lateral da cama. Ponho a arma perto de sua mão. Seguro seu cabelo e, com o bisturi, corto uma mecha perto da nuca, onde sua ausência não será notada. Com esta mecha, lembrarei dela. Com seu cheiro lembrarei de seu medo, inebriante como o cheiro do sangue. Ela me saciará até nos encontrarmos novamente.*

*Saio pela porta dos fundos e mergulho na noite.*

*Não possuo mais aquela preciosa mecha de cabelo. Mas não preciso dela agora, porque conheço seu cheiro tão bem quanto conheço o meu. Conheço o gosto do seu sangue. Conheço o brilho sedoso do suor em sua pele. Carrego todas essas coisas para os meus sonhos, onde o prazer grita como uma mulher e caminha deixando pegadas ensangüentadas. Nem todos os suvenires podem ser segurados com a mão ou acariciados com um toque. Alguns podemos apenas armazenar nas partes mais profundas de nossos cérebros, nosso âmago reptiliano, do qual todos viemos.*

*A parte dentro de nós que quase todos negam.*

*Jamais a neguei. Reconheço minha natureza essencial. Eu a abraço. Sou como Deus me criou, como Deus criou a todos nós.*

*Assim como a ovelha, também o leão é abençoado.*

*E também o caçador.*

## LEIA TAMBÉM DE TESS GERRITSEN

*O dominador*
Depois de colocar atrás das grades o psicopata Warren Hoyt — mais conhecido como "o Cirurgião" —, a detetive Jane Rizzoli se vê diante de um maníaco que reproduz as atrocidades de Warren. No decorrer das investigações, Jane vai descobrir que há muito mais ligações entre os dois casos do que ela supunha.

*O pecador*
Dentro dos muros sagrados do convento, agora manchados de sangue, jazem os corpos de duas freiras: uma morta, a outra gravemente ferida, vítimas de um agressor indescritivelmente selvagem. A Dra. Maura Isles e a detetive de homicídios Jane Rizzoli desvendam um antigo horror que liga ambas as mortes, e Isles se vê envolvida em uma investigação cada vez mais próxima de seu próprio lar — levando a uma revelação sobre a identidade do assassino, perturbadora demais para ser considerada.

*Dublê de corpo*
A Dra. Maura Isles fica chocada ao se descobrir idêntica a uma mulher que acaba de ser assassinada. O resultado do teste de DNA confirma um fato assustador: a misteriosa sósia é, na verdade, sua irmã gêmea. A investigação do homicídio se transforma numa perturbadora viagem que levará Maura à mulher que lhe deu a vida... e que pode ter um plano para tirá-la.

*Desaparecidas*
Aquela mulher parecia ser mais um corpo na mesa fria do necrotério. Mas quando a patologista Maura Isles inspeciona o cadáver, ela abre

os olhos. Ainda viva, é rapidamente levada para o hospital, onde mata um segurança e faz reféns. Entre eles uma paciente grávida. Quem é essa mulher desesperada, e o que ela quer?

### O jardim de ossos

A recém-divorciada Julia Hamill acaba de se mudar para a casa de seus sonhos, uma mansão em um enorme terreno que precisa de alguns ajustes. Tudo parece perfeito até que, durante a reforma do jardim, Julia desenterra um crânio humano com marcas de homicídio. E o mais intrigante: a cova data do século XIX.

### O Clube Mefisto

Na véspera de Natal, Jane Rizzoli e Maura Isle são chamadas para investigar o assassinato de Lori-Ann Tucker. A jovem foi esquartejada, e o corpo dela foi encontrado em seu apartamento, em meio a velas pretas e símbolos satânicos desenhados com sangue. Um segundo crime as leva a uma misteriosa organização: a Fundação Mefisto. Profundamente envolvidas no caso mais misterioso e incomum de suas carreiras, as duas embarcam em uma jornada aterradora de encontro ao mal.

### Relíquias

A descoberta de que uma múmia bem-conservada na verdade é o cadáver de uma mulher da atualidade choca o universo da arqueologia. A detetive Jane Rizzoli e a patologista Maura Isle começam a investigar o museu de onde o corpo foi retirado, mas a revelação de outras relíquias bizarras indica a ação de um assassino em série que reproduz alguns rituais de povos da Antiguidade em suas vítimas. Para agravar o caso, o criminoso desenvolve uma obsessão por uma funcionária do museu, Josephine Pulcillo, mas a jovem parece ter seus próprios segredos.

### Gélido

Maura Isles reencontra um antigo amigo de faculdade num congresso e resolve viajar com ele. Porém os dois sofrem um acidente em meio a uma nevasca, resta então procurar abrigo no inóspito vilarejo de Kingdom Come. Algo terrível parece ter acontecido na região, e Maura sente que alguma coisa os vigia. Enquanto isso, Jane Rizzoli recebe a notícia do desaparecimento da amiga. Sem perceber, ao mesmo tempo que tenta descobrir o que houve com Maura, embrenha-se em uma trama que envolve uma misteriosa seita e segredos do passado.

### A garota silenciosa

Um grupo de turistas encontra uma mão ensanguentada num beco na Chinatown de Boston numa excursão. Cabe à detetive Jane Rizzoli, sua equipe e a patologista Maura Isles descobrirem onde está o restante do corpo e os detalhes desse terrível assassinato. Mas, quando dois pelos de origem não identificada são encontrados no cadáver, a investigação esbarra em mitos que ultrapassam as fronteiras e os dogmas entre ciência e história.

### A última vítima

Quando a família adotiva de Teddy Clock, de 14 anos, é massacrada e o menino torna-se o único sobrevivente, Jane Rizzoli é chamada para a investigação. A família biológica do adolescente também foi assassinada. Teddy é então encaminhado para Evensong, uma escola isolada no Maine, um refúgio para crianças que perderam suas famílias de forma violenta. Porém, o passado dele tem semelhanças assustadoras com as tragédias pessoais de outros dois alunos do colégio. Estariam os três adolescentes seguros dentro dos portões de Evensong?

### O predador

Um grupo de turistas está em Botsuana para um safári. Entre eles há um assassino cruel, um predador capaz de transformar uma aventura na selva em um pesadelo. O que ele não sabe é que, nessa caçada humana, uma de suas presas consegue escapar. Seis anos depois, um homem é pendurado e eviscerado em sua própria casa em Boston.

Quando os restos mortais de outra vítima são encontrados, Jane Rizzoli e Maura Isles desconfiam de que os indícios apontam que a solução do caso está na África, e Jane precisa convencer a única sobrevivente do massacre a enfrentar a morte mais uma vez.

### Segredo de sangue

Cassandra Coyle, roteirista e produtora executiva de filmes de terror independentes, é encontrada morta em sua cama com os dois globos oculares arrancados e deixados na palma de sua mão esquerda. O contador Timothy McDougalé encontrado morto na véspera do Natal num píer com três flechas enfiadas no peito nu. Dois homicídios completamente distintos com uma única relação: a causa da morte é uma incógnita. Resta a Jane Rizzoli e a Maura Isles solucionar o mistério antes que o assassino faça sua próxima vítima.

### Vida assistida

O turno noturno da emergência do Springer Hospital é sempre muito tranquilo para a Dra. Toby Harper. Até ela admitir um homem em condições críticas causadas por uma possível infecção viral do cérebro. Ele mal responde ao tratamento e desaparece sem deixar pistas. Antes que Toby consiga encontrá-lo, um segundo caso ocorre, revelando um fato terrível: o vírus só pode ser transmitido através da troca direta da tecidos. Seguindo uma pista de mortes que vai de uma jovem prostituta grávida até sua própria casa, Toby descobre que a epidemia não aconteceu espontaneamente, alguém a deflagrou.

### Corrente sanguínea

Em Tranquility, uma pequena cidade de veraneio, todos se conhecem, famílias fazem piqueniques no parque e jovens aproveitam o verão para se refrescar às margens do lago. Parece o lugar perfeito para a Dr. Claire Elliot refazer a vida após a morte do marido. Mas ela não sabe que a cidade tem uma história macabra, marcada por crimes terríveis. Quando acontecimentos do passado começam a se repetir, Claire pode ser a única esperança de impedir que essa nova onda de violência se alastre.

*Gravidade*

A brilhante pesquisadora Emma Watson está prestes a realizar a missão mais importante de sua vida: estudar o comportamento da vida terrestre no espaço. Ela foi escolhida pela NASA para conduzir uma série de experimentos sobre o comportamento de organismos unicelulares chamados Archaeons. Entretanto, a Dra. Watson logo descobre a natureza aterrorizante desses organismos e precisa correr contra o tempo para conter uma doença mortal que pode ameaçar a Terra.

*Valsa maldita*

No ambiente frio e sombrio de um antiquário em Roma, a violinista americana Julia Ansdell se depara com uma partitura intrigante e é imediatamente atraída por ela. Carregada de paixão, tormento e de uma beleza arrepiante, a valsa parece ter vida própria. Determinada a dominar a obra, Julia decide ser o instrumento que fará com que sua melodia seja ouvida. De volta à Boston, no instante que o arco de Julia começa a ser deslocado pelas cordas do violino, algo sinistro é despertado, e a vida dela fica sob ameaça. A música parece exercer um efeito inexplicável e macabro sobre sua filha pequena. Convencida de que a melodia hipnótica está desencadeando uma maldição, Julia decide investigar a história por trás da partitura.

Este livro foi composto na tipografia
Minion Pro, em corpo 11/14.5, e impresso em papel
off-set no Sistema Digital Instant Duplex
da Divisão Gráfica da Distribuidora Record.